Ein Funken Göttlichkeit

Für Hilde Marie Rohlfshagen

LINA M. STIEGEMEYER

Ein Funken Göttlichkeit

Die Chronik der Scian

Bibliografische Information der Deutschen Nationalbibliothek:
Die Deutsche Nationalbibliothek verzeichnet diese Publikation
in der Deutschen Nationalbibliografie; detaillierte bibliografische
Daten sind im Internet über http://dnb.dnb.de abrufbar.

© 2019 Lina M. Stiegemeyer
Grafik: Hein Nouwens/ MrVander/ rangizzz/ STUDIO492/ rendix_
alextian/ photonova/ Shutterstock.com
Satz, Umschlag, Herstellung und Verlag:
BoD – Books on Demand, Norderstedt

ISBN: 978-3-7494-2643-0

Prolog

Zu Anbeginn der Zeit, als die Erde ausschließlich von Bakterien, Organismen, Tieren und Pflanzen besiedelt war, betrat Prometheus den Planeten. Er ließ den Blick schweifen, begutachtete die fremdartige Natur mit ihren vielen bunten Blüten und den grünen Baumkronen, die seiner Heimat ähnelte und sich gleichermaßen von ihr unterschied. Die Tiere faszinierten ihn besonders. Er lauschte dem lieblichen Gesang der Vögel und beobachtete die Kämpfe zwischen Raubtieren, die ihr Revier auf Leben und Tod verteidigten. Diese Geschöpfe zogen ihn in ihren Bann, da sie auf ihre Weise intelligent waren, wie Prometheus selbst es von den Göttern kannte, andererseits war ihre Intelligenz auf die Prioritäten ihres Lebens begrenzt. Sie waren nicht fähig, sich derart zu artikulieren, wie ein Gott es vermochte. Auch ihr Erscheinungsbild unterschied sich enorm von dem Antlitz eines Gottes, die Tiere liefen häufig auf vier Beinen, ihr gesamter Körper war oftmals von Haaren oder Schuppen bedeckt, anders als bei den Göttern. Die Tiere lebten mehr oder weniger friedlich und es gab gewisse Nahrungsketten. So fraß der Wolf das Lamm und das Lamm wiederum die Pflanzen und Gräser, doch sie nahmen sich ausschließlich das, was sie zum Überleben brauchten. Der Titan Prometheus ließ sich in das noch feuchte Gras sinken, welches von den Tropfen des leichten Regenschauers benetzt war. Dieser Planet war etwas Besonderes, ein Ort, der noch so viel mehr zu bieten hatte, allerdings waren die derzeitigen Bewohner nicht in der

Lage, die volle Pracht der Erde zu entfalten und zu genießen. Eine Art musste her, die den Göttern mehr glich, als die Tiere es taten, dachte Prometheus voller Inbrunst. »Ist es möglich, etwas solches zu erschaffen?«, fragte sich der Titan. Prometheus war neugierig, ob seine Idee umsetzbar wäre. Er grub mit bloßen Händen ein Loch in den Boden und entdeckte die verschiedenen Arten der Beschaffenheit des Bodens, bis er den Ton fand. Das Material schien ihm für sein Projekt geeignet zu sein. Er schöpfte Wasser aus einem Fluss, den er daraufhin auf den Namen »Fluss des Lebens« taufte, und begoss den Ton, damit dieser formbar wurde. Aus dem braunen Klumpen schuf er das Abbild seines eigenen Körpers. Bis das Gebilde seinen Vorstellungen entsprach, hatten sich Tag und Nacht schon einige Male die Hand gereicht und dem jeweils Anderen die Erde überlassen. Prometheus fügte zu dem Gesicht noch Körperteile hinzu, die fähig waren, Eindrücke wie bewegte Bilder, Gerüche, Geschmäcker und Geräusche aufzunehmen, und ein Organ, welches das logische Denken ermöglichte. Das Gehirn war ein wirklich wichtiger Faktor für die neue Art, doch allein das Hirn reichte nicht aus, es musste auch einen Muskel geben, der wie bei den Tieren das Blut durch die Adern pumpte. Prometheus schenkte dem Wesen das Herz. Voller Zweifel betrachtete er die leblose Skulptur, die vor ihm stand. Allein mit dem Optischen war es nicht getan. In diese Skulptur musste Leben eingehaucht werden. Er orientierte sich an den Merkmalen der Tiere, übernahm sowohl gute als auch schlechte Eigenschaften und fügte sie in die Brust seiner Schöpfungen ein. Die bis dahin leer wirkenden Augen füllten sich langsam mit Leben und nahmen die Dinge um sich herum wissbegierig auf. Allerdings glichen die Schöpfungen, die Menschen, wie Prometheus sie selbst nannte, eher den Tieren, die bereits auf der Erde weilten. Der Körper ließ sie optisch wie eine abgeschwächte Art der Götter wirken, doch in ihrem Handeln waren sie immer noch stark von Instinkten geleitet, genau wie die Tiere. Prometheus grübelte, wie er ihnen ein gottähnliches Denken schenken könnte, und wandte sich Rat suchend an die Göttin der Weisheit, Athene. »Prometheus, mein Freund! Deine Schöpfungen besitzen nur die Eigenschaften der Tiere, warum wunderst du dich, dass sie sich entsprechend verhalten?«, sprach die Göttin. »Ich wundere mich nicht, Athene, nur fällt mir kein Weg ein, das Denken zu verändern und unserem anzupassen … Da kam mir der Gedanke, dass du mir einen Rat geben könntest«, antwortete der Titan. »Nun, deine Menschen brauchen den göttlichen Funken in ihrer Brust, der ihnen all dies ermöglicht, was du dir für sie wünschst«, sprach Athene. »Gibt es eine Möglichkeit, das umzusetzen?«, fragte Prometheus voller Hoffnungen. »Die gibt es …«, erwiderte die Göttin der Weisheit verschlossen. »Willst du sie mir zeigen?«, erkundigte sich Prometheus. »Vorerst will ich dir eine Frage stellen«, meinte Athene besorgt. »So frag, ich will es dir beantworten!«, sagte Prometheus. »Bist du bereit, die Konsequenzen deines Handelns und des Handelns deiner Schöpfungen zu verantworten? Denn du wirst derjenige sein, an den die zornigen Götter des Olymps sich wenden werden, wenn ein Volk entsteht, das ihnen gefährlich werden könnte«, sprach Athene. Daraufhin brach Prometheus in schallendes Gelächter aus. »Sei unbesorgt, die Menschen sind nicht annähernd so stark, dass die Götter ihnen überhaupt Beachtung schenken werden, und was deine Frage angeht, so bin ich vollkommen bereit, dafür einzustehen …« Athene musterte ihn mit kritischem Blick und einer dunklen Vorahnung, doch sie kam dem Wunsch des Titanen nach und hauchte seinen Schöpfungen den göttlichen Funken ein.

Die Menschen unterschieden sich anschließend enorm von den Tieren, sie entwickelten ein logisches Denken und eine wissenschaftliche Neugier, die sie zu Dingen befähigte, die, ihrer Stärke nach zu urteilen, kaum möglich waren. Durch den Atem der Athene verfügten die Menschen fortan über eine Seele, die ihnen ebenfalls moralische Richtlinien vorschrieb. Bei manch einem der Gattung war diese Vorstellung der Moral stark ausgeprägt, bei anderen weniger. Doch das Gleichgewicht zwischen Gut und Böse war ausbalanciert. Diese Balance war wichtig, denn ohne das Böse wäre auch das gute Handeln nicht entstanden. Perfektion, in Form von reinen, ausschließlich guten Menschen, war nicht möglich. Das Eine brauchte jeweils das Andere als Gegensatz. Die Menschheit brauchte eine kontrastreiche Bevölkerung, auch wenn der Ansatz, das Böse zu verteidigen, vermeintlich ominös wirkt.

Die Menschen entwickelten sich zur bestimmenden Spezies des Planeten, da ihr Schöpfer sie bestens unterrichtet hatte. Es kam, wie es kommen musste … Die Götter des Olymps wurden aufmerksam auf die Erde und ihre menschlichen Bewohner. Sie waren ebenfalls fasziniert von diesen Wesen und erkannten, dass die

Menschheit ihnen von Nutzen sein konnte. Durch Gebete, Psalmen und Opfergaben konnte der von den Menschen gepriesene Gott an Stärke gewinnen. Es wurde eine Versammlung einberufen, bei der durch die Götter die Rechte und Pflichten der Menschen bestimmt wurden. Prometheus selbst erschien bei der Versammlung als Anwalt für sein Volk, damit die Pflichten nicht allzu lästig für seine Schützlinge wurden. Für den Schutz, den die Götter den Menschen gewährten, verlangten sie Verehrung. Prometheus war klug, und eben diese Klugheit verleitete ihn dazu, bei einer Opfergabe die Götter zu betrügen. Er wandte eine List an, um die geforderte Opfergabe an Zeus zu umgehen. Eine Kuh sollte die Menschheit dem Herrscher des Olymps opfern, doch Prometheus wies sie an, die Kuh zu schlachten sowie auf dem einen Haufen die Knochen hoch und breit aufzustapeln und auf dem anderen das Fleisch und die verwertbaren Organe der Kuh zu sammeln. Beide Haufen überzog er mit dem Fell und forderte Zeus auf, einen der beiden als Opfergabe zu wählen. Zeus durchschaute den Betrug, doch er wählte den größeren Stapel, unter dem sich lediglich Knochen befanden. Sobald Zeus die Knochen unter dem Fell aufgedeckt hatte, gab er sich so, als würde er den Verrat gerade erst bemerken, und donnerte zornig: »Du hast die Kunst des Truges nicht verlernt!« Den Verrat ließ Zeus nicht ungestraft und versagte dem Volk der Erde, den Menschen, eine wichtige Gabe, das Feuer. Ohne das Feuer blieb den Menschen vieles verwehrt, es würde in ihrer späteren Entwicklung einen wichtigen Faktor darstellen. Prometheus beschloss, sich des Problems anzunehmen, und nahm sich einen langen Stängel des Riesenfenchels. Mit dem entzünd-baren Material bewaffnet, näherte er sich dem vorbeifahrenden Sonnenwagen und entzündete den Stängel daran. Das brennende Material brachte er seinen Schöpfungen, sodass sie, trotz der Rache des Zeus, nicht ohne das Feuer auskommen mussten.

Kaum war das Feuer auf der Erde vertreten, entzündeten die Menschen große Mengen an Holz, um das Feuer als Wärmequelle oder zum Braten des erlegten Wildes zu nutzen. Für die Menschheit schien der Moment perfekt, sie wärmten sich an den lodernden Flammen, nicht ahnend, ihr Todesurteil mit dem Entzünden des ersten Feuers unterschrieben zu haben. Zeus beobachtete, von seinem Thron im Olymp aus, das Geschehen wutentbrannt. Das Licht auf der Erde blendete seine göttlichen Augen, und der Akt des Verrates und Trotzes, welchen Prometheus verübt hatte, provozierte den Herrscher des Olymps. »Sie wagen es erneut, meinen Zorn heraufzubeschwören, sich meinem Worte zu widersetzen! Denken die törichten Wesen und ihr Schöpfer, dass sie mir ebenbürtig sind? Sich mir zu widersetzen vermögen? Ich bin es leid, zu drohen, sie zu warnen, das Volk muss für seine Taten büßen und lernen, was es heißt, den Allmächtigen zu erzürnen! Leiden sollen sie, auf vielfältige Art!«, grollte er. Die Bewohner der Erde nahmen den Zorn des Zeus lediglich als Lichtspiel am Himmel wahr, da die Blitze den dunklen Nachthimmel hell erleuchteten. Doch Zeus würde seine Rachegelüste nicht nur mit einem kleinen Gewitter demonstrieren. Er wandte sich an den Feuergott Hephaistos. »Du, Hephaistos! Forme mir das Trugbild eines Mädchens!«, forderte der Herrscher des Olymps. Der Feuergott kam dem Befehl nach und erschuf ein wunderschönes Abbild einer Göttin, welchem Athene ein weißes Gewand überwarf, einen Schleier ins Haar steckte und in das Haar schöne Blumen flocht. »Prometheus, du selbst hast es dir zuzuschreiben, ich kann dir und deinen Schöpfungen nicht mehr helfen, denn du hast den Zorn des Zeus auf dich gezogen und geschworen, dafür einzustehen«, murmelte Athene vor sich hin, welche schon eine gewisse Vorstellung davon hatte, was für eine Rache der Herrscher des Olymps verüben wollte. Zeus sprach weiter: »Hermes, du wirst dem Gebilde Sprache beibringen!« Er wandte sich weiter an die Göttin der Schönheit: »Aphrodite, verleihe ihr Liebreiz, sodass kein Wesen die Güte dieses Mädchen anzuzweifeln vermag.« »Erlauchter Zeus, was habt ihr vor mit diesem Wesen, welches ein Abbild der Schönheit ist? Wie hilft es euch als Rachefeldzug gegen die Menschen?«, erkundigte sich Hermes verwundert. Auf dem Gesicht des Zeus erschien ein teuflisches Lächeln, das an seinem Stand als Gott zweifeln ließ, wirkte er doch eher wie Satan höchstpersönlich. »Das Geschöpf soll Pandora heißen, die Allbeschenkte. Unter dem Schleier des Guten verbirgt sich das Böse. Allbeschenkt ist sie, weil jeder von uns ihr ein unheilvolles Geschenk mitgeben wird, welches die Menschen das Leid lehrt und ihren Untergang einleiten wird!«, verkündete er so laut, dass die Stimme von den Wänden echote und ein schauriger Doppelklang ertönte. Die Götter jubelten über Zeus' genialen Einfall und bestückten eifrig die Büchse der Pandora, die sie den Menschen als *Geschenk* bringen sollte.

Athene selbst hielt die Strafe nicht für angemessen,

wollte sie es den klugen Menschen doch ermöglichen, ein Heilmittel zu finden, welches sie nach jahrelangen Qualen erlösen sollte, die sie ohne Zweifel nach dem Öffnen der Büchse erfahren würden. Die Göttin der Weisheit hatte die Gaben, mit denen die Götter die Büchse bestückt hatten, begutachtet. Mit dem Öffnen der Dose würde die Menschheit mit Dingen konfrontiert werden, die sie zuvor nicht kannte. Es waren Krankheiten der verschiedensten Art, welche qualvolle Beschwerden hervorrufen würden, und Plagen, die das Ausbleiben der Ernte verursachten und somit Hungersnöte provozierten. Durch das Öffnen der Büchse würden die Menschen in einigen Jahrhunderten dahingerafft sein, sie würden so schnell verschwinden, wie sie erschaffen worden waren, und schon bald in Vergessenheit geraten. Das komplette Auslöschen der Spezies erzürnte Athene mehr, als sie vorerst wahrhaben wollte. Es waren keine Schöpfungen, welche sie selbst erschaffen hatte, und doch gab sie ihnen den klaren Verstand, der ihnen zu dem verholfen hatte, was sie nun waren. Athene wollte den Menschen eine Chance geben, die sie, sollten sie klug genug sein, nutzen konnten, um dem Leid ein Ende zu bereiten. Nach einigen Überlegungen überwogen das Mitgefühl und das rege Interesse an der Art. Sie fasste einen Entschluss. Unbemerkt schlich Athene sich davon und versteckte ein Büchlein aus schwarzem Leder mit einem blauen Stein, welcher auf der Vorderseite in das Buch eingelassen war und dem Gegenstand seine Magie verlieh. Es war eine riskante Aktion, doch obwohl Athene einer Bestrafung der Menschen zustimmte, fühlte sie mit den armen Kreaturen, die ohne ihre Hilfe den Rachegelüsten der Götter des Olymps ausgesetzt wären, und das auf ewig oder wenigstens so lange, bis der Letzte ihrer Art vernichtet wurde. Sie kniete nieder und schlug das leere, in Leder eingebundene Buch auf. »Beantworte jedem Menschen eine Frage! Doch lausche bedächtig meinen Worten, wenn ich dir nun sage, wer das Recht hat, dir eine Frage zu stellen. Nur die Klugen besitzen die Fähigkeit, dich zu finden, allein die Ausdauernden schaffen es, die Suche nicht vor dem Ziel zu beenden, und bloß die Starken überstehen die kräftezehrende Reise«, hauchte sie in das offene Buch und ließ es mit der Gewissheit fallen, dass das Buch sich selbst an einen sicheren Ort bringen würde. Schließlich hatte sie ihm neben dem Stein noch etwas von ihrer Magie eingehaucht. Ihr Verrat blieb von Zeus unbemerkt, und dieser setzte seinen Plan in die Tat um und ließ die allbeschenkte Pandora gen Erde wandern, um sein persönliches Geschenk überbringen zu lassen ... Der Bruder des Prometheus nahm das Geschenk der Götter von der Botin Pandora entgegen und öffnete es, von seiner jugendlichen Naivität geleitet und von dem wunderschönen Ebenbild der Allbeschenkten geblendet. Die Qualen, Leiden und Krankheiten ergossen sich aus der Büchse und plagten die Menschheit. Viele der Erdbewohner starben an den Strafen. Sie erlagen den Krankheiten, die ihr Immunsystem so weit schwächten, bis sie dem Tod in die Arme gestoßen wurden. Andere verhungerten wegen des Ausbleibens der Ernte. Verzweifelt beobachtete Prometheus die Lage der Menschheit, er war ratlos und sah mit Schrecken das Sterben seiner Schöpfungen. Prometheus erkannte nur einen Ausweg, auch wenn dieser bedeuten würde, die Kontrolle über

die Erde zu verlieren und sich selbst den Göttern auszuliefern. »Wenn dies der einzige Weg ist, so muss ich
ihn gehen«, beschloss der Titan und stellte sich seinem
Schicksal. Allerdings war Prometheus schlau genug, eine
letzte List anzuwenden, um seine Schöpfungen vor den
weiteren Rachegelüsten des Zeus zu schützen. »Ich mag
verloren sein, doch muss ich die Kinder der Erde nicht
mit ins Verderben reißen!«, sprach der Titan voller Inbrunst und bereitete sich darauf vor, seinen Plan in die
Tat umzusetzen.

Kapitel 1

Alexej

Die Sonne war schon lange untergegangen und mit ihr die angenehme Wärme des Tages. Die darauffolgende Nacht ließ ihn selbst in seinem dunkelgrauen Mantel frösteln. Auch der leichte Nieselregen, der sich, wenn auch langsam, stetig seinen Weg durch die Schichten seiner Kleidung grub und ihm auf unangenehme Weise in die Augen tropfte, trug nicht unbedingt zu seinem Wohlbefinden bei. Die Gasse, durch die er in schnellem Laufschritt rannte, war schmal, von der Nässe glitschig und wurde lediglich von einer einsamen Straßenlaterne beleuchtet, wobei selbst diese nicht mehr als ein schwaches Flackern zustande brachte. Alexej riskierte einen kurzen Blick über die Schulter, es schien, als hätte er die vermummte Gestalt abgehängt, die ihm an diesem Tag eher mehr als weniger auffällig gefolgt war. Ihre Spione und Spitzel sind deutlich nachlässiger geworden oder wurden mit weniger Sorgfalt ausgewählt, dachte er zufrieden. Um sich besser vor der Kälte zu schützen, schlug Alexej den Kragen seines Mantels hoch und lief die letzten Meter zu einem heruntergekommenen Haus, welches früher wohl einmal weiß angestrichen war, wobei man die weiße Grundierung unter den vielen Staub- und Schmutzschichten nur mit bestem Willen und viel Fantasie erkennen konnte. Die Tür erschien morsch, war aber trotz des kaputten Eindruckes sehr stabil, ansonsten hätte Alexej gar nicht erst erwogen, in diesem Haus zu leben. War es auch nur vorübergehend, er konnte wirklich keinen unerwünschten Besuch gebrauchen, und Besuch bekam man in dieser Gasse unter normalen Umständen kaum. Sollte es jemanden an diesen Ort verschlagen haben, dann, um einer nicht ganz legalen Aktivität nachzugehen. Alexej vermutete beispielsweise, dass sein Nachbar die Junkies der Umgebung mit netten Pillen versorgte und mit anderem Zeug, das zum Schnupfen oder wahlweise zum Spritzen geeignet war, je nachdem, was der Kunde bevorzugte. Wie sagte man so schön? Der Kunde ist König, richtig? Alexej hielt sich aus den Machenschaften seiner Nachbarn heraus, wie gesagt, Ärger oder neugierige Aufmerksamkeit konnte er nicht gebrauchen. Er war selbst auf der Suche nach etwas ganz Bestimmtem, er wusste nur leider nicht hundertprozentig, wie dieser Gegenstand aussah. Was er allerdings mit Gewissheit wusste, war, dass dieses mysteriöse Ding, was auch immer es sein mochte, ihm vor seiner Rivalin in die Hände fallen müsste. Das kleine Miststück war ebenfalls verzweifelt auf der Suche nach dem Gegenstand, welcher einer Legende nach die Macht haben sollte, eine beliebige Frage zu beantworten. Man konnte, sobald man den Gegenstand gefunden hatte, eine Frage stellen, egal welche. Das Objekt besaß angeblich die Eigenschaft, allwissend zu sein, und Alexej hatte eine dringende Frage. Eine Frage, auf welche er keine Antwort fand, daher kam der zwingende Drang, herauszufinden, um was es sich bei diesem Gegenstand handelte und wo er sich befand. Auch seine Rivalin – vielleicht traf es der Begriff Feindin besser, überlegte Alexej – suchte diesen Gegenstand, um eine Frage zu stellen. Allerdings würde eine Antwort auf ihre Frage die Menschheit in den Abgrund stürzen. Er hingegen suchte einen Ausweg, um eben diese Pläne zu vereiteln. Die Tatsache, dass den Schlüssel für ihre beider Ziele ein Gegenstand darstellte, war dermaßen ironisch, dass sich ein kleines Lächeln auf seine Lippen schlich. Man konnte es sich wie ein Wettrennen vorstellen, nur dass der Sieger keine Goldmedaille gewinnen würde, sondern etwas viel Wertvolleres …

Kopfschüttelnd öffnete er die Tür zu seinem vorübergehenden Heim und entlockte den Angeln ein hässliches Quietschen. Vorsichtig betrat er das angrenzende Wohnzimmer, schaltete die Lampe oder, besser gesagt, die an der Decke baumelnde Glühbirne an und ließ seinen Blick wachsam über das Mobiliar gleiten. Auch wenn er die Tür für sicher hielt, war es töricht, sich allein auf ihre Stabilität zu verlassen. Auf den ersten Blick konnte er keine Eindringlinge erkennen und entspannte sich etwas, bis ein stetiges Schnarchen die Stille zerriss. Erschrocken zuckte Alexej zusammen. War es doch einem Betrunkenen gelungen, in sein Haus einzudringen, welcher jetzt gerade seinen Rausch ausschlief? Er atmete tief ein und meinte tatsächlich, eine bissige Note von selbst gebranntem Schnaps in der Luft zu riechen. Gleichermaßen genervt wie angewidert schnaubte er und näherte sich dem Sofa, auf dem er seinen ungebetenen Gast vermutete. Da das Schnarchen deutlich lauter wurde, bestätigte sich seine Annahme. Auch die halb leere, gläserne Flasche auf dem Couchtisch sprach dafür. Er lugte über die Lehne des Sofas und sah eine in Decken gehüllte Gestalt, deren Brustkorb sich langsam hob und senkte. Wunderbar, dachte Alexej, und verdrehte die Augen. So abgeschieden diese Gegend auch sein mochte, ihre Bewohner schienen sich der Notwendigkeit, sich von dem Besitz sowie von den Sofas der Nachbarn fernzuhalten, nicht bewusst zu sein. Mit zwei spitzen Fingern zog Alexej der Person die Decke unter das Kinn. Zuallererst kamen nur Haare zum Vorschein. Krause, braune Locken verdeckten das gesamte Gesicht der Gestalt. Glücklicherweise stieß der Typ auf der Couch ein weiteres kräftiges Schnarchen aus, sodass ihm genügend Haare aus dem Gesicht geweht wurden. Das Gesicht erschien Alexej merkwürdig bekannt, und bei genauerer Betrachtung wurde ihm schließlich klar, dass vor ihm tatsächlich ein Betrunkener lag. Nur war dieser Kerl kein beliebiger Obdachloser, sondern ein Freund von ihm, den er vor einigen Monaten auf der Straße aufgegabelt hatte. Alexej stieß laut den Atem aus und zog unsanft den restlichen Teil der Decke hinunter. Lewis schien das nicht im Geringsten zu stören, er drehte sich weiterhin schlafend auf die andere Seite und offenbarte einen Speichelfaden, welcher ihm aus dem linken Mundwinkel hing. Alexej wedelte mit der Hand vor seiner Nase, um den scharfen Schnapsgestank etwas zu lindern, und ging in die Küche. Seelenruhig nahm er sich einen Eimer, füllte diesen mit kaltem Wasser und gab noch einige Eiswürfel hinzu. Mit dem kalten Gemisch kehrte er zurück zum Sofa und goss es seinem Freund gnadenlos über den Kopf. Lewis zuckte zusammen und japste nach Luft, im nächsten Moment sprang er von der Couch und schnappte sich die Schnapsflasche, bereit, sie demjenigen über den Kopf zu ziehen, der ihn so unangenehm geweckt hatte. »Ruhig, Brauner!«, rief Alexej. Lewis blinzelte einige Male und ließ daraufhin seine Flasche sinken. »Alex? Bist du eigentlich verrückt geworden?«, stieß er lallend hervor. »Ich nicht, aber du offensichtlich schon! Verdammt, was ist denn los mit dir, dich so volllaufen zu lassen«, erwiderte Alexej gereizt. »Komm mal runter, ich bin – bin doch gar nicht soooo betrunken …«, versuchte sich Lewis zu verteidigen, was ihm angesichts der Tatsache, dass ihm dieser Satz nicht wirklich unfallfrei über die Lippen kam, nicht gelang. Alexej rieb sich gestresst über die Stirn und meinte: »Du bist wirklich keine große Hilfe, seit ich dich gefunden habe, säufst du wie ein Loch! Lass dich nicht so gehen, dafür habe ich keine Zeit und du genauso wenig!« Lewis stieß einen geräuschvollen Rülpser aus und murmelte: »Du bist so besessen von deiner Mission, Ottilie zu finden und die Erde zu retten! Solcher Quatsch verhindert, dass du mal ein bisschen Spaß hast …« Eine deutliche Röte wanderte Alexejs Hals hinauf und schoss ihm in den Kopf, wütend biss er die Zähne zusammen. »Du nennst das Quatsch? Wirklich? Ist es so unnötig, zu verhindern, dass eine ganze Spezies ausgelöscht wird?«, schrie er wütend. Lewis winkte ab und erwiderte: »Du schnallst es nicht, die Erde wird untergehen, und dasselbe habe ich auch vor, bloß dass mein Untergang lustiger ist …« Er gluckste und nahm einen tiefen Schluck aus der Flasche. »Stockbesoffen redest du nur Schwachsinn, also her mit der Flasche! Jetzt schläfst du und morgen arbeiten wir weiter daran, dieses kleine, verlogene Miststück aufzuhalten!«, entgegnete Alexej und riss seinem Kumpel die Flasche aus der Hand. »Ey, das war nicht nett!«, schmollte Lewis beleidigt. Kopfschüttelnd wollte sich Alexej umdrehen, doch eine Hand an seiner Schulter hielt ihn davon ab. »Jetzt warte mal, Alex. Selbst du als unverbesserlicher Held musst einsehen, dass wir gegen Ottilie zu zweit einfach nicht bestehen können.« »Wir sind nicht nur zu zweit, wir haben Lucas!«, hielt Alexej dagegen. Lewis zog eine Augenbraue hoch und schüttelte verneinend den Kopf: »Lucas ist ein Idiot, der bringt nichts!« »Da habt ihr ja schon etwas gemeinsam …«, antwortete Alexej. Lewis versuchte, ihm einen Stoß in die Rippe zu verpassen, doch er scheiterte kläglich und verlor stattdessen beinahe das Gleichgewicht. Alexej revanchierte sich mit einem gezielten Schlag in den Nacken. »So geht das! Mach dir mal keine Sorge über unsere Unterzahl, ich habe, was das angeht, einen Plan«, verkündete er. Lewis rieb sich seinen schmerzenden Nacken und meinte: »Oh, ein geheimer Masterplan, ich bin begeistert.« Ohne auf die Ironie einzugehen, die deutlich in seinem Satz mitschwang, erwiderte Alexej: »Dazu hast du auch allen Grund, mein Freund! Aber die Details erzähle ich dir morgen, also schlaf weiter, damit die Kopfschmerzen dich nicht allzu sehr ausbremsen.« »Besorg mir mal ein paar Aspirin, Mann, mein Schädel brummt jetzt schon …«, bat Lewis. »Selbst schuld, von mir kriegst du gar nichts mehr, ehe du dich nicht zusammenreißt! Also sei morgen zur Abwechslung mal aufmerksam und nutze die Gehirnzellen, die noch vorhanden sind.« Damit war das Gespräch beendet – vorläufig jedenfalls.

Elara

Es war Freitag und etwa kurz nach drei Uhr nachts. Die meisten Menschen schliefen um diese Zeit, doch Elara saß mit ihrem Laptop und diversen Nachschlagwerken auf ihrem Bett und rieb sich die müden, roten Augen. Neben ihr standen drei leere Kaffeetassen und eine angebrochene Dose Red Bull. Sie brütete über einem Geschichtsaufsatz, welcher am nächsten Morgen fällig war. Ihr Thema war der amerikanische Bürgerkrieg, und sie war im Großen und Ganzen auch recht zufrieden, bloß über Abraham Lincoln und seinen Kriegsminister Ulysses S. Grant wollte sie noch detaillierter berichten. Es war nicht so, dass sie nicht rechtzeitig angefangen hätte, nur waren ihr beim erneuten Durchlesen noch einige Punkte aufgefallen, die kleiner Verbesserungen bedurften. Die unbearbeitete Version war bereits wirklich gut und hätte ihrem Geschichtslehrer vermutlich gereicht, um zufrieden mit rotem Stift eine Eins auf das Dokument zu kritzeln, aber Elara hatte die schwächeren Punkte nun mal erkannt und wollte ihre Arbeit nicht unvollständig, wie es ihr erschien, abgeben. Sie hatte einige perfektionistische Züge und war dazu recht ehrgeizig, also zwang sie sich selbst, die fünfzehn Seiten zu überarbeiten oder, besser gesagt, zu optimieren. Ihre sonst so geübten Finger brauchten ungewöhnlich lange, um die Worte zu tippen, da sie von dem vielen Koffein und der Übermüdung bereits zu zittern begonnen hatten. Bei einem von ihr ausgewählten Zitat von Abraham Lincoln: »Kein Mensch ist so gut, dass er über einen anderen ohne dessen Zustimmung herrschen darf«, brauchte sie tatsächlich vier Anläufe, um die Wörter richtig zu übernehmen.

Die Buchstaben auf dem Laptop flimmerten und ein leichter Schmerz breitete sich in ihrem Kopf aus. Sie schloss für einige Sekunden die Augen und massierte sich währenddessen die Schläfen. Die Tür zu ihrem Zimmer wurde geöffnet und ihre größere Schwester Zara betrat in einem übergroßen T-Shirt, welches sie als Schlafanzug nutzte, den Raum. Zara und Elara hatten, obwohl sie Schwestern waren, überhaupt nichts gemeinsam. Während Elara lange dunkelblonde Haare hatte und grau-blaue Augen, die immer recht ernst hinter ihrer großen Brille hervorschauten, trug Zara ihre braunen, lockigen Haare kurz. Zara war launisch, aber dennoch beliebt und auf so ziemlich jeder Party zu Gast, während Elara nur eine gute Freundin hatte und ein deutlich ruhigeres Gemüt. Die jüngere Schwester analysierte die Situation, hörte aufmerksam zu und sammelte so die Informationen, die sie interessierten. Die Ältere war wiederum lieber mittendrin statt nur dabei und genoss es, im Mittelpunkt zu stehen. »Sag mir nicht, du arbeitest noch an deinem Geschichtsding? Du bist doch völlig fertig, nicht mal ein guter Concealer könnte deine Augenringe noch verbergen, Schätzchen. Was ist denn so wichtig daran, den Aufsatz zu korrigieren, der war doch perfekt ...«, plapperte Zara los. Elara kniff die Augen zusammen und hielt sich die Ohren zu. »Pst, nicht so laut!«, zischte sie. »Hast du Angst, dass Mama und Papa aufwachen?«, flüsterte Zara zurück. »Nein, aber ich kann deine laute Stimme und die unnötigen Worte, die du von dir gibst, gerade nicht ertragen!«, erwiderte Elara immer noch leise. Ihre Schwester stieß einen empörten Laut aus und meinte: »Du bist ja komplett durchgedreht. Meinetwegen lerne doch so viel du willst und schütte Unmengen von Kaffee in dich hinein! Gesund ist das ja nicht, aber mach dir keine Sorgen, ich werde dich nicht weiter belästigen, damit du meine nervtötende Art nicht ertragen musst! Sorry …«, zischte Zara sauer und legte einen dramatischen Abgang hin. Elara schlug die Augen nieder, das würde ihre Schwester ihr noch eine Weile nachtragen … Aber um drei Uhr nachts hatte sie einfach weder die Nerven noch die Zeit, sich über Concealer Gedanken zu machen. Sie schüttelte den Kopf und nahm einen Schluck Red Bull. Angewidert verzog sie bei dem Geschmack des Energy-Drinks das Gesicht. Ekelhaft, dachte sie, aber es kam ihr nicht auf den Geschmack an, sondern nur auf die Wirkung, und die erzielte den gewünschten Effekt und verhinderte, dass ihr die Augen zufielen. Sie widmete sich erneut ihrer Arbeit, in der Hoffnung, später vielleicht noch eine halbe Stunde Schlaf zu bekommen. Mit ein wenig Ruhe hatte sie vielleicht das Glück, dass ihre momentan tiefschwarzen Augenringe sich noch zu einem leichten Violett färben würden. Das wäre doch mal eine nette farbliche Veränderung im Gegensatz zu den schwarzen Balken, die in der Prüfungszeit immer unter ihren Augen prangten, dachte sie mit einem kleinen Lächeln auf den Lippen.

Der Wecker klingelte um halb sieben in der Früh. Mit einem Ächzen hievte Elara sich aus ihrem Bett, nur um über eines ihrer Geschichtsbücher zu stolpern. Sie konnte sich gerade noch an der Kante ihres Schreibtisches festhalten und tastete nach ihrer Brille. Nachdem sie fündig geworden war, schob sie sich die »Harry-Potter-Gedächt-nis-Brille«, wie ihre Freundin zu sagen pflegte, wieder auf die Nase. Ihre Augen dankten es ihr damit, dass sie die Welt wieder scharf stellten. Elara zog gerne den Vergleich zwischen ihren Augen und einem Fernseher. Ohne ihre Brille sah sie das Bild wie auf einem schlechten analogen Gerät, und mit ihr hatte sie eine brillante HD-Bildqua-lität. Immer noch verschlafen, drückte sie bei der offe-nen Word-Datei auf Drucken und wartete ungeduldig darauf, dass der Drucker ihren Aufsatz ausspuckte. Die bedruckten Seiten fanden ihren Platz in einem pinkfar-benen Schnellhefter, welcher wiederum in einer Trans-portmappe in ihrem Rucksack verschwand. Die restli-chen Bücher und Mappen für den heutigen Tag wurden ebenfalls in die Schultasche gequetscht. Beim Schließen des Rucksackes hatte sie einige Probleme, aber mit etwas Gewalt und nach diversen Flüchen ließ sich der Reiß-verschluss doch noch zuziehen. Mit dem Rucksack auf der Schulter wollte sie gerade über die Türschwelle zum Flur treten, als ihr einfiel, dass sie immer noch ihren Py-jama trug. Sie schlug sich mit der flachen Hand auf die Stirn und kehrte zurück zu ihrem Kleiderschrank, wo sie jeweils die ersten Teile, die sie in die Finger bekam, her-auszog und überstreifte. Fertig angezogen griff sie nach einer Bürste, um die dunkelblonden Haare, welche vom ewigen Zerzausen ganz widerspenstig geworden waren, zu bändigen, gab es jedoch nach zwei Minuten auf und griff nach einem Haargummi. Sie steckte ihre Mähne zu einem nachlässigen Dutt hoch und stiefelte in die Küche zu ihrem Lieblingsgegenstand – der Kaffeema-schine. Zufrieden trank sie ihren doppelten Espresso und fühlte, wie die Lebensgeister langsam erwachten. Ihre Mutter Roth betrat, bloß in Negligé und Morgenmantel gekleidet, die Küche und wünschte ihr einen guten Morgen. Skeptisch betrachtete Elara ihre Mutter, während sie einen Bissen von ihrem Nutella-Brot nahm. »Ist alles in Ordnung, Lara?«, erkundigte sich ihre Mutter, die ebenfalls zu dem Kaffeeautomaten wanderte. »Ja, es ist nur so … Ich frage mich, ob du dir nicht vielleicht etwas anziehen möchtest, musst du nicht gleich in die Praxis?«, fragte Elara. Roth riss bestürzt die Augen auf und verschwand wieder aus der Küche. Ziemlich verrückte Familie, dachte Elara grinsend und widmete sich der fast vollen Kaffeetasse, die Roth in ihrer Eile stehen gelassen hatte. Mit einem Blick zur Uhr verging ihr allerdings das Grinsen und sie beeilte sich, um noch ihren Bus zu bekommen.

Zu Beginn der Pause schlenderte Elara zum Chemie-Raum, um ihre Freundin Emelie abzuholen. Dieses Schuljahr hatten sie bedauerlicherweise kaum Kurse zusammen, so blieben ihnen nur die Zeiten zwischen dem Unterricht. »Na du«, grüßte Emelie. Elara schenkte ihr ein kleines Lächeln, zu mehr war sie nicht imstande, weil sie darum kämpfen musste, die Augen offen zu halten. »Sag nicht, du warst schon wieder die ganze Nacht wach?«, erkundigte sich Emelie mit leichtem Tadel in der Stimme. Elara zuckte bloß nichtssagend die Schultern. »Wollen wir in die Cafeteria gehen?«, wich sie der Frage aus. »Kannst du erst einmal meine Frage beantworten?«, beharrte Emelie. »Nein, ich war nicht die ganze Nacht wach«, seufzte Elara. »Lara, darf man lügen?«, entgegnete Emelie mit hochgezogener Augenbraue. »Also so gegen fünf Uhr morgens bin ich eingeschlafen«, murmelte Elara zerknirscht. Emelie schaute sie kopfschüttelnd an und fragte: »Was gab es denn noch so Wichtiges, was du fertigstellen musstest?« »Meinen Geschichtsaufsatz über den amerikanischen Bürgerkrieg …«, klärte Elara sie auf. Emelie seufzte und zog ihre Freundin schließlich in Richtung der Cafeteria. Sie kramte nach einer Münze und steckte diese in den schuleigenen Kaffeeautomaten. »Bitte sehr«, sagte Emelie und reichte Elara einen Becher mit Kaffee. »Womit habe ich dich verdient? Du bist die Beste«, rief Elara und nahm gierig einen Schluck von dem heißen Getränk. »Ich muss doch wohl sicherstellen, dass du den heutigen Tag ohne ein Nickerchen überstehst …«, meinte Emelie grinsend. Elara winkte ab und erwiderte: »Nach der Schule haue ich mich aufs Ohr und hole meinen verpassten Schlaf nach.« Emelie zog die Augenbrauen zusammen und bedachte ihre Freundin mit einem bitterbösen Blick. Fragend schaute Elara zurück und war froh, dass Blicke nicht töten konnten, ansonsten würde sie unter diesem sicherlich ins Gras beißen. Kapitulierend hob Elara langsam die Hände und schlussfolgerte: »Ich habe keine Ahnung, um was es geht, aber es scheint etwas zu sein, was dir wirklich wichtig ist, und ich habe es komplett verpatzt, indem ich es vergessen habe …« Emelies Gesichtsausdruck normalisierte sich allmählich wieder und sie erklärte: »Erinnerst du dich an die Feier von Mary Mittermeier?« Seufzend rieb sich Elara über die Stirn und fragte: »Da möchtest du hingehen?« »Falsch, da wollen **wir** hingehen«, antwortete Emelie. »Muss das denn sein, ich habe eigentlich noch sehr viel zu tun …«, versuchte sich Elara aus der Affäre zu ziehen. »Und was soll das sein?«, hakte Emelie nach. Fieberhaft suchte Elara nach einem triftigen Grund, doch ihr fiel spontan keine gute Ausrede ein, sodass sie behauptete, ihrer Schwester bei den Hausaufgaben helfen zu müssen. »Seit wann macht deine Schwester Hausaufgaben?«, erkundigte sich Emelie irritiert. »Ähm … Sie wollte heute damit anfangen«, log Elara verunsichert. Emelie kniff die Augen zusammen und unterzog Elara einer scharfen Musterung. »Was hast du denn für Bedenken gegenüber der Party?« »Na ja … Eigentlich gar keine Bedenken«, murmelte Elara. »Dann gibt es ja keinen Grund, nicht hinzugehen!«, freute sich Emelie und wollte sich zum Gehen wenden. »Warte! Okay, ja, ich habe meine Bedenken! Was ist denn an einer Feier so toll? Dort sind Dutzende Jugendliche, die halb nackt tanzen und dabei schwitzen, literweise Bier oder andere alkoholische Getränke in sich reinschütten und die Getränke, die alkoholfrei sind, mit eigenem Schnaps aufpeppen! Das ist doch ein Albtraum …«, knickte Elara ein. Emelie kicherte bloß und meinte: »Du kannst so ziemlich alles, außer Spaß haben.« »Quatsch, ich habe Spaß, sehr viel Spaß sogar!«, entgegnete Elara empört und fügte hinzu: »Du hast einfach eine ganz andere Definition von Spaß als ich!« Bedächtig nickte Emelie mit dem Kopf und sagte: »Richtig, und es wird Zeit, dass du meine Vorstellung von Spaß kennenlernst. Also, keine Widerworte mehr, das hat nämlich keinen Zweck, meine liebe Lara!« Seufzend gab sich Elara geschlagen und stellte sich auf einen Abend in Gesellschaft von ihren ohnehin schon meistens dämlichen und dort auch noch besoffenen Mitschülern ein. Zaudernd verzog sie die Mundwinkel nach unten und stellte sich ihrem grausigen Schicksal.

Kapitel 2

Alexej

Es war halb elf Uhr morgens und Alexej stand vor seiner Couch und betrachtete Lewis, der noch seinen Rausch ausschlief. Unsanft rüttelte Alexej an den Schultern seines Kumpels und fragte: »Stehst du freiwillig auf oder muss ich den Eimer holen?« Der Angesprochene stöhnte übertrieben und hielt sich theatralisch den Kopf. »Aspirin!«, stieß er hervor. Alexej konnte es sich nicht verkneifen, seinen Freund etwas zu quälen, und erwiderte: »Würdest du bitte in ganzen Sätzen mit mir reden? Du weißt doch noch, wie das geht, oder? Subjekt, Prädikat, Objekt!« »Bring mir Aspirin, du verdammter Bastard!«, war der zweite Anlauf von Lewis. Missbilligend schnalzte Alexej mit der Zunge und wackelte mit dem Zeigefinger. »Erste Lektion: Wenn du jemanden um etwas bittest, solltest du vermeiden, ihn im gleichen Atemzug zu beleidigen!« »Zweite Lektion: Wenn es einem Freund nicht gut geht, dann foltere ihn nicht mit unnötigen Belehrungen, sondern hilf ihm!«, entgegnete Lewis mit knirschenden Zähnen. »Mensch, Lewis! Das Prinzip hast du ja scheinbar verstanden, also hör bei Lektion drei gut zu! Solltest du betrunken und sabbernd bei deinem Freund auf dem Sofa eingeschlafen sein, stelle keine Forderungen, sondern versorge dich selbst unauffällig, damit du deinen überaus freundlichen Gastgeber nicht störst, geschweige denn ihm auf die Nerven gehst.« »Ist ja gut, Alter!«, murmelte Lewis und stand schwankend auf. »Also, wo hast du die Tabletten versteckt?« »In der Küche, im dritten Schrank links, neben den Wassergläsern«, erklärte Alexej. Murrend schleifte sich Lewis in Richtung Küche. Nach einigen Augenblicken kam er wieder, in der einen Hand ein Wasser und in der anderen das Wundermittel gegen Kopfschmerzen mit dem Namen Aspirin. Er schluckte das Medikament geräuschvoll hinunter und setzte sich erneut auf das Sofa. »Du hast gestern von irgendeinem Plan geredet ...«, begann Lewis. »Ich bin überrascht, dass du dich daran erinnerst!«, unterbrach ihn Alexej. Lewis sah ihn böse an und forderte eine Erläuterung seines Planes. »Komm mit, dafür müssen wir in mein Arbeitszimmer!«, forderte Alexej ihn auf und stieg die Treppen zum Dachboden hinauf.

Der Dachboden stellte sowohl Schlaf- als auch Arbeitszimmer für Alexej dar. Ein einfacher Lattenrost, auf dem eine Matratze sowie zerknülltes Bettzeug lagen, stand in der hinteren Ecke des Raumes und diente als Bett. Gegenüber befand sich ein alter wuchtiger Schreibtisch, dessen Tischplatte in der Mitte schon leicht gebogen war und unter dem Gewicht der zahlreichen Bücher und Karten zusammenzubrechen drohte. Neben dem Schreibtisch stand eine Pinnwand, an der ausgeschnittene Zeitungsartikel hingen, Landkarten sowie gelbe beschriftete Post-its. Einige Bücherregale hatten sich ebenfalls einen Platz erkämpfen können, wobei sie etwas zweckentfremdet worden waren. Auf den Regalbrettern stapelten sich neben Büchern auch Kleidungsgegenstände und ein alter Röhrenfernseher, nicht zu vergessen die dicke Staubschicht, die sich ebenfalls eingerichtet hatte. »So, da wären wir ... Dann fang mal an zu singen, mein Vögelchen!«, forderte Lewis auf. Alexej ignorierte den wenig erfolgreichen Versuch seines Freundes, witzig zu sein, und begann tatsächlich mit der Erläuterung seines Planes. »Fakt ist, Ottilie ist die Nachfahrin von Pandora, der Schöpfung der Götter, die die Erde vernichten wollte, es aber auf wundersame Weise nicht schaffte, ihre Schatulle ganz zu leeren. So konnte die Menschheit überleben, richtig? Meine Vermutung besteht darin, dass Prometheus es schaffte, einen Weg zu finden, der die Erde von dem Einfluss der Götter abschnitt. Ich habe mir das Ganze wie ein großes magisches Netz vorgestellt!« Alexej deutete auf die Pinnwand, an der eine von ihm angefertigte Skizze der Erde hing, die von bunten Kreisen umgeben war, welche wohl den angesprochenen Schutzschild darstellen sollten. »Okay, so weit, so gut – aber wieso konnte diese Schatulle nicht ganz geleert werden und warum hat sich Prometheus selbst an die Götter des Olymps ausgeliefert, wenn er sich doch durch das Netz, welches er erschaffen hat, hätte schützen können?«, hakte Lewis nach. »Das habe ich mich auch gefragt und in vielen der alten Sagenbücher nachgeforscht, die ich über die Jahre gesammelt habe. Es sind bloß Vermutungen, aber laut dem, was ich gelesen habe, würde ich sagen, dass der Schutzschild nicht nur Magie ausgrenzt, sondern auch innerhalb, also auf der Erde, die Ausbreitung von ursprünglicher Magie oder Übernatürlichem verhindert. Folglich wäre Prometheus als Titan entweder an dem Ersticken seiner Kräfte gestorben oder ein Störfaktor gewesen und hätte so eine Gefahr für seine Menschen dargestellt, weil der Schild durch seinen Einfluss zu schwach gewesen wäre, um die zornigen Götter von einer erneuten Rache abzuhalten …« »Aber hast du nicht selbst gesagt, dass du dich, mich und auch Lucas für Nachfahren der Götter hältst?«, fragte Lewis irritiert nach. »Ja, habe ich«, antwortete Alexej. »Aber nach dem, was du gerade erzählt hast, würden wir doch unter übernatürliche Wesen fallen und müssten daher eigentlich tot sein oder hätten schon eine Attacke der Götter ausgelöst«, schlussfolgerte Lewis. »Solche Gedanken sind mir auch durch den Kopf gegangen, allerdings war Prometheus klug und muss einen Weg gefunden haben, uns zu erschaffen, sodass wir keinen Störfaktor darstellen, sondern den Motor für den Abwehrmechanismus des Schildes«, fuhr Alexej fort. »Warte, das geht mir jetzt zu schnell … Ich bin ein Motor für diesen Schild, obwohl er mich eigentlich umbringen müsste?«, rätselte Lewis. Alexej schnalzte ungeduldig mit der Zunge: »Der Legende nach wird bloß ursprüngliche Magie verstoßen.« »Ach so …«, meinte Lewis, fügte aber nach einigen Momenten des Überlegens hinzu: »Ich habe es leider immer noch nicht geschnallt.« »Also, wenn Prometheus es geschafft hat, Gene der Götter in normale Menschen zu pflanzen, fallen diese Geschöpfe, Schrägstrich wir, nicht unter die ursprünglich göttlichen Wesen und können daher friedlich mit dem Schild koexistieren.« Lewis rieb sich nachdenklich über die Stirn und sagte schließlich: »Ich glaube, so langsam verstehe ich, worauf du hinauswillst. Wir wurden später erschaffen und sind darum nicht ursprünglich … Ich frage mich bloß, warum unsere Art dieser 'halben, nicht ursprünglichen götterähnlichen Wesen mit übernatürlichen Kräften' denn überhaupt von ihm erschaffen wurde, wenn er die Menschheit doch vor dem Einfluss der Götter schützen will. Warum setzte er dann ihre künstlich geschaffenen Nachkommen auf der Erde aus?« »In den Büchern steht, dass so ein Netz unglaubliche Mengen an Kraft verbraucht, Kraft in Form von Energie beziehungsweise Magie. So gesehen, waren teilweise übernatürliche Wesen notwendig, um den Schutz der Spezies zu garantieren«, erläuterte Alexej. »Also meintest du mit Motor die Tatsache, dass wir den Schild mit unseren Kräften am Leben halten?«, schlussfolgerte Lewis. »Ja, so lautet meine Theorie«, stimmte ihm Alexej zu. »Um noch mal auf Ottilie zurückzukommen … Ist sie das Gleiche wie wir, nur dass sie nicht von den Göttern, sondern von Pandora abstammt?«, fragte Lewis. Alexej nickte zustimmend. »Aber nach deiner Theorie ist ihre Vorgängerin Pandora doch auch kein ursprüngliches magisches Wesen, sondern erst später erschaffen worden. Warum konnte sie dann vom Schutzschild beeinflusst werden?«, überlegte Lewis. »Darüber habe ich noch gar nicht nachgedacht, aber spontan würde ich vermuten, dass Pandora doch zu viele Spuren von ursprünglicher Magie enthielt. Du musst dir ja vorstellen, dass alle Götter des Olymps sie zusammen geschaffen haben, daher könnte sie eine Ausnahme darstellen …«, erläuterte Alexej. »Und Ausnahmen bestätigen die Regel«, ergänzte Lewis murmelnd. »Halleluja, das Ganze ist ziemlich verwoben und mysteriös«, fügte er seufzend hinzu. »Wo du Recht hast …«, begann Alexej. »Mal aus reinem Interesse, kann man herausfinden, welcher Nachkomme von welchem Gott abstammt?«, erkundigte sich Lewis. »Ich wüsste nicht, wie man es mit hundertprozentiger Sicherheit sagen kann, aber laut den

Legenden haben die Nachkömmlinge ähnliche Kräfte und Charakterzüge und sollen auch optisch teilweise stark oder schwach nach ihren Vorfahren kommen ...«, sagte Alexej vage. »Na, wenn das so ist, kann ich ja eigentlich nur von einer Göttin abstammen«, meinte Lewis schmunzelnd und fuhr sich grinsend durch die Haare. »Jetzt bin ich aber gespannt ...«, erwiderte Alexej stirnrunzelnd. »Aphrodite, die Göttin der Liebe, der Schönheit und der sinnlichen Begierde! Ich sehe so gut aus, da kann doch nur sie mein genetischer Ursprung sein!«, seufzte Lewis grinsend und fuhr mit seiner Hand anzüglich die Linien seines Körpers nach. Alexej brach in schallendes Gelächter aus und musste sich vor Lachen den Bauch halten. Gespielt empört hielt sich Lewis eine Hand an die Stirn und hauchte: »Dein Lachen, mein lieber Alex, verletzt mich mehr, als ich zugeben will.« Alexejs Lachen ging langsam in ein stetiges Glucksen über, aber so ganz konnte er nicht verbergen, dass er sich köstlich amüsierte. Lewis ließ den Blödsinn und wurde wieder ernst. »Du hast jetzt so gut und genau, wie es eben möglich ist, unsere Situation, den Grund unserer Existenz, aufgedeckt, aber gestern sprachst du von einem Plan, wie wir ihr und ihrer kleinen Sekte zahlenmäßig nicht mehr unterlegen sind«, erinnerte Lewis ihn. Alexej ließ sich auf den Schreibtischstuhl sinken und begann zu erklären: »Ich konnte mir einfach nicht vorstellen, dass bloß wir drei für die Versorgung des Schildes verantwortlich sind. Für die Massen an Energie, die der Schild zum Schutz der Erde verschlingt, müssen noch mehr Leute unserer Art verantwortlich sein, und genau die gilt es zu finden!«, erzählte Alexej. »Wunderbar, und wie finden wir unsere Artgenossen?«, fragte Lewis leicht ironisch. »Tja, wenn das mal so einfach wäre … Dazu habe ich nämlich eine weitere Theorie, deren Umsetzung selbst für unsere Verhältnisse viele Risiken birgt …« »No risk, no fun!«, warf Lewis schmunzelnd ein.

Alexej zog die Stirn kraus und schüttelte leicht den Kopf. Bedrückt sagte er: »Ich glaube nicht, dass dir das gefallen wird.« »Spuck es schon aus, so schlimm wird es nicht sein!«, beharrte Lewis. »Wir waren nicht immer so, wie wir jetzt sind. Es hat eine Zeit gegeben, als wir noch keine besonderen Talente beziehungsweise Fähigkeiten aufwiesen …«, begann Alexej. »Also ich war schon immer talentiert!«, unterbrach ihn sein Kumpel. Alexej zog eine Augenbraue hoch, fuhr jedoch fort: »Wie auch immer, diese Talente waren zumindest nicht so stark ausgeprägt, wie sie es jetzt sind. Ich erinnere mich sehr gut an den Zeitpunkt, als bei mir die Wende eintrat, wie sieht es bei dir aus? Kannst du die Veränderung auch mit einem bestimmten Ereignis verknüpfen?« Lewis überlegte eine Weile und rieb sich nachdenklich über das Kinn, seine sonst so fröhliche, lockere Art wich einer Bedrückung, die man ihm deutlich ansah. »Ich denke nicht gerne daran zurück …«, antwortete er schließlich. Alexej legte ihm mitfühlend eine Hand auf die Schulter, erwiderte jedoch: »Es wäre wirklich wichtig … Ich brauche noch eine Bestätigung für meine Annahme.« Lewis seufzte frustriert, gab jedoch klein bei: »Es war schon spät abends, eigentlich hätte ich längst zu Hause sein müssen, aber ich hatte Stress mit meiner Mutter und wollte meine Rückkehr zu ihr deshalb so lange hinauszögern wie möglich, also bin ich durch einige Gassen und Nebenstraßen gegangen. Ist rückblickend keine so gute Idee gewesen. Etwa eine Querstraße von unserer Wohnung entfernt kam eine Gruppe, ich glaube, es waren ungefähr vier Leute, auf mich zu und forderte, dass ich ihnen mein Portemonnaie, mein Handy sowie alle Wertgegenstände, die ich bei mir trug, aushändigen sollte.« Er stockte kurz und schluckte die aufkommenden Gefühle wieder hinunter: »Die Kerle sahen wirklich übel aus, sie waren breit wie Schränke und ungefähr Mitte zwanzig, tätowiert von oben bis unten. Na ja, die Details sind ja auch eigentlich unwichtig, wenn man die Gruppe gesehen hatte, wusste man jedenfalls, dass das Ärger bedeutete. Ich habe ihnen alles gegeben, was ich hatte, und wollte danach so schnell wie möglich weglaufen, weit war es ja nicht mehr. Mein Ego und mein Stolz hatten unter den Demütigungen der Gruppe ganz schön gelitten, also habe ich etwas selten Dämliches getan. Während ich wegrannte, habe ich mich erneut umgedreht und den Bastarden zugeschrien, dass ich die Polizei anrufen würde und sie dann schon sehen würden, was sie von solchen Aktionen hätten. Ich hätte einfach mal meine große Klappe halten sollen, aber du kennst mich ja, ich muss alles und jeden kommentieren … Ich weiß nicht, ob die Typen wirklich Angst vor der Bullerei hatten oder nur wütend waren, weil ich ihnen gedroht hatte … Sie verfolgten mich jedenfalls und prügelten mich windelweich.« Erneut brauchte Lewis eine Pause, ehe er sich bereit fühlte, fortzufahren. »Ich war ziemlich übel zugerichtet worden und erinnere mich auch nur noch dunkel an das, was danach kam, ich hatte wohl eine Gehirnerschütterung. Als ich irgendwann im Krankenhaus aufgewacht bin, waren die Ärzte erstaunt. Sie hatten nicht damit gerechnet, mich noch retten zu können, anscheinend waren diverse Organe beschädigt worden und ich hatte dadurch innere Blutungen ... Zwischendurch hatte auch mein Herz aufgehört zu schlagen und alle Maßnahmen zur Wiederbelebung schlugen fehl, das haben mir zumindest die Ärzte erklärt, aber irgendeine muss ja scheinbar funktioniert haben, schließlich weile ich ja noch unter den Lebenden. Ich hatte wohl Glück im Unglück, nicht wahr?« Alexej zog scharf die Luft ein. Zum einen tat ihm die Geschichte seines Freundes natürlich leid, aber größtenteils war er schockiert, weil er seine Theorie durch Lewis' Vergangenheit bestätigt sah.

Fieberhaft dachte er darüber nach, ob seine Überlegung Sinn ergab. Doch es war die einzige logische Erklärung, die ihm einfiel. Er nagte nachdenklich an seiner Unterlippe, bis er Blut schmeckte. »Ist alles in Ordnung mit dir, Alex?«, fragte Lewis ihn besorgt. Alexej blieb still, er versuchte, die Schlüsse, die er aus seiner Erfahrung wie aus den Erzählungen von Lucas und Lewis gezogen hatte, zu verarbeiten. Grübelnd wägte er die Pro- und Kontra-Argumente ab und entschloss sich, seinen riskanten Plan trotz aller Bedenken umzusetzen. Er erhob sich und wanderte zu seiner Pinnwand, an welcher er hastig durch einige der Dokumente blätterte. Lewis gesellte sich zu ihm und fragte neugierig: »Kann man dir helfen?« »Mir ist nicht mehr zu helfen ...«, antwortete Alexej gedankenverloren. Schließlich hatte er die beiden Dinge gefunden, welche den Grund für seine Suche darstellten. Das eine war ein Zeitungsartikel oder, besser gesagt, ein Eintrag in einer Schulhomepage. Er handelte von einem Mädchen, das, laut Artikel, außergewöhnlich gute schulische Leistungen erbracht und an diversen landesweiten Wettbewerben teilgenommen hatte. Eine Vorzeigeschülerin, wie sie im Buche steht. Mit ihrer großen runden Brille erfüllte sie bereitwillig das Klischee der Streberin. »Dieses Mädchen …«, sagte Alexej leise und deutete auf das Bild des ausgedruckten Artikels, »… suchen wir!« Lewis hakte nach und fragte, was an diesem Mädchen so besonders sei. »Ich bin mir ziemlich sicher, dass sie eine von uns ist«, stellte Alexej klar. »Und woran willst du das ausmachen?«, fragte Lewis. »Das Mädchen hat außergewöhnlich viele, stark ausgeprägte Talente, scheint eher eine Einzelgängerin zu sein und fällt mit ihrer Art auf, was jetzt nicht negativ gemeint ist, sondern einfach eine Tatsache …«, erklärte Alexej. »Klingt eher wie ein Freak«, meinte Lewis trocken. Alexej drehte sich blitzschnell um, packte seinen Freund an den Schultern und stieß flüsternd hervor: »Und? Sind wir das nicht alle? Freaks, die nirgendwo hineinpassen?« Die glänzenden Augen von Alexej jagten Lewis einen Schrecken ein, sein Freund sah aus, als wäre er wahnsinnig geworden. »Okay, Kollege, fahr mal einen Gang runter! Sie kann, selbst wenn sie merkwürdig ist, ein ganz normaler Mensch sein!«, argumentierte Lewis abwehrend. Seufzend ließ Alexej seinen Freund los und wanderte im Raum auf und ab. »Ich glaube auch tatsächlich, dass ihr Funke noch nicht vollständig brennt, sie hat höchstens ein schwaches Flackern in sich«, erwiderte Alexej. »Du sprichst von ihrem göttlichen Funken?«, hakte Lewis vorsichtig nach. Mit zusammengekniffenem Mund nickte Alexej bedächtig. »Und wie hast du vor, den Funken, sollte sie ihn denn haben, ganz aus ihr herauszukitzeln?«, erkundigte sich Lewis mit hochgezogener Augenbraue. Alexej wackelte mit dem Zeigefinger vor der Nase seines Freundes und tippte sich damit anschließend an die Stirn. »Damit kommen wir wieder auf meine riskante Theorie zu sprechen …«, antwortete er vage. Obwohl nicht zu befürchten war, dass die Wände Ohren hatten, sprach Alexej äußerst leise, als er seinem Freund die Vermutungen offenbarte. Lewis wich mit aufgerissenen Augen schreckerfüllt von seinem Freund weg und zischte: »Du hast sie doch nicht mehr alle!« »Da hast du wahrscheinlich sogar Recht, aber meine Theorie ergibt Sinn! Vergleiche mein Schicksal und das von Lucas mit deinem. Nur zu, mach es, du wirst die Parallelen sicherlich erkennen!«, antwortete Alexej. Der Angesprochene zauderte und hielt sich stöhnend den Kopf, bis er schließlich dazu überging, nervös an seinen Fingernägeln zu kauen. »Das gefällt mir nicht, das gefällt mir ganz und gar nicht!«, murmelte er kopfschüttelnd vor sich hin. »Mir doch genauso wenig, aber es ist der einzige Weg, Ottilie die Stirn zu bieten, und du weißt, was passiert, wenn sie gewinnt und wir versagen!«, versuchte ihn Alexej zu überzeugen. Lewis ließ langsam die Luft aus seinen Lungen strömen und fragte: »Und wo finden wir sie?« Ein kleines Lächeln schlich sich um Alexejs Lippen, da er froh war, dass Lewis seinen Plan zwar nicht guthieß, aber unterstützte. Er widmete sich erneut der Pinnwand und riss einen weiteren Zettel ab, diesmal eine Einladungskarte. Triumphierend wedelte er mit der Karte und sagte: »Eine gewisse Mary feiert heute ihren Geburtstag nach und so ziemlich jeder, ob nun

beliebt oder nicht, ist eingeladen, um mit ihr zu feiern.«
»Also auch die Brillenschlange«, schlussfolgerte Lewis.
»Davon gehe ich aus …«, bestätigte ihn Alexej.

Elara

Als die Schule vorüber war, ging Elara auf direktem Weg
nach Hause. Mit Schrecken dachte sie an den kommenden Abend. Ist denn eine ruhige Nacht zu viel verlangt,
fragte sie sich murrend und schlug den Weg in die Küche
ein. Ein übler Geruch stieg ihr in die Nase, es roch leicht
verbrannt. Mit einer Hand vor Nase und Mund betrat
sie vorsichtig die Küche, bereit, das Handy zu zücken,
um die Feuerwehr zu alarmieren. Anders als sie erwartet hatte, schlugen ihr keine hellen Flammen entgegen,
sondern nur ihre Mutter, die mit einem Pfannenwender
hantierte und ihr lächelnd zuwinkte. »Na, Lara, schon
so früh aus der Schule wieder da?«, grüßte Roth sie.
»Mama …«, begann Elara stockend und fügte hinzu:
»Dasselbe könnte ich dich auch fragen. Ich dachte, du
musst heute lange arbeiten.« »Nein, freitags kann ich jetzt
immer früh nach Hause kommen und meiner heimli-
chen Passion nachgehen!«, frohlockte sie munter. »Und
das wäre?«, hakte Elara nach. »Das Kochen«, grinste
Roth. Heilige Scheiße, dachte Elara. Ihre Mutter war
wirklich in vielen Dingen talentiert, allerdings gehörte
das Zubereiten von Mahlzeiten nicht dazu. Roth schaffte
es sogar, ein Fertiggericht dermaßen zu versalzen, dass
es ungenießbar wurde. »Super! Ich freue mich …«, log
Elara mit einem aufgesetzten Lächeln. Roth erwiderte

das Lächeln und hielt ihr einen Löffel mit Soße hin. »Hier, koste mal!«, forderte sie ihre Tochter auf. Elara hielt sich den Bauch und behauptete, dass sie bereits in der Schule gegessen hätte. »Mach dir mal keine Sorgen, die Hälfte der Sachen sind vom Lieferservice …«, sagte Roth und machte eine ausschweifende Handbewegung. Elara stieß erleichtert die Luft aus, fragte allerdings misstrauisch: »Wieso riecht es hier dann so verbrannt?« »Ich wollte uns einen Nachtisch machen, also besser gesagt Pfannkuchen. Hat nicht ganz funktioniert«, gestand die Mutter verschmitzt. Nachdem Elara erfahren hatte, dass sie nicht mit einer Lebensmittelvergiftung würde rechnen müssen, wenn sie die Nudeln aß, bekam sie doch noch Appetit und setzte sich an den Küchentisch. »Und …? Was steht heute bei dir noch so an?«, fragte Elara zwischen zwei Bissen. »Nichts Spannendes. Hast du Pläne für heute Abend?«, nuschelte ihre Mutter, den Mund voll Nudeln. »Leider ja …«, seufzte Elara pikiert. Roth schaute ihre Tochter schräg an und bemerkte: »Du und Zara könntet nicht unterschiedlicher sein.« »Wie darf ich das jetzt auffassen, positiv oder negativ?«, meinte Elara mit hochgezogener Augenbraue. »Mir wäre neutral das Liebste!«, entgegnete Roth mit angedeutetem Lächeln auf den Lippen. Eine Weile herrschte Stille und nur das Scheppern des Geschirrs war zu vernehmen. »Du gehst also auch auf die Feier von Mary?«, hakte Roth nach. Elara schaute ihre Mutter überrascht an und stellte prompt eine Gegenfrage: »Woher weißt du das schon wieder?« Roth stieß amüsiert die Luft aus und sagte: »Ich bitte dich, Lara. Deine Schwester spricht seit Tagen von nichts anderem.« Elara durchforstete ihr Gehirn, erinnerte sich jedoch an keine Bemerkung ihrer Schwester über die Party. Sie zögerte kurz, genau genommen fiel ihr überhaupt kein Gespräch mit ihrer Schwester ein, welches sie im Nachhinein interessant genug gefunden hatte, um es zu erwähnen ...

Sie biss sich nachdenklich auf die Lippe. War sie eine schlechte Schwester oder konnte sie Zara mit ihrem oftmals nervtötenden Geplapper die Schuld für ihr gegenseitiges Desinteresse in die Schuhe schieben? Elara seufzte und rieb sich genervt über die Augen. Ein lautes Knallen der Tür und gehetztes Trampeln von Füßen ließ sie aus ihren Gedanken hochfahren. »Ich bin zu Hause!«, schrie Zara, während sie die Küche betrat. »Und ich sitze direkt vor dir und kann dich sehr gut verstehen!«, informierte Elara sie. Zara verdrehte die Augen und wandte sich an Roth: »Hey, Mama, hast du zufälligerweise auch einen Salat gemacht?« Die Angesprochene schüttelte bedauernd den Kopf und sagte: »Die Nudeln sind aber wirklich gut, Liebling!« Zara beäugte wie auch Elara zuvor misstrauisch das Gericht und sah ihre Schwester fragend an. Elara gab ihr ein verdecktes »Okay«-Zeichen und nickte. »Gut, dann füll mir doch bitte auch eine Portion auf, aber eine kleine! Ich muss heute Abend doch noch in mein Kleid passen!«, grinste sie. »Ich freue mich, dass meine Mädels mal etwas zusammen unternehmen!«, ließ Roth vernehmen. Zaras Aufmerksamkeit wendete sich von den Nudeln nun auf ihre Schwester und sie kniff vernichtend die Augen zusammen. »Du gehst auch auf die Feier?«, fragte sie mit bedrohlichem Unterton. »Ähm ... ja, sieht so aus«, antwortete Elara. »Erwarte nicht von mir, dass ich den Babysitter spiele«, wandte sich Zara an ihre Mutter. Diese hob beschwichtigend die Hände, während Elara schmunzelnd dachte, dass, wenn eine von den Schwestern einen Aufpasser benötigte, wohl eher Zara diejenige wäre. Vielleicht würde sie sich ja den Spaß machen, ihrer Schwester bei der Feier auf die Nerven zu gehen. Sie schätzte im Kopf den Spaßfaktor mit der Zeit, die Zara brauchen würde, um wieder ein Wort mit ihr zu reden, ab und verwarf die Idee daraufhin postwendend. Die Stimmung, oder wie Zara zu sagen pflegte, die »Vibes«, waren schon merkwürdig genug zwischen ihnen. »Halt dich dann von mir und meinen Freunden fern, ja?«, fragte Zara beunruhigt. »Wieso, ich wollte mich allen der Reihe nach vorstellen!«, erwiderte Elara ironisch. Zara riss die Augen auf und wollte gerade in eine hysterische Tirade ausbrechen, als ihre Schwester sie unterbrach: »Hast du noch nie etwas von Sarkasmus gehört?« Zara stieß die angehaltene Luft geräuschvoll aus und wandte sich beruhigt ihrem Mittagessen zu.

Um sieben Uhr klingelte es an der Haustür, doch Elara machte sich nicht die Mühe, von ihrem Buch aufzuschauen. Erst als sie die Schritte von jemandem hörte, der offensichtlich die Treppe hinaufging, lugte sie leicht über den Rand ihres Romans hinüber. Die Tür zu ihrem Zimmer wurde aufgerissen und Emelie betrat den Raum. »Du hier? Und nicht in Hollywood?«, grüßte Elara ihre Freundin. »Klar doch, für dich überquere ich Ozeane«, witzelte Emelie und zwinkerte ihr zu. Elara setzte sich aufrecht in ihrem Bett hin und schaute zur Uhr. »Du bist früh dran, ich dachte, wir wollten erst um 20 Uhr zur Feier«, meinte Elara. »Ich bin keineswegs zu früh, wenn ich betrachte, wie du aussiehst«, entgegnete Emelie bestürzt. Elara blickte an sich hinunter und zuckte die Schultern, sie hatte nichts an ihrem blauen Shirt mit der Aufschrift »I'd rather be at Hogwarts« auszusetzen und an der Jeans, die sie dazu trug. Emelie schnalzte nur missbilligend mit der Zunge und forderte: »So bleibst du definitiv nicht, also schäl dich mal raus aus diesem Outfit!« Elara verzog das Gesicht zu einer Grimasse, tat aber, was ihre Freundin verlangte. »Und? Soll ich so zur Feier gehen?«, erkundigte sie sich und deutete auf ihre halb nackte Gestalt. »Nope, man sieht noch viel zu wenig Haut«, verneinte ihre Freundin. Elara erhob hastig den Zeigefinger und setzte zu einer Antwort an, doch Emelie winkte bloß grinsend ab und wandte sich dem Kleiderschrank zu. Enthusiastisch öffnete sie die Türen des Möbelstückes und kramte in seinem Inhalt.

Ein Shirt landete auf dem Boden, diesem folgte ein zweites, ein drittes, und so ging es eine Weile weiter. Elara betrachtete den stetig anwachsenden Haufen und zog missgelaunt eine Augenbraue nach oben. Wer würde das aufräumen dürfen? Richtig, sie selbst … »Hast du es bald?«, erkundigte sie sich. Mit großen Augen drehte sich Emelie um und starrte Elara an. »Sag mir bitte nicht, dass das alles ist, was du an Kleidung besitzt!«, murmelte sie. »Nein, nein …«, begann Elara schmunzelnd und fügte hinzu: »Meine Socken bewahre ich getrennt auf.« Emelie fuhr sich durch die Haare und flüsterte: »Halleluja! Ich wusste ja, dass du Shoppen nicht magst, hatte aber keine Ahnung, dass du modische Kleidung im Allgemeinen verabscheust …« Elara hob abwehrend die Hände und streifte sich ihr Harry-Potter-Oberteil erneut über. »Dann müssen wir wohl bei meiner ursprünglichen

Garderobe bleiben«, sagte sie betont unschuldig. Emelie schüttelte energisch den Kopf und wandte sich der Tür zu. Im Gehen bemerkte sie: »Ich werde deine Schwester fragen, ob sie dir etwas leihen kann.« Elara schreckte auf und hängte sich wie ein bockiges Kind an die Wade ihrer Freundin. »Bitte, tu das nicht!«, bettelte sie mit flehendem Blick. Emelie zeigte keine Gnade und schüttelte Elara wie ein lästiges Insekt ab. Sie kehrte mit einem Haufen Klamotten zurück und grinste siegessicher. »Wie hast du es geschafft, meine Schwester dazu zu bringen, mir etwas auszuleihen?«, fragte Elara verblüfft. »Oh, das war nicht schwer … Zara hatte Angst, dein Erscheinen würde sich negativ auf ihr Image auswirken, also war sie recht kooperativ«, erwiderte ihre Freundin schelmisch. »Na, vielen Dank auch …«, grummelte Elara gekränkt. Emelie fasste sich an die Stirn und fügte hinzu: »Ich sollte dir noch ausrichten, falls die Sachen beschädigt, befleckt oder ausgeleiert zurückgegeben werden, bist du einen Kopf kürzer und deinen Büchern droht Gefahr, als Grillanzünder genutzt zu werden.« Entsetzt schnappte Elara nach Luft; was ihre Bücher anging, war sie nicht sonderlich zu Scherzen aufgelegt. Doch nachdem sie sich von ihrem ersten Schrecken erholt hatte, schlug sie gewohnt ironisch vor: »Wir wickeln mich einfach in Frischhaltefolie ein, dann haben Flecken keine Chance.« Emelie glucksle, warf ihr den Stapel Kleidung hin und bat: »Jetzt zieh dich endlich um, du Modemuffel!« Skeptisch stand Elara vor dem Spiegel und drehte sich hin und her. Was sie sah, gefiel ihr nicht wirklich, die Kleidung entsprach ganz und gar nicht ihrem Geschmack. »Und das soll ich anziehen?«, hakte sie missgelaunt nach.

Ihre Freundin zeigte ihr einen Daumen nach oben und nickte bestätigend. »Aber das Oberteil ist viel zu kurz, da sieht man doch meinen halben Bauch!«, wehrte sich Elara verzweifelt. Emelie lehnte sich vertraulich vor und flüsterte: »Und ob du es glaubst oder nicht, das ist vom Hersteller sogar gewollt!« Sieht eher aus, als wäre das Oberteil beim Waschen eingelaufen, dachte Elara und verdrehte die Augen. Sie schnaubte und wollte gerade nach ihrer Brille greifen, als ihre Freundin ihr unsanft auf die Finger schlug. »Finger weg von dem Nasenfahrrad, du nimmst heute deine Kontaktlinsen!«, sagte sie bestimmt. Elara seufzte und schüttelte den Kopf über ihre hoffnungslose Situation.

Kapitel 3

Alexej

Schon bevor man das Haus betreten hatte, hörte man den lauten Bass und das Johlen vieler Teenager. Lewis und Alexej betraten den Vorgarten und näherten sich der offen stehenden Tür. »Und wie willst du vorgehen?«, fragte Lewis. »Ich suche sie, irgendwo hier muss sie sich ja aufhalten …«, antwortete Alexej. Lewis seufzte und meinte bloß: »Was für ein genialer Plan …« »Hast du eine bessere Idee?«, entgegnete Alexej. »Man könnte sich durchfragen, irgendjemand wird sie sicherlich gesehen haben!«, erklärte Lewis. Alexej schlug sich mit der flachen Hand gegen die Stirn und sagte: »Ach ja, warum bin ich da bloß nicht selbst darauf gekommen? Richtig, wenn der Plan schiefgeht, wissen alle Partygäste, dass zwei Typen intensiv nach ihr gesucht haben. Da liegt dann die Schlussfolgerung, dass wir etwas mit ihrem Verschwinden zu tun haben, nicht weit.« Lewis schaute ihn scharf an: »Mit schiefgehen meinst du …?« Alexej unterbrach ihn abrupt: »Ja, genau das meine ich!« Nervös kaute Lewis auf seinen Fingernägeln und schüttelte den Kopf. Mit einem Nicken in Richtung der Tür gab Alexej das Startsignal. Das ohnehin schon laute Wummern der Musik wurde im Haus fast unerträglich. Auf der Party hätte eine Bombe explodieren können und man würde nichts davon mitbekommen. Eine sehr gute Voraussetzung für die Umsetzung des Planes. Alexej ließ den Blick über die Menge schweifen, konzentriert suchte er nach dem dunkelblonden Mädchen mit riesiger Brille, konnte sie jedoch in der Menge im Wohnzimmer nirgends ausmachen. Er stiefelte weiter in die Küche, dort saß ein schlaksiger Typ auf den Küchenschränken und sprühte seinem Kumpel Sprühsahne in den Mund. Alexej starrte die beiden einen Augenblick verstört an und erregte dadurch die Aufmerksamkeit des Jungen mit der Sahne in der Hand. Dieser hielt ihm die Dose auffordernd hin, doch Alexej winkte dankend ab. Schnell durchlief er die anderen Räume im Erdgeschoss, weiterhin ohne Erfolg. Lewis suchte über die Menge der Feiernden hinweg Blickkontakt und schüttelte verneinend den Kopf, um zu signalisieren, dass auch er niemanden gefunden hatte. Alexej deutete mit einem Finger nach oben und ging, so schnell er konnte, zur Treppe.

Die Stufen zu erklimmen, erwies sich als schwieriger als gedacht, da sich auf der Treppe massenweise Klopapier, rote Partybecher und undefinierbare rutschige Flecken befanden. Darauf bedacht, in nichts dergleichen hineinzutreten, tänzelte Alexej die Treppen hoch und befand sich daraufhin in einem Flur, von welchem drei weitere Türen abgingen. Er wählte die linke Tür als Erstes und befand sich in einem Abstellraum, der allerdings schon von einem Pärchen besetzt war. Die beiden waren glücklicherweise viel zu beschäftigt, um den Störenfried zu bemerken, sodass sich dieser unbemerkt zurückziehen konnte, nachdem er sich vergewissert hatte, dass es sich nicht um das Mädchen handelte, welches er suchte. Vorsichtig öffnete er die nächste Tür einen Spalt breit und sah einen gemütlichen Raum, in dem sich ein Ohrensessel befand. Auf diesem Sessel saß ein Mädchen, welches sich nicht von der ohrenbetäubenden Musik der Party stören ließ, sondern in einem Buch las. Er musterte sie und stellte fest, dass es dem Mädchen, welches er suchte, ähnelte, nur trug sie keine große, runde Brille. Zweifelnd verharrte er etwas länger im Türrahmen und erweckte damit die Aufmerksamkeit der Lesenden. Sie zog eine Augenbraue nach oben und musterte ihn kritisch. Ertappt betrat Alexej nun den Raum, schloss die Tür hinter sich und sagte: »Entschuldige die Störung, aber bist du Elara Luettich?« Sie bedeutete ihm zu warten, legte ihr Buch beiseite und zog sich zwei Stöpsel aus den Ohren. So, so, das erklärte, weshalb sie bei dem Lärm ungestört lesen konnte. »Wie bitte?«, fragte sie. Alexej wiederholte seine Frage und schaute sie erwartungsvoll an. Sie runzelte die Stirn und stellte prompt eine Gegenfrage: »Wer will das wissen?« Alexej stieß amüsiert die Luft aus und antwortete einsilbig: »Ich.« Sie setzte sich aufrecht hin, schlug die Beine übereinander und unterzog ihn weiterhin einer genauen Musterung. »Du suchst also Elara, und aus welchem Grund, wenn ich fragen darf?«, entgegnete das Mädchen. »Würdest du erst einmal meine Frage beantworten?«, bat Alexej bestimmt. Das Mädchen kniff die Augen zusammen und schenkte ihm ein kaltes Lächeln, während sie meinte: »Wie es aussieht, verfüge ich über die Informationen, die dich interessieren. Demnach sitze ich am längeren Hebel, also wie wäre es, wenn du **mir** antworten würdest?« Alexej ignorierte ihr Argument und wechselte das Thema zu etwas Unverfänglicherem: »Du bist auf einer Party, und statt zu tanzen, liest du?« »Hast du schön beobachtet, ich würde jetzt auch gerne weiterlesen ...«, ließ sie ihn wissen und wandte sich wieder ihrem Buch zu. Er blieb an Ort und Stelle, obwohl er den Wink eindeutig verstanden hatte. Sie blickte hoch und fragte: »Ist noch was?« »Du bist mir noch eine Antwort schuldig«, erwiderte er. »Ich bin dir gar nichts schuldig«, stellte sie klar. Alexej setzte sich auf den Hocker, der gegenüber ihrer Sitzgelegenheit stand. Sie schüttelte den Kopf und meinte: »Wer auch immer du bist, du verhältst dich äußerst merkwürdig! Wenn du das Bedürfnis hast, jemanden zu nerven, suche dir doch einen von den Betrunkenen unten aus. Die sind bestimmt gesprächiger als ich!« Alexej legte den Kopf schief und antwortete: »Würde ich jemanden zum Plaudern suchen, hätte ich deinen Rat befolgt, nur leider suche ich eben nach Elara Luettich!« Sie warf ihm über die Kante ihres Buches einen vernichtenden Blick zu und zischte: »Ja, meine Güte, ich bin Elara Luettich! Lässt du mich jetzt in Frieden?« Alexejs Herz setzte einen Schlag aus, nur um danach doppelt so schnell weiterzupumpen. Er versuchte, seine Mimik aufrechtzuerhalten, obwohl ihn eine kribbelnde Nervosität ergriff, beigemischt waren ein wenig Furcht sowie Schuldgefühle. Einen Augenblick hatte er gehofft, das Mädchen würde sagen, dass es nicht Elara war und auch niemanden mit diesem Namen kannte. Es war aber anders gekommen und Alexej war, trotz bestehender Zweifel, entschlossen, seinen Plan umzusetzen. »Ist mit dir alles in Ordnung? Du siehst aus, als hättest du einen Geist gesehen.« So viel dazu, das Gesicht neutral zu halten, dachte Alexej halb belustigt, halb verärgert über seine mangelnde Selbstbeherrschung. »Alles bestens …«, wich er aus und versuchte, das Thema auf etwas Unverfänglicheres zu lenken. Als Erstes fiel ihm der Titel ihres Buches auf: »Jane Austen also! Stolz und Vorurteil …« Sie senkte das Buch und schaute ihn kritisch an, während sie bemerkte: »Offensichtlich lese ich das, ja?!« Er kaute nervös an der Unterlippe und versuchte krampfhaft, das Gespräch fortzusetzen. Vielleicht wollte er das Unvermeidliche etwas länger hinauszögern, oder er hoffte, seine Gewissensbisse mildern zu können, wenn er sich ein wenig mit seinem Zielobjekt unterhalten hatte.

Die Kommunikation war mit diesem Sturkopf von Mädchen leider keine so einfache Angelegenheit. »An welcher Stelle bist du denn gerade?«, fragte er sie. »Selbst, wenn ich dir das erzählen würde, nehme ich an, dass du das Buch selbst nie gelesen hast. Also was soll das schon groß bringen«, erwiderte sie mit einem Schulterzucken. Er schmunzelte und meinte: »Tatsächlich habe ich es gelesen, zweimal sogar …« Das erste Mal schaute sie ihn an ohne die deutliche Spur von Missbilligung und Kritik, ihre Augen spiegelten bloß Überraschung über sein Bekenntnis. »Eine überraschende Wendung …«, murmelte sie leise. »Ich erfülle prinzipiell nicht die Vorstellung, die Menschen sich von mir machen …«, klärte Alexej sie auf. Gedankenverloren spielte sie an einer Haarsträhne und fragte schließlich: »Wer bist du denn eigentlich, wo du nun schon meinen Namen kennst?« »Ich bin Alex …«, antwortete er. »Dein richtiger Name oder ein Spitzname?«, hakte sie nach. »Meine Freunde nennen mich Alex, reicht dir das?«, entgegnete er unschuldig. »Gerade mit deiner Erklärung sehe ich mich gezwungen, deinen vollen Namen zu erfahren! Schließlich sind wir keine Freunde«, sprach sie mit einem angedeuteten Lächeln.

Alexej griff sich übertrieben an die Brust und sagte bloß: »Autsch, das tat weh …« Sie hob kapitulierend die Hände und sagte: »Ich wollte das nur zu Anfang klarstellen, verrätst du mir jetzt deinen richtigen Namen?« Irgendwie kam es, dass Alexej tatsächlich auf die Frage antwortete, obwohl er das nicht vorgehabt hatte. »Alexej?«, wiederholte sie fragend. Er nickte zustimmend. »Gut, Alexej, du bist sicherlich nicht gekommen, um dich mit mir über meine Lektüre zu unterhalten. Warum klärst du mich nicht auf?« »Ich fürchte, wenn ich das mache, wirst du mich für verrückt halten …«, sprach er zerknirscht. »Das tue ich jetzt schon, also spuck es aus«, forderte sie hartnäckig.

Er überlegte hin und her und war kurz davor, sie tatsächlich einzuweihen, entschloss sich aber zum Schluss doch dagegen, aus der Angst, dass sie einen Fluchtversuch starten würde, der ihm unnötige Aufmerksamkeit bescheren würde. Prinzipiell, dachte er, wäre es sowieso einfacher, wenn er es schaffen würde, dass Elara das Haus eigenständig und mit eigenem Willen verließ. »Ich erzähle es dir, aber es wäre simpler, wenn ich dich mit zu mir nehmen könnte, da ist alles, was ich für meine Erläuterungen brauche!« So versuchte er, sie aus dem Zimmer zu locken. Sie brach in schallendes Gelächter aus und wischte sich eine Lachträne aus dem Augenwinkel. »Vergiss es!«, prustete sie. Er zog eine Augenbraue nach oben, was sie als Aufforderung sah, weiterzusprechen: »Das, lieber Alexej, ist so ziemlich der älteste Weg, ein naives, kleines Mädchen zu entführen, fast so schlimm wie ›zu Hause habe ich ganz viele Katzenbabys, wenn du sie sehen willst, musst du nur mitkommen‹. Zu deinem Unglück bin ich nicht dermaßen naiv, also womit habe ich es zu tun? Mit einem Perversling, der mich ins Bett kriegen will, oder mit einem Serienmörder, der nur darauf wartet, mich in Stücke zu schneiden und meinen kleinen Finger in eine Vitrine zu den anderen Andenken seiner Opfer zu legen?« Entrüstet über diese Unterstellung schnaubte Alexej beleidigt und erwiderte: »Vielleicht will ich dir tatsächlich nur erzählen, warum ich dich gesucht habe!« Sie schüttelte bloß leicht den Kopf und murmelte: »Wer's glaubt …« Ihre Intelligenz und Sturheit machten die Durchführung seines Planes nicht gerade einfacher, allerdings dachte er sich, dass sie, wenn der göttliche Funke endlich in ihr erwachte, auch für seine Mission zu gebrauchen war. Ein kühler Kopf und scharfer Verstand würden ungemein dabei helfen, Ottilie zu stoppen. »Du bist kompliziert …«, flüsterte er mit gefurchter Stirn. »Ich würde jetzt wirklich gerne weiterlesen, ich habe noch eine Verabredung mit Mr. Darcy!«, erklärte sie ihm und deutete auf ihr Buch. »Ich fürchte, Mr. Darcy muss warten«, stieß Alexej mit leichtem Zittern in der Stimme hervor. Beunruhigt über seinen Tonfall schaute sie ihn aus großen blauen Augen an. Er sah keinen Ausweg für einen Aufschub oder eine weniger brutale Methode. Seine Finger tasteten nach dem Messer, welches er für seine Tat an einem Gurt an seiner Schulter befestigt hatte, doch er ließ den Dolch dort, wo er ihn deponiert hatte, und entschied sich anders.

Ein Kissen fiel ihm ins Auge und er trat entschieden einen Schritt an den Sessel heran »Es tut mir leid, Elara. Ich hoffe, du wirst mich verstehen können, wenn ich die

Möglichkeit erhalten werde, es dir zu erklären ...« Nun tatsächlich alarmiert, wich Elara zurück, soweit es ihr die Lehne ihres Sessels erlaubte. »Was hast du vor?«, stotterte sie ängstlich. »Ich habe herausgefunden, was es auslöst! Und der Schlüssel scheint der Tod zu sein«, sprach er, nahm das Kissen und presste es ihr auf das Gesicht.

Elara

Der Schlüssel scheint der Tod zu sein? Elaras Atmung beschleunigte sich, als ob ihre Lunge verzweifelt versuchte, so viel Sauerstoff einzuziehen wie möglich, denn so wie es schien, würden ihr nicht mehr allzu viele Atemzüge bleiben – nicht in diesem Leben. Der Junge kramte an der Unterseite seiner Jacke und schien einen Gegenstand zu umklammern. Sein Gesicht spannte sich an, Falten zerfurchten seine ansonsten glatte Stirn und er schien einen Entschluss zu fassen. Er kam auf sie zu und nahm schnell ein Kissen zur Hand, sein Gesicht zeigte Reue, während er das Kissen auf ihr Gesicht niederdrückte und ihr damit jede Möglichkeit zu atmen nahm. Panisch zappelte sie und versuchte, sich zu befreien – vergeblich. Unbarmherzig blieb der Druck auf ihrem Gesicht. Sie trat um sich, mit der Absicht, ihrem Angreifer einen solch harten Tritt zu verpassen, dass er nach hinten stolperte und somit ihr Gesicht freigeben musste. Aufgebracht riss sie an dem Kissen, doch der Druck verstärkte sich stetig mit ihren Befreiungsversuchen. Sollte das ihr Ende sein? Ermordet durch einen Psychopathen auf einer Party, die sie eigentlich gar nicht hatte besuchen wollen? Sie strampelte und strampelte, nicht willig, einfach aufzugeben und ihr Schicksal zu akzeptieren!

Ihre Lunge zog sich krampfhaft zusammen, verlangte protestierend nach Sauerstoff. Je verzweifelter sie versuchte, sich zu befreien, desto fester wurde der Griff – oder ließen ihre Kräfte einfach nach? Sie wusste es nicht und dachte an ihre Freundin, die unten vermutlich tanzte, unwissend, dass Elara nur wenige Meter entfernt ihr Leben aushauchte. Ein schummeriges Gefühl ergriff Besitz von ihrem Kopf, und neben dem Lechzen und Schreien ihrer Lunge nahm sie kaum noch etwas wahr. Wie würde ihre Familie reagieren? Würde sich Zara ihr Zimmer unter den Nagel reißen und dort ihren begehbaren Kleiderschrank einrichten? Ein lang gehegter Wunsch von ihr … Ich werde es nicht mehr miterleben, dachte Elara und versuchte das letzte Mal, Luft in ihre Lungen zu ziehen, ohne Erfolg. Wenn das überhaupt möglich war, verstärkte sich ihr Verlangen nach Sauerstoff nur umso mehr. Ihre Lungenflügel verkrampften sich und ihr Herzschlag geriet ebenfalls ins Stolpern. So fühlte es sich also an, zu sterben? Sie hatte nie sonderliche Angst vor dem Tod gehabt, aber Respekt vor dem Vorgang des Sterbens, zu Recht, wie sie am eigenen Leib erfahren musste. Quälende Momente verstrichen, sie wusste nicht, ob es Sekunden oder gar Minuten waren. Ihre Gedanken waren bloß noch ein wirres Durcheinander von Erinnerungen und Wünschen. Die Frage nach dem Warum ließ sie nicht mehr los. Warum sollte sie sterben? War es ihr Schicksal? Bitte, lass es aufhören, flehte sie schmerzerfüllt. In diesem Moment erschien ihr der Tod als Erlösung erstrebenswert. Lichter tanzten vor ihren Augen und lockten sie, weiterzugehen, sie zu begleiten und nie wieder zurückzukehren …

Alexej

Am Anfang zappelte und wehrte sie sich mit ganzer Kraft, er hatte Mühe, das Kissen auf Mund und Nase zu halten. Schreckliche Schuldgefühle plagten ihn, während er weiterhin ohne Gnade zusah, wie das arme Mädchen Qualen litt. Er zweifelte und zauderte, doch nun war es zu spät, einen Rückzieher konnte er sich nicht erlauben. Es ist für einen guten Zweck, versuchte er sich einzureden, bloß um danach zu erschaudern, wenn er daran dachte, dass seine Einschätzung falsch gewesen sein könnte. Sollte ihm nur der kleinste Fehler bei der Recherche ihrer Herkunft untergekommen sein, würde sie nicht zurückkehren und er hätte tatsächlich einen unschuldigen Menschen umgebracht! Sie musste diejenige sein, für die er sie hielt, er konnte es nicht ertragen, einen anderen Gedanken zuzulassen. Nervös kaute er auf seiner Unterlippe, bis er einen metallenen Geschmack im Mund wahrnahm. Der Widerstand des Mädchens ließ langsam, aber deutlich nach, ihre Tritte und Schläge wurden langsamer und unkoordinierter. Man konnte ihr ansehen, dass die Kräfte und Lebensgeister sie verließen. Eine erneute Welle der Schuldgefühle übermannte ihn. Vor lauter Selbstekel rollte eine einsame Träne seine Wange herunter, liebkoste sein Kinn und fiel schließlich auf das Gesicht von Elara. »Es tut mir leid«, flüsterte er stockend, während er zusah, wie es mit ihr zu Ende ging.

Ein letztes Aufbäumen ihres Körpers, sie schien einen Krampf zu haben und dann war es vorbei. Ihr Brustkorb bewegte sich nicht mehr. Er entfernte das Kissen und strich ihr in einem Anflug von Scham und Schuld die Haare aus dem Gesicht, schloss die weit aufgerissenen Augen, sodass er die Angst und den Schrecken nicht mehr ansehen musste, die ihm selbst aus ihren glasigen Augen entgegenguckten. Um sich trotz der deutlichen Zeichen zu vergewissern, hob er die Hand und fühlte ihren Puls. Er wartete, doch er spürte nichts. Ihr Herz hatte aufgehört zu schlagen, dies war sicher. Es blieb nur zu hoffen, dass es seinen Betrieb wieder aufnehmen würde.

Er war sich nicht sicher, ob er, sollte sie tot bleiben, mit der Schuld leben konnte … Darüber hättest du dir auch früher Gedanken machen können, schalt er sich selbst. Von seinen starken Gefühlen überwältigt, versuchte er sich zu beruhigen. Sie hätte, sollte ihre Mission scheitern, wohl auch kein langes Leben mehr geführt. Wenn Elara die war, für die er sie hielt, würde sie einen zu großen Teil beitragen, als dass man auf sie hätte Rücksicht nehmen können. »Ich hoffe, ich bekomme die Möglichkeit, mich zu erklären …«, murmelte er, dem toten Körper zugewandt. Er atmete tief ein und nahm einen leicht süßlichen Duft wahr. Roch so der Tod, fragte er sich still und verwarf den Gedanken bei erneutem Schnuppern. Der Duft war viel zu lieblich für etwas so Endgültiges. Er wusste nicht, was es war, und dachte zuerst an ein Parfüm von Elara, aber einen solchen Geruch hätte er schon vorher wahrgenommen. Verwirrt schüttelte er den Kopf und blickte auf seine Armbanduhr. Es war schon spät, später als beabsichtigt. Hastig zückte er sein Handy und schrieb Lewis eine Nachricht, dass sein Vorhaben erledigt war und sie **es** bloß noch unbemerkt herausschaffen mussten. Als Antwort erhielt er einen »Daumen-nach-oben-Emoji« und verdrehte angesichts der Tatsache, dass der Freund ihm mit einem Smiley antwortete, bloß die Augen. »Taktlos, wie eh und je …«, murrte Alexej vor sich hin. Mit den geschlossenen Augen sah Elara merkwürdig friedlich aus, das Ernste und Zynische war aus ihren Zügen gewichen und ließ sie sehr verletzlich aussehen. Er ließ seinen Blick über ihren Körper wandern, bemerkte das Outfit, welches einen großen Teil ihres flachen Bauches freigab. Die große, nerdige Brille, welche auf dem Foto aus dem Artikel so hervorgestochen war, hatte sie scheinbar zu Hause gelassen. Eine interessante Wahl der Kleidung für jemanden, der nur in einem Zimmer sitzen wollte, um zu lesen, dachte er. Ihre Haare standen kreuz und quer in alle Richtungen ab, sie bildeten das letzte Indiz für einen Kampf, welchen Elara vor einigen Minuten ausgefochten hatte. Beschämt riss er den Blick von der Leiche und verzog das Gesicht bei dem Gedanken, einen toten Körper interessiert zu mustern. Eindringlich schüttelte er den Kopf und wandte sich demonstrativ der Tür zu, um auf Lewis zu warten, der hoffentlich bald auftauchte, um beim Transport von Elara zu helfen.

Die Tür wurde mit einem Krachen aufgeworfen und Lewis torkelte hinein. Ein spitzbübisches Grinsen erschien auf seinen Lippen, er winkte Alexej kurz zu und drehte die Hand wie die englische Queen. Angestaute Nervosität, gepaart mit dem Adrenalin, welches in Alexejs Körper tobte, verwandelte sich in Wut auf seinen Partner. Da die Tür weiterhin offenstand, dämpfte er die Stimme, allerdings ohne die Schärfe seiner Aussage zu mindern: »Du verdammter Mistkerl hast dich doch nicht ernsthaft an diesem Abend betrunken? Ich war immer nachsichtig mit dir, aber das geht zu weit, verdammte Scheiße! Merkst du nicht, dass das eine überaus ernsthafte Angelegenheit ist?« Lewis richtete sich auf, sein benebelter Gesichtsausdruck wich einem kühlen, ernsthaften Funkeln. »Beruhige dich! Das war doch nur eine Tarnung, damit ich unbemerkt zu dir gelangen konnte!«, erklärte er sich. »Du hast dich betrunken gestellt, damit du unauffällig bist?«, wiederholte Alexej ungläubig. Lewis pustete sich eine braune Locke aus dem Gesicht und meinte: »Klar, auf dieser Party wirst du schräg angeguckt, wenn du noch gerade laufen kannst!« Alexej schüttelte bloß den Kopf und deutete hinter sich, um zu verdeutlichen, dass sie ihrer eigentlichen Aufgabe nachgehen sollten. Lewis lugte um ihn herum, zog eine Augenbraue in die Höhe und fragte: »Was hast du mit ihren Haaren angestellt?« Alexej seufzte und erwiderte kurz angebunden: »Die sind vermutlich noch statisch aufgeladen ...« »Warum das, wenn ich fragen darf? Im Übrigen, wolltest du sie nicht erstechen? Ich sehe nämlich gar kein Blut. Warte, sie ist doch tot, oder?«, hakte Lewis verwundert nach. »Ja, sie ist tot, verdammt! Jetzt stell nicht so viele blöde Fragen und hilf mir, sie hier rauszubringen!«, forderte Alexej gereizt. »Ruhig Alex, alles wird gut ... Wir schaffen das schon!«, sprach Lewis und bedachte ihn mit einem Blick, der deutlich besagte: Du hast zwar nicht mehr alle Tassen im Schrank, aber sonst … Alexej klatschte auffordernd in die Hände und klemmte sich einen Arm des Mädchens über die Schulter. Lewis tat es ihm gleich und so schleppten die beiden sie die Treppe herunter und hofften, dass es auf die anderen Gäste den Eindruck machen würde, dass Elara bloß betrunken sei und etwas Hilfe beim Gehen brauchte. Andererseits schienen die Jugendlichen selbst dermaßen besoffen zu sein, dass sie nicht mehr viel um sich herum wahrnahmen.

Ein würgendes Geräusch ließ Alex über die Schulter blicken. Er hätte besser daran getan, stur nach vorne zu schauen, da ein Junge hinter ihm sich gerade geräuschvoll in die Küchenspüle erbrach. Lewis hatte den Kerl ebenfalls erspäht und rümpfte die Nase, während er sagte: »Hey Kollege! Nächstes Mal solltest du dein Limit kennen.« Alexej zuckte bei den lauten Worten seines Kumpels zusammen. »Was an dem Wort ›unauffällig‹ hast du nicht verstanden?! Zieh doch keine Aufmerksamkeit auf uns!«, zischte Alexej und verpasste seinem Freund mit der freien Hand und einigen Verrenkungen einen Schlag in den Nacken. Lewis quittierte das Ganze bloß mit einem Grinsen und meinte: »Ich wollte nur einen gut gemeinten Rat verkünden, also mach' dir nicht gleich ins Hemd!« »Mal sehen, welche Tipps ich für dich habe, wenn du das nächste Mal über der Kloschüssel hängst!«, entgegnete Alexej. »Ich bin sicher, du bist ein guter Freund und hältst mir die Haare aus dem Gesicht …«, sagte Lewis grinsend. »Die paar Zentimeter an Haaren? Da lohnt sich der Aufwand nicht …« murmelte Alex. »Meine Haare wären es definitiv wert!«, widersprach Lewis energisch.

Kapitel 4

Elara

Stille umfing sie. Sie sah nichts, spürte nichts und konnte keinen Laut vernehmen. Es war, als wären ihr ihre Sinne abhandengekommen. Erdrückend und unangenehm, aber nicht schmerzhaft. War das der Tod? Würde es von nun an für immer so bleiben?, fragte sie sich. Ihr Körper fühlte sich ganz leicht an, es war, als ob sie schweben würde … Langsam lichtete sich die Dunkelheit und sie meinte, sich in einem Tunnel zu befinden, allerdings fühlte sie sich in diesem Gewölbe nicht sonderlich wohl. Zaudernd schaute sie sich um und holte bebend Luft. Sie spürte, wie Sauerstoff in ihre Lungen strömte, und war verwundert – sie atmete, obwohl sie offensichtlich nicht mehr unter den Lebenden weilte … Ein helles Leuchten wartete am Ende des Ganges und sie ging zielsicher darauf zu, ohne zu wissen, warum. Alles in ihr hatte auf Autopilot geschaltet und sie überließ sich dem Drang, das Licht zu erreichen. Je näher sie dem Ende des Tunnels kam, desto wärmer wurde es. Es war nicht unerträglich heiß, sondern angenehm warm, und wirkte mehr als einladend. Als ob jemand eine warme, kuschelige Decke um ihre Schulter legen würde und ihr dazu eine Tasse dampfenden Kakao in die Hand drückte. Tief atmete sie ein und roch einen lieblichen Geruch. Sollte so der Tod aussehen, bitte, sie würde sich nicht beschweren. Gerade wollte Elara den letzten Schritt in das wohlige Licht wagen, als eine Kraft, es fühlte sich an wie ein Sog, sie von ihrem Bestreben abhielt und nach hinten zog. Fast hätte sie gemeint, dass ein kräftiger Windstoß für ihr Taumeln verantwortlich war, doch es hatte sich kein Lüftchen geregt. Verwundert schüttelte Elara sich und ging erneut auf die Quelle des Lichtes zu. Die Prozedur wiederholte sich, nur dass sie sich noch weiter vom Licht entfernte. Auch dieses Mal war kein Wind aufgekommen, den sie verantwortlich machen konnte.

Verärgert stieß sie die Luft aus und sagte: »Wenn ich schon tot bin, möchte ich meine unlebendige Existenz dort hinter diesem Torbogen verbringen!« Zuerst herrschte Stille, doch dann antwortete ihr gruseligerweise eine Stimme: »Irgendwann wirst du das Tor passieren dürfen, aber heute noch nicht!« Elara drehte sich um hundertachtzig Grad und suchte den Gang nach der Person ab, die mit ihr gesprochen hatte. Ein leises Lachen ertönte und die Stimme sprach: »Mach dir keine Mühe … Du kannst mich nicht sehen, es sei denn, ich möchte mich dir zeigen …« Ein leichter Schauer rann Elaras Rücken hinab und sorgte dafür, dass sich ihr die Härchen aufstellten. »Heißt das nun, ich muss hier in diesem Gang verharren, oder wo kann ich hingehen?«, erkundigte sich Elara verunsichert. »Ich würde dir empfehlen, zurückzugehen…«, meinte die Stimme nachdrücklich. »Zurück? Aber wohin soll ich denn zurückgehen? Ich meine, ich bin tot, also was bleibt mir da übrig?«, antwortete Elara verwirrt. Die Stimme kicherte und gluckste bloß. Elara wurde langsam wütend und erwiderte gereizt: »Was ist denn so witzig?« Das Lachen verstummte augenblicklich und damit auch die Stimme.

»Na großartig, kaum gestorben, wird man schon verrückt und hört Stimmen«, dachte Elara pikiert. Sie wollte nicht auf die seltsame Stimme hören und startete einen erneuten Versuch, zum Licht zu gelangen. Der erwartete Sog blieb aus und ein gewinnendes Lächeln breitete sich auf ihrem Gesicht aus, als sie nun siegessicher auf das Tor zustolzierte. Eine Hand packte ihren Arm und hielt sie fest. Erschrocken fuhr Elara zusammen und drehte sich hastig um, damit sie ihrem Widersacher ins Gesicht blicken konnte. Sie suchte und suchte, fand aber keinen Körper, der zu der Hand gehörte, die ihren Arm umklammert hielt wie ein Schraubstock. »Hallo?«, schrie sie verzweifelt und schlug auf die Hand ein. »Hör auf damit!«, befahl die Stimme, und so überrumpelt, wie Elara war, tat sie tatsächlich, was die Stimme verlangte. »So ist es gut, und jetzt gehst du zurück und erfüllst deine Aufgabe«, erklärte die Stimme. »Aufgabe? Was für eine Aufgabe?«, fragte sie erschrocken. Die Stimme kicherte erneut und stieß hervor: »Man sagte mir, du kommst sehr nach deiner Vorfahrin, aber so weise erscheinst du mir gar nicht … Eher eigensinnig und dickköpfig.« Langsam manifestierte sich eine Erweiterung der Hand und schlussendlich stand eine Frau mit langen blonden Haaren vor ihr, gehüllt in gleißendes Licht, welches gerade einmal ihre Blöße verdeckte.

Ängstlich wich Elara zurück und starrte die Frau mit weit aufgerissenen Augen an, obwohl sie durch die plötzliche Helligkeit ihrer Erscheinung geblendet wurde. Instinktiv hielt sie sich eine Hand vor die Augen. »Sch-sch-sch, ich konnte nicht ahnen, dass ich dich dermaßen erschrecken würde …«, murmelte die Frau mit einem

Lächeln auf den Lippen. »Wie bist du … Oder was bist du …?«, begann Elara stockend und verhaspelte sich mehrmals. »Ich bin hier, um sicherzustellen, dass du den richtigen Ausgang nimmst«, erklärte sich die Frau. Überrascht runzelte Elara die Stirn. »Einen Ausgang?«, hakte sie nach. Die Frau seufzte, plötzlich schien sie müde. »Sie weiß es nicht, sie weiß es nicht – hat nicht die leiseste Ahnung …«, murmelte die Frau vor sich hin und wandte sich scheinbar niedergeschlagen ab. »Ja, ich bin ahnungslos, bitte erkläre es mir!«, bat Elara eindringlich. Die Frau ging nicht weiter auf Elaras Bitte ein, im Gegenteil, sie stellte eine Frage: »Was machst du hier, wenn du von alledem nichts weißt?« Nun war es an Elara, zu lachen, nicht weil sie sich so köstlich amüsierte, sondern weil sie die Verzweiflung kompensieren musste. »Ich kann doch nichts dafür, dass ich hier bin!«, stellte sie klar. Die Frau legte den Kopf schief und schien nachzudenken. »Ich – ich wurde umgebracht, wenn ich das alles richtig mitbekommen habe«, flüsterte Elara. »So, so, umgebracht wurdest du … Ich hatte damit gerechnet, dass du selbst den Weg ins Reich des Todes gewählt hättest«, sagte die Frau. »Suizid? Warum sollte ich mich selbst umbringen?«, fragte Elara, empört über diese Annahme. »Es ist kompliziert, aber ich will mich so ausdrücken, der Tod bedeutet nicht zwangsläufig ein Ende, sondern kann auch einen Neuanfang einläuten … Manchmal ist er dafür sogar notwendig!«, sprach die Frau bedeutsam und wartete auf die Reaktion von Elara. Diese schüttelte allerdings nur den Kopf und beteuerte, dass sie von alledem nichts verstand. Eindringlich betrachtete die Frau Elara, als ob sie in ihr Inneres blicken wollte. Die intensive Musterung bescherte Elara eine Gänsehaut und sie wich instinktiv zurück. »Ohne Zweifel, du bist die, für die ich dich halte, aber du kennst das große Ganze nicht, hast nicht den Hauch einer Ahnung ... Das macht es schwierig für mich«, murmelte die Frau seufzend. »Was ist denn das große Ganze und was hat das mit mir und meinem Tod zu tun?«, hakte Elara nach und kaute nervös an ihren Fingernägeln, eine Art, ihren Stress abzubauen, die sie sich vor Jahren mühevoll abtrainiert hatte. »Mein Kind, ich würde dich gerne einweihen, aber ich kann es nicht. Ich kann den Bann, der mich daran hindert, nicht brechen, und dieser Bann sollte auch nicht gebrochen werden, denn das würde ein rasches Ende eurer Welt bedeuten ...«, erklärte die Frau mysteriös. Elara konnte den Worten keinen logischen Inhalt entnehmen und schüttelte bloß den Kopf. »Ich weiß nichts von einem Bann«, flüsterte sie niedergeschlagen. Die Frau legte ihr eine Hand an die Wange und tätschelte sie behutsam. »Tief in dir kennst du die Wahrheit, aber jetzt musst du zurückkehren und Antworten auf deine Fragen finden, welche ich dir nicht geben kann. Wenn du alles weißt und nicht mehr im Dunkeln tappst, wirst du es schaffen, deine Aufgabe zu erfüllen, und ich werde dir dabei helfen«, hauchte sie und begann zu verblassen. Elara wurde panisch, sie wollte nicht unwissend und allein zurückbleiben, in einem Gang, der ihr den Ort verwehrte, welchen sie betreten wollte. »Warte!«, schrie sie und griff hastig nach der verblassenden Silhouette. »Wie willst du mir helfen, wenn du mir von alledem gar nichts erzählen kannst?«, fragte sie ängstlich nach. Ein feines Lächeln erhellte die Züge der Frau und sie antwortete bedeutsam: »Es gibt immer ein Schlupfloch, einen Weg, die Regeln etwas zu verbiegen … Hier an diesem Ort ist es möglich, ein wenig zu schummeln, da die Dimension, in der wir uns befinden, streng genommen nicht mehr auf den Planeten Erde Einfluss nimmt …«

Mit diesen Worten verschwand sie ganz und ließ Elara verstört und ohne den Ansatz einer hilfreichen Erklärung zurück. Erschöpft lehnte sich Elara an die Wand des Ganges und ließ sich an ihr heruntergleiten, bis sie auf dem Boden landete. Sie klemmte den Kopf zwischen die Knie und schaukelte leicht hin und her, bis ihre Angst etwas nachgelassen hatte. Sie lehnte den Kopf an die Wand und brach in hysterisches Gelächter aus. Es begann mit einem Schmunzeln, steigerte sich zu einem Glucksen, bis sie schließlich lauthals lachte. Sie kicherte, hielt sich den Bauch und ließ sich auf die Seite fallen, immer noch glucksend. Das Lachen echote von den Wänden. Sie war davon überzeugt, nun endgültig den Verstand zu verlieren, denn wie konnte man in solch einer Situation nur lachen? Vorsichtig richtete sie sich auf und schaute aufmerksam den Gang hinunter, doch ohne Grund, der Tunnel war genauso verlassen, wie sie ihn vorgefunden hatte. Du musst einen Ausgang finden, die Worte der Frau gingen ihr nicht mehr aus dem Kopf. Wie sollte sie diesen Ort verlassen? Sie war tot, ermordet von einem Psychopathen, der erst mit ihr über Bücher fachsimpelte und danach ein Kissen ergriff, um sie zu ersticken. Hastig wischte sie die schmerzhafte Erinnerung beiseite, sie war gestorben, das schien ihr zu hundert Prozent sicher. Nachdenklich kaute sie auf ihrer Lippe und biss fest darauf herum, in der Erwartung, Blut zu schmecken, aber der vertraute Geschmack sowie der Schmerz blieben aus, scheinbar ein erfreulicher Nebeneffekt des Todes ... Zum Sterben hatte die Erscheinung ebenfalls ausschließlich kryptische Andeutungen hinterlassen. Ein Rätsel, hinter dessen Lösung Elara nicht kam, zumindest vorläufig nicht. Der Tod sollte kein Ende darstellen, im Gegenteil, einen Neuanfang? Das widersprach allem, an das Elara glaubte, und doch war es eine Aussage, an die sie sich klammerte, denn sie zog das Leben diesem Zustand deutlich vor. Langsam richtete Elara sich auf, fuhr sich mit der Hand fahrig durch die Haare und schüttelte bestimmt den Kopf. Jetzt reiß dich zusammen, es gibt einen Weg hinaus, dachte sie bestimmt und versuchte, sich selbst zu überzeugen, dass es durchaus im Bereich des Möglichen war, wieder zurückzukehren. Sie konnte es, nein, würde es schaffen! Dieser innere Appell schien tatsächlich Wirkung zu zeigen, denn eine pulsierende Energie bemächtigte sich ihres Körpers. Es fühlte sich an wie ein heftiger Adrenalinstoß. Heiß und pochend rauschte das Blut durch ihre Adern und hinterließ ein wohltuendes Kribbeln. Elara ging schnellen Schrittes in die entgegengesetzte Richtung des Tunnels, so weit weg von dem erhellten Tor, wie es ihr möglich war. Der Drang, dieses Tor zu passieren, hatte sich umgekehrt, jeder ihrer Sinne schrie danach, fortzugehen.

Von dem heftigen Rausch ihres Körpers benommen torkelte Elara zwischen den Wänden hin und her, um genügend Halt zu finden. Sie wusste, dass sie nicht hinfallen durfte, denn würde sie fallen, so war dies gleichbedeutend mit einem Versagen. »Du darfst nicht versagen«, flüsterte eine wohlbekannte Stimme in ihrem Inneren.

»Ich werde auch nicht versagen, das tue ich nie!«, stieß Elara zwischen knirschenden Zähnen hervor und war selbst überrascht von ihren Worten. Sie hatte sie ausgesprochen, ohne nachzudenken, es war wie eine Eingebung, diese als Antwort zu geben. Als hätte ihr eine innere Stimme die Worte eingeflüstert. Verwirrt lief sie weiter, immer tiefer, ohne zu wissen, wohin sie ging. Elara folgte einem Gefühl – diesem Drang, weiterzulaufen. Vor lauter Hast stolperte sie beinahe über ihre eigenen Füße. Erschrocken suchte sie Halt an der Felswand und konnte sich gerade noch vor dem Sturz abfangen. Ohne Erklärung wusste sie, dass mit dem Sturz ihre Chance auf die Freiheit vertan gewesen wäre. Etwas bedächtiger schritt sie weiter und stand nun vor einer Abzweigung. Der Tunnel teilte sich in zwei Wege. Dummerweise gab es keinerlei Ausschilderungen ... Ein gedämpftes Lachen ertönte und die Stimme meldete sich zu Wort: »Ausschilderungen? Mädchen, du musst die Wahl allein treffen, das beweist, ob du es wert bist, zurückzukehren.« Verärgert stieß Elara die Luft aus und schaute unschlüssig zwischen den Tunneln hin und her.

Alexej

Lewis und Alexej hatten es geschafft, mehr oder weniger unauffällig die Feier zu verlassen, und betraten nun die kleine Gasse, die zu ihrer Unterkunft führte. Lewis ächzte und rückte die leblose Gestalt, die quer über seinen Schultern hing, zurecht. »Warum muss ich sie tragen?«, maulte er. »Jetzt heul nicht rum, sie ist nicht besonders schwer!«, zischte Alexej, noch immer angespannt. »Das habe ich ja auch gar nicht gesagt, es geht mir nur ums Prinzip!«, entgegnete der Freund und pustete sich eine verschwitzte Locke aus der Stirn. »Bis hierhin habe ich die gesamte Drecksarbeit erledigt, also kannst du dich auch mal nützlich machen!«, knurrte Alexej und blickte verstohlen in alle Richtungen, um sicherzugehen, dass ihnen niemand gefolgt war. »Na gut … 1:0 für dich«, räumte Lewis ein. Mit einem Nicken deutete er auf ihr Haus. »Lass uns reingehen, je schneller wir aus dem Sichtfeld unserer Nachbarn sind, desto besser.« Alexej öffnete die Tür mit einem Quietschen, das ihm durch Mark und Bein fuhr. Er nickte Lewis zu und überließ ihm den Vortritt. Nachdem er und das Mädchen sicher im Inneren des Hauses verschwunden waren, blickte er ein letztes Mal wachsam über die Schulter und folgte ihnen, allerdings nicht, bevor er die Tür mit einem leisen Klicken geschlossen hatte. Er betätigte den Lichtschalter und musste einige Male blinzeln, um etwas erkennen zu können. »Wo sollen wir sie denn unterbringen?«, fragte Lewis. »Bring sie ins Gästezimmer«, antwortete Alexej. Lewis ging bereits die Treppen hoch, als er innehielt und sich umdrehte. »Wir haben ein Gästezimmer?«, fragte er ungläubig. »Ja, das leer stehende Zimmer neben deinem Raum …«, klärte Alexej ihn auf. »Ja, aber wie du schon sagtest, das Zimmer ist leer. Da ist nichts drin, kein Bett, kein Sofa, nicht einmal ein Sessel«, grunzte Lewis. Alexej kratzte sich am Kopf und überlegte: »Dann legen wir sie eben auf das Sofa.« Lewis' gebräunte Haut wurde eine Nuance weißer, während er meinte: »Das geht nicht …« Entnervt fuhr sich Alexej durch die

Haare. »Warum geht es nicht?« »Nun ja … Ich habe gewissermaßen eine emotionale Bindung zu dem Sofa aufgebaut …«, erklärte der Angesprochene. Alexejs Augen weiteten sich und er murmelte: »Ich ahne Schlimmes.« Lewis zuckte nur die Schultern und meinte: »Nicht so, wie du denkst.« »Komm schon, jetzt leg sie endlich auf das Sofa, auf deine Gefühlslage können wir in diesem Fall keine Rücksicht nehmen«, stellte Alexej klar. Lewis grummelte etwas Unverständliches, kam der Aufforderung aber ohne weiteren Protest nach. Vorsichtig bettete er das Mädchen auf das Sofa um und musterte sie eingehend. »Du bist sicher, dass du die Richtige erwischt hast?«, fragte er Alexej zweifelnd. Alexej gesellte sich zu seinem Kumpel und sagte: »Das hoffe ich, ansonsten bin ich tatsächlich ein Mörder.« »Rein auf die Fakten bezogen bist du auch jetzt schon ein Mörder, denn Puls hat sie keinen mehr …«, sagte Lewis, während er das Handgelenk befühlte. »Danke für die aufmunternden Worte, du weißt echt, wie man jemanden aufbaut!«, grummelte Alexej. »Die Kleine sieht dem Mädchen auf dem Foto tatsächlich ähnlich, aber ohne die Brille sieht sie verändert aus«, sprach Lewis und ließ seinen Blick über den Körper der Toten wandern. »Ich hätte nach deiner Beschreibung auch nicht gedacht, dass sie so etwas tragen würde«, fügte er, auf die Kleidung deutend, hinzu. Alexej zuckte bloß die Schultern und bemerkte, dass das Mädchen es durchaus tragen konnte. »Ja, eben …«, schmunzelte Lewis vielsagend und handelte sich dafür einen Schlag in die Rippen ein. »Aua!«, beschwerte er sich mit schmerzerfüllter Stimme. »Du begaffst eine Leiche!«, stellte Alexej klar. »Etwas mehr Respekt, wenn ich bitten darf.« Lewis ließ sich auf einen Küchenstuhl plumpsen und verschränkte die Arme: »Gut, was machen wir dann?« »Wir warten, bis sie aufwacht«, meinte Alexej. »Du meinst, 'falls' sie aufwacht!«, stellte Lewis klar und lehnte sich in seinem Stuhl zurück.

Das Scheppern von Geschirr ließ darauf schließen, dass Lewis in der Küche hantierte. Alexej saß zusammengesunken gegenüber dem Sofa, auf welchem ihr unfreiwilliger Gast lag. Er war halb eingenickt, als ihm ein aromatischer Geruch in die Nase kroch. »Kaffee gefällig?«, fragte Lewis und kam mit zwei dampfenden Bechern auf ihn zu. Alexej schnappte sich den Becher und führte ihn sofort an die Lippen. Angewidert von dem bitteren Geschmack verzog er das Gesicht und fragte: »Warum hast du keine Milch reingemacht, ich trinke meinen Kaffee nie schwarz.« »Nun ja ... Aufgrund der Tatsache, dass du darauf bestehst, dass niemand das Haus verlässt, ehe sie wieder unter uns weilt, sind die Milchreserven leider aufgebraucht«, erklärte sich Lewis. Alexej runzelte die Stirn und behauptete, dass er noch eine volle Milchtüte in der Kühlschranktür gesehen habe. Sein Freund klärte ihn auf, dass diese Milch bereits klumpig und sauer geworden sei, weshalb er es für angebracht gehalten habe, sie zu entsorgen. Alexej nickte und trank einen weiteren Schluck des ungenießbaren Gebräus. »Bist du bereit dafür, zurück in die Realität zu kommen?«, fragte ihn Lewis schließlich. »Wie meinst du das?«, entgegnete Alexej in Gedanken. »Wir können nicht pausieren, bis Dornröschen wach geküsst wird! Wir müssen normal weitermachen, wir haben sie doch eigentlich umgebracht, um unsere Mission gegen

Ottilie anzukurbeln, weil wir ein weiteres Mitglied im Kampf gegen den Untergang der Erde brauchten! Wenn wir jetzt gar nichts tun, gewinnt sie an Vorsprung und wir oder besser gesagt du verfällst in depressionsartige Zustände!«, platze Lewis heraus. Nach einigen Momenten des Schweigens nickte Alexej. »Gut, dann gehe ich jetzt einkaufen und du kümmerst dich bitte um deinen Zustand«, erwiderte Lewis naserümpfend. »Worum soll ich mich da denn kümmern?«, hakte Alexej nach. »Wenn Elara aufwacht und dich ansieht, könnte sie denken, dass sie doch nicht wieder lebendig ist, weil du halb tot aussiehst!«, meinte Lewis und verschwand durch die Haustür. Ächzend setzte sich Alexej auf und schleppte sich in Richtung Badezimmer. Sein Spiegelbild ließ ihn tatsächlich erschaudern. Unter den Augen saßen zwei beinahe schwarze Augenringe, ein leichter Bartschatten bedeckte sein Kinn und fettige Strähnen fielen ihm in die Stirn. Seinen Körpergeruch empfand er selbst nicht als sonderlich störend, er war sich allerdings sicher, schon einmal frischer gerochen zu haben. Nach vier Tagen des nervenzerreißenden Wartens konnte er sich mal wieder eine Dusche genehmigen, beschloss er.

Mit einem Handtuch um die Hüften ging Alexej zielstrebig und fröhlich vor sich hin summend auf den Dachboden und bekleidete sich. Er blickte gedankenverloren in seinem Zimmer umher und stutzte, als er die Pinnwand sah. Auf den ersten Blick erschien ihm alles vertraut, seine Theorien bildeten ein ordentliches Schaubild, und auch die weiteren Informationen hingen in der richtigen Reihenfolge am Brett, doch irgendetwas war verändert. Er näherte sich dem Board und kniff konzentriert die Augen zusammen. Langsam scannte er Blatt für Blatt ab und stockte bei einer freien Fläche. Er untersuchte die Stelle aus Kork genauer. Es gab das minimale Einstichloch einer Reißzwecke, außerdem fand er einen leichten Farbunterschied. Dort, wo das Dokument gehangen hatte, war der Kork deutlich dunkler, da er gegen die Sonne geschützt wurde und nicht wie die freie Fläche ausgeblichen wurde. Abgesehen von diesen Indizien war sich Alexej sicher, dass genau dort ein wichtiges Blatt gewesen war. Nach einigem Grübeln überfiel es ihn wie eine Art Geistesblitz. Dort hatte der Artikel von Elara gehangen! Wer, um Himmels willen, konnte diesen Artikel entfernt haben?, fragte sich Alexej mit zerfurchter Stirn. Es gab bloß zwei Möglichkeiten, entweder Lewis hatte ihn aus undefinierbaren Gründen mitgenommen oder es war ein Einbrecher eingedrungen. Alexej ließ die letzten Tage Revue passieren, er hatte vier Tage im Wohnzimmer gesessen, innerhalb dieser Zeitspanne konnte sich kein Eindringling an ihm vorbeigeschlichen haben. Er ging zum Velux-Fenster und schaute hinab, die Wand war eben, es gab keine Möglichkeit, Halt zu finden, um heraufzuklettern. Hätte der Dieb eine Leiter gehabt, wäre es durchaus möglich gewesen, das Fenster zu knacken und sich unbemerkt Eintritt zu verschaffen. Allerdings wäre es doch bestimmt jemandem der Nachbarn aufgefallen, denn solch eine Aktion konnte nicht unbemerkt bleiben. Andererseits, überlegte Alexej, waren seine Nachbarn größtenteils selbst in illegale Machenschaften verwickelt und hatten kein Interesse, die Polizei zu alarmieren, aus Angst, selbst ins Visier der Gesetzeshüter zu geraten. Was für eine Zwickmühle … Eine weitere Option war es, dass der kleptomanisch veranlagte Besucher an dem Tag, als Lewis und Alexej zu ihrer Mission aufgebrochen waren, eingebrochen war. Denn am Morgen dieses Tages hing das Dokument noch an Ort und Stelle, da war sich Alexej sicher. Seit er mit Elara von der Feier zurückgekehrt war, hatte er aber nicht die Zeit gefunden, in sein Zimmer zu gehen. Also wusste er nicht, ob es erst kürzlich entwendet worden war.

Er fuhr sich panisch durch die vom Duschen noch nassen Haare und überlegte, wer ein Interesse daran hatte, diesen Artikel über Elara zu entwenden. War es das Einzige, was fehlte? Hatte der Dieb noch weitere Dinge entwendet, beispielsweise Wertsachen? Hastig überprüfte er seinen Geldvorrat und andere wertvolle Dinge, die er auf dem Dachboden aufbewahrte. Soweit er es sehen konnte, fehlte nichts. »Merkwürdig, sehr merkwürdig …«, murmelte er vor sich hin. Wer nahm das Risiko eines Einbruches in Kauf, bloß um ein Stück Papier zu klauen? Er überlegte hin und her und kam zu einem schrecklichen Schluss. Die einzige Person, die damit etwas anfangen konnte, war Ottilie höchstpersönlich! Natürlich, er schlug sich mit der flachen Hand gegen die Stirn, es war nicht das erste Mal, dass sie ihn ausspioniert hatte. Sie arbeiteten gegeneinander, und ein altes Sprichwort besagte nicht umsonst, dass man seine Feinde besser kennen sollte als seine Freunde … Sie wollte erfahren, was wir planen, und hat es geschafft, fluchte er innerlich und schlug vor Wut gegen die Wand. Verdammt, Ottilie würde nicht lange brauchen, um hinter seinen Plan zu kommen. Durch die Informationen, welche sie erhalten hatte, lag es beinahe auf der Hand, dass er sich ein Team aufbaute. Dieses Team allerdings sollte aus den Nachfahren der Götter bestehen. Die außergewöhnlichen Fähigkeiten der Göttererben würden ihm im Kampf gegen Ottilie von Vorteil sein. Nun blieb Ottilie Zeit, sich vorzubereiten. Alexej fluchte inbrünstig. Eines wunderte ihn allerdings, Ottilie hätte bloß ein Foto machen müssen und hätte denselben Artikel im Internet gefunden, warum nahm sie das Dokument mit und hinterließ eine eindeutige Spur? Er kratzte sich den Kopf und stellte fest, dass dies eine gezielt platzierte Nachricht seiner Feindin war. Die leere Stelle signalisierte hämisch, dass sie ohne Probleme eindringen und seine Pläne durchkreuzen konnte. Es war eines ihrer kleinen Psychospielchen, um ihn mental in die Ecke zu drängen. Solche Dinge machte sie gerne … »Wie arrogant du doch bist«, sagte Alexej in den Raum hinein. Hätte sie den Zettel an Ort und Stelle gelassen, wäre er ihr nie auf die Schliche gekommen, aber durch diese Nachricht hatte sie sich wissentlich verraten, und das würde Alexej zu seinem Vorteil nutzen. Diese List hatte für die ohnehin schon lodernden Flammen ihres Krieges den gleichen Effekt wie ein Kanister Benzin. Eine sich öffnende Tür erregte seine Aufmerksamkeit, bedächtig schlich er die Treppen hinunter. Vermutlich war es bloß Lewis, der vom Einkaufen zurückgekehrt war, aber Alexej wollte lieber achtsam sein, gerade nach der Entdeckung auf dem Dachboden. Als er den dunklen Lockenkopf seines Freundes erspähte, entspannte sich Alexej ein wenig. »Der Milchmann ist da!«, rief Lewis gut gelaunt und erspähte seinen Mitbewohner auf der Treppe. »Na, siehe da! Du hast den Weg zur Dusche ge-

funden ...«, stellte er mit ironischer Anerkennung fest.
»Wir haben ganz andere Probleme als meine Hygiene«,
stellte Alexej klar und erzählte seinem Kumpel, welche
Entdeckung er gemacht hatte. Lewis amüsierter Gesichtsausdruck wich einer Maske aus Wut und Empö-
rung. »Verdammte Göre, die bricht einfach so in unser
Haus ein ... Na warte, das bekommt die zurückgezahlt.
Rache ist süß!«, schimpfte Lewis aus voller Seele. Alexej
legte ihm eine Hand auf die Schulter, um ihn zu unter-
brechen. »Wir dürfen nicht wie wild drauflosstürmen«,
ermahnte er seinen Freund. »Wieso? Wir überrumpeln
sie und dann ...«, begann Lewis wild gestikulierend.
»Und dann machen wir genau das, was sie erwartet und
provozieren möchte«, ergänzte Alexej. Lewis blickte ihn
mit zusammengezogenen Augenbrauen an. »Sie erwartet
doch, dass wir jetzt zuschlagen ... Wir müssen das clever
angehen, hinterlistig, genau so, wie sie es macht«, sprach
Alexej bedächtig. »Alles klar, wir schlagen sie mit ihren
eigenen Waffen! Wie lautet der Plan?«, erkundigte sich
Lewis und rieb sich die Hände erwartungsfreudig. Alexej
seufzte und murmelte unzufrieden: »Der Plan muss erst
noch entwickelt werden, und ein großer Teil davon liegt
tot auf dem Sofa ...«

Lewis warf einen Blick über die Schulter in Richtung
des Wohnzimmers und schüttelte den Kopf. »Hast du
schon einmal daran gedacht, dass sie es nicht schaffen
könnte?«, fragte er zaghaft. Alexej schüttelte entschieden
den Kopf und beteuerte, dass er bei diesem Unternehmen
keinen Fehler gemacht hatte. »Ist sie denn wirklich un-
entbehrlich für unseren Plan?«, hakte Lewis nach. »Wir
wissen nicht, wie viele Anhänger Ottilie hat, wir müssen

auf alles vorbereitet sein. Wir brauchen so viel Unterstützung wie möglich, also zu zweit gleicht das Ganze eher einem Selbstmordkommando«, entgegnete Alexej mit verschränkten Armen. »Wir haben doch noch einen Dritten im Team, schon vergessen?«, spottete Lewis. »Oh ja, stimmt! Auf Lucas ist immer Verlass!«, meinte Alexej sarkastisch. »Wann hat der sich das letzte Mal blicken lassen?«, fragte Lewis und kratzte sich am Kinn. »Tja, an die Zeiten erinnere ich mich bloß dunkel«, gab Alexej zu und runzelte die Stirn.

Kapitel 5

Elara

Zweifelnd harrte sie vor den Abzweigungen der Tunnel aus und überlegte, ob sie jemals etwas von einer Studie gehört hatte, in der untersucht wurde, welche Seite einer Biegung prozentual wahrscheinlicher zum Ziel führte. Sie schüttelte den Kopf, wenn sie etwas in dieser Art tatsächlich gelesen haben sollte, erinnerte sie sich nicht mehr daran. Sie setzte sich auf den Boden und stützte den Kopf auf die Hände. Was sollte sie machen? Sie könnte es auf gut Glück ausprobieren, wenn es nicht funktionierte, umkehren, um den anderen Weg zu nehmen … Eigentlich ein logischer Ansatz, aber ihr Bauchgefühl riet ihr davon ab. Irgendwie hatte sie das Gefühl, sollte sie beim ersten Mal den falschen Tunnel wählen, keine zweite Chance zu bekommen. Nein, die Entscheidung, die sie traf, war endgültig. »Immer diese Fifty-fifty Chancen …«, grummelte sie vor sich hin und überlegte, ob ihr wohl noch ein Telefonjoker zustand. Vor lauter Verzweiflung begann sie tatsächlich, »Ene mene miste« zu spielen, sie schüttelte erneut den Kopf und stand auf. Ungeduldig tigerte sie hin und her. Fünf Schritte nach links, scharfe Bremsung, Kehrtwende und fünf Schritte nach rechts. »Das macht einen ja ganz nervös …«, sprach eine Stimme. Elara zuckte zusammen und erstarrte mitten in der Bewegung. Die Stimme kam ihr nicht bekannt vor, es war eine ganz andere Tonlage als die der Stimme vorher und die Aussprache der Wörter war auch nicht vergleichbar. Elara drehte sich einmal im Kreis und versuchte, einen Körper ausfindig zu machen, der zu der Stimme gehörte. »Das hatten wir doch schon … Du kannst mich nur sehen, wenn ich es will«, erklärte die Stimme leicht genervt. Nein, Elara war sich sicher, nicht mit demselben Wesen zu reden, aber wer verbarg sich hinter der Stimme? »Wer bist du?«, fragte sie in die Stille. »Himmel, ich dachte, du wärest intelligent? Wir hatten doch bereits das Vergnügen! Leidest du etwa unter Gedächtnisschwund?«, spottete die Stimme. »Ich frage noch mal! Wer bist du und was willst du?«, zischte Elara. Ein mulmiges Gefühl machte sich in ihrem Bauch breit, hier war etwas faul. Eine schemenhafte Silhouette manifestierte sich, zu unscharf, um ein Gesicht erkennen zu können. »Ich bin das Ende, eine Wächterin der Götter. Ich rate dir, den linken Gang zu nehmen, dort werden sich alle deine Träume erfüllen …«, säuselte sie mit einer derart lieblichen Stimme, dass man meinen könnte, sie hätte ihre Stimmbänder mit Honig umhüllt. Diese Laute verursachten bei Elara aber kein Wohlbefinden, sie war vielmehr an das Märchen der sieben Geißlein erinnert, in welchem der böse Wolf Kreide fraß, um die naiven Ziegen mit seiner schönen Stimme zu täuschen …

Sie war sich sicher, dass man diesem Wesen nicht vertrauen sollte. Elara beäugte den linken Gang misstrauisch, er erschien ihr auf einmal sehr düster im Gegensatz zum rechten Tunnel, der dagegen hell und einladend wirkte. Entschlossen schritt Elara zum rechten Gang. »Bist du dir sicher, die richtige Entscheidung zu treffen?«, erkundigte sich die Stimme. »Absolut …«, murmelte Elara und hatte gerade die Schwelle des Tunnels überschritten, als sie einen eisigen Lufthauch spürte. Erschrocken drehte sie sich um und sah, dass die Silhouette einen der verschwommenen Arme nach ihr ausgestreckt hatte. Elara erwartete, dass das gruselige Wesen ihr folgen würde. Allerdings schien dies dem Wesen, trotz aller Bemühungen, nicht möglich zu sein. Es prallte gegen eine durchsichtige Barriere und stieß einen grässlichen Laut aus, der Elara an das Geräusch von Fingernägeln, die über eine Tafel kratzten, erinnerte. Das Wesen streckte seine nebelartigen Arme aus und kratzte gegen den Schutzschild an, in der Hoffnung, ihn durchschaben zu können. Die liebliche Maske hatte es abgelegt, nun wirkte es wie eine tollwütige Furie. Elara wollte sich nicht auf das Standhalten des Schildes verlassen, sie nahm die Beine in die Hand und rannte, so schnell sie konnte, den Tunnel hinunter, angespornt durch den Wunsch, so viel Entfernung wie möglich zwischen sich und die scheußlichen Laute des Wesens zu bringen. »Was für eine weise Entscheidung, Elara …«, meldete sich eine Stimme zu Wort. Panik erfasste Elara, hatte sie es doch nicht geschafft, der Furie zu entkommen? »Beruhige dich, es kann dir jetzt nichts mehr passieren«, tröstete die sanfte Stimme sie. Elaras Herzschlag verlangsamte sich auf ein normales Tempo und sie ließ die Luft zitternd ausströmen. Dies war die Frau, mit der sie am Anfang gesprochen hatte, sie war ihr zwar auch nicht wirklich geheuer, aber sie strahlte eine Gutmütigkeit aus, die bei der Furie fehlte. Elara gönnte sich eine kleine Verschnaufpause und stützte sich auf den Oberschenkeln ab, um hastig nach Luft zu schnappen. »Du hast es fast geschafft«, sprach die Stimme und erschien ihr erneut in der Form der Frau, die sie bereits kennengelernt hatte. Elara wischte sich über die Stirn, stellte aber fest, dass es keine Schweißperlen gab, die es wegzuwischen galt. Weder schwitzen noch bluten, dachte Elara, so übel war es hier doch nicht. Als sie wieder zu Atem gekommen war, konnte Elara nicht umhin, zu fragen, was für ein Wesen diese Furie war. Die Frau schaute sie mitleidig an und strich ihr über das blonde Haar. »Es tut mir leid, dass du ihre Bekanntschaft machen musstest«, flüsterte sie betroffen. »Eigentlich hat sie hier oben nichts verloren, denn tot ist sie nicht.« Elara legte die Stirn in Falten und ließ das eben Gesprochene auf sich wirken. »Wenn das hier«, sie machte eine allumfassende Handbewegung, »nicht ihr Platz ist, heißt das, sie wandelt auf der Erde?« »Ja, allerdings hat sie auf der Erde einen festen Körper, sie besteht aus Fleisch und Blut«, erklärte die Stimme. Ein Zaudern durchfuhr Elara bei der Vorstellung, diesem Wesen auf der Erde zu begegnen. Sie hatte eine dunkle Vorahnung, dass sie sich wiedersehen würden. »Wie ist es möglich, dass sie lebt und trotzdem im Reich der Toten auftauchen kann?«, hakte Elara verwirrt nach. »Sie hat Begabungen, Talente und Fähigkeiten, die du bis jetzt nicht erfassen kannst«, antwortete die Stimme. »Es ist doch schier unmöglich! Eigentlich kann nichts von dem Ganzen passieren. Ich meine, rein wissenschaftlich ist es …«, begann Elara. Die Frau lachte bloß, unterbrach die Sprechende und sagte: »Vergiss die Wissenschaft, Elara! Sie wird dir in diesem Falle nichts nützen, da ihr, du und Ottilie, übernatürlich seid!« Elara schaute die Frau erstaunt an und fragte: »Ottilie?« Die Angesprochene schlug sich die Hand vor den Mund und riss erschrocken die Augen auf. »Das hätte ich dir nicht sagen dürfen …«, stieß sie bestürzt hervor. »Es ist doch nur ein Name«, versuchte Elara, sie zu beruhigen. »Ein Name von großer Bedeutung …«, hauchte die Frau.

Plötzlich erfasste sie große Hektik, sie machte treibende Bewegungen mit den Armen und versuchte, Elara vorwärtszuscheuchen. »Warum die plötzliche Eile?«, fragte Elara überrumpelt, während sie, angestoßen von der Frau, einige Schritte lief. »Ich habe gegen eine der Regeln verstoßen, dadurch wird es Ottilie möglich sein, die Wand zu passieren. Es ist ein komplexes Regelsystem, welches hier herrscht, und nicht einfach zu verstehen. Ich werde es dir bei Gelegenheit erklären, aber jetzt würde ich dir raten, zu laufen!«, erwiderte die Frau und verpasste Elara einen Stoß. »Wohin muss ich denn laufen?«, fragte Elara verunsichert. »Es ist nicht mehr weit, wenn du einen Funken siehst, musst du nach ihm greifen, er ist der Schlüssel, deine Möglichkeit, zurückzukehren. Jetzt renn, ich versuche, dir ein wenig Vorsprung zu verschaffen« Elara war zwar verwirrt und panisch, befolgte aber den Rat der Frau, ohne weiter darüber nachzudenken. Sie lief und lief, ihr Atem ging schneller, das Herz drohte ihr aus der Brust zu springen. Wäre sie noch am Leben, hätte sie Angst vor einem Herzinfarkt. Gerumpel und Schreie wurden lauter, es hörte sich an wie ein Kampf. Ottilie hatte es scheinbar geschafft, die Barrieren zu durchbrechen. Verdammt, dieses Viech war schnell, dachte Elara zähneknirschend und legte die letzte Kraft in die Bewegung ihrer Beine. Suchend sah sie sich um, hielt Ausschau nach einem Lichtblick, einem Funken, wie die Frau es genannt hatte. Es war aussichtslos, sie konnte nichts dergleichen sehen. Hastig lief sie weiter, immer noch suchend. Ein eisiger Schauder lief Elara über den Rücken, ihre Nackenhärchen stellten sich auf. Etwas oder jemand näherte sich ihr. Ottilie, schoss es Elara durch den Kopf, sie musste aufgeholt haben. Ein kurzer Blick über die Schulter bestätigte ihre Annahme. Nebelschwaden waberten in beachtlichem Tempo auf sie zu, und inmitten dieser ließ sich eine Silhouette ausmachen, die fordernd eine Hand nach Elara ausgestreckt hatte. Gebannt von diesem grausigen Anblick konnte Elara den Blick kaum abwenden, bis ihr eine unerwartete Hitzewelle von vorne entgegenschlug. Sie drehte den Kopf und sah eine Feuerwand auf sich zurasen. Zweifelnd blickte sie hin und her, auf der einen Seite erwarteten sie der furchteinflößende Nebel und die Furie namens Ottilie, auf der anderen eine alles verschlingende Hitze. Welche Variante würde schmerzvoller enden? Sie überlegte, fragte sich, ob die Frau diesen apokalyptisch anmutenden Feuersturm als »Funken« bezeichnet hatte, und entschied sich schließlich, dass sie es riskieren musste. Entschlossen wandte sie sich von Ottilie ab und rannte der Wand aus hell lodernden Flammen entgegen.

Das Gefühl, als sie das Feuer passierte, konnte sie kaum beschreiben, es fühlte sich an wie eine Ewigkeit. Die orange-gelben Flammen züngelten genüsslich an ihrem gesamten Körper. Sekunden verstrichen oder waren es Stunden? Elara konnte es nicht sagen, alles, was sie wahrnahm, war Schmerz. Ein übernatürlicher Schmerz, so stark, dass er nicht greifbar war. Sie fühlte sich, als würde jeder Zentimeter ihrer Haut versengt werden, die Hitze stach unerbittlich in ihren Körper, wie Tausende von

Nadelstichen. Ein qualvoller Schrei löste sich aus Elaras tiefstem Inneren. Es war befreiend, die Leiden herauszuschreien, verschaffte ihr einen kostbaren Augenblick des Friedens. Lange war ihr allerdings keine Pause vergönnt, denn die Flammen drangen durch den vom Schrei geöffneten Mund in ihr Inneres. Sie bemächtigten sich Elaras ganzen Wesens, eine erneute Welle des Schmerzes rollte über Elara und ließ sie nicht mehr los. Sie schüttelte sich und schlug blind um sich. Es war wie ein gewaltiger Sturm, der tobte und hohe Wellen schlagen ließ, die mit der Zeit nur an Kraft gewannen, um noch heimtückischer zuzuschlagen. Sie winselte um Gnade, flehte um Erlösung und betete zu allen ihr bekannten Göttern, nur damit ihr Leid gelindert würde. Doch es nützte nichts, wenn möglich, wurden die Schmerzen durch ihre verzweifelten Gedanken nur umso stärker. Der Prozess meines Sterbens, dachte sie, war nicht so qualvoll. Je heller die Flammen loderten, desto schmerzerfüllter schrie sie, bis sie nur noch ein leises Krächzen ausstoßen konnte. Sie wusste nicht, ob ihre Stimmbänder verbrannt wurden oder ob sie heiser war. Vor lauter Schmerz verlor sie die Kontrolle über sich selbst und begann, sich die Haut vom Körper zu kratzen, in der törichten Hoffnung, so ihre Qualen lindern zu können. Sie kratzte, raufte sich an den angesengten Haaren, bis sie meinte, vor Schmerzen ohnmächtig zu werden. Ja, dachte sie hoffnungsvoll und wollte sich der kommenden Schwärze hingeben, sie wollte fliehen vor den Flammen und ihrem Leid. »Gib nicht auf, lass zu, dass der Funke dich überwältigt ...«, flüsterte ihr eine Stimme ins Ohr. Von ihrem Leiden so dermaßen eingenommen, wusste Elara nicht, wer oder was mit ihr sprach. Sie hatte nicht die Kraft, darüber nachzudenken. »Elara, du musst kämpfen, du darfst nicht ohnmächtig werden, sonst wachst du nie wieder auf«, riet ihr die Stimme sanft.

Die Erinnerung an die Frau erreichte ihr Gehirn und ihr fiel auf, dass sie immer noch keinen Namen zu der Gestalt hatte, die ihr, so gut es ging, geholfen hatte. »Wie heißt du?«, krächzte Elara. Die Stimme schwieg und gab nach einiger Zeit eine mysteriöse Antwort: »Ich bin dein Ursprung …« Elara wunderte sich über die kryptische Antwort. Hätte sie sich in einem besseren Zustand befunden, würde ihr Gehirn schon auf Hochtouren versuchen, den Sinn hinter diesen Worten zu finden, doch sie war schlicht und einfach zu schwach, um etwas anderes zu tun, als zu verhindern, dass sie in das tiefe Schwarz abglitt. »Denk an schöne Momente in deinem Leben, das macht es einfacher, zurückzukehren«, meinte die Frau. Elara beschwor ein Bild ihrer Familie herauf, danach dachte sie an ihre beste Freundin. Hatte Emelie sich Sorgen um sie gemacht, da sie nach der Feier verschwunden war? Wie viele Tage waren dort wohl vergangen, einer, zwei? Oder war sie eine ganze Woche fortgewesen? Sie wusste keine Antwort darauf. »Bemühe dich«, spornte die Stimme sie an. Elara konzentrierte sich, versuchte, den Schmerz beiseite und die Erinnerung in den Vordergrund zu rücken. Die Gesichter ihrer Familie wurden vor ihrem inneren Auge schärfer, sie kniff die Augen zu und meinte neben dem Geruch ihrer versengten Haut auch den vertrauten Duft des Parfüms ihrer Mutter wahrzunehmen. Genüsslich atmete sie ein, ein wohliges Gefühl machte sich in ihrem Bauch breit, sie fühlte sich ein wenig heimisch. Die Flammen loderten weiterhin, doch Elara hatte das Gefühl, dass sie an Kraft verloren hatten. Das Feuer züngelte immer noch an ihrem Körper, aber es verbrannte sie nicht mehr, sondern strahlte eine angenehme Wärme aus. Komischerweise fühlte sich auch das, was sie als Brennen in ihrem Inneren wahrgenommen hatte, nicht mehr falsch an. Ein Funke des Feuers war kein Fremdkörper, sondern ein Teil von ihr und ihrem Wesen, dies war absolut richtig.

Sie schlug die Augen auf und fand sich auf einer Klippe wieder. Der Wind fuhr ihr durch die offenen Haare und ließ sie frösteln. Zitternd stand sie auf und blickte an sich hinab, die Kleider, die sie trug, waren von den Flammen gezeichnet worden, sie hingen nunmehr als Fetzen an ihr herab und waren von dem Ruß und der Asche schwarz befleckt. Elaras Haut hingegen schien soweit unversehrt, verwundert streckte sie die Arme aus und betastete ihre Haut nach Brandblasen. Sie fand nichts, und das, obwohl sie gespürt hatte, wie die Flammen sie versengt hatten. Sie war sich sicher, verbrannt zu sein. Vorsichtig tastete sie nach den Spitzen ihrer Haare. Auch dort war keine Spur der Flammen auszumachen. Probeweise schnupperte sie an den Haarsträhnen und meinte, einen leichten Duft wahrzunehmen, der darauf schließen ließ, dass sie mit Feuer in Berührung gekommen war. Merkwürdig, dachte sie, und sah sich um. Die steinige Klippe bot einen atemberaubenden Ausblick auf eine Wasserfläche, so groß wie ein Meer. Die Wellen tobten und schlugen gegen die Felsen, hungrig, als ob sie den Stein mit sich in die Tiefen reißen wollten. Elara wagte sich einen Schritt näher an den Abgrund der Klippe und schützte sich mit den Armen, die sie um ihren Körper geschlungen hatte, vor dem Wind und seiner Kälte. Durch ihre Annäherung an die Kante der Klippe bröselten einige lose Steine den Abhang hinunter. Erschrocken wich Elara zurück und brachte eine gute Distanz zwischen sich und den Abhang. Doch der kurze Augenblick am Rande der Klippe hatte ihr gereicht, um ein kleines Schiffchen auszumachen, welches unten im Wasser den Naturgewalten ausgeliefert war und herumschipperte wie eine kleine Nussschale. Trotz der geringen Größe des Bootes wusste Elara, dass in ihm die einzige Möglichkeit bestand, in die Welt der Lebenden zurückzukehren. Entschlossen machte sie sich an den Abstieg, vorsichtig setzte sie einen Fuß vor den anderen, nachdem sie sich versichert hatte, dass der Stein auch fest saß und nicht unter ihrem Gewicht wegbrechen würde. Während ihres Weges ans Ufer säuselte der Wind zaghaft an ihr Ohr und trug ihr Worte zu.

> *»Die Nebel zerreißen,*
> *der Himmel ist helle,*
> *und Äolus löset*
> *das ängstliche Band.*
> *Es säuseln die Winde,*
> *Es rührt sich der Schiffer.*
> *Geschwinde! Geschwinde …!«*

Der Rest des Gedichtes ging im Rauschen des Meeres unter, doch Elara konnte es beenden. Mit zittriger Stimme und pochendem Herzen sagte sie: »Es teilt sich die Welle, es naht sich die Ferne, schon seh' ich das

Land!« Das Gedicht weckte die Hoffnung in ihr, dass sie es schaffen konnte und es schaffen würde, über dieses Meer zu fahren und zurückzukehren. Interessant, dachte Elara, dass es ein Gedicht eines Menschen, in diesem Fall Goethes, in dieses Zwischenreich geschafft hatte. Das Gedicht war ihr wohl bekannt, wenn sie sich recht erinnerte, stand es in einem Buch mit gesammelten Werken des Autors in ihrem Bücherregal. Nur der Titel bereitete ihr Schwierigkeiten. Egal, wie angestrengt sie nachdachte, er wollte ihr nicht einfallen. »Mach dir darum später Gedanken, du musst es rechtzeitig zum Schiff schaffen, die Fähre wird nicht ewig auf dich warten«, sprach eine ihr wohl bekannte Stimme. Elara hielt trotz der gegenteiligen Aufforderung inne und sah sich um. »Du bist mitgekommen?«, fragte sie erstaunt. Eine Silhouette entstand aus feinen Partikeln, die vom Wind geformt wurden. »Natürlich«, sprach die Frau und zwinkerte ihr zu. »Ich wollte doch sichergehen, dass du eine ›**Glückliche Fahrt**‹ hast.« Elara schlug sich mit der flachen Hand gegen die Stirn. Natürlich, dachte sie, das war der Titel des Gedichtes. »Danke«, erwiderte Elara und verspürte plötzlich einen Stich, als ihr bewusst wurde, dass ein Abschied nahte. Sie wusste nicht, wie lange sie in diesem Reich verweilt hatte, doch die Frau war ihr unbewusst ans Herz gewachsen. »Es ist kein Abschied für die Ewigkeit«, versicherte ihr die Frau und strich ihr sanft über die dunkelblonden Haare. Elara nickte ihr zu und hoffte, dass die Frau in ihren Augen die Dankbarkeit lesen konnte, die sie momentan einfach nicht in Worte fassen konnte. »Es wird alles gut, der Boreas wird dich sicher in deine Welt geleiten«, sprach sie und gab ihr einen aufmunternden Stups. »Der Boreas?«, fragte Elara nach. »Es ist der Nordwind«, erklärte ihr die Frau und nickte erneut in Richtung des Bootes. Elara hob die Hand zum Gruß und ging die ersten zwei Schritte, ehe sie sich das letzte Mal umdrehte, um zu fragen: »Wirst du mir nun deinen Namen verraten?« Die Frau begann bereits zu verblassen, während sie lächelnd antwortete: »Ich bin dein Ursprung, mehr musst du nicht wissen …« Danach war sie verschwunden und Elara war auf sich allein gestellt, entschlossen, den Rat zu beherzigen.

Mit großen Schritten näherte sie sich dem Boot oder, besser gesagt, der Fähre. Ohne Zögern stieg sie hinein, ein leichter Ruck war zu vernehmen, als das Schiffchen wie durch Zauberhand auf das Meer gezogen wurde und gemächlich über die Wellen schipperte. Es fuhr verlässlich geradeaus, obwohl die Wellen es eigentlich in andere Richtungen hätten zerren müssen. Entspannt saß Elara da, in der Gewissheit, dass sie ihr Ziel sicher erreichen würde. Ihre Leichtigkeit verflüchtigte sich nun mit jedem Meter, der sie näher an ihr Ziel brachte. Sie würde zurückkehren, doch ein Gefühl sagte ihr, dass dort gewaltige Aufgaben auf sie warten würden. Dass jemand die Hoffnung hatte, sie würde der Schlüssel sein für eine Mission, die sie nicht kannte.

Kapitel 6

Alexej

Es war mitten in der Nacht, vermutlich so zwischen drei und vier Uhr morgens, als Alexej durch ein unsanftes Rütteln geweckt wurde. Er drehte sich demonstrativ auf die andere Seite und legte eine Hand über die Augen, um sich vor der Helligkeit zu schützen. »Wach auf, verdammt! Alex …«, meinte Lewis aufgeregt. Alexej stieß bloß ein Grummeln aus, er hatte seit Tagen nicht mehr so fest geschlafen. »Was?«, knurrte er seinen Kumpel mit geschlossenen Augen an. »Da gibt es etwas, das solltest du dir ansehen«, sprach Lewis unsicher. Alexej grunzte und sagte: »Könntest du wenigstens das Licht etwas dimmen? Ich sehe das selbst mit geschlossenen Lidern.« Lewis kratzte sich am Kinn und erwiderte: »Nun ja, das würde ich gerne machen, aber die Helligkeit hat nichts mit unseren Lampen zu tun.« Alexej runzelte die Stirn, schirmte mit einer Hand seine Augen ab und öffnete vorsichtig eines. Das Licht traf ihn trotz der schattenspendenden Hand und veranlasste ihn dazu, sein Auge sofort wieder zuzukneifen. Er richtete sich auf dem Sofa auf. »Heilige Scheiße, was hat das denn zu bedeuten?«, fragte er geblendet. »Schwer zu erklären, am besten wäre es, wenn du es dir selbst ansehen würdest«, antwortete Lewis. Erneut öffnete Alexej die Augen und musste sich beherrschen, sie dieses Mal auch offen zu lassen. Das gleißend helle Licht brannte ihm in den Augen. »Was ist die Quelle des Lichtes?«, fragte

Alexej mit knirschenden Zähnen. »Du meinst, wer ist die Quelle?«, verbesserte ihn Lewis. Alexej schüttelte den Kopf und fragte, was Lewis damit meinte. »Unsere schlafende Leiche leuchtet heller, als die Sonne es an manchen Tagen tut …«, antwortete Lewis. »Was? Elara leuchtet?«, hakte Alexej nach und ließ es sich erneut bestätigen. Unter Aufwand all seiner Willenskraft öffnete er die Augen einen Spalt breiter und blickte direkt an die hellste Stelle des Raumes. Tatsächlich … Lewis hatte ihm keinen schlechten Streich gespielt und einen Baustrahler ins Zimmer gestellt. Der Ausgang des Lichtes war das Mädchen auf dem Sofa.

»Wahnsinn«, hauchte Alexej ehrfürchtig. Trotz der gleißenden Helligkeit, die in den Augen schmerzte, war dies ein schöner Anblick. Elara mutete an wie eine Göttin, die den weiten Weg vom Himmel zur Erde gefunden hatte … Nun mal nicht kitschig werden, ermahnte sich Alexej in Gedanken und musste, so schwer es ihm auch fiel, weggucken, da er ernsthaft Sorge um seine Netzhaut hatte. »Ist das ein normaler Teil des Prozesses?«, hakte Lewis zweifelnd nach. »Nicht, dass ich wüsste …«, erwiderte Alexej. Bei seiner – wie sollte er es bezeichnen – »Neugeburt« hatte er sicherlich nicht gestrahlt wie die gesamte Weihnachtsbeleuchtung eines Kontinents. »Also ist das paranormal?«, fragte Lewis kleinlaut. Alexej musste lachen und sagte: »Paranormal ist so ziemlich alles, in das wir hineingeraten.« Sein Kumpel bedachte ihn mit einem bösen Blick und grummelte etwas Unverständliches. »Ich frage mich bloß, ob das Leuchten etwas Gutes zu bedeuten hat oder nicht …«, murmelte Alexej leise. »Vielleicht hat es ja etwas mit ihrem göttlichen Funken zu tun?«, rätselte Lewis. Alexej wollte schon einen besserwisserischen Kommentar abgeben, als er die Aussage seines Freundes überdachte – sie war gar nicht abwegig. Er blickte Lewis ernst an und sagte: »Damit könntest du ausnahmsweise einmal richtig liegen.« Lewis schnaubte, strich sich durch die dunkle Mähne und erwiderte: »Ich liege immer richtig!« Alexej schüttelte den Kopf und verneinte Lewis Aussage. »Na gut, ich liege meistens richtig …«, korrigierte dieser sich. »Auch das muss ich bestreiten. Die meiste Zeit liegst du auf der Couch, um dich von deinen Sauftouren zu erholen«, meinte Alexej kalt. Lewis verzog das Gesicht, als hätte er etwas Unappetitliches gegessen, und winkte ab. »2:0 für dich«, räumte er verdrossen ein. »Wer liegt immer richtig?«, hakte Alexej grinsend nach. »Treib es nicht auf die Spitze«, warnte Lewis ihn missgelaunt. Alexej wandte sich, trotz seiner tränenden Augen, dem leuchtenden Mädchen zu. »Was kann das nur zu bedeuten haben?«, murmelte er vor sich hin. Das unerträgliche Leuchten ließ langsam nach, wurde zu einem grellen Licht und verblieb schlussendlich bei einem schwachen Glimmen. Endlich war es den beiden möglich, die Augen normal zu öffnen, ohne Angst zu haben, dabei zu erblinden. Lewis wuschelte sich durch die dunklen Locken und zog eine Augenbraue in die Höhe, während er fragte: »Das war ganz schön abgefahren, oder?« Alexej konnte bloß bestätigend nicken und räusperte sich. Ihm gingen einige Gedanken durch den Kopf, die es zu ordnen galt. Unter anderem war er beruhigt, denn nach diesem Ereignis konnte das Mädchen nicht endgültig tot sein, oder? Sie musste zurückkehren, dachte er. Aber wieso hatte sie so verdammt lange auf der Seite der Toten verweilt? Gab es eine besondere Bedeutung für die Dauer ihrer Abwesenheit und das Leuchten? Gab es einen Zusammenhang? Er wusste es nicht, hatte nicht die leiseste Ahnung, und gerade deswegen packte ihn der Drang, es herauszufinden. Auch wenn das Leuchten darauf schließen ließ, dass sie lebendig werden würde, fand er es beunruhigend. Er hatte dieses Phänomen bei bisher niemandem beobachten können, allerdings kannte er neben sich bis dahin nur Lewis und Lucas, die das göttliche Gen in sich trugen. Er hatte keine großartige Möglichkeit, Vergleiche aufzustellen. Nachdenklich rieb er sich über das Kinn und hoffte darauf, dass das Mädchen bald die Augen aufschlagen würde. Jeder Tag, jede Stunde, die verging, war ein Defizit, welches Ottilie ausnutzen würde, um ihrem Ziel einen Schritt näher zu kommen. Erfüllte sie ihre Mission, war alles verloren, und zwar unwiderruflich. Verflucht sei der Moment, in dem sie die Welt erblickt hatte, dachte Alexej zornerfüllt. Er ballte die Hand zur Faust, mit dem dringenden Bedürfnis, auf etwas einzuschlagen.

Das Geräusch eines rasselnden Atemzuges ließ Alexej aus seinen Gedanken aufschrecken. Alarmiert blickte er sich um, sein Blick blieb an der Couch hängen. Die bis dahin reglose Gestalt des Mädchens bewegte sich. Es war nicht viel, nur ein leichtes Heben des Brustkorbes, und doch erschien es Alexej wie ein kleines Wunder. Eine winzige Träne floss ihm, ohne seine Zustimmung, aus dem Augenwinkel. Erleichterung durchströmte ihn, während er begriff, dass sie lebte. Er war sich der schweren Last auf seinen Schultern kaum bewusst gewesen, doch nun, als sie fort war, fühlte er sich … befreit! Er atmete tief ein und ließ die Luft aus seinen Lungen strömen. Er hatte jemanden umgebracht, das war korrekt. Doch nun musste er sich nicht als Mörder verantworten. Es mochte merkwürdig klingen, aber Alexej konnte sich seine zugegebenermaßen grausame Tat in dem Moment verzeihen, als Elara ihren ersten Atemzug gemacht hatte. Wäre sie tatsächlich tot geblieben, hätte er nicht gewusst, wie es um ihn gestanden hätte. Er wollte nicht weiter über diese schaurige Vorstellung nachgrübeln und schüttelte entschieden den Kopf. »Alter, du heulst ja«, grinste Lewis und schlug ihm gegen die Schulter. »Meine Augen sind noch gereizt von dem grellen Licht«, log Alexej, ohne mit der Wimper zu zucken. »Selbstverständlich …«, hüstelte Lewis und verschwand in der Küche. Alexej hingegen machte einige Schritte auf das Sofa zu und ließ sich in die Hocke sinken, um mit der Liegenden auf Augenhöhe zu sein. Das Geräusch, welches sie durch ihre Atmung verursachte, ließ auch den letzten Rest der Schuldgefühle, die ihm auf dem Herzen lasteten, verblassen. Als er begriff, wie gruselig es für sie sein musste, aufzuwachen und direkt in das Gesicht eines beinahe Fremden zu schauen, entfernte er sich wieder. Er brachte eine angemessene Distanz zwischen sich und Elara und wartete. Es dauerte noch einige Minuten, bis Elara ihre Augen aufschlug. Alexej holte angespannt Luft, bereit, sich zu erklären, doch die Worte blieben ihm im Hals stecken. Elaras Augen fixierten keinen Punkt, sie irrten umher und schienen sich auf keinen Gegenstand zu fokussieren. Es schien, als sei sie noch nicht wahrhaftig in der Welt der Lebenden angekommen. Ihre sonst so blauen Augen hatten einen leicht milchigen Film und schweiften rastlos umher. Verwirrt erstarrte Alexej, er hatte keine Ahnung, wie er damit umgehen sollte. Vorsichtig trat er einige Schritte näher. Elara zeigte keine Reaktion, sie schaute immer noch abwesend im Raum hin und her. Okay, das war eindeutig gruselig, dachte Alexej bestürzt. Lewis kehrte mit zwei Gläsern Wasser zurück ins Wohnzimmer. Die Gläser waren bis zum Rand gefüllt, sodass er vollkommen darauf konzentriert war, keine Flüssigkeit überschwappen zu lassen. Abgelenkt durch seinen Wassertransport, sah er nicht, wie merkwürdig sich ihr Gast verhielt, und fragte ganz unbedarft: »Willst du auch ein Getränk?« Alexej lag eine Verneinung bereits auf den Lippen, doch seine Aufmerksamkeit blieb bei Elara hängen, die ruckartig den Kopf drehte. Wie ein Raubtier seine Beute fixierte sie das Glas Wasser in der Hand von Lewis und fuhr sich mit der Zunge über die rauen Lippen. Zwischen Lewis und dem Sofa lag kaum eine Armeslänge, sodass es für das Mädchen ein Leichtes war, die Hand auszustrecken und das Glas an sich zu reißen. Auf wundersame Weise verschüttete sie trotz ihrer hastigen Aktion keinen Tropfen Wasser und führte sich das Glas sofort an die Lippen. Mit gierigen Schlucken leerte sie den Becher in einem Zuge und griff daraufhin nach dem zweiten Behälter. Lewis starrte auf seine nun leeren Hände und stellte trocken fest: »Da hat aber jemand Durst.« Alexej stand der Mund offen und er betrachtete Elara, die mehr und mehr in die Realität zurückzukehren schien. Ihre trüben Augen klärten sich, der graue Schleier war verschwunden und ihre Augen hatten nun einen Punkt fixiert. Diesen Punkt stellten

Alexej und Lewis dar, die etwas überrumpelt zurück starrten.

Elara griff sich ans Herz, verzog konzentriert das Gesicht und prüfte anschließend den Puls an ihrem Hals sowie an ihren Handgelenken. »Ich spüre meinen Puls«, murmelte sie erstaunt. »Wäre auch schlecht, wenn nicht ...«, kommentierte Lewis und lenkte so die Aufmerksamkeit auf sich. »Nein, du verstehst das nicht. Ich war tot«, entgegnete sie fahrig. Ihr Blick wanderte weiter zu Alexej, wobei sich ihre Pupillen weiteten und sie panisch aufstand. »Ich weiß nicht, was du mit dem zu tun hast, aber ich würde dir raten, dich von ihm zu entfernen!«, sagte Elara zu Lewis gewandt und behielt zögerlich Alexej im Auge. Kapitulierend hob Alexej die Hände, worauf Elara einige Schritte zurückwich. »Ich kann dir alles erklären ...«, begann Alexej sanft. Doch er erntete nur ein zynisches Schnauben. »Du hast mich umgebracht«, zischte Elara mit zusammengekniffenen Augen. Sie wandte sich erneut an Lewis und sagte: »Du stehst neben einem Mörder ...« Lewis ging einige Schritte auf das Mädchen zu und antwortete: »Setz dich. Wir sollten uns unterhalten.« Ihr Blick wechselte von einem zum anderen, bis sie zitternd feststellte: »Ihr seid befreundet, du warst sein Komplize, sonst wärst du nicht so gelassen.« Alexej räusperte sich. »Das hast du richtig erkannt, aber trotzdem ist die Sache anders, als du denkst.« »Du hast mir ein Kissen auf das Gesicht gedrückt, bis ich erstickt bin! Mehr muss ich nicht wissen!«, fuhr sie Alexej an und schenkte ihm einen hasserfüllten Blick. Lewis schlenderte wie zufällig einen weiteren Meter auf sie zu und meinte: »Willst du nicht wissen, warum du wieder lebendig bist? Interessiert es dich nicht, wie das möglich ist?« Elara knetete nervös ihre Hände, als sie fragte: »Habt ihr etwas mit Ottilie zu tun?« Die beiden Freunde warfen sich erstaunte Blicke zu. Woher kannte Elara den Namen ihrer ärgsten Feindin? Elara deutete diese Reaktion falsch, ängstlich wandte sie sich zur Tür und versuchte, diese mit aller Macht aufzureißen. Gut nur, dass die Tür, so alt wie sie war, klemmte und sich nur mit einem bestimmten Trick öffnen ließ. Elara zog an der Klinke und blickte erschrocken über die Schulter. »Ihr seid ihre Spione, richtig?« Wie man auf ein verängstigtes Tier zugehen würde, so näherte sich Alexej dem Mädchen. »Im Gegenteil, wir versuchen, Ottilie aufzuhalten«, erklärte er und wagte ein kleines Lächeln. Elara schüttelte den Kopf, raufte sich die Haare, ließ aber glücklicherweise von der Tür ab. »Du musst Hunger haben, möchtest du ein Sandwich?«, erkundigte sich Lewis. Elara schaute ihn abwertend an und stieß hervor: »Ihr habt mich schon einmal umgebracht, wer garantiert mir, dass das Essen nicht vergiftet ist?« Lewis ließ ein genervtes Seufzen hören und ging ohne ein weiteres Wort in die Küche. Alexej blickte ihm fassungslos hinterher. Gut, dann musste er das eben allein regeln, wer brauchte schon Unterstützung bei dem Unterfangen, etwas derartig Komplexes zu erklären? »Pass auf, Elara, ich weiß nicht, was dir während deines Todes widerfahren ist oder woran du dich erinnerst, aber ich versichere dir, dass ich dich niemals unwiderruflich töten wollte«, begann er stockend. Elara bedachte ihn mit einem niederschmetternden Blick, ihre Nasenflügel bebten von unterdrücktem Zorn. »Heuchler! Der Tod ist das Ende! Es gibt danach kein Zurück, also behaupte nicht, dass du mich nicht vollständig töten wolltest!«, spie sie ihm mit blitzenden Augen entgegen. Alexej raufte sich die Haare und antwortete etwas lauter als beabsichtigt: »Verdammt! Du bist aber wieder lebendig, du hast doch deinen Puls gespürt!« Beide schauten sich zornig an. Elara schien ihn mit ihren Blicken erdolchen zu wollen, doch Alexej verschränkte nur die Arme.

Nach einer Weile besann er sich. Das Mädchen hatte in den letzten Tagen eine Menge durchgemacht, man kehrte ja nicht alle Tage wieder zurück vom Tod, da sollte man eine leichte Kratzbürstigkeit verzeihen können. »Es tut mir leid, dass ich dich erstickt habe, aber du musst mir glauben, dass ich so eine drastische Maßnahme nicht ohne Grund gemacht habe. Ich wusste, was ich tue, und würde es dir gerne erklären«, versuchte Alexej es ehrlich. Das Mädchen rang sichtlich mit sich. Sie war hin- und hergerissen zwischen ihrer Wut, der Verwirrung und dem Drang, der Neugierde nachzugeben und demjenigen zuzuhören, der doch faktisch gesehen ihr Mörder war. Nachdenklich kaute sie auf ihrer Unterlippe. Hätte Alexej sie nicht genauestens beobachtet, wäre ihm das leichte Neigen ihres Kopfes wohl entgangen, welches er als Zustimmung deutete. »Du fragst dich sicherlich, warum du wieder unter den Lebenden bist ...«, meinte Alexej. Elara kratzte sich am Kopf, ihr Zorn schien langsam nachzulassen. »Eine Frau hat mir gesagt, dass ich eine Aufgabe zu erfüllen hätte. Sie hat mir aber verschwiegen, worum es sich handelt. Was habt ihr mit dem Ganzen zu tun?«, hakte Elara nach. Ihr Blick war für einen kurzen Augenblick in die

Ferne geschweift, als ob sie einer Erinnerung nachgehangen hätte. »Nur für mein Verständnis, du meinst mit der Frau nicht Ottilie?«, fragte Alexej nach. Elara wandte ihren Blick erneut Alexej zu. Ihre stahlblauen Augen fixierten ihn, sie lachte kurz auf und sagte: »Um Himmels willen, nein! Diese Furie würde ich nicht als Mensch bezeichnen …« Furie?, fragte sich Alexej. Ottilie konnte unangenehm werden, doch rein äußerlich könnte man sie glatt mit einem gefallenen Engel verwechseln. Er schüttelte leicht den Kopf, wollte aber nicht weiter in sie dringen. Sie musste erst einmal in die grundlegenden Dinge eingewiesen werden.

Alexej nickte in Richtung des Sofas und forderte sie auf, sich zu setzen. Elara nahm, immer noch wachsam, Platz und schaute ihn erwartungsvoll an. Ihr gegenüber stand ein grauer, abgewetzter Sessel, auf welchem es sich Alexej gemütlich machte, ehe er mit seiner Geschichte begann: »Ehrlich gesagt, weiß ich nicht genau, wo ich anfangen soll … Kennst du die Legende von Prometheus und der Erschaffung der Menschen?« Elara schaute ihn missbilligend an und erwiderte: »Das ist eine Sage des klassischen Altertums, natürlich weiß ich, worum es geht. Prometheus kam auf die Erde und formte die Menschen nach dem Vorbild der Götter aus dem Ton und gab ihnen die Eigenschaften der Tiere. Athene hauchte den Wesen den göttlichen Atem ein und Prometheus wiederum lehrte sie die wichtigsten Dinge, sodass sie sich im Falle einer Krankheit zu helfen wussten, die Felder bestellen konnten und in allen Bequemlichkeiten des Lebens unterrichtet waren. Jedenfalls wurden die Götter des Olymps auf die Erdbewohner aufmerksam und forderten Verehrung im Tausch gegen den Schutz, den sie den Menschen gewähren würden. Prometheus allerdings versuchte, die Götter mit einer List zu täuschen, und ließ einen Stier schlachten. Er machte aus den zerstückelten Teilen des Tieres zwei Haufen, einen mit dem Fleisch, den Eingeweiden und dem Speck, und einen mit den Knochen. Beide wurden mit der Haut des Tieres verdeckt. Prometheus forderte Zeus auf, den Stier zu wählen, der ihm vielversprechender erschien. Doch wie es nun einmal kommen musste, hatte Zeus seinen Betrug durchschaut und bestrafte Prometheus damit, dass er seinen Menschen das Feuer verwehrte. Wie wir heutzutage wissen, ist das Feuer ungemein wichtig für die Menschen, und so nahm Prometheus einen Stängel des Riesenfenchels, wartete, bis der Sonnenwagen an ihm vorbeifuhr, und entzündete den Stängel daran. Mit dem Feuer kehrte er zurück zur Erde und setzte sich über den Befehl des Zeus hinweg.« Elara legte eine kurze Pause ein, um zu Atem zu kommen, doch ehe sie fortfahren konnte, meldete sich Lewis zu Wort, der an den Türrahmen gelehnt stand und eine flapsige Bemerkung machte: »Ich wusste ja, dass sie eine Streberin ist, aber ich hatte keine Ahnung, in welchem Ausmaß das zutrifft.« Er verdrehte die Augen und ignorierte geflissentlich Alexejs bösen Blick. Elara schaute ihn an, schenkte ihm ein zuckersüßes Lächeln und sagte: »So etwas nennt man Allgemeinbildung. Oh, entschuldige, mit dem Begriff weißt du sicherlich nicht so viel anzufangen, aber mach dir nichts draus.« Lewis zog die Augenbrauen hoch und meinte: »So, so, Dornröschen fährt die Krallen aus …« Elara schaute ihn kalt an und erwiderte: »Wenn dir als Antwort nichts Besseres

einfällt, bitte, auf das Niveau begebe ich mich nicht.«
Alexej hatte den Schlagabtausch gespannt mitverfolgt,
doch hielt er es nun für ratsam, einzugreifen. Also ergriff
er das Wort: »Die Geschichte ist noch nicht vorbei, das
eigentlich Entscheidende passiert, als Zeus als Akt der
Rache seine Schöpfung Pandora auf die Erde schickte.
Pandora hatte ein ganz spezielles Geschenk bei sich,
welches sie den Menschen überreichen sollte.« Er legte
eine künstlerische Pause ein, ehe er fortfuhr: »Obwohl
Prometheus seinen Bruder Epimetheus gewarnt hatte,
niemals ein Geschenk der Herrscher des Olymps anzunehmen, sondern es zurückzusenden, nahm Epimetheus
es an. Und so nahm das Schicksal seinen Lauf, er öffnete die Büchse der Pandora, und die Leiden, Übel und
Krankheiten ergossen sich über die gesamte Erde. Nur
unter Aufwand all seiner Kräfte konnte Prometheus die
Büchse verschließen, allerdings war er sich bewusst, so
den Zorn des Zeus auf sich und die Bewohner der Erde
zu ziehen. Folglich wandte Prometheus eine letzte List
an und opferte sich sowie seine Kräfte, um ein gewaltiges
Netz über die Erde zu spannen. Man erzählt sich, dass
das Netz magisch sei und jeglichen Einfluss von reinen
göttlichen Wesen auf die Erde verhindert. Nun war Prometheus selbst ein Titan und störte die Funktion des
Netzes, welches er selbst zum Schutz der Seinen gespannt
hatte. Also verließ er schweren Herzens die Erde, damit
die Menschen unbeschwert ohne Angst vor den Göttern
des Olymps leben konnten. Auch die von den Göttern
gesandten Übel verschwanden durch den Einfluss des
Schutzschildes.« Elara, die anfangs mit geneigtem Kopf
der Geschichte gelauscht hatte, zog nun eine Augenbraue

hoch und bemerkte spitz: »Was für eine nette kleine Geschichte, auch wenn du sie falsch erzählt hast.«

Alexej und Lewis musterten sie kritisch, sodass sie seufzte und erklärte: »Der Legende nach verbirgt sich in der Büchse der Pandora ein einziges Gut – die Hoffnung. Damit dieses Gut nicht entweichen konnte, schloss Pandora selbst die Büchse, und Zeus bestrafte den Rebellen Prometheus, indem er ihn an eine Felswand des Berges Kaukasus kettete. Gekettet an den Fels, konnte Prometheus auch dem Adler nicht entgehen, der jeden Tag von seiner Leber fraß. Da Prometheus als Titan unsterblich ist und sich seine Leber immer wieder erneuert, ging es Jahrtausende so, bis er schließlich abgelöst wurde und ein anderer seinen Platz einnahm.« Sie bedachte die beiden Kerle mit einem besserwisserischen Blick. »Verzeihen Sie, Frau Professor, wir hatten ja keine Ahnung, dass Sie im Bereich Mythologie promoviert haben«, schoss Lewis grinsend zurück. Elara kniff die Augen zusammen und berichtigte ihn: »Hätte ich promoviert, hätte ich ja auch einen Doktortitel erhalten. Die Bezeichnung als Professor muss man sich anderweitig verdienen.« Sie lächelte ihn süffisant an und meinte: »Mit dieser Erklärung will ich dich aber nicht weiter belasten …« Eine leichte Röte kroch den Hals von Lewis hinauf und bedeckte nach und nach sein Gesicht. Die Kiefer hatte er fest aufeinandergebissen und knirschte geräuschvoll mit den Zähnen. Elara ließ sich von diesem Ausdruck seiner Gereiztheit nicht einschüchtern und zog gehässig einen Mundwinkel nach oben. Vorsorglich legte Alexej seinem Freund eine Hand auf die Schulter, einerseits, um ihn zu beruhigen, andererseits, um ihn im Zweifelsfall noch rechtzeitig festhalten zu können. Leicht verkrampft antwortete Alexej: »Deine Geschichte wurde überliefert, so steht sie in jedem Sagen-Buch, welche du ja offensichtlich gelesen hast, allerdings entspricht sie nicht der Wahrheit.« Elara schlug lässig ein Bein über das andere und meinte: »Natürlich tut sie das nicht. Es ist ja schließlich auch nur eine Legende, genauso wie die Geschichte vom Weihnachtsmann. Man erzählt sich Geschichten über ihn und weiß trotzdem, dass es nur eine Erzählung ist und eigentlich der Onkel die Geschenke vorbeibringt, um sie unter den Baum zu legen.« Sie strich sich eine Strähne hinter das Ohr und sagte mit gespieltem Erschrecken in Richtung Lewis: »Oder habe ich hier etwas vorweggenommen?« Lewis knurrte etwas Unverständliches, das zwar auch Worte wie Weihnachtsmann und Geschenke enthielt, ansonsten aber mehr als unfreundlich war. Alexej zog scharf die Luft ein, verpasste Lewis einen sanften Schlag in den Nacken und antwortete: »Du hältst es für eine Legende und deine Version der Geschichte ist auch nur teilweise richtig, aber die Sage um Prometheus stimmt.«

Kapitel 7

Elara

Elara betrachtete Alexej nachdenklich und hakte schließlich nach, ob er ihr tatsächlich weismachen wollte, dass diese Legende früher in der Realität stattgefunden habe. Der Angesprochene nickte. Elara lachte kurz auf und sagte: »So einen Schwachsinn habe ich noch nie gehört!« »Hörst du dir denn nie beim Sprechen zu?«, fragte Lewis unschuldig. Elara wandte ruckartig ihren Kopf in seine Richtung und zischte: »Ich bin nicht diejenige, die an Sagen aus dem Märchenbuch glaubt!« Alexej hob beschwichtigend eine Hand und sagte: »Wie erklärst du dir denn deine Wiederkehr vom Tod?« Elara runzelte die Stirn, dachte einige Sekunden nach und antwortete: »Die einzige logische Möglichkeit ist, dass du mich nicht erstickt, sondern unter Drogen gesetzt hast! Dadurch hatte ich diese merkwürdigen, verdrehten Träume.« Sie sprang hastig auf. »Warum hätten wir dich unter Drogen setzen sollen?«, fragte Alexej ruhig nach. »Damit ich Teil eurer fanatischen Sekte werde? Ich weiß es nicht, sag du es mir!«, schrie Elara ihm entgegen. »Pass auf, die Geschichte ist noch nicht zu Ende ...«, begann Alexej mit einer Erklärung. »Doch für mich schon, ich habe genug gehört«, flüsterte Elara verstört und rannte erneut zur Tür. Nach zwei Sekunden hoffnungslosem Ziehen trat sie kurz entschlossen gegen die Tür, sodass diese mit einem lauten Krachen aufflog. Überrascht über ihre Kraft, welche sie dem Adrenalin zuschrieb, das durch ihre Adern pumpte, lief sie los und blickte nicht zurück.

Gehetzt rannte sie durch die engen Gassen. Die Häuser, an denen sie vorbeikam, sahen ziemlich heruntergekommen aus. Die Fenster waren größtenteils verhangen, Namensschilder gab es nicht und in die Hinterhöfe wollte sie gar keinen zweiten Blick werfen. In was für eine Gegend hatten die beiden sie gebracht, fragte sich Elara und versuchte, diese Umgebung zu verorten – es gelang ihr nicht. Sie lief noch eine Weile weiter, doch musste sie schließlich einsehen, dass sie keine Ahnung hatte, wo sie sich befand. Es war zwecklos, weiter zu laufen, sie würde sich nur verirren. Nachdenklich kratzte sie sich am Kopf und tastete in ihrer Hosentasche nach ihrem Handy. Tatsächlich befand sich in ihrer Gesäßtasche der kleine eckige Gegenstand. Erleichtert aufseufzend zückte sie ihre vermeintliche Rettung und musste feststellen, dass ihr Akku leer war. Sie stöhnte auf, konnte sie nicht einmal Glück haben? Leute, die eine Powerbank mit sich herumschleppten, hatte sie immer als Smombies abgetan. Nun wäre sie dankbar gewesen, ein solches Gerät zu besitzen. Sie nahm sich vor, nie wieder jemanden zu verurteilen, der mit einem tragbaren Akku in der Hand herumlief. Vergeblich suchte Elara nach einem Straßenschild, nach irgendeinem Hinweis darauf, wo sie sich befand. Sie konnte nichts weiter als eine Werbung für ein Fastfood-Restaurant erspähen, welches sich offensichtlich in der Nähe befand. Als hätte ihr Magen bloß auf die Erwähnung von Essbarem gewartet, machte er sich durch ein knurrendes Geräusch bemerkbar. Wie lange sie wohl weggetreten war? Wurde sie bereits als vermisst gemeldet? Lauter Fragen schossen ihr durch den Kopf. Ganz ruhig bleiben, beschwor sie sich und beschloss, dem Lokal einen Besuch abzustatten. Sie würde leider nichts essen können, da sich in ihrer Jeans gerade einmal fünfzehn Cent befanden, aber mit etwas Glück durfte sie das Telefon benutzen und ihre Mutter anrufen. Die Arme musste sich furchtbare Sorgen machen, genauso wie ihre Freundin Emelie.

Entschlossen folgte Elara dem roten Pfeil, der in die linke Richtung wies. Nach einem zehnminütigen Fußweg hatte sie den Imbiss erreicht. Eine gelbe Backsteinfassade mit Fenstern, welche mit Spitzengardinen verdeckt waren, erwartete sie. Wie einladend, dachte Elara murrend. Aber was blieb ihr schon anderes übrig? Das Schild ließ sie erkennen, dass sie im Begriff war, »Babsis Burger Bude« zu betreten, klein gedruckt versprach es ebenfalls, die besten Pommes frites der Gegend zu servieren. Elara schaute sich um, es war keine Herausforderung, bei der Anzahl der Restaurants, die »besten« Fritten der Gegend zu verkaufen. Sie öffnete die Tür, ihr Eintritt wurde von dem fröhlichen Bimmeln einer Glocke begleitet. Drinnen standen rustikale Holzmöbel, es roch leicht muffig, gemischt mit einer Note von Frittierfett. Elara zog die Nase kraus und sah sich um, in der Hoffnung, eine Kellnerin oder den Besitzer dieses Ladens zu erblicken. Nach einiger Zeit betrat eine Frau mittleren Alters den Raum, ihre weiße Schürze ließ darauf schließen, dass sie aus der Küche kam. Die Frau blickte Elara überrascht an und fragte: »Was kann ich für dich tun?« Elaras Blick ruhte etwas länger als beabsichtigt auf den roten Flecken, die die weiße Schürze besudelten. Sie schreckte bei den Worten der Frau auf. »Ich würde gerne ihr Telefon benutzen, mein Akku ist leer«, antwortete Elara verunsichert und zeigte zum Beweis das schwarze Display ihres Mobiltelefons. Die Frau mit der befleckten Schürze schien erleichtert und stemmte die Hände in die rundlichen Hüften, die davon zeugten, dass sie selbst die Hausmannskost, die hier serviert wurde, zu schätzen wusste. »Na, wenn das so ist … Warte einen Augenblick, ich komme gleich wieder«, sprach sie und verschwand wieder in den nebenliegenden Raum. Die Zeit, welche die Dame benötigte, um das Telefon zu finden, grübelte Elara über die mysteriösen Flecken auf der Schürze. Die Farbe hatte beunruhigenderweise an die Färbung von Blut erinnert. Ein Schauer fuhr durch Elaras Glieder. Das können genauso gut Ketchup-Flecken sein, redete sie sich selbst ein und versuchte, die verkrampften Schultern zu entspannen. Nun reagiere nicht gleich über, schalt sie sich selbst. Durch ihre Entführung war sie ziemlich paranoid geworden und vermutete in jedem Schatten den Dämon, der ihr bei ihrem Tod begegnet war. Nicht bei ihrem Tod, sondern bei ihrem Drogenrausch, verbesserte sich Elara innerlich und musste wiederholen, dass sie unmöglich von den Toten zurückgekehrt sein konnte. Das war absolut unlogisch! Es widersprach ihrer wissenschaftlichen Denkweise, daher sprach alles für ihre eigene Theorie, welche eben den Konsum von Rauschmitteln beinhaltete. Die Frau brauchte ungewöhnlich lange, um das Telefon zu finden. Mit jeder verstreichenden Minute wurde Elara nervöser. Sie kaute auf der Innenseite ihrer Wange und ließ den Blick durch das leere Lokal schweifen. Kein einziger Gast war zu sehen, ungewöhnliche Stille schwebte über dem ganzen Haus. Müsste man nicht das Klappern von Töpfen aus der Küche hören? Elara trat von einem Fuß auf den anderen, verlagerte ihr Gewicht. Die Situation kam ihr höchst merkwürdig vor.

Gerade, als sie beschlossen hatte, nicht länger zu warten, erschien die Frau mit dem Telefon in der Hand und einer sauberen Schürze im Raum. Ein entschuldigendes Lächeln lag auf ihren Lippen. Elara brachte einen knappen Dank zustande und griff hastig nach dem Telefonhörer. Mit flinken Fingern tippte sie die Nummer ihrer Familie und lauschte dem Freizeichen. Nach einigen Sekunden ertönte die aufgeregte Stimme ihrer Mutter am anderen Ende der Leitung: »Roth Luettich?« Elara holte erleichtert Luft und begann stockend: »Mama, ich bin's …« Weiter kam sie nicht, da ein Redeschwall ihrer Mutter sie unterbrach. Zuerst schluchzte sie hysterisch, wie froh sie sei, dass Elara wohlauf war. Die Freude machte ziemlich schnell der Frage Platz, wo sie sich befand und was geschehen war. Elara antwortete so knapp wie möglich und war sich immer bewusst, dass die Kellnerin jedem Wort lauschte. Verübeln konnte sie es ihr nicht, vermutlich war ihr Erscheinen das Highlight des Monats. Man sah ja nicht alle Tage ein verwirrtes Mädchen, dessen Akku leer war und das keine Powerbank besaß … Wobei ihre äußere Erscheinung auch nicht gerade positiv ausfallen musste, vermutlich hatte sie fettige Haare, die ihr in Strähnen ins Gesicht fielen, und einen unangenehmen Körpergeruch. So stellte sie sich ihre Erscheinung jedenfalls nach einer Entführung und Tagen der Bewusstlosigkeit vor. »Tja … Wo ich bin, das ist eine gute Frage«, entgegnete Elara und sah die Serviererin hilfesuchend an. »Schattengasse 25 …«, antwortete die Dame wie aus der Pistole geschossen. Elara gab diese Information an ihre Mutter weiter. Schattengasse, was für ein seltsamer Name. Doch er passte zu dieser Gegend, die verwinkelt und dunkel, wie sie anmutete, solch eine Bezeichnung verdiente. Ihre Mutter verabschiedete sich hastig und versprach, in fünf Minuten bei »Babsis Burger-Bude« zu sein. Elara linste unauffällig zur Uhr und zählte die Sekunden. Die Situation war ihr unangenehm, vor allem, da die Frau sie weiterhin anstarrte wie ein seltenes Insekt. Die Kellnerin schien sich der Absurdität offensichtlich auch langsam bewusst zu werden, denn schließlich räusperte sie sich und fragte: »Wie fandest du das Wetter die letzten Tage?« Smalltalk also. Elara schätzte diese Gepflogenheit nicht und die Frage schon gar nicht. Normalerweise war der Auftakt doch immer »Schönes Wetter, nicht wahr? Diese Floskel konnte man als Angesprochener mit einem einfachen Nicken oder einem schlichten »Stimmt genau!« beantworten, aber bei der Frage, welche die Kellnerin gestellt hatte, musste man schon etwas spezifischer werden. Eigentlich ja kein Problem, doch Elara wusste nicht, wie das Wetter die letzten Tage gewesen war. Sie hatte in einem bewusstlosen Zustand gelegen, da sie vermutlich unfreiwillig Rauschmittel konsumiert hatte. Nun … War das Wetter schlecht gewesen, hatte es geregnet oder ein Gewitter gegeben? Andererseits sprachen die meisten Leute eher über erfreuliche Dinge, also einige sonnige Tage? Wenn sie scharf nachdachte, gab es genug Leute, die sich gerne ausweinten und sich explizit über schlechtes

Wetter ärgerten. Also: Gehörte die Frau zu den Optimisten und Gänseblümchenpflückern dieser Welt oder war sie eine Nörglerin? Elara entschied sich und sagte: »Es gab schon schönere Tage dieses Jahr.« Die Frau starrte sie verständnislos an und Elara erkannte, dass sie die falsche Option gewählt hatte. »Aber es war doch strahlend blauer Himmel …«, meinte die Frau verwundert. Wer hätte erwartet, dass die Dame zu den fröhlichen Leuten gehörte? Hätte Elara in einem Imbiss namens »Babsis Burger-Bude« gearbeitet, hätte sie nur über das Wetter gesprochen, wenn damit ein Grund einherging, sich auszukotzen. Egal, ehe sie gedanklich noch weiter abschweifen konnte, erwiderte Elara: »Nun, ich mag Regen, von daher empfand ich das gute Wetter als störend.« Noch während die Worte ihren Mund verließen, merkte sie, was für einen Unsinn sie von sich gab. Ich mag Regen, wiederholte sie verächtlich in ihrem Gedächtnis und wollte nichts lieber, als sich gegen die Stirn schlagen, aber das hätte die arme Frau vermutlich noch mehr verstört. Sehnsüchtig schaute Elara erneut zur Uhr. Die Zeiger rotierten so gemächlich, als ob sie Elara höchstpersönlich quälen wollten. Zu allem Überdruss meldete sich auch noch ihr Magen knurrend zu Wort. Der Hunger nagte an ihr, als wollte er sie von innen auffressen. Wie lange hatte sie nichts mehr gegessen? Es musste einige Tage her sein. Elara dachte, dass es tragisch wäre, würde sie ausgerechnet in einem Restaurant den Hungertod erleiden. Die Frau blickte sie wachsam an und fragte, ob Elara etwas bestellen wolle. »Ich habe kein Geld bei mir«, antwortete Elara zähneknirschend. Die Frau zuckte die Schultern und erwiderte: »Wenn ich dir eine

Portion Pommes schenke, werde ich das wohl verkraften können.« Sie zwinkerte Elara zu und verschwand in der Küche. Das Brutzeln von heißem Fett in einer Fritteuse ließ Elara das Wasser im Mund zusammenlaufen. Sie hielt sich den protestierenden Bauch und wartete mehr oder weniger geduldig auf das Essen.

Roth Luettich erschien in der Tür des Lokals, gerade als Elara sich den letzten Pommes in den Mund schob. Gierig leckte sie die übrigen Salz- und Frittenreste von ihren Fingern. Im Gegensatz zu ihren Befürchtungen hatte der Kartoffel-Snack hervorragend geschmeckt. »Mama!«, rief Elara und rannte ihrer Mutter in die Arme. Roth flüsterte beruhigend auf ihre Tochter ein und strich ihr sanft über die fettigen Haare. »Ist gut, Schatz. Wir fahren nach Hause …«, sagte sie. Nach einem kurzen Dank an die Kellnerin, die wohl tatsächlich auch die Inhaberin der Bude sein sollte, und der Begleichung der Rechnung für die Pommes konnten sie sich endlich auf den Heimweg machen. Elara setzte sich auf den Beifahrersitz und drückte auf den Knopf mit der Sitzheizung. Eine wohlige Wärme umschmeichelte ihre verkrampften Glieder und sie lehnte sich entspannt zurück, die letzten Tage waren eine einzige Tortur gewesen. Die meiste Zeit hatte sie merkwürdige Halluzinationen gehabt, die sicherlich durch die Drogen, welche ihr eingeflößt wurden, verursacht worden waren. Damit ließ sich alles logisch erklären, die beiden Typen Alexej und Lewis waren durchgeknallte Junkies, die sich vermutlich bereits das Hirn weggekifft hatten. Wer sonst würde so einen Schwachsinn behaupten? Prometheus hatte die Erde erschaffen und einen großen Schutzschild über die

Erde gespannt, um seine Schöpfungen vor den bösen, bösen Göttern des Olymps zu bewahren. Wer es glaubte, wurde selig … Die beiden wirkten tatsächlich überzeugt von ihrer Geschichte, wahrscheinlich hatten sie selbst unter dem Einfluss des Mittels gestanden, als sie ihr die Märchen erzählt hatten. Auf eine fanatische Sekte voller Junkies konnte sie verzichten, sie wollte nur nach Hause und das Geschehene hinter sich lassen. Sie bogen gerade in die Straße ein, in welcher ihr Haus stand, als Roth das Wort ergriff und sich vorsichtig erkundigte, wo Elara die letzten Tage verbracht hatte. Sollte sie ihrer Mutter die Wahrheit erzählen? Sie würde sich nur furchtbare Sorgen machen, sollte sie erfahren, dass Elara entführt und unter Drogen gesetzt worden war. Sie zog die Augenbrauen zusammen und entschied sich für eine abgespeckte Version der Wahrheit.

Sie erzählte, dass sie vermutete, jemand hätte ihr einige K.o.-Tropfen in das Getränk geschüttet. Das Nächste, an das sie sich erinnern könnte, war, in einem fremden Haus aufgewacht zu sein. Danach wäre sie sofort geflohen und hätte Zuflucht bei der Burger-Bude gesucht. Ihre Mutter hörte ihr aufmerksam zu und schüttelte bestürzt den Kopf. »Um Himmels willen, das ist ja furchtbar! K.o.-Tropfen? Bist du dir sicher?«, fragte sie besorgt. Elara nickte nur und wollte am liebsten das Thema wechseln. »Wir müssen sofort die Polizei rufen und das Ganze anzeigen!«, meinte Roth aufgebracht. »Ich glaube, das ist nicht nötig«, versuchte Elara ihre Mutter zu beruhigen. »Und ob das nötig ist! Du wurdest entführt! Es hätte dir sonst etwas passieren können … Ein Glück, dass du fliehen konntest. Erinnerst du dich an das Haus? Eine

Beschreibung der Lage oder eine Hausnummer würde der Polizei bei der Suche bestimmt helfen«, sagte Roth bestimmt. Elara biss sich auf die Innenseite ihrer Wange. Rein logisch betrachtet hatte ihre Mutter Recht, es war ein Verbrechen und sie mussten zur Polizei gehen. Andererseits sagte ihr Bauchgefühl, dass sie keine Anzeige erstatten sollten. Sie wollte ihre Entführer nicht verraten. Elara schüttelte verwirrt den Kopf. Seit wann war sie jemand, der auf sein Bauchgefühl vertraute? Sie ging normalerweise jede Situation kalkulierend und berechnend an, sie verließ sich auf ihren scharfen Verstand, der sie so gut wie nie im Stich ließ. Nach einer Weile konnte sie den besorgten Blick ihrer Mutter spüren, die schließlich nachfragte: »Kannst du dich überhaupt erinnern?« Was für eine brillante Vorlage, dachte Elara erleichtert und antwortete: »Es ist alles ziemlich verschwommen und durcheinander.« Erschrocken von sich selbst und darüber, wie einfach ihr die Lüge über die Lippen kam, wandte sich Elara rasch ab. Ihre Mutter tätschelte ihr aufmunternd die Hand, versprach, einen Kuchen zu backen, und ließ sie mit ihrer Entführung in Ruhe. Als sie vor ihrem Haus ankam, wartete schon der Rest ihrer Familie und begrüßte sie überschwänglich. Sogar ihre Schwester hatte feuchte Augen und nahm sie in den Arm, wobei sie ihr nach einigen Sekunden den freundlichen, aber deutlichen Rat gab, ein Bad zu nehmen.

Fasziniert sah Elara der kleinen Seifenblase zu, die sie durch das leichte Drücken der Duschgel-Flasche erzeugt hatte. Sie bestaunte die Farbenvielfalt, die sich auf dem zerbrechlichen Gebilde spiegelte. Das schillernde Blau, ein quietschiges Grün und ein Gelb, welches es mit den

Strahlen der aufgehenden Sonne aufnehmen konnte –
nicht zu vergessen das satte Rot. Zwischendurch ließen
sich auch einige fliederfarbene, violette Töne erkennen.
Gedankenverloren folgte sie dem kleinen Bläschen mit
den Augen, bis es schließlich zerplatzte. Elara blinzelte
und dachte über ihr ungewöhnlich gutes Sehvermögen
nach. Bei der Feier hatte sie Kontaktlinsen getragen,
aber mit diesen konnte sie nicht annähernd so gut gu-
cken … Sie tastete prüfend über ihre Nase, ob sie sich
doch schon beim Nachhausekommen ihr Nasenfahrrad
aufgesetzt hatte. Als ihre Hand nur den Nasenrücken
fühlte, war Elara vollends verwirrt. Mit flinken Fingern
fischte sie die beiden Glaslinsen aus ihren Augen und
stellte fest, dass ihre Sicht nicht, wie erwartet, unscharf
wurde, sondern sich weiter aufklärte. Es war, als hätte sie
vorher auf ein analoges Fernsehgerät geschaut und wäre
danach zur HD-Qualität gewechselt. Nachdenklich rieb
sich Elara über das Kinn und tauchte kurz entschlossen
unter die Wasseroberfläche, um der skurrilen Realität
zu entfliehen.

Die erwünschte Ruhe blieb aus, vielmehr machte sich
Panik in ihr breit. Eine wohlbekannte Angst lähmte sie,
verhinderte jede noch so kleine Regung ihrer Glieder.
Alarmglocken schrillten in ihrem Kopf und drängten
sie, wieder aufzutauchen. Das Anhalten der Luft erinnerte sie daran, wie das Kissen ihr vor wenigen Tagen
die Möglichkeit genommen hatte, zu atmen. Sie empfand erneut den Schmerz ihrer sich zusammenziehenden
Lungenflügel, die verzweifelt nach Sauerstoff lechzten.
Sie fühlte das Adrenalin, das ihr Blut zum Rauschen
brachte, und schließlich die Erlösung durch eine allum-

fassende Schwärze und das Stoppen ihres Herzens. Dann kam der Punkt, an dem ihre Qualen verblassten und nur eine erdrückende Last blieb. Sie tauchte keuchend auf, verschluckte in ihrer Hast Wasser und hustete wie verrückt, um ihre Atemwege zu befreien. Einatmen, ausatmen, wiederholte Elara gedanklich wie ein Mantra. Sie schloss die Augen, lauschte ihrem klopfenden Herzen und beschwor sich selbst, zur Ruhe zu kommen. Die Erinnerung fühlte sich echt an, lebensecht, als ob sie keine Halluzination hervorgerufen hätte, sondern ein reales Erlebnis. Aber konnte das sein? Entschieden schüttelte Elara den Kopf, sodass kleine Wassertropfen durch die Luft flogen. Das Erlebnis in den Tunneln konnte nicht real sein! Denn wäre es das, dann wäre sie tatsächlich gestorben und von den Toten zurückgekehrt. Elara fühlte ihren Puls und kam sich sofort lächerlich vor. Was hatte sie erwartet? Natürlich spürte sie das stetige Pochen, sie war nicht gestorben! Es waren bloß Halluzinationen, überzeugte sich Elara. Versuch, es zu verdrängen, dachte sie bestimmt und schob das Thema in die hintersten Winkel ihrer Gedanken.

Kapitel 8

Alexej

Mit geweiteten Augen und gerunzelter Stirn betrachtete Alexej die noch offen stehende Tür. Es war eine massive Konstruktion, doch den neu erwachten Kräften, die dank Elaras Rückkehr vom Tod in ihr schlummerten, hatte sie ihr nicht standhalten können. Lewis kratzte sich am Kinn und murmelte: »Wir haben ihr noch nicht einmal erzählt, dass sie eine mehr oder weniger direkte Nachfahrin von einer der – wie sie es ausdrücken würde – Märchengestalten ist.« Alexej nickte und sprach immer noch leicht konfus: »Dann wäre hier sicherlich auch mehr zu Bruch gegangen …« Lewis lachte leise und meinte sarkastisch: »Frau Professor hört es nicht gerne, wenn ihr jemand etwas Unlogisches erzählt, das man *wissenschaftlich* nicht nachprüfen kann.« Alexej grunzte nur zustimmend und fuhr sich durch die Haare. Er wusste nicht, wie er mit der Situation umgehen sollte. Mit einer solch heftigen Reaktion ihrerseits hatte er nicht gerechnet, vielmehr mit einer gewissen Neugier. Wahrscheinlich war es nicht besonders schlau gewesen, sie völlig unwissend umzubringen und danach darauf zu hoffen, dass sie sich kooperativ verhielt. Wenn sie wüsste, was ihre Sturheit für die Weltbevölkerung zu bedeuten hatte! An jedem Tag, in jeder Stunde, die verging, war Ottilie im Begriff, den Weg zu finden, die Mission zu erfüllen, die einst ihre Vorgängerin Pandora begonnen hatte: die Auslöschung der Menschheit. Nach einigen

Wochen der Spionage hatte Lewis herausfinden können, dass Ottilie nach einem Gegenstand suchte, dem einzigen rein göttlichen Objekt, das auf Erden existierte und nicht von dem Schutzschild zerstört worden war. Ein so mächtiger Gegenstand, dass seine Feindin allein mit seiner Entdeckung den Schild zerstören und die Menschheit der Gnade der Götter ausliefern konnte. Die Herrscher im Olymp hatten immer noch einige Rechnungen mit der Erdbevölkerung zu begleichen, sodass ihre Rache zerstörerische Ausmaße annehmen würde. Laut den Sagen hatte der Streit mit dem Betrug um eine Opfergabe begonnen und artete bei der Missachtung der den Menschen auferlegten Strafe aus. Eine geschlachtete Kuh und ein Riesenfenchel, welcher in Flammen stand, mehr war als Auslöser für einen Jahrhunderte andauernden Streit nicht nötig ... Die Herrscher im Olymp waren nachtragend, für sie war das Ereignis ja auch noch relativ frisch, wenn man bedachte, wie lange sie bereits existierten.

Die Last auf Alexejs Schultern drückte ihn nieder. Wie ironisch war es, dass sie als Nachfahren der Götter die Einzigen waren, die das Unheil verhindern konnten? Was Elara nicht ahnen konnte, war, dass sie sich und ihre Familie mit ihrer Flucht in größte Gefahr gebracht hatte. Ottilie hatte herausgefunden, dass Lewis und er nach ihr gesucht hatten, also würde sie sich schnell zusammenreimen, dass Elara von Bedeutung sein musste. Ottilie würde nicht lange zögern und Elara auflauern. Vielleicht würde sie zunächst versuchen, sie auf ihre Seite zu ziehen, ihr Versprechungen machen, doch wenn Elara sich weigerte, würde sie erneut im Reich der Toten landen, allerdings ohne je wieder zurückzukehren. Eine widerspenstige Haarsträhne fiel Alexej immer wieder vor die Augen. Energisch strich er sie nach hinten und entschied sich, sobald wie möglich einen Frisör aufzusuchen, um seine lästige Haarpracht zu bändigen. Dafür fehlt dir allerdings die Zeit, raunte ihm eine hinterhältige Stimme seiner Gedanken zu. Vor lauter Frust verwandelte er seine Frisur mit den Fingern in ein regelrechtes Vogelnest und seufzte. Sie waren auf beinahe alles vorbereitet gewesen, nur nicht auf die Flucht des Mädchens. Er fluchte innerlich. Wie naiv, zu glauben, dass alles nach ihrer Rückkehr glatt laufen würde. Sie mussten Elara finden, die ganze Geschichte erzählen und ihr vorsichtig beibringen, was für eine Aufgabe sie zu erfüllen hatten. Am besten wäre es natürlich, sie vor Ottilie zu finden, ein »Danach« würde es vermutlich nicht geben. »Wir müssen sie zurückholen«, sprach Alexej seine Gedanken laut aus. Lewis blickte auf und erwiderte ruhig: »Natürlich müssen wir das, aber jetzt ist es noch zu früh!« Alexej schaute ihn ungläubig an und erzählte Lewis davon, dass Ottilie nach ihr suchen würde. »Ja, du hast Recht, allerdings ist sie verstört. Sie hat im Reich des Todes viel länger verharrt als wir und kann sich offensichtlich an ihr Erlebtes erinnern. Ihr Intellekt lässt sie glauben, dass wir dafür verantwortlich sind, indem wir sie unter Drogen gesetzt haben. Sie hält uns für Spinner, was, meinst du, passiert, wenn wir innerhalb der nächsten Tage bei ihr auftauchen?«, meinte Lewis sachlich. »Sie würde die Polizei rufen …«, antwortete Alexej, während er im Stillen hinzufügte, dass sie das vermutlich bereits getan hatte. Lewis nickte bestätigend und ließ sich auf das Sofa plumpsen. »Was machen wir dann?«, hakte Alexej nach.

»Wir warten und wenn die Zeit reif ist, suchen wir Elara und retten sie vor Ottilie«, entgegnete Lewis mit einem leichten Lächeln auf den Lippen. »Sollen wir hier sitzen und Däumchen drehen?«, brauste Alexej frustriert auf. Lewis sah ihn tadelnd an und sagte: »Natürlich nicht … Du musst aber einsehen, dass es klüger ist, ihr Zeit zu geben, um sich über die Situation klar zu werden. Wer weiß, vielleicht wird sie ja einsehen, dass sie falsch lag?«, sprach Lewis gelassen. Alexej setzte sich neben seinen Kumpel und blickte unruhig aus dem Fenster.

Er fühlte sich mitverantwortlich für das Dilemma und wollte so schnell wie möglich eine Lösung finden. Meistens wollten die Lösungen für seine Probleme aber nicht gefunden werden, dachte er verbissen und lehnte sich, wenn auch verkrampft, zurück. »Abgesehen davon, dass es logisch ist, zu warten, will ich mir den Auftritt als edler Ritter, der das Fräulein in Nöten rettet, nicht nehmen lassen …«, fügte Lewis mit einem schelmischen Grinsen nach einer Weile hinzu. »Darum ging es dir also?«, fragte Alexej belustigt nach. Lewis heiterer Ausdruck wich einem gespielten Ernst, als er vernehmen ließ: »Als Ritter ist es meine Pflicht, auf Aventüre zu gehen und mich zu beweisen!« »Wenn Elara dich mal deine Pflichten erfüllen lässt … Ich könnte mir vorstellen, dass sie erst mit einem dicken Schulbuch auf uns einschlägt und später Fragen stellt«, erwiderte Alexej. Lewis schüttelte sich und rieb sich den Kopf, so als würde er mental bereits die Situation durchleben. »Wir hören nicht komplett auf, wir legen nur eine Pause im Projekt Elara ein … Nichts spricht dagegen, nach weiteren Nachkommen zu suchen«, warf Lewis in den Raum. Das Wort suchen war eine nette Umschreibung, dachte Alexej und sagte entschieden: »Nein, das halte ich für keine gute Idee. Wir können nicht bei einem gescheiterten Projekt sofort das nächste beginnen.« Lewis zuckte bloß die Schultern und schien nichts weiter hinzuzufügen zu haben.

Elara

Gelangweilt saß Elara auf ihrem Bett und starrte aus dem Fenster. Eine Mischung aus Schnee und Regen schlug gegen ihr Fenster und hinterließ ein leises Prasseln. Das aufgeschlagene Buch in ihrer Hand konnte sie nicht wirklich fesseln und so schweifte ihr Blick immer wieder vom Text weg und zum Fenster hin. Es war ein Monat vergangen, in dem absolut nichts passiert war. Ereignislos waren die Wochen verstrichen. Der normale Alltag hatte sie eingeholt. Wobei komplett frei von Ereignissen war er dann doch nicht gewesen … Elara hatte sich mit ihrer besten Freundin versöhnt, die, aufgrund von deren plötzlichem Verschwinden nach der Feier, wütend auf sie gewesen war. Elara hatte sie sitzen lassen, zumindest war dies der Anklagepunkt ihrer Freundin. Wie man dem entnehmen konnte, hatte Elara ihre Freundin nicht eingeweiht. Die Version ihrer Geschichte, die der Wahrheit am nächsten kam, wusste allein ihre Familie. In der Schule gingen die Gerüchte herum, dass sie versucht hatte, mit einer Partybekanntschaft durchzubrennen, aber gestoppt werden konnte. Elara konnte über die wilden Fantasien ihrer Mitschüler nur lachen und den Kopf schütteln. Wer hatte diese Geschichte bloß in die Welt gesetzt? Die einzige Möglichkeit, dieses kleine Märchen an Absurdität zu toppen, beinhaltete Schwertkämpfe und feuerspeiende Drachen. Elaras Mundwinkel verzog sich zu einem leichten Grinsen, während sie über Drachen nachdachte, die ein Mädchen von einer Party entführten. Kurz gesagt, es wusste kaum jemand über die Geschichte Bescheid, weil sie schlicht nicht darüber reden wollte. Wollen war sogar der falsche Ausdruck, sie konnte mit niemandem darüber reden … Immer, wenn sie sich ein Herz gefasst hatte und sich erklären wollte, verschlug es ihr die Sprache und ein ungutes Gefühl beschlich sie, welches ihr signalisierte, den Mund zu halten. Bisher hatte sie diese Art von Blockade noch nicht überwinden können. Elara trank, um bei den spannenden Sachen des vergangenen Monats zu bleiben, weniger koffeinhaltige Getränke, da sie sich so ausgeruht wie nie fühlte. Eine große Reserve an Energie schien in ihrem Inneren zu lagern und vertrieb die Müdigkeit sehr viel besser als Kaffee.

Mit einem lauten Knall schlug Elara ihre Lektüre zu und zuckte prompt bei dem lauten Geräusch zusammen. Sie musste irgendetwas tun – aktiv sein! Kurz entschlossen suchte sie in ihrem Kleiderschrank nach einer Jogginghose, einem leichten Sportpullover und den Laufschuhen, die noch im Karton und mit Preisschild in den Tiefen ihres Kleiderschrankes lagen. Elara hielt normalerweise nicht viel von sportlicher Betätigung. Sie hielt es für Zeitverschwendung und hatte bisher weder Motivation noch Kraft für das Joggen gehabt. Nun sprudelte sie förmlich vor Energie und schlüpfte im Handumdrehen in die sportliche Kleidung. Gerade wollte sie zur Tür hinauszugehen, als ein Räuspern sie dazu veranlasste, sich umzudrehen. Ihre Mutter stand mit gerunzelter Stirn an den Türrahmen gelehnt und fragte vorsichtig nach, was Elara vorhatte. Elara deutete auf ihre Laufschuhe und erklärte, dass dies eigentlich offensichtlich sei. Roth schüttelte nur den Kopf und sagte: »Erstens hasst du es, zu laufen, zweitens regnet es draußen und drittens habe ich einen Kuchen im Ofen, der so gut wie fertig ist ...« »Erstens und zweitens sind gute Einwände und dein dritter Punkt bringt mich eher dazu, schneller und weiter zu laufen, damit ich kein Stück vom Kuchen mehr abbekomme«, erwiderte Elara und streckte ihrer Mutter, angesichts des etwas gekränkten Gesichtsausdrucks, die Zunge heraus. Mit diesen Worten öffnete sie die Tür und trat heraus. Sie begann zu laufen, erst langsam und zögernd, doch bei ausbleibenden Beschwerden, wie einem Ziehen in der Lunge oder nervtötenden Seitenstichen, beschloss sie, das Tempo etwas zu steigern. Immer schneller bewegten sich ihre Beine, doch ihr Atem beschleunigte sich kaum. Sie fühlte sich gut und nicht angestrengt.

Übermütig steigerte sie ihre Geschwindigkeit erneut und genoss das Gefühl des Regens auf ihrer Haut. Die kühlen Tropfen, die wie eine sanfte Massage ihre Haut liebkosten, und das Belasten ihrer Muskeln taten ihr ausgesprochen gut. Nach einer Weile, Elara wusste selbst nicht, wie weit sie gelaufen war, blieb sie stehen. Sie holte einige Male tief Luft und sog die frische Novemberluft in ihre Lungen. Langsam drehte sie sich im Kreis, das Gesicht gen Himmel gewandt, mit einem kleinen Lächeln auf den Lippen. Gespannt beobachtete sie die Reflexionen des Lichtes in den kleinen Wassermolekülen. Die ganze Umgebung wirkte wahrhaftig schön, so deutlich ließ sich die schöpferische Kraft in den alltäglichen Dingen, wie dem leichten Nieselregen, erkennen. Elara überdachte ihren Gedankengang und konnte nur amüsiert den Kopf schütteln, was zum Teufel war mit ihr los? So melodramatisch war sie ansonsten nicht, vielleicht hing dies mit den merkwürdigen Träumen zusammen, die sie seit Wochen plagten! Plagen war vielleicht nicht der richtige Ausdruck, denn sie litt keineswegs darunter. Es waren keine Albträume, doch sie hörte immer wieder eine hartnäckige Stimme, die ihr sagte, sie solle sich ihrer Verantwortung stellen, um ihre Aufgabe zu erfüllen. Die Stimme kam ihr bekannt vor, aber sie konnte sie nicht ganz einordnen. Elara wusste nicht, wie sie mit dieser Botschaft umgehen sollte. Sicher, es waren nur Träume, doch sie kehrten jede Nacht zurück und ließen sie dasselbe durchleben. Sie hatte sich sogar dazu hinreißen lassen, ihr Problem zu googeln, und war auf einen Artikel eines Klatsch-Magazins gestoßen. In diesem Text wurden die wiederkehrenden Träume auch als »Recurring Dreams« bezeichnet. Eine angebotene Erklärung für die Wiederholung der Träume war, dass man einen starken Wunsch oder eine Sehnsucht verspürte. Elara konnte dies bereits ausschließen, warum sollte sie Sehnsucht nach der Frauenstimme haben oder ihrer Botschaft? Es ergab keinen Sinn ... Ansonsten wurde vorgeschlagen, dass man eine Situation verdrängte, ob dies bewusst oder unbewusst geschah, spielte keine Rolle. Als Grund wurde eine negative Erfahrung genannt, die die entsprechende Person gemacht hatte. Das erschien Elara schon einleuchtender, da ihr Erlebnis nach der Feier Spuren hinterlassen hatte und sie nicht gerne daran zurückdachte. Es passte ziemlich genau auf die Beschreibung, aber wie verlässlich diese Zeitschrift über etwas Fachliches berichten konnte, wusste Elara nicht. Dementsprechend wollte sie sich sicherere Literatur besorgen. Ein Tipp war am Ende des Artikels ebenfalls untergebracht: Man sollte darauf achten, dass eine Lösung bei solchen Träumen oftmals integriert war und man nur besser aufpassen müsste, um diese zu finden. Wenn man der Frauenstimme aus ihren Träumen Glauben schenken durfte, lag die Lösung darin, sich »der Verantwortung« zu stellen und die »Aufgabe« zu erfüllen. Elara wusste nur beim besten Willen nicht, von welcher Aufgabe die Rede war. Sie schob kaum etwas auf und bevorzugte es, alles so schnell wie möglich zu erledigen. Es war auch noch nie vorgekommen, dass sie sich ihrer Verantwortung entzogen hätte. Wovon also sprach die Frau? Die Lösung musste sie kennen, schließlich entsprang der Traum ihrem Unterbewusstsein, oder etwa nicht? Wenn es tatsächlich mit ihrer Entführung zusammenhing, war es vielleicht eine Erinnerung an die Halluzination, welche sie gehabt hatte? Musste ihr Unterbewusstsein bloß die Entführung verarbeiten? Wieso sollte sie sich dann der Verantwortung stellen? Sollte sie ihrer Familie von den tatsächlichen Ereignissen erzählen? Wenn dies der Fall war, wie ließ sich das mit dem Gefühl vereinbaren, welches sie immer davon abgehalten hatte, die wahre Geschichte preiszugeben?

Es war zum Verrücktwerden, da sich in die Aussage des Artikels alles Mögliche hineininterpretieren ließ ... Ihre

Gedanken waren eine einzige Sackgasse, dachte Elara erschöpft und schob diese Sorgen erneut beiseite. Elaras Blick schweifte durch die Gassen, sie war weiter gelaufen, als sie bisher vermutet hatte. Beunruhigt kniff sie die Augen zusammen und versuchte, die Gegend zu verorten. Nach kurzer Zeit kamen ihr der Verlauf der Gasse und die Beschaffenheit der Häuser bekannt vor. Es waren heruntergekommene Gebäude. Die Straßen waren leer und das zur Rushhour des Tages … Merkwürdig, dachte Elara kopfschüttelnd, und sah sich genauer um. Wie ein Geistesblitz schoss ihr die Flucht in dem Monat davor durch den Kopf. Die Gassen sahen denjenigen, in welchen sie sich damals befunden hatte, zum Verwechseln ähnlich. Elara drehte sich um 180 Grad um und dachte bei dem allzu vertrauten Anblick eines Schildes, dass es sich tatsächlich um ein und dieselbe Gegend handeln musste! Wo sonst gab es ein Schild, welches auf »Babsis-Burger-Bude« hinwies? Elara raufte sich die Haare. Wie hatte das passieren können? Sie hatte sich selbst geschworen, nie wieder an diesen Ort zurückzukehren. Doch sie war zurückgekommen – ihre Füße hatten sie eigenständig getragen. Es war keine Entführung notwendig gewesen, um sie herzubringen. Eine falsche Abbiegung, nichts weiter, dachte Elara und konnte sich selbst nicht überzeugen. Es war höchste Zeit, umzudrehen, die Beine in die Hand zu nehmen und zurück nach Hause zu laufen. In diesem Moment passierte ein schwarzer Jeep die schmale Straße. Es grenzte an ein Wunder, dass er nicht an den Hauswänden entlang kratzte. Hatte es sie zuvor nervös gemacht, dass kein Auto diese Straße befuhr, so war nun genau das Gegenteil der Fall … Das

Röhren des Motors und die verdunkelten Scheiben des Wagens ließen ihr Herz rasen und den Schweiß kalt über ihren Rücken laufen. Elara schaute sich, nach einem Fluchtweg suchend, um. Es war aussichtslos, hinter ihr waren ausschließlich Hausfassaden und der Ausweg war durch den monströsen schwarzen Jeep blockiert. Elaras Atem beschleunigte sich, die Gefahr knisterte in der Luft. Sie ballte ihre feuchten Hände zur Faust. Das Blut rauschte in ihren Ohren und Adrenalin schoss durch ihre Adern. Bumm-bumm, bumm-bumm, das Klopfen ihres Herzens dominierte die restliche Geräuschkulisse der Gasse. Nicht, dass es viele weitere Geräusche gegeben hätte, es war so still, dass man eine fallende Stecknadel für eine explodierende Bombe hätte halten können.

Die Furcht kroch in Elaras Inneres, bereit, sie langsam zu durchfressen, bis nichts als die nackte Angst blieb. Es ist ein schwarzer Jeep, kein Grund, sich zu fürchten, dachte Elara und klammerte sich an den letzten kleinen Teil ihres Verstandes, der noch in der Lage war, vernünftig zu denken. Die grellen Scheinwerfer des Autos blendeten Elara, schützend hielt sie sich eine Hand vor die Augen. Keine Frage, der Wagen und dessen Passagiere hatten nichts Gutes zu bedeuten … Noch hatte sie die Chance, zu entkommen. In ihrem Kopf nahm eine Idee Gestalt an. Sie war nicht ausgefeilt, aber es war ihr einziger Plan, der das Potenzial hatte, ihr eine Flucht zu ermöglichen. Elara maß mit den Augen die Entfernung zum Gefährt und schätzte die zu benötigende Kraft ab. Würde sie es schaffen, auf die Motorhaube zu springen und über diese weiterzuklettern? Sie hatte den Vorteil des Überraschungseffekts. Seitlich an dem Wagen vorbei gab es keine Möglichkeit. Dort trennten bloß einige Zentimeter die Hauswände von dem Wagen, zu wenig Platz, um diese Lücke zu passieren. Angesichts der schmalen Straße hätte sie einen guten Vorsprung, ehe der Wagen die Richtung wechseln konnte. Einige Sekunden, wenn nicht sogar Minuten, könnte sie damit für sich gewinnen. Es war der einzige Weg, dieser unheimlichen Situation zu entkommen, daher war es das Risiko wert. Sie holte tief Luft und setzte zu einem Sprint an, der sich sehen lassen konnte. Wie ein Blitz schoss sie auf das schwarze Gefährt zu und setzte zu einem Sprung an, der sie auf die Motorhaube beförderte. Beinahe wäre sie gegen die Autoscheibe gedonnert, doch sie konnte den Schwung umlenken und kletterte über das Fahrerhäuschen. Von dort ging es weiter über die Ladefläche. Mit einem Satz stieß sie sich vom Auto ab und rannte weiter, in die nächstliegende Gasse. Sie wählte willkürlich Abweichungen, um den Fahrer des Wagens zu verwirren, und war froh, bald an der Hauptstraße zu sein. Dort würde alles gut werden, es gab zu viele Leute, die eine Straftat bezeugen würden, falls man sie bis dorthin verfolgen sollte. Es lief ihr mehr Schweiß über die Stirn als bei den vorherigen Kilometern ihrer Laufpartie. Noch eine Querstraße, dachte Elara mit zusammengebissenen Zähnen, nicht gewillt, ihr mörderisches Tempo zu drosseln. Ihre Hoffnungen wurden im Keim erstickt, als das laute Dröhnen des Motors sich näherte und ihr der schwarze Wagen erneut den Weg abschnitt. Es hatte einen weiteren Weg geben müssen, parallel zu diesem, dachte Elara verbittert und verwünschte sich dafür, überhaupt in diese Gegend gekommen zu sein.

Der Wagen parkte dieses Mal unter einem Torbogen, sodass auch der Weg über das Auto unmöglich war, zumal die Insassen nun auf dieses Manöver vorbereitet gewesen wären. Zitternd holte Elara Luft und versuchte, ihren wild rasenden Puls zu beruhigen. Die Stille wurde von dem knallenden Geräusch zuschlagender Autotüren durchbrochen. Drei Gestalten waren aus dem Fahrzeug ausgestiegen. Zwei von ihnen erfüllten vom Aussehen her das typische Klischee von Türstehern oder Schlägern. Sie waren gut 1,90 Meter groß und breit gebaut, wie Schränke. Mit jedem Schritt, den sie machten, konnte man die sich deutlich abzeichnenden Muskeln beobachten. In der Mitte zwischen den beiden Typen war eine kleine Gestalt zu erkennen. Elara kniff die Augen zusammen, wenn sie es aus der Distanz richtig erkennen konnte, handelte es sich um ein zierliches Mädchen mit langen goldenen Haaren, die ihr in Wellen über die Schultern flossen. Die drei Personen kamen näher. Das Mädchen, so erkannte Elara, war wohl das schönste, welches sie bisher gesehen hatte. Sie hatte eine elfenhafte Statur, dazu lange, gold-blonde Haare, eine porzellanartige Haut – nicht zu vergessen die Wangenknochen, für die jedes Model morden würde – und eine kleine Stupsnase, die scheinbar von keiner einzigen Unreinheit bedeckt war. Elaras Blick fixierte das Gesicht des Mädchens. Mittlerweile standen ihre Verfolger dichter vor ihr. Irgendetwas im Gesicht des Mädchens zerstörte das wunderschöne Gesamtbild. Elara blickte genauer hin und konnte den Störfaktor ausmachen. Es handelte sich um die Augen. Sie waren auf den ersten Blick genauso hübsch wie der Rest des Mädchens, doch in ihnen lag eine Kälte, die kochendes Wasser zum Gefrieren hätte bringen können. Das durchstechende Blau, welches gemischt mit einem leichten Grauton die Iris bildete, vermittelte eine Bösartigkeit von unermesslichem Ausmaß. Dieser kalkulierende, berechnende Ausdruck ließ das sonst so liebliche Aussehen verblassen und dominierte die Erscheinung des Mädchens. Hatte Elara sich zuvor gefragt, wer von den drei Gestalten der Anführer der Gruppe war, so war die Frage nun geklärt ... Es beschlich sie das Gefühl, dass die mittlere von ihnen trotz ihres schmächtigen Körperbaus keine Bodyguards im ursprünglichen Sinne nötig hatte. Alle drei hatten die Ausstrahlung von Raubtieren, die gerade ihr Opfer ins Auge gefasst hatten. Elara war sich sicher, dass die beiden muskelbepackten Typen im entscheidenden Moment auf den Befehl der Kleinen hören würden. Im Gegensatz zu ihrer Erscheinung wirkten sie eher wie zwei dressierte Schoßhündchen. Nicht ungefährlich, aber nur auf den Befehl des Herrchens wartend. Es trennten Elara von ihren Angreifern nur noch knappe zwei Meter. Sie schluckte geräuschvoll und drückte den Rücken durch, um eine aufrechte Haltung zu wahren.

Das Mädchen musterte sie durchdringend und kniff die Augen zusammen. »Hallo Elara«, sagte sie und verzog die Lippen zu einem schmalen Lächeln. Die Frage, woher das Mädchen ihren Namen kannte, beschäftigte Elara, vermutlich handelte es sich bereits um eine kleine Machtdemonstration. Als Erwiderung nickte sie kurz und versuchte, sich ihr Unbehagen nicht anmerken zu lassen. Das Mädchen wandte sich ihren Begleitern zu und zwitscherte mit einer süßen, hohen Stimme: »Laufen kann sie wie eine Große, nur das Reden fällt ihr schwer …« Die beiden Muskelprotze grinsten spöttisch und der Linke ließ geräuschvoll die Fingerknöchel knacken. Die Blonde widmete ihre Aufmerksamkeit wieder ganz Elara und zog die Nase kraus. »Ich bin überaus glücklich, dich endlich richtig kennenzulernen, mir ist einiges über dich zu Ohren gekommen«, meinte das Mädchen bedrohlich leise. Elara ließ die angesammelte Luft aus ihren Lungen entweichen und erwiderte: »Ich will nicht unhöflich sein, aber ich glaube, du verwechselst mich mit jemandem.« Die Kleine legte den Kopf schief, drehte an einer ihrer goldenen Locken und entgegnete überzeugt: »Das glaube ich kaum …« Sich abwendend fragte sie, an ihre Begleiter gewandt: »Oder Jungs, was meint ihr? Wir haben die Richtige gefunden, nicht?« Wie zwei Wackeldackel auf der Hutablage eines Autos nickten die Typen eifrig. »Wir sind uns bereits begegnet. Du warst nicht gerade in deiner besten Verfassung, aber wie ich sehe, geht es dir bereits besser«, fuhr das Mädchen fort. »Ich denke, dass ich mich an deine Bekanntschaft erinnern würde«, wich Elara aus und ignorierte ihren rasenden Puls. Geringschätzig beobachtete die Kleine jede von Elaras Bewegungen und sprach: »Ich meine, gehört zu haben, dass du recht intelligent sein sollst. Streng deine grauen Zellen mal ein wenig an.« Elara durchsuchte ihre Erinnerung nach dem Mädchen, doch sie fand nichts. »Die Chance, mich zu erinnern, stiege, würdest du dich vorstellen«, wagte sich Elara vor und bemerkte aufgrund der veränderten Körpersprache ihres Gegenübers sofort, dass sie sich auf dünnes Eis begeben hatte. Das Mädchen trat einen Schritt vor, streckte eine ihrer grazilen Hände aus und packte Elaras Kinn mit einer Stärke, die diese überraschte. Sie hatte einen kräftigen Griff, dies musste man ihr lassen. Langsam drehte die Blonde Elaras Gesicht nach links, zurück nach rechts und schien sich jede Einzelheit ihres Gesichtes einzuprägen. Mit einem unerwarteten Ruck zog sie Elaras Gesicht an ihr eigenes heran, sodass sie kaum mehr ein Zentimeter voneinander trennte. »Mein Name lautet Ottilie«, zischte das Mädchen und starrte sie mit ihren kalten Augen an. Ottilie war ein außergewöhnlicher Name, und doch kam er Elara bekannt vor. Sie durchforstete erneut ihre Gedanken und stieß tatsächlich auf eine Erinnerung. Es handelte sich um ein Gespräch, welches sie vor nicht allzu langer Zeit geführt hatte …

»Wenn das hier«, sie machte eine allumfassende Handbewegung, »nicht ihr Platz ist, heißt es, sie wandelt auf der Erde?« »Ja, allerdings hat sie auf der Erde einen festen Körper, sie besteht aus Fleisch und Blut«, erklärte die Stimme. Ein Zaudern durchfuhr Elara bei der Vorstellung, diesem Wesen im echten Leben zu begegnen. Sie hatte eine dunkle Vorahnung, dass sie sich wiedersehen würden. »Wie ist es möglich, dass sie lebt und trotzdem in dieser nebligen Form im Reich der Toten auftauchen kann?«, hakte Elara verwirrt nach. »Sie hat Begabungen, Talente und Fähigkeiten, die du bis jetzt nicht erfassen kannst«, antwortete die Stimme. »Es ist doch schier unmöglich! Eigentlich kann nichts von dem Ganzen passieren. Ich meine, rein wissenschaftlich ist es …«, begann Elara. Die Frau lachte bloß, unterbrach die Sprechende und sagte: »Vergiss die Wissenschaft, Elara! Sie wird dir in diesem Falle nichts nützen,

da sowohl du als auch Ottilie übernatürlich sind!« Elara
schaute die Frau erstaunt an und fragte: »Ottilie?« Die
Angesprochene schlug sich die Hand vor den Mund und riss
erschrocken die Augen auf. »Das hätte ich dir nicht sagen
dürfen ...«, stieß sie bestürzt hervor.

Elara atmete zitternd ein. Konnte das wahr sein? Die
Erinnerung spulte sich wieder und wieder in ihrem Gedächtnis ab. Es wirkte real, obwohl es unmöglich schien.
Vielleicht wurde es Zeit, die Geschichte ihrer Entführer
zu überdenken? Alexej und Lewis hatten damals ihre
Version nie zu Ende erzählen können, weil Elara zuvor
die Flucht ergriffen hatte. Sie wünschte sich nun, sie wäre
dort geblieben, vielleicht hätte sie die Informationen für
diese Situation nutzen können. Die beiden hatten den
Namen Ottilie ebenfalls gekannt. Ein klatschendes Geräusch und ein gewaltiger Schmerz holten sie zurück in
die Realität. Elara blickte ungläubig auf, hatte ihr die
Kleine gerade eine Ohrfeige verpasst? Ottilie blickte sie
ungeduldig an und schlug die Hand weg, welche Elara
gerade an ihr schmerzendes Ohr legen wollte. »Ich erinnere mich, Ottilie!«, spie Elara angewidert hervor. Die
Augen zu Schlitzen verengend, erwiderte die Angesprochene kühl: »Fein ...« Die Sekunden, in denen sich Elara
und Ottilie gegenüberstanden, zogen sich hin.

Beide hatten den Blick fest auf die Augen der Gegen-
überstehenden geheftet. Es war ein regelrechtes Blickduell. Wer sich zuerst die Blöße geben und wegschauen
würde, hatte verloren. In diesem Bewusstsein versuchte
Elara, den Blick nicht abzuwenden. Selbst das Blinzeln
verkniff sie sich. Wie Elara feststellen musste, war ihre
Gegnerin eine wahre Meisterin auf dem Gebiet. Das

Mädchen machte einen Schritt auf Elara zu und strahlte, obwohl sie aufgrund ihrer geringen Körpergröße zu Elara hinaufschauen musste, Selbstsicherheit aus. Der Mund der Blonden verzog sich zu einem kalten Grinsen, während sie sagte: »Also Elara, es gibt zwei Möglichkeiten für dich ...« Diese verzog keine Miene, auch wenn sie innerlich zitterte. »Entweder du entscheidest dich dafür, mit mir zu arbeiten, oder ich bringe dich an den Ort zurück, an welchem wir uns kennengelernt haben«, fuhr sie genüsslich fort und wartete auf eine Reaktion. War der Ort, an dem sie sich kennengelernt hatten, das Reich des Todes? Elara blieb also die Wahl zwischen einer Zusammenarbeit mit Ottilie oder dem Tod? Es erschien ihr, als sollte sie sich zwischen Pest und Cholera entscheiden, beides erschien ihr nicht sonderlich reizvoll. Elara gab sich betont lässig und fragte unbeeindruckt: »Welche Projekte verfolgst du denn?« Es war der erste Augenblick, in dem die kalte Maske von Ottilie kurze Verwirrung preisgab. Interessant, überlegte Elara und versuchte, sich über den Grund der Verwirrung klar zu werden. Der kurze Moment war vorbei, das Gesicht gab keine Regung mehr preis. »Wurde dir nicht von meiner Aufgabe erzählt?«, hakte Ottilie nach. Elara verneinte ihre Frage. Ottilie und ihre Schergen musterten sie prüfend, wobei die zierliche Blonde es schaffte, noch einen Hauch von Verachtung in ihren Blick zu legen. »Wenn das so ist, bist du wohl doch nicht so wichtig, wie ich angenommen habe«, erwiderte Ottilie gelangweilt und nickte ihren Begleitern zu. Die beiden Großen lächelten sich verschwörerisch an und ließen ihre Fingerknöchel knacken. Elara gefiel der Verlauf der Situation überhaupt nicht, sie vermutete, dass Ottilie das Interesse an ihr verloren hatte, womit es keinen Grund mehr gab, sie am Leben zu lassen … »Moment!«, rief Elara und konnte den leicht nervösen Unterton in ihrer Stimme nicht verbergen. Ottilie sah sie abwartend an, sodass Elara ihre Chance zum Reden nutzte: »Sie hätten mir mehr erzählen wollen, aber ich bin weggelaufen.« Ottilie lachte leise vor sich hin und murmelte: »Das wendet das Blatt nun wieder. Solche Versager, dass ihnen ein Rückkehrer einfach wegläuft …« Ein Rückkehrer war Elara also? Sie hörte den Ausdruck das erste Mal, aber er erschien ihr plausibel. Die Situation hatte sie für den Augenblick entschärfen können, aber auf lange Sicht hatte sie eine Entscheidung zu treffen. Wollte sie mit dem Mädchen zusammenarbeiten, welches hatte verhindern wollen, dass sie zurück auf die Erde kehren konnte? Die Machenschaften von Ottilie waren sicherlich nicht sauber, aber die Alternative war keineswegs besser.

Eine sanfte Stimme meldete sich in ihrem Kopf und flüsterte: *»Wenn du sie eine Weile hinhalten kannst, dann wird dir jemand zu Hilfe kommen!«* Elara kannte die Stimme, sie war ihr an dem gleichen Ort begegnet, an welchem sie auch Ottilie begegnet war. Die Frau, zu der die Stimme gehörte, war mysteriös, und doch hatte sie ihr geholfen, vor Ottilie zu fliehen und den Rückweg zu finden. Elara beschloss, auf den Rat zu hören. Ihr blieb auch kaum etwas anderes übrig, dachte sie leicht zynisch und versuchte, das Gespräch in die Länge zu ziehen. »Geflohen, he?«, meldete sich einer der Begleiter zu Wort. Elara nickte, unsicher, was sie sagen sollte. »Du weißt nicht, was wir sind, ist das richtig?«, erkundigte sich Ottilie und zog eine Augenbraue in die Höhe. »Wir? Bezogen auf wen?«, entgegnete Elara, auf Zeit spielend. Ottilie machte eine umschweifende Handbewegung, die Elara ebenfalls miteinschloss. Sie zog einen Mundwinkel nach oben und sagte: »Du bist kein Mensch, Elara. Jedenfalls nicht mehr ...« Kein Mensch? Obwohl ihr während des Gespräches schon eine dunkle Vorahnung gekommen war, verursachte ihr diese Information einen weitaus größeren Schock als die Ohrfeige. Ottilie sagte dies vollkommen ernst, nichts ließ auf eine Täuschung schließen. Diese Nachricht brachte Elara ins Wanken, nicht nur metaphorisch. Sie lehnte sich an die Wand, um ihren schwachen Kreislauf zu beruhigen. »Du bist gestorben und dennoch stehst du hier und lebst – vorläufig jedenfalls«, sprach Ottilie drohend. In Elaras Kopf spielte sich eine Erinnerung ab, welche sie auf der Party im Haus von Mary Mittermeier erlebt hatte, kurz bevor sie gestorben war.

»Was hast du vor?«, stotterte sie ängstlich. »Ich habe herausgefunden, was es auslöst! Und der Schlüssel scheint der Tod zu sein ...«, sprach er, nahm das Kissen und presste es ihr auf das Gesicht.

Der Tod ist der Schlüssel, nur wozu? Sie war zurückgekehrt ... Aber sie wusste nicht, **was** sie war. Wenn man Ottilie Glauben schenken konnte, jedenfalls kein Mensch.

Kapitel 9

Alexej

Es waren einige Wochen vergangen. Sie hatten nicht die leiseste Ahnung, wo Elara sich befand, allerdings hatten sie auch nicht nach ihr gesucht. Sie müsste doch die Veränderungen spüren! Sie müsste so viele Fragen haben! Sie müsste sich eingestehen, dass ihre Drogentheorie vollkommener Schwachsinn war. Alexej befürchtete jeden Tag, dass sie in Schwierigkeiten geraten könnte. Ottilie gehörte zu den Risiken, über die er sich Sorgen machte. Entweder würde Elara auf Ottilies Seite wechseln oder getötet werden, beides gehörte nicht zu den Dingen, die ihm und Lewis bei der Mission helfen würden. Rastlos streifte Alexej im Wohnzimmer auf und ab. »Ist alles in Ordnung?«, fragte ihn Lewis, der gemütlich auf der Couch lümmelte. »Wir haben lange genug gewartet«, beschloss Alexej und schnappte sich seine Jacke. »Was hast du vor?«, fragte Lewis alarmiert. »Ich suche nach dem Mädchen«, antwortete Alexej kurz angebunden. »Warte!«, rief Lewis hektisch und schnappte sich ebenfalls etwas zum Überziehen. »Sie wird uns nicht sehen wollen, dich erst recht nicht …«, sprach Lewis bestimmt. Alexej sah ihn verständnislos an, sodass Lewis seufzte. »Sie hasst uns, weil sie denkt, dass wir sie unter Drogen gesetzt hätten. Wie sehr wird sie dich verabscheuen, wenn sie erfährt, dass du sie tatsächlich umgebracht hast?« Alexej schloss die Augen, atmete tief ein und schüttelte den Kopf. »Wir müssen es riskieren!

Sie schwebt in größter Gefahr und ahnt es noch nicht einmal. Sie wird mir schon zuhören, dann kann ich es ihr erklären.« Lewis verdrehte die Augen und murmelte: »Weil die Erklärungen letztes Mal ja so gut geklappt haben.« Alexej ignorierte den sarkastischen Einwand und begann, mit schnellem Schritt die Gasse entlang zu gehen. »Wollen wir nicht den Wagen nehmen?«, rief sein Freund von hinten und hielt demonstrativ die Autoschlüssel in die Luft. »Nein, ich habe das Gefühl, dass uns ein unauffälliges Auftauchen mehr nützen wird«, murmelte Alexej gerade laut genug, damit Lewis ihn verstehen konnte. Lewis und Alexej streiften für etwa fünfzehn Minuten durch das Labyrinth der Gassen. Alexej folgte allein seinem Bauchgefühl, er verließ sich auf seine Intuition. »Das bringt doch nichts!«, murrte Lewis schlecht gelaunt. Alexej bedeutete ihm, leise zu sein, er hatte etwas gehört. Ein Brummen oder Quietschen, wie es ein schnell fahrendes Auto verursachen würde. Autos begegnete man hier eher selten, und wenn sich mal ein Wagen samt Fahrer in diese Gegend verirrte, fuhr er meistens langsam, um eine Kollision mit den Hauswänden zu vermeiden. »Komm!«, forderte Alexej seinen Freund auf.

Sein Bauchgefühl hatte ihn nicht getäuscht, ein schwarzer Jeep war für den Lärm verantwortlich gewesen. Er hatte wegen der getönten Scheiben leider keinen Blick auf die Insassen des Gefährtes erhaschen können, hatte aber eine Vorahnung, wer sich drinnen befinden könnte. »Denkst du das, was ich denke?«, fragte Alexej. Lewis nickte bestätigend mit dem Kopf und erwiderte: »Ottilie bevorzugt große Auftritte, und den hat sie mit diesem Gefährt allemal.« Alexej runzelte die Stirn, als er bemerkte, wohin der Wagen fuhr. »Das ist eine Sackgasse!«, stellte er fest. »Dann wird sich in der Sackgasse wohl etwas befinden, das Ottilie verfolgt«, meinte Lewis trocken. »Elara!«, flüsterte Alexej. Lewis nickte, verschränkte die Arme und sagte: »Das gestaltet die Situation etwas schwieriger.« Alexej riskierte erneut einen Blick und sah, dass der Jeep den Torbogen sowohl in der Höhe als auch in der Breite blockierte. So kamen sie nicht in die Sackgasse. Selbst wenn sie einen Weg finden würden, wusste Alexej nicht, was er und Lewis gegen Ottilie ausrichten konnten. Sie würde nicht allein gekommen sein, außerdem könnte sie Elara im Zweifelsfall als Druckmittel benutzen. »Wir brauchen den Überraschungsmoment auf unserer Seite, das ist unsere einzige Chance«, murmelte Alexej in seinen nicht vorhandenen Bart. Lewis nickte in Richtung des Autos und erwiderte: »Wie sollen wir uns an sie anschleichen? Ottilie hat ein äußerst feines Gehör.« Alexej kratzte sich am Kinn und überlegte. Es gab keinen anderen Weg als den, der durch das Gefährt blockiert wurde. Schließlich war es eine Sackgasse, genau wie Alexejs Gedanken … Lewis brummte nachdenklich, bis er aufgeregt in die Hände klatschte. In der leeren Gasse hallte das Geräusch extrem laut wider, sodass Alexej zusammenzuckte und seinem Kumpel einen bösen Blick zuwarf. »Ruf doch gleich: Hier sind wir!«, zischte er aufgebracht. Lewis machte eine wegwerfende Handbewegung und flüsterte nun betont leise: »Ich habe eine Idee!« Alexej schaute ihn auffordernd an und wartete auf seine Antwort. »Die meisten Häuser stehen leer«, verkündete Lewis, woraufhin er nur einen verständnislosen Blick erntete. »Die Häuser, die zur Sackgasse hin ein Fenster haben, haben ihren Eingang auf dieser Seite der Straße«, fügte er ungeduldig hinzu. Alexej ging ein Licht auf, Lewis wollte in eines der Häuser einbrechen und so unbemerkt in die Sackgasse gelangen. »Keine schlechte Idee ...«, meinte Alexej. »Keine schlechte Idee«, schnaubte Lewis verächtlich und fuhr fort: »Es ist die beste, die wir in der Kürze der Zeit entwickeln können.« Alexej nickte widerwillig, die Zeit war wirklich begrenzt. Ottilie war nicht bekannt dafür, geduldig zu sein. Die beiden liefen schnellen Schrittes in die besagte Straße und blieben vor einer Fassade stehen, deren maroder Zustand auf ein unbewohntes Haus schließen ließ. Die einst blau lackierte Tür war an diversen Stellen eingerissen, auch die Farbe blätterte bereits ab. Probeweise klopfte Alexej gegen die Tür, sie wollten nicht riskieren, doch in ein bewohntes Haus einzudringen. Drinnen regte sich nichts, fragend schaute Lewis seinen Freund an, welcher bestätigend nickte. Es bedurfte bloß eines sanften Schlages, von gewaltsamem Öffnen konnte nicht die Rede sein, um die Tür aufschwingen zu lassen. Als sie das Haus betraten, flogen ihnen einige Insekten entgegen, die ihre Chance, ins Freie zu gelangen, nutzten. Innen sah das Haus noch verlassener aus. Spinnweben hingen über jeder freien Fläche und die Wände waren schon halb vom Schimmel zerfressen. Das Haus hätte ohne Probleme als Kulisse für einen Horrorfilm herhalten können. Vorsichtig bahnte sich Alexej seinen Weg durch das Gebäude und achtete darauf, weder in die Spinnweben zu laufen noch in die undefinierbaren Flecken auf dem ranzigen

Teppich zu treten. Die Luft war abgestanden, der Schimmel dominierte den Geruch des Hauses. Ein knarzendes Geräusch ließ Alexej kampfbereit herumfahren, doch wie sich herausstellte, war Lewis bloß auf eine lose Diele getreten. Sie kämpften sich durch das Erdgeschoss, bis sie in einem Raum mit geschlossenen Fensterläden standen, von welchem sie glaubten, dass er zur Sackgasse zeigte. Angenehmerweise war die Luft in diesem Teil des Hauses etwas frischer, weil die Fensterscheiben eingeschlagen waren und so ein wenig Sauerstoff in den Räumlichkeiten zirkulieren konnte. Etwas gedämpft konnte Alexej Stimmen ausmachen. Er legte den Kopf schief, schlich leise näher ans Fenster heran und legte sich, an Lewis gewandt, einen Finger an die Lippen. Sein Freund nickte kurz zum Zeichen, dass er verstanden hatte, und näherte sich ebenfalls vorsichtig, um zu lauschen. Konzentriert kniff Alexej die Augen zusammen und versuchte, die Laute zu entziffern.

»… Gestorben … stehst … lebst, vorläufig …«, drang es leise an Alexejs Ohren. Obwohl er nur einzelne Fetzen verstanden hatte, wurde die Nachricht der Worte deutlich! Auch die Stimme würde er unter Tausenden wiedererkennen. Der liebliche, hohe Klang, welcher ein unschuldiges kleines Mädchen vermuten lassen würde – wäre da nicht der scharfe, drohende Unterton. »Ottilie!«, hauchte Lewis, der die gleiche Erkenntnis hatte. Alexej brachte ein leichtes Nicken zustande. Wie er bereits vermutet hatte, war Ottilie hinter Elara her. Er fluchte innerlich und versuchte, einen Weg zu finden, um Elara aus der Situation befreien zu können. »Pass auf, zuerst müssen wir die Schergen ausschalten, danach kümmern wir uns um Ottilie«, flüsterte er und reichte Lewis ein kleines, aber effektives Messer. »Wie *kümmern* wir uns um sie?«, hakte Lewis nach. Alexej runzelte die Stirn und antwortete leise: »Im besten Fall können wir sie lang genug außer Gefecht setzten, um mit Elara abzuhauen …« Lewis machte ein fragendes Gesicht und deutete mit den Fingern das Durchschneiden der Kehle an, während er erwiderte: »Warum setzten wir dem Ganzen kein Ende?« Alexejs Augen weiteten sich, angesichts von Lewis Worten. Warum bereiteten sie dem kein Ende? Bisher hatten sie verzweifelt nach einem Gegenstand gesucht, der Ottilie aufhalten konnte. War es möglich, sie hier und jetzt aus der Welt zu schaffen?

Ein kleiner Fehler und ihr Leben sowie das von Elara würde in höchster Gefahr schweben. Sie hatten kaum Ausrüstung, zwei mickrige Dolche und ihre eigene körperliche Kraft. Es ist zu riskant, flüsterte eine leise Stimme in Alexejs Innerem. Es war auch eine Chance, sie müssten keine weiteren Leben mehr auf's Spiel setzen, wie das von Elara. Alexej war hin- und hergerissen, schreckte aber wegen einiger dumpfer Geräusche aus seinen Gedanken hoch. Er brauchte einen Augenblick, um die Geräuschkulisse einzuordnen. Es klang doch tatsächlich nach einer Schlägerei. Vorsichtig öffnete er die Fensterläden einen Spalt breit. Ein muskulöser Typ lag stöhnend auf dem Boden und hielt sich die Nase. Ottilie wirkte nicht geschockt, aber überrascht. Sie nickte dem verbleibenden Mann auffordernd zu, welcher gerade verwirrt den Blick von seinem verwundeten Kollegen abwandte. Zornig ging er auf Elara zu, welche schwer atmend an einer Wand lehnte. Sie sah den zweiten Handlanger kommen und richtete sich mühsam auf. Der Kerl holte zu einem Schlag aus, der Elara wohl ausknocken sollte. Verdammt, dachte Alexej, wenn Elara diese Wucht einstecken musste, wäre sie sofort bewusstlos. Ohne Bewusstsein könnte Ottilie sie hinbringen, wo sie wollte, oder Schlimmeres tun ... Alexej sah die Chance der Rettung schwinden. In jeder verstreichenden Sekunde näherte sich die Faust der Schläfe von Elara. Das Mädchen hatte den Schlag erst spät kommen sehen und riss erschrocken die Augen auf. Sie reagierte mit einer Geschwindigkeit, die ein menschliches Auge wohl bloß verschwommen sehen könnte. Die Faust des Handlangers verfehlte ihren Kopf und schlug in die Wand ein. Ein hässliches Knirschen verkündete die Kollision von der Hand mit der Hauswand, begleitet von einem schmerzerfüllten Aufschrei. Elara war einen Herzschlag vor der nahenden Faust ausgewichen, sie hatte sich geduckt und nutzte ihren Schwung, um sich mit einer Vorwärtsrolle aus der Gefahrenzone zu bringen. »Das Mädchen kann austeilen«, kommentierte Lewis trocken. Alexej erwachte aus seiner Schockstarre und bedeutete Lewis, dass es Zeit wäre, einzugreifen. »Lass uns die Party crashen ...«, murmelte Lewis und schwang ein Bein aus dem Fenster.

Elara

Auf einmal geschah alles ganz schnell. Sie hatte versucht, auf Zeit zu spielen, und Ottilie mit leeren Worten hingehalten. Diese war des Wartens nun endgültig müde und hatte außerdem erkannt, dass Elara nicht auf ihre Seite wechseln würde. Eine unscheinbare Handbewegung von Ottilie löste den Start des Chaos aus. Ehe Elara auch nur die Chance bekam, sich einen Plan zurechtzulegen, reagierte ihr Körper wie von selbst. Es schien, als hätte sie auf Autopilot geschaltet, denn Elara selbst hätte den angreifenden Muskelprotz wohl kaum aufhalten können. Der Mann verließ sich auf seine unbändige Kraft und achtete keineswegs auf seine Verteidigung. Elara nutzte diesen Fehler geschickt aus und trat mit aller Kraft, welche sie aufbringen konnte, in eine Stelle, die den Herrn wohl auch noch Stunden später schmerzen würde. Ihr Angriff verfehlte seine Wirkung nicht, der Riese ging winselnd zu Boden. Es hieß ja, dass man nicht nachtreten sollte, wenn der Gegner am Boden lag – Elara hielt sich nicht daran. Sie wollte sicherstellen, dass er in der nächsten Zeit nicht mehr aufstehen würde. Sie sank, stark keuchend, gegen die Mauer hinter ihrem Rücken. Vor Erschöpfung hätte sie beinahe übersehen, dass sich nun der zweite Typ näherte. Von Gewicht und Größe stand er seinem Kollegen in nichts nach und das beunruhigte Elara, denn sie hatte keine Kraft mehr, um selbst offensiv zu agieren. Die Faust raste auf ihre Schläfe zu, erneut übernahmen die Instinkte, als sie sich mit einer Schnelligkeit duckte, die sie sich nicht in ihren kühnsten Träumen zugetraut hätte. Den gewonnenen Schwung nutze sie, um sich mit einer Flugrolle aus der Gefahrenzone zu retten. Ein lautes Knirschen und ein unterdrückter Schrei veranlassten sie dazu, sich umzudrehen. Ein Brocken der Mauer war abgesplittert, dort prangte nun ein unübersehbarer Riss. Ihr Angreifer hielt sich die leicht deformierte Hand. Statt Mitleid erfüllte sie bei dem Anblick Genugtuung. Diese wurde noch von dem irritierten Blick Ottilies angeheizt. Ein leichtes Lächeln schlich sich auf Elaras Lippen, welches allerdings sofort verblasste, als sie bemerkte, dass die Irritation nicht ihr und ihren neu erwachten Kampfkünsten galt. Der Blick ihrer Gegnerin war auf einen Punkt hinter Elara gerichtet. Diese riskierte es, sich umzuschauen, und entdeckte zwei Silhouetten, die gerade aus einem nahe stehenden Haus geklettert waren. Die erste Reaktion Elaras war Erschrecken. Waren weitere Gehilfen von Ottilie gekommen? Wieso aber löste das Erscheinen der beiden Erstaunen bei dieser aus? Nein, dies war nicht von Ottilie geplant worden, dessen war sich Elara nun sicher.

Jeder der Kletterer hielt einen länglichen Gegenstand in der Hand, der aussah wie ein Baseballschläger. Sie rannten auf Elara und Ottilie zu. Elara selbst war sich nicht sicher, ob sie sich über das Erscheinen freuen sollte oder ob dies eher ein Grund zur Sorge war. Die Distanz war nun nicht mehr groß und sie konnte die Gesichter erkennen, welche ihr unheimlich bekannt vorkamen. Ein Schauder lief ihr über den Rücken, als sie an den Tag ihrer Entführung zurückdachte. Kurz hinter ihr blieben sie stehen, sodass ein kleines Dreieck, bestehend aus Elara und ihren Entführern, entstand. »Pass auf, wir brauchen die Schlüssel zu dem Wagen, dann hauen wir ab«, flüsterte der Junge, wenn Elara es aus dem Augenwinkel richtig erkennen konnte, mit den glatten braunen Haaren. Die Autoschlüssel? Sehr witzig, wie stellten sich die beiden das denn vor? Die Antwort erhielt sie ungefragt vom Lockenkopf: »Wir lenken sie ab und du suchst sie!« Danach murmelte einer der beiden einen leisen Countdown und stürzte sich auf den einzigen noch stehenden Gegner. Elara löste sich aus ihrer Schockstarre und versuchte ihr Glück bei dem Bewusstlosen. Hektisch tastete sie sämtliche Taschen ab und dachte schon, fündig geworden zu sein, als sie etwas ertastete. Frohlockend zog sie einen Gegenstand hervor und musste bestürzt feststellen, dass es sich nur um ein kleines Taschenmesser handelte. Wo sonst könnte sich der Schlüssel befinden? Sie versuchte, sich daran zu erinnern, wer aus der Fahrerseite des Wagens ausgestiegen war. Ihr umherschweifender Blick traf den des Mannes, der sich immer noch die schmerzende Hand hielt. Dieser musterte ihre Bemühungen und kniff die Augen zusammen. Nach einigen Sekunden schien es »Klick« gemacht zu haben, denn seine Augen weiteten sich vor Erkenntnis. Sein Blick huschte für eine Sekunde zum parkenden Auto und wieder zurück zu ihr. Aha, dachte Elara, der Schlüssel steckte also im Wagen! Es könnte auch eine List sein, aber das Risiko musste sie eingehen.

Aus der Hocke sprang sie auf und setzte zu einem Sprint an. Der Mann folgte ihr, war aber aufgrund seiner Masse ein wenig langsamer als Elara. Elara schrie denen, die ihr offensichtlich helfen wollten, zu, dass sie zum Wagen mussten. Danach konnte sie sich nicht erlauben, sich weiter ablenken zu lassen. Zur Fahrertür hechtend, sprang sie in den Wagen und verriegelte diese im selben Moment. Der Mann prallte gegen den Jeep, sodass der bedrohlich schwankte. Elaras Blick fiel auf das Zündschloss und – Gott sei Dank – der Schlüssel steckte! Durch die Frontscheibe beobachtete sie Lewis und Alexej, welche sich vorsichtig in Richtung Auto zu-

rückzogen, ihren Gegner aber nicht aus den Augen ließen. Ottilie sah ihnen mit zusammengekniffenen Augen
hinterher und fing plötzlich an zu lächeln. Das kurze
Zucken um den Mundwinkel gefiel Elara nicht, da Ottilie scheinbar etwas im Schilde führte. Die Jungs hatten
den Wagen erreicht, Alexej stieg auf die Rückbank ein,
während Lewis vergeblich an der Tür der Beifahrerseite
zog. Die Tür war verriegelt, Elara drückte auf eine Taste,
in dem Versuch, diese zu öffnen, doch die entstehende
Verzögerung hatte Ottilie genutzt, um einen glänzenden
Gegenstand hervorzuholen. Ein Wurfmesser, schoss es
Elara durch den Kopf. Sie sah den Flug des Messers, welches sich dem Rücken von Lewis näherte und drückte als
Warnung auf die Hupe. Das durchdringende Geräusch
ließ Lewis sich drehen, sodass er die näherkommende
Gefahr sehen konnte. Er hatte kaum noch Zeit, auszuweichen, also versuchte er, der Flugbahn des Messers zu
entgehen, indem er sich flach an das Auto drückte. Der
glänzende Gegenstand segelte mit tödlicher Präzision
durch die Luft und streifte Lewis Schulter. Ein schmerzerfüllter Laut drang durch die geschlossene Tür. Das
Oberteil von Lewis war aufgerissen und offenbarte einen
Schnitt, aus welchem Blut sickerte. Kaum einen Herzschlag später riss Lewis trotz schmerzender Schulter die
nun offene Tür auf und sprang ins Innere des Autos.

Elara verriegelte den Wagen erneut und starrte mit
aufgerissenen Augen auf den Blutfleck, welcher sich auf
den hellen Ledersitzen abzeichnete. Ein kurzer Schlag
befreite sie aus ihrer Schockstarre. »Fahr los!«, rief Alexej angespannt. Elaras Atem beschleunigte sich erneut,
die Theorie hatte sie bereits in der Fahrschule absolviert,

doch mit praktischer Erfahrung konnte sie nicht punkten. »Ich bin noch nie gefahren!«, stieß Elara hervor. »Dann wirst du es wohl jetzt lernen …«, kommentierte Lewis, mit vor Schmerz zusammengebissenen Zähnen. Elara drehte mit zitternden Händen den Zündschlüssel im Schloss und trat auf das Gaspedal. Der Motor röhrte und der Wagen machte einen Satz nach vorne, sodass sie einen der beiden Schergen erwischte, welcher durch den Stoß nach hinten flog. »Scheiße …«, murmelte Elara. Lewis griff beherzt nach der Gangschaltung, legte den Rückwärtsgang ein und schaute sie auffordernd an. Elara trat also erneut auf's Gas und katapultierte das Gefährt nach hinten. Lewis übernahm mit seinem gesunden Arm das Lenkrad, sodass sie mehr oder weniger unbeschadet aus dem Gänge-Labyrinth herausfanden. Elara riskierte einen Blick in den Rückspiegel. Sie sah einen der Handlanger am Boden liegen, der andere beugte sich über ihn, und Ottilie, die ihnen mit einem gruseligen Lächeln hinterherschaute. Obwohl sie schon einige Meter entfernt waren, schien es, als ob Ottilie den Blick von Elara wahrnahm, da sie die Hand zu einem kurzen Gruß anhob. Elara schüttelte den Kopf. Wie merkwürdig, sie hatte eher damit gerechnet, dass Ottilie ihnen hinterherjagen würde. Als sie im Reich der Toten war, hatte sie nicht so einfach aufgegeben, sondern sie bis an ihre Grenzen getrieben. Alexej, der Elaras Blick gefolgt war, bemerkte: »Das ist leider noch nicht vorbei … Ottilie ist wie eine Katze, sie bevorzugt es, ein wenig mit ihrer Beute zu spielen, bevor sie sie verschlingt.«

Sie fuhren schon eine Weile und Elara hatte, obwohl sie auf dem Fahrersitz saß, keine Kontrolle über das

Lenkrad. Ihre einzige Aufgabe war es, das Gaspedal durchzudrücken. Die Gegend, kam ihr nicht bekannt vor. Das Haus, in welchem sie damals aufgewacht war, schien nicht das Ziel zu sein, da dieses bloß wenige Minuten von der Sackgasse entfernt wäre. »Wo fahren wir hin?«, hakte sie nach. Alexej murmelte etwas von einem sicheren Ort, doch nannte er nichts Konkretes. Elara überzeugte sich davon, dass kein Auto hinter ihnen fuhr, und drückte dann abrupt auf die Bremse. Die Wucht des plötzlichen Stopps schleuderte alle Passagiere nach vorne. Der Ruck der Sicherheitsgurte quetschte ihnen die Luft aus den Lungen. »Was soll denn das?«, keuchte Lewis ärgerlich und stöhnte aufgrund seiner Verletzung schmerzerfüllt auf. Elara ließ sich, trotz der unbeabsichtigten Heftigkeit, nicht beirren und erwiderte: »Ich will jetzt sofort wissen, wohin wir fahren.« Lewis sah sie ungläubig an und verdrehte die Augen. »Hast du so wenig Vertrauen in deine Retter?«, fragte er nach. Elara zuckte zusammen, so konnte sie das nicht stehen lassen. »Retter nennt ihr euch? Im Endeffekt habe ich den Schlüssel des Wagens bekommen, welcher uns in Sicherheit fährt. Ihr habt für ein wenig Ablenkung gesorgt, mehr aber auch nicht!«, stellte sie erbost klar. Von der Rückbank war ein Schnauben zu hören, Elara drehte sich um. »Wir haben gerade unser Leben für dich riskiert«, meinte Alexej und zog die Augenbrauen hoch. »Glaubst du nicht, dass der Vergleich hinkt?«, erkundigte sie sich. Alexej machte ein fragendes Gesicht, sodass Elara hinzufügte: »Wir sind nicht mal quitt. Du hast mich umgebracht, da sind ein kleines Risiko und der Kratzer wohl annehmbar.« Während Lewis bereits eine Erwiderung für die Bezeichnung seiner Verletzung auf der Zunge lag, spielte sich ein kleines Lächeln um Alexejs Lippen ab. »Was grinst du denn so blöd?«, blaffte Elara, deren Nerven überstrapaziert wurden. »Du hast eingesehen, dass du tot warst! Damit sind wir einen ganzen Schritt weiter als zuvor!« Elara holte tief Luft und sagte: »Dieser ganze Mist kann kein großes Spiel sein, welches irgendwelche Junkies arrangiert haben. Ich verstehe noch nicht, was das alles soll, aber etwas hat sich verändert und ihr beide und Ottilie seid tief in die Sache verstrickt …« Lewis und Alexej nickten bedächtig, während der eine sagte: »Verstrickt ist noch nett ausgedrückt, in diesem Konflikt gibt es zwei Seiten. Unsere und die von Ottilie, im Prinzip sind wir also der Konflikt.«

Eine Weile herrschte Ruhe, jeder hing seinen eigenen Gedanken nach. »Ich denke, es wird Zeit, dass du den Rest der Geschichte hörst«, beendete Alexej die Stille. »Die Legende um Prometheus und seinen Schutzschild?«, fragte Elara zweifelnd. »Ja, wobei es genau genommen keine Legende ist«, beharrte Alexej. Elara verdrehte aufgrund seiner Verbesserung die Augen, riss sich aber zusammen und erwiderte: »Schön, erzähl!« Alexej berichtete, davon, dass der Schutzschild zwar die Erdbewohner vor den Göttern beschütze, aber Unmassen an Energie benötige. Dieses Kraftfeld könne sich nicht selbst erneuern, es brauche einen Stoff, um sich aufzuladen und seine Funktion aufrechtzuerhalten. »Aus diesem Grunde erschuf Prometheus, bevor er die Erde verließ, eine neue Spezies. Es waren Wesen, die den Menschen ähnelten – rein äußerlich zumindest. Das Besondere an ihnen ist der göttliche Funke, der weitaus größer ist als bei einem Menschen. Dieser große Funke lässt sie göttliche Eigenschaften besitzen, welche abhängig von ihren Vorfahren ausfallen.« Elara schluckte und ließ die Geschichte auf sich wirken. »Die Vorfahren? Prometheus hat sie geschaffen, sind es nicht seine Erben?«, fragte sie verwundert nach. »Dies könnte man meinen, allerdings wurde, anders als bei den Menschen, dieser göttliche Funken nicht durch den Atem der Athene eingehaucht, sondern in ihr Tongebilde eingepflanzt. Der entscheidende Unterschied ist, dass Prometheus die Gelegenheit hatte, ein Haar oder etwas Haut eines von ihm gewählten Gottes zu stehlen, welches er dem Wesen zu Eigen machen konnte. Die Vielfalt war für die Erhaltung des Schildes von höchster Priorität.« »Prometheus hat die DNA eines Gottes gestohlen und diese dann gegen die Götter verwendet?«, meinte Elara überrascht. »Ja, so ist es wohl gewesen. Die Vorfahren wussten fortan von ihrer Aufgabe und erfüllten sie gewissenhaft. Sie behielten die List von Prometheus bei und verheimlichten somit ihre Einzigartigkeit vor den Menschen, um sich selbst nicht in Gefahr zu bringen. Nach Jahrhunderten war die Spezies in Vergessenheit geraten, und das so weit, dass nicht einmal die Wesen selbst von ihren Fähigkeiten wussten. Da die Nachfahren der Götter mit den Menschen zusammenlebten, waren auch einige Kinder geboren worden, welche – durch die menschliche Seite – etwas von ihrer Göttlichkeit verloren. Die Gene setzten sich immer stark genug durch, um die Aufgabe der Regenerierung des Schildes zu erfüllen, aber die einst so mächtigen Wesen waren von ihren Fähigkeiten her kaum noch von den Menschen zu unterscheiden. Dies ging so weit, dass manch einer der Art sogar große Müdigkeit empfand, da seine Energie nur zur Hälfte seinem Körper gehörte«, erklärte Alexej. Elara fuhr sich durch die Haare, welche sich mittlerweile aus ihrem Pferdeschwanz gelöst hatten. Als Verfechterin der Wissenschaft fiel es ihr schwer, diese Geschichte zu glauben, doch ein Gefühl ließ sie wissen, dass ihr Gegenüber sie nicht anlog. Bei genauerer Betrachtung konnte sie sogar gewisse Parallelen zu ihrem eigenen Leben erkennen.

Die Erschöpfung und Müdigkeit, welche sie kaum noch durch Koffein hatte bekämpfen können, hatte sie ausgelaugt. Sie hatte es auf ihren Mangel an Schlaf und den Stress geschoben … Dass sie nun aber tatsächlich ihre Energie mit einem magischen Schild geteilt hatte, wäre ihr nie in den Sinn gekommen. Bis vor wenigen Stunden hätte sie auch jeden als verrückt bezeichnet, der ihr diese Theorie hätte weismachen wollen. Die Erfahrungen im Reich des Todes erschienen ihr aber nun zu real, um sie länger anzuzweifeln. Ihre Begegnung mit Ottilie zeigte Elara die Brisanz der Lage. Auch die verdrehten Träume, welche sie über Wochen hatte, ergaben plötzlich einen Sinn. Die Verantwortung, welcher sie sich stellen sollte, war die Akzeptanz ihres Wesens. Elara erschauderte. All dies war etwas viel für sie. Die Welt, in welcher sie gelebt hatte, erschien ihr wie eine Lüge, doch die Realität gefiel ihr nicht unbedingt besser. »Das heißt, ich bin kein Mensch …«, stellte Elara leise fest. Alexej nickte und drückte ihre Schulter, als eine Art Mut zusprechende Geste. »Was ich allerdings immer noch nicht verstehe, ist, dass du mich erstickt hast. Warum ist der Tod der Schlüssel, wie du damals sagtest?«, fragte Elara, die immer noch leicht neben der Spur war. Alexej räusperte sich, sodass sein Kehlkopf sich nervös hob und senkte. »In unserer Generation der Nachkommen ist das Göttliche so weit verschüttet, dass man keinen Nutzen aus diesem ziehen kann. Alle Energie des Körpers richtet sich darauf, das Netz aufrechtzuerhalten, du selbst bist sozusagen im Energiesparmodus. Durch den Tod wird der Funke zu voller Größe entfacht, um das Sterben des Körpers und somit des Energieträgers zu verhindern. Nachdem du gestorben bist, kannst du deine volle Energie nutzen, während dein Körper den Schild weiterhin mit Magie versorgt«, erklärte Alexej. Elara kniff die Augen zusammen. Was Alexej sagte, klang durchaus logisch. Es stellte sich nur die Frage, woran man erkennen konnte, wer ein potenzieller Genträger war. Sie sprach ihre Unklarheit aus und schaute die beiden, in Erwartung einer Antwort, interessiert an. Alexej und Lewis warfen sich nervöse Blicke zu. »Richtige Erkennungsmerkmale gibt es nicht, wir haben auf Besonderheiten geachtet. Leute, die Außergewöhnliches vollbringen – anders sind –, beobachten wir genauer, und danach ist es eine Sache von Fingerspitzengefühl«, erwiderte Alexej ausweichend. Elara schaute ihn ungläubig an und wiederholte: »Fingerspitzengefühl?« Als sie keine Reaktion bekam, fuhr sie wütend fort: »Ihr bringt also Leute nach Gefühl um und schaut, ob sie wiederkehren oder nicht?« Lewis hob beschwichtigend die Hände und entgegnete: »Nein, so ist das nicht. Du bist die Erste, die wir umgebracht haben. In den anderen Fällen waren wir die Opfer von Gewalttaten, die uns zu dem gemacht haben, was wir sind ...« Elara empfand zwar Mitleid für den Schmerz in Lewis Stimme, als dieser von den Gewalttaten sprach, war allerdings immer noch sauer über das Risiko, welches die beiden eingegangen waren, als sie sie umbrachten. »Ich war also so etwas wie ein Pilotprojekt?«, hakte sie verbissen nach. Alexej nickte bedächtig, fügte aber aufgrund der verdunkelten Miene von Elara hinzu: »Du musst verstehen, dass uns die Zeit davonläuft. Ottilie versucht, einen Weg zu finden, die Menschen zu vernichten. Wir sind die Einzigen, die das verhindern können.« Elara schüttelte wegen der Menge an Informationen den Kopf, welcher bereits zu schmerzen begann. »Warum verfolgt Ottilie dieses Ziel?«, hakte sie erschöpft nach. »Du kennst dich recht gut mit der antiken Mythologie aus, von daher sollte dir die Information, dass Ottilie die Nachfahrin von Pandora ist, reichen.« Pandora, die Gesandte der Götter, welche die Menschheit mit den Gaben ihrer Büchse hatte vernichten sollen. Ihre Nachfahrin verfolgte dasselbe Ziel, dachte sie. Elara schlug die Augen nieder, trotz ihres scharfen Intellektes war dies für sie etwas schwierig zu verarbeiten.

Kapitel 10

Alexej

Es waren etwa zwei Wochen vergangen, seit sie Elara zur Flucht vor Ottilie verholfen hatten. Das Mädchen war, nachdem sie ihr alles Weitere erklärt hatten, bereit gewesen, ihnen zu helfen. Sie verhielt sich allerdings nicht nur kooperativ. So bestand sie darauf, weiterhin bei ihren Eltern zu wohnen und auch die Schule nicht zu versäumen. Dies hatte eine hitzige Diskussion zwischen Lewis und ihr ausgelöst, der ihr schlussendlich an den Kopf schmiss, dass ihr ein gutes Abitur nichts nützen würde, wenn die Menschheit nicht mehr existierte. Elara hatte daraufhin nur die Lippen zu einem schmalen Strich zusammengepresst, ihn bitterböse angesehen und süffisant erwidert, dass wenigstens ein Mitglied ihres »selbst ernannten Rettungstrupps« eine gewisse Bildung genießen solle. Zwischen den beiden gab es immer wieder Streitereien, was Alexejs Nerven auf die Probe stellte. Trotz alledem konnte er sich nicht großartig beschweren, denn seit Elara sich ihnen angeschlossen hatte, entdeckte sie beinahe täglich hilfreiche Dinge. Es klopfte zweimal kurz, dreimal lang am Hintereingang. Alexej spähte durch den Türspion und erkannte Elara, die mit einem Rucksack vor der Tür stand. Das Quartier hatten sie ändern müssen, da Ottilie bereits in der Sackgasse sehr nah gewesen war. Nachdem er Elara von dem Verschwinden des Artikels informiert hatte, hatte sie entdeckt, dass ihr einstiger Verbündeter die Seiten gewechselt hatte. Sie erkundigte sich, wer außer Lewis, Alexej und ihr Eintritt zum alten Gebäude gehabt hatte, woraufhin ihr Alexej von Lucas erzählte. Die Tatsache, dass keine Einbruchsspuren zurückgeblieben waren und das Fenster in einer Höhe lag, die selbst ein Nachfahr eines Gottes nicht ohne Weiteres erklimmen konnte, hatte Elara nachdenklich gestimmt. Sie hatte in den Raum geworfen, dass Lucas eine Art Maulwurf gewesen sein könnte, der alle Informationen an Ottilie hätte weitergeben können. Er wäre auch mühelos in der Lage gewesen, eine Kopie des Schlüssels anfertigen zu lassen, was die fehlenden Spuren erklärte. Diese Schlussfolgerung lag so nah und war für Alexej sowie Lewis trotzdem einem Tritt in die Magengrube gleichgekommen. An diesem Vertrauensbruch ihres angeblichen Freundes knabberten die beiden immer noch.

Alexej öffnete die Tür und ließ Elara in den Flur treten. Das neue Haus war dem alten Gebäude in seiner Gemütlichkeit um einiges voraus. Es war sicher und bewohnbar, die Räume waren großzügig geschnitten und bereits möbliert gewesen. »Wie war's in der Schule?«, erkundigte sich Alexej. Elara schüttelte nur den Kopf und sagte aufgeregt: »Unwichtig! Ich habe etwas Spannendes entdeckt.« Sie kramte in ihrer Schultasche und zog ein alt anmutendes Buch heraus. Als sie es aufschlug, kamen vergilbte Seiten zum Vorschein. Sie ging mit dem aufgeschlagenen Buch in Richtung Wohnzimmer und ließ sich auf das Sofa fallen. Alexej folgte ihr und schaute sie fragend an. »Ich habe in der Bibliothek dieses alte Sagenbuch gefunden, es stehen die üblichen Geschichten drin, mit Ausnahme einer Legende …« »Nun lass dir doch nicht alles aus der Nase ziehen!«, forderte Lewis, der sich leise wie eine Katze genähert hatte und nun am Türrahmen lehnte. Elara schaute überrascht auf, ließ sich aber nicht beirren und fuhr mit einem triumphierenden Lächeln fort: »Die Chroniken der Scian folgen auf die Sage um Prometheus.« »Scian?«, hakte Alexej nach. Elara nickte eifrig und ergänzte: »Die Scian, deren Aufgabe der Schutz der schwachen Menschen war.« Alexej kniff die Augen zusammen und murmelte: »Der Schutz der Menschen? So, so …« Elara blätterte eine Seite um und meinte: »Ja, sie werden beschrieben als gottähnliche Wesen, die weitaus mächtiger als die Menschen waren, aber mit ihren Fähigkeiten nicht den Stand eines Gottes erreichten.« Lewis sog scharf die Luft ein und stellte fest, dass die Beschreibung sehr an ihre eigene Art erinnere. Elara nickte bekräftigend. »Die Geschichte stimmt nicht eins zu eins mit eurer überein, aber sie passt zu genau, als dass es ein Zufall sein könnte!« Alexej schüttelte den Kopf und fuhr sich über die gerunzelte Stirn. Wenn dies stimmte, ließen sich in diesem Buch vielleicht noch weitere wertvolle Informationen entdecken. Vorsichtig nahm er das zerbrechlich wirkende Werk in die Hand. Das Leder fühlte sich rissig an und roch etwas muffig. »Wie bist du an dieses Buch gekommen?«, fragte Lewis interessiert. Elara lachte und erklärte: »Ich habe mich als Mythologie-Studentin ausgegeben und eine Anfrage in der Staatsbibliothek gestellt, alles unter falschem Namen, versteht sich.« Lewis lachte und fragte nach: »Wozu die Geheimniskrämerei?« »Ich dachte, falls das Buch hilfreich sein sollte – was es ja auch ist- können wir es bedenkenlos behalten, ohne dass man mich zurückverfolgen kann. Außerdem hielt ich es für weniger verdächtig, wenn sich eine Studentin für ein Werk aus ihrem Fachbereich interessierte statt einer Schülerin. Schau dir das Buch doch an, es wurde, in den letzten zwanzig Jahren, sicher nicht ausgeliehen«, erwiderte Elara und grinste. Lewis nickte anerkennend und murmelte neckend: »Ich bin beeindruckt, von so einem braven Mädchen wie dir hätte ich das nicht erwartet.« Elara verdrehte nur die Augen, konnte sich das kleine Zucken um ihre Mundwinkel aber nicht verkneifen.

Alexej studierte weiterhin »Die Chronik der Scian«. Kein Zweifel, diese Geschichte handelte über ihre Art. Scian, die Bezeichnung musste doch eine Bedeutung haben. Er biss sich nachdenklich auf die Lippe. Unruhig stand er auf, holte sich seine Pinnwand, welche selbstverständlich mit umgezogen war, und heftete ein neues Blatt Papier an. Der Göttererbe nahm sich einen Edding und malte einen großen Kreis, in welchen er das Wort »Scian« schrieb. Gedankenverloren kaute er auf dem Stiftdeckel und schrieb Begriffe auf, die ihm aufgrund dieser Bezeichnung in den Sinn kamen. Er malte einen Strich und ergänzte einen Kreis mit »Eigenschaften«. Das erste Wort, welches seinen Platz neben dem neuen Kreis fand, lautete »Tod«. Es folgten »Beschützer«, »Versorger des Schildes« und »Göttlichkeit«. Er betrachtete sein Werk und kniff die Augen zusammen. Die nächste Kategorie, die er auf das Blatt kritzelte, lautete »Wie?«. Er notierte »Prometheus«, »geformt aus Ton« sowie »Atem der Athene«. Als Elara plötzlich neben ihm erschien und die Hand nach dem Stift ausstreckte, schreckte er auf. Perplex gab er ihr das Schreibwerkzeug und sah zu, wie sie seine Punkte ergänzte. Ausgehend vom »Atem der Athene« schrieb sie »Funken« und verknüpfte dieses Stichwort per Pfeil mit der »Göttlichkeit«. Der Pfeil wurde ebenfalls mit dem Wort »groß« beschriftet. Elara kratzte sich am Kinn und ließ ihre Augen über die Mindmap wandern. Lewis trat nun ebenfalls vor und schnappte sich den Stift von Elara. Er ergänzte beim »Tod« den »Schlüssel« und unter Feinde »Ottilie«, außerdem schrieb er die Kategorie »Lösungen?« auf, wo er bloß »mächtiger Gegenstand« notierte. Drei Paar Augen versuchten nun, zwischen diesen Begriffen und der Bezeichnung »Scian« Zusammenhänge zu finden.

Der Erste, der die Augen abwandte, war Lewis. Er verschwand in der Küche und kehrte einige Minuten später, mit einem Klappstuhl in der einen Hand und einem dampfenden Becher Kaffee in der anderen, zurück, um es sich bequem zu machen. Nach etwa einer halben Stunde sprang Elara auf und fragte aufgeregt: »Haben wir ein altgriechisches und ein lateinisches Wörterbuch?« Alexej blickte sie verwundert an, stand aber auf und ging in sein neues Arbeits- und Schlafzimmer, in welchem er fündig wurde. Kaum war er am Fuß der Treppe angelangt, wurde ihm das Buch schon aus den Händen gerissen.

Elara

Die Verknüpfung war ihr, nach längerem Betrachten der Pinnwand, scheinbar entgegengesprungen. Der Pfeil zwischen »Atem der Athene« und »Funken« zu »Göttlichkeit« verband sich gedanklich zum »Göttlichen Funken«. Sie blätterte hektisch in den Nachschlagewerken und musste beim ersten Buch – es handelte sich um das altgriechische Exemplar – feststellen, dass dies nicht die richtige Sprache war. Etwas entmutigt griff sie nach dem verbliebenen Buch und schlug die Übersetzung für »Funken« und »göttlich« nach. »Divina scintilla …«, murmelte sie und schüttelte den Kopf. Das passte nicht. Sie überdachte ihre Wahl, und ihr Blick fiel auf den Pfeil mit der Beschriftung »groß«. Ein Gedankenblitz durchfuhr sie. Was unterschied die Menschen von den Scian? Richtig, der göttliche Funken! Im Gegensatz zu den Menschen besaßen die Nachkommen der Götter einen großen göttlichen Funken. Das charakteristischste Merkmal ihrer Art war also die Größe des Funkens. Geschickt blätterte sie weiter, um nach der Kombination »großer Funken« zu suchen. Das Ergebnis entlockte ihr ein triumphierendes Lächeln. Sie griff nach dem Stift und schrieb fein säuberlich »Scintilla magna«, was sie mit der deutschen Übersetzung »großer Funke« gleichsetzte. »Interessant …«, bemerkte Alexej erstaunt. Lewis nickte zustimmend, bemerkte jedoch kritisch: »Das Wort »Scian« ist nicht so lang – keines der beiden Wörter könnte man so verkürzen, dass sie den Begriff bilden.« Elara schüttelte nur den Kopf und erwiderte: »Das ist richtig, aber eine Kombination der beiden Wörter ermöglicht es.« Elara griff nach dem alten Buch und suchte eine bestimmte Stelle, welche ihr in Erinnerung geblieben war. Nach kurzem Suchen fand sie die Stelle, an welcher von den »Scianngamtilla« die Rede war.

Die Scianngamtilla, welche nie gesehen wurden. Deren

Existenz nie belegt, aber auch nie widerlegt wurde. Sie sind
der Inhalt einer jeden Legende, die vom Schutze der Erde
handelt, und so dürfen sie auch in dieser nicht fehlen. Die
Beschützer, die Unscheinbaren, die Wesen, ohne die die
Menschen wohl kaum ein solch friedliches Leben führen
könnten. Die Kinder eines Gottes und die Feinde all jener,
die dem Menschen und dem Planeten Erde Unheil bringen
wollen.

Sie notierte diesen Begriff unter »Scintilla magna«
und strich die übereinstimmenden Buchstaben durch.
Es funktionierte! Aus den beiden lateinischen Wörtern
für »großer Funke« ließ sich »Scianngamtilla« bilden.
Zufrieden wandte sie sich an Lewis und Alexej, die be-
wundernd ihren Eintrag in der Mindmap betrachteten,
und meinte: »Scianngamtilla oder kurz und geläufiger
Scian! So wurden wir früher, als unsere Art noch nicht
in Vergessenheit geraten war, genannt.« Alexej nickte anerkennend und Lewis klopfte ihr auf die Schulter. »Nicht
schlecht, Elara«, murmelte er und nippte an seinem
Kaffee, wobei er danach das Gesicht verzog. Das heiße
Getränk war, seinem angeekelten Gesicht nach zu urteilen, wohl kalt geworden. »Scian …«, wiederholte Alexej
nachdenklich. »Der Name passt zu uns!«, meinte Lewis grinsend und wackelte mit den Augenbrauen. »Das
Wichtigste ist immer noch, dass wir nun, da wir die of-
fizielle Bezeichnung kennen, gezielt nach Legenden über
unsere Art suchen können!«, erwiderte Elara bedächtig.
»Du musst bedenken, dass diese Erzählungen vermutlich nur ein Körnchen Wahrheit enthalten, der Rest ist
Humbug, den irgendein Kreativer dazu gedichtet hat!«,
warf Alexej mit gerunzelter Stirn ein. Während Elara

seinen Einwand ernsthaft abwog, prustete Lewis nur: »Du hast nicht ernsthaft *Humbug* gesagt, oder?« Alexej sprang auf und nahm Lewis spielerisch in den Schwitzkasten. »Tatsächlich habe ich *Humbug* gesagt! Pass bloß auf, wenn du dich weiter über mich lustig machst, stelle ich *Humbug* mit deinen Haaren an!«, drohte er kichernd und ließ seinen Worten, nach weiterem Gelächter von Lewis, Taten folgen. Unbarmherzig wuschelte er mit der Faust durch die krausen Locken seines Kumpels, der in gespieltem Schrecken um Erbarmen flehte. Elara versuchte eine ernste, tadelnde Miene aufzusetzen, scheiterte jedoch kläglich und stimmte, wenn auch leise, in das Lachen ein.

Es gab viele Bücher, die gelesen werden mussten, und Elara wurde nicht müde, Seite für Seite zu analysieren. Das meiste war unnütz, sie schnaubte frustriert. Neben dem Lesen der Sagen machte sie parallel halbherzig ihre Hausaufgaben. Als ihr Blick zur Uhr fiel, sprang sie fluchend auf und stopfte das Material in ihre Schultasche. Es war halb zehn, ihre Mutter hatte vermutlich bereits einen Nervenzusammenbruch erlitten. Elara schaute auf ihr Handy, welches sie zum Arbeiten lautlos gestellt hatte, und sah drei verpasste Anrufe. »Warum hat mir niemand gesagt, wie spät es ist?«, rief sie entrüstet. Als keine Antwort kam, stapfte sie ins Wohnzimmer und fand Alexej und Lewis auf den aufgeschlagenen Büchern liegend vor. Die beiden waren doch tatsächlich eingeschlafen. Typisch, dachte Elara. Sie klatschte laut in die Hände, sodass die Schlafenden erschrocken hochfuhren. »Das nennt ihr Arbeitsteilung? Schlafmützen!«, knurrte Elara. Lewis rieb sich den Schlaf aus den Augen und gähnte herzhaft. »Entspann dich …«, murmelte er und war im Begriff, sich auf die andere Seite zu wälzen, um weiterzuschlafen. »Ich muss nach Hause! Habt ihr mal auf die Uhr geschaut?«, meinte Elara aufgebracht. Lewis öffnete ein Auge, dies fiel ihm sichtlich schwer. »Niemand hält dich auf, du bist frei, zu gehen, wo auch immer du hinwillst«, murmelte er. Elara verschwand in die Küche, füllte eine Flasche mit Wasser und kehrte zurück ins Wohnzimmer. Ohne Gnade goss sie beiden Jungs die Flüssigkeit ins Gesicht. Endlich zeigte es nachhaltige Wirkung. Beide schreckten auf, wobei sich Alexej wie ein nasser Hund schüttelte. »Warum machen das alle bei mir?«, grummelte Lewis verstimmt. Alexej wrang sein Oberteil aus und meinte kapitulierend: »Ich fahre dich nach Hause.« Elara nickte ihm wohlwollend zu und bedachte Lewis mit einem strafenden Blick, der ihn wohl kaum interessierte, da er schon wieder im Land der Träume versunken war.

Im Auto herrschte Stille, die durch Elaras Frage unterbrochen wurde. »Glaubst du, dass wir überhaupt eine reelle Chance haben – gegen Ottilie, meine ich?« Alexej atmete seufzend aus und gab offen zu: »Das weiß ich nicht.« Elara schaute ihn neugierig an und fragte nach: »Ich bin jetzt erst seit Kurzem dabei, wir machen zwar Fortschritte, aber die helfen uns nicht dabei, Ottilies Vorhaben zu verhindern.« Alexej warf ihr einen langen Blick zu und meinte: »Bei jedem Buch, welches wir aufschlagen, hoffe ich auf eine Antwort, die dem Ganzen hier ein Ende bereitet. Seit zwei Jahren widme ich mein ganzes Leben dem Kampf gegen die Erbin von Pandora. Es ist hart, es ist frustrierend, aber ich könnte es nicht mit meinem Gewissen vereinbaren, wenn ich tatenlos mit ansehen würde, wie die Menschheit ihrem Untergang entgegenschliddert. Wir sind vielleicht die Einzigen, die von der drohenden Gefahr wissen. Während sich andere um ihre Bausparfinanzierung sorgen, wissen wir, wie schlecht es um unseren Planeten steht.« Elara überdachte seine Worte. Zum ersten Mal empfand sie so etwas wie Respekt vor dem Mann, der sie umgebracht hatte. »Edle Worte«, bemerkte Elara. Alexej schüttelte nur den Kopf und seufzte: »Die Worte sind nicht edel, sie sind einfach nur wahr.« Danach kehrte Ruhe ein. Die Stille war allerdings nicht unangenehm, da sie ihnen die Möglichkeit bot, ihren Gedanken nachzuhängen. Nach einer Weile erreichten sie Elaras Haus. »Danke für's Fahren«, sagte Elara. Alexej nickte ihr zum Abschied zu.

Im Laufschritt ging sie auf die Tür zu, welche kurz nach ihrem Erscheinen auch schon aufgerissen wurde. »Da bist du ja endlich! Ich habe mir schon Sorgen gemacht ...«, eröffnete Roth das Gespräch. Elara murmelte eine Entschuldigung. »Wie bist du denn nach Hause gekommen?«, hakte Roth nach. »Ich wurde gefahren«, erwiderte Elara ausweichend und wollte sich schon in ihr Zimmer verkriechen, als die nächste Salve an Fragen auf sie abgefeuert wurde. Elara spann sich ein Netz aus Lügen, ohne doppelten Boden, um ihre Mutter zu beruhigen. Roth nickte und Elara konnte in ihr Zimmer gehen. Als sie die Tür öffnete und eigentlich nur in ihr weiches Bett sinken wollte, entdeckte sie ihre Schwester, die munter in einem Ordner wühlte. »Was zum Teufel machst du da?!«, fragte Elara wütend.

Alexej

Er schaute ihr hinterher, als sie ihr Haus betrat und von ihrer besorgten Mutter in Empfang genommen wurde. Ein wehmütiger Stich fuhr durch seine Brust. Ihn würde keine Familie erwarten, wenn er nach Hause käme. Familie, beim bloßen Denken des Wortes, füllte ihn eine innere Leere. Ein Blick zur Uhr verriet ihm, dass es bereits elf Uhr war. Zeit, nach Hause zu fahren, oder? Alexej schüttelte entschieden den Kopf. Lewis schlief bereits und würde ihn daher nicht vermissen. Er selbst war zu aufgewühlt, um nach Hause zurückzukehren. Alexej kannte eine Kneipe in der Nähe und beschloss, sich für einige melancholische Stunden in eine Bar zu setzen und seinen Kummer zu ertränken. Wow, er war ja heute ganz schön depressiv drauf, dachte Alexej kopfschüttelnd. Ein paar Querstraßen später stieg er aus dem Wagen aus und betrat die Bar. Es herrschte reges Treiben, obwohl es mitten in der Woche war. Warum überraschte ihn das? War er bereits so spießig geworden, dass ihm der Besuch einer Kneipe unter der Woche als außergewöhnlich erschien? Trotz seiner jungen Jahre hatte er, durch die verantwortungsvolle Position, ein Verhalten, dass einen reiferen Mann erwarten ließ. Aber Reife hatte nicht unbedingt etwas mit dem Alter zu tun. Vielmehr damit, was das Leben einem bisher abverlangt hatte. Alexej wurde viel gefordert und hatte einiges erlebt. Er schleppte sich zum Tresen und ließ sich neben einem schwarzhaarigen Typen auf einen Barhocker plumpsen. Mit müden Augen beobachtete er das Geschehen. Einige Jungs, die eigentlich viel zu jung für den Besuch eines Trinklokals aussahen, vertrieben sich die Zeit mit Billard. Andere Grüppchen spielten Darts oder schienen in lustige Gespräche vertieft zu sein. Alexej wurde aus seinen Gedanken gerissen, als der stämmige Barkeeper ihn nach seiner Bestellung fragte. Er bestellte ein Alsterwasser, was der Mann hinter dem Tresen mit einem Grunzen zur Kenntnis nahm. Es schien, als ob der bärtige Kerl von seiner Bestellung enttäuscht wäre. Aber was blieb Alexej schon anderes übrig? Er musste schließlich den Wagen heil nach Hause bringen, und das stand seinem ursprünglichen Plan im Wege. Blödes Verantwortungsbewusstsein – es konnte einem den ganzen Spaß verderben.

»Ein Alsterwasser, hm?«, bemerkte der Mann neben ihm. Alexej runzelte die Stirn, ehe er sich umdrehte. Die Stimme kam ihm seltsam vertraut vor. Ein Blick bestätigte seine Vorahnung. »Lucas … Lange ist es her«, erwiderte Alexej kühl. Der Angesprochene verzog einen Mundwinkel nach oben. »So sieht man sich wieder«, antwortete Lucas und prostete ihm mit seinem Schnapsglas zu, welches er kurzerhand leerte. Der Barkeeper stellte Alexejs Getränk auf den Tresen und blieb gespannt stehen, um den Grund für das Blickduell zwischen den beiden Kunden zu beobachten. Lucas schien das rege Interesse des Mannes ebenfalls aufzufallen, da er den Blickkontakt zu Alexej unterbrach, um sich dem Mann zuzuwenden. »Hast du nichts Besseres zu tun?«, hakte er wütend nach. Der Bärtige richtete sich zu seiner vollen Größe auf und ließ die Muskeln spielen. »Du sitzt immer noch in meiner Bar, Bürschchen«, entgegnete er trocken. »Richtig. Und jetzt mach einen Abflug«, zischte Lucas mit drohendem Unterton, scheinbar unbeeindruckt von dem Auftreten des Mannes. Tatsächlich verzog sich der Kerl. Interessant, überlegte Alexej. »Du bist also immer noch in der Stadt. Ich muss sagen, das überrascht mich. Ich hätte gedacht, du würdest abhauen, sobald du alles erledigt hättest, was dir aufgetragen wurde«, sprach Alexej und deutete wenig subtil auf den Einbruch in ihrem ehemaligen Haus hin. Lucas zog die Augenbrauen in die Höhe, als wäre er verwundert. »Jetzt spiel nicht den Heiligen! Wir wissen beide, was Sache ist!«, knurrte Alexej. Sein Gegenüber hob abwehrend die Hände und meinte: »Alex, es ist nichts Persönliches. Versteh mich nicht falsch, du und Lewis ihr seid nette Typen, aber ihr seid so furchtbar naiv.« Alexej ballte die Hände zu Fäusten und musste sich beherrschen, um seinem einstigen Freund nicht eine unangenehme Nasenkorrektur zu verpassen. Alexej zwang sich zu einem humorlosen Lachen und fragte: »Du nennst uns naiv? Dabei hast du dich auf die Seite von Ottilie geschlagen.« Lucas lehnte sich zurück und winkte eine Bedienung heran, die sein Glas auffüllte. Er schwenkte die Flüssigkeit im Glas herum, als wäre er ein Weinverkoster, und starrte belustigt auf die kleinen Pfützen auf dem Tresen, die er durch seine Aktion verursacht hatte. Das verbleibende Gemisch stürzte er hinunter, ehe er antwortete: »Ja, ich habe die Seiten gewechselt, es ist das einzig Vernünftige, was man machen kann. Ich würde dir anbieten, dass du ebenfalls in mein Team wechselst, aber ich fürchte, du hast meine Chefin dafür doch etwas zu sehr verärgert.« Er seufzte, als würde er das tatsächlich bedauern. Die angestaute Wut ließ Alexejs Kopf rot anlaufen. Sein Blut rauschte.

»Vernünftig nennst du das? Dir ist klar, dass deine *Chefin* den Schutzschild zerstören will. Du bist doch nur Mittel zum Zweck! Wenn sie ihr Ziel erreicht hat, bist du den Göttern ausgeliefert. Die werden uns Scian einen nach dem anderen umbringen!« Lucas legte den Kopf schief und musterte Alexej grinsend. Anfangs war dieser verwirrt, bis er merkte, welche Information er preisgegeben hatte. »Scian?«, murmelte Lucas wachsam. Mein Gott, er hätte sich für sein loses Mundwerk ohrfeigen können. Die kleine Information, die sie Ottilie und ihren Schergen vorausgehabt hatten, musste er natürlich, von seiner Wut abgelenkt, herausposaunen. »Du bist nützlicher, als ich gedacht hätte. Euer kleines Trio war wohl fleißig bei der Recherche, nicht?«, merkte er verschmitzt an.

Alexej ließ die angehaltene Luft entweichen. Warum überraschte es ihn, dass Lucas von Elara wusste? Ottilie selbst hatte sie doch im Visier gehabt. Laut ließ Alexej seine Fingerknöchel knacken. Lucas' Augen verengten sich zu Schlitzen, als er sich vorbeugte und beinahe mit seiner Nase gegen die von Alexej stieß. Er hatte das üble Gefühl, dass das hier nicht gut ausgehen würde. Warum musste er nur genau heute auf die Idee kommen, eine Bar aufzusuchen, und zwar ausgerechnet diese hier? Alexej musste sich etwas Zeit erkaufen, um einen Plan zu entwerfen. Ohne auch nur einen Millimeter zurückzuweichen, erkundigte sich Alexej: »Wirst du mir verraten, was du dir davon versprochen hast, dir durch Ottilie dein eigenes Grab zu schaufeln?« Diese Worte brachten Lucas zum Lachen. Es war ein tiefes, dröhnendes Lachen, nicht das Gekicher, das Alexej früher von ihm kannte. Demonstrativ fuhr sich Lucas über die Augen, als wollte er einige Lachtränen wegwischen. »Du kapierst es echt nicht, oder?«, sagte er, immer noch grinsend. Alexej hielt den Mund und wartete auf eine Antwort. »Also schön«, begann Lucas. Sein Gesicht wurde wieder ernst, und statt der Belustigung war ein anderer Glanz in seine Augen getreten, der Alexej ganz und gar nicht gefiel. »Dieser Schild, welchen du ja fast wie etwas Heiliges anbetest, wird durch unsere Magie versorgt. Diese Magie ist gleichbedeutend mit Macht. Eine Macht, die mir gehört! Ich kann sie nur leider nicht nutzen, weil dieser Bastard Prometheus beschlossen hat, uns zu verpflichten, einen Teil unserer Macht, abzugeben. Zum Schutz der armen, schwachen Würmer – der Menschen«, spie er hervor und verzog angeekelt das Gesicht. »Wieso sollte ich die Menschheit schützen? Es ist schon immer so gewesen, dass die Stärkeren die Schwachen unterworfen haben! Im Tierreich ist das auch heute noch so«, fügte er hinzu. Alexej hatte still zugehört und eine ausdruckslose Miene zur Schau getragen. »Du willst dir also die Menschheit untertan machen?«, hakte er nach. Lucas machte nur eine wegwerfende Handbewegung und murmelte: »Du musst mir schon richtig zuhören. Im Grunde sind mir diese Menschen scheißegal. Ob sie leben oder sterben …«, er zuckte nur mit den Schultern und ließ das Ende offen. »Was mich wirklich interessiert, ist meine Macht, und die ist durch das Netz, welches eine niedere Art schützt, gehemmt. Ist das Netz weg, erhalte ich meine gesamte Kraft und kann sie nutzen, wofür auch immer ich will.« Alexej schüttelte den Kopf. Das besessene Funkeln in seinen Augen und die Art und Weise, wie er nüchtern von der Opferung einer ganzen

Spezies sprach, ließ nur eine Schlussfolgerung zu: Lucas war wahnsinnig geworden! Einfach verrückt. Durch das, was ihm Ottilie an Versprechungen eingeflüstert hatte, würde er sich auch nicht von seiner Meinung abbringen lassen. Wunderbar, dachte Alexej, es verlief ja wirklich nichts so, wie er sich das vorgestellt hatte.

»Was nützt dir deine neu gewonnene Macht, wenn du kurz darauf von rachsüchtigen Göttern abgemurkst wirst?«, warf Alexej ein. Lucas schaute ihn intensiv an, etwas zu intensiv, als er meinte: »Warum bist du so sicher, dass sie mich umbringen? Vielleicht ist es ja andersherum?« Jetzt war es an Alexej, in Gelächter auszubrechen, zu Lucas Wahnsinn mischte sich auch noch Größenwahn! Herrlich … Alexej würde gerne dabei zusehen, wie Lucas einen Gott des Olymps herausforderte, würde damit nicht die gesamte Erdbevölkerung dem Tode ausgeliefert sein. »Glaub mir, Kumpel, dieses Duell würdest du verlieren …«, grunzte Alexej. Lucas starrte ihn ernst an und legte erneut den Kopf schief. »Meine Macht hält schließlich ein Netz aufrecht, dass unsere Ahnen davon abhält, uns anzugreifen. Wenn diese Macht erst wieder mir zusteht, bin ich mächtiger denn je …«, hauchte Lucas unheilvoll. »Du vergisst dabei das kleine Detail, dass nicht allein deine Kraft den Schild versorgt. Es sind Tausende von uns nötig, um so etwas Mächtiges aufrechterhalten zu können«, konterte Alexej. Einen kurzen Augenblick wirkte Lucas verunsichert, doch der Moment verstrich so schnell, wie er gekommen war. »Du warst schon immer ein nerviger Klugscheißer, Alex«, stellte er fest. Da sich das Gespräch dem Ende zuneigte, wurde Alexej nervös. Wie konnte er sich aus dieser Situation herauswinden? Der Scian stand kurz entschlossen auf, was der Barkeeper mit einem prüfenden Blick quittierte. »Wo sind die Toiletten?«, erkundigte sich Alexej. Der Bärtige deutete mit dem Kinn auf eine Tür. Gerade als Alexej sich umdrehen wollte, rief er: »Ey, hiergeblieben, Junge! Zuerst zahlen – nicht, dass du mir noch wegläufst.« Alexej warf ihm einen Fünf-Euro-Schein auf den Tresen und ging nun tatsächlich auf die besagte Tür zu.

Grüne Kacheln und ein unangenehmer Geruch erwarteten ihn. Er rümpfte die Nase und hielt nach einem Fenster Ausschau. Tatsächlich gab es eines, welches ihm groß genug erschien, um sich hindurch zu quetschen. Er öffnete eine Kabinentür und wich einer Pfütze auf dem Boden aus. Angewidert schüttelte er sich und stieg kurzerhand auf die Kloschüssel, um das Fenster zu erreichen. Nach kurzem Kampf mit der Klinke ließ es sich öffnen. Mühsam zog sich Alexej hoch und manövrierte seinen Körper durch die kleine Öffnung. Unsanft landete er auf dem Boden und wollte sich gerade über seine – wenn auch einfallslose – Flucht über die Toilette freuen, als ihm bewusst wurde, dass er nicht allein war. Vor ihm stand eine Gruppe, die eben noch in der Bar Darts gespielt hatte. Er nickte den Typen zu und wollte sich entfernen, als einer von ihnen eine Hand ausstreckte und ihn am Kragen festhielt. Alexej stockte, eigentlich müsste er die Jungs rein kräftetechnisch locker besiegen können, doch ein Gefühl sagte ihm, dass er nicht so leicht davonkommen würde. »Du hast dich ja nicht einmal angemessen bei deinem alten Freund verabschiedet«, raunte eine Stimme in sein Ohr. Alexej wand sich aus dem Griff und drehte sich um. In der Mitte der Gruppe stand Lucas mit verschmitztem

Grinsen. »Das ist wirklich unhöflich, Alex.« Oh, die Situation entwickelte sich gar nicht gut. »Wie du bereits vermuten wirst, sind das hier alles Freunde von mir, die über ähnliche Fähigkeiten wie du und ich verfügen. Es sind allesamt »Scian«, wie du sie nennen würdest«, eröffnete Lucas mit zuckendem Mundwinkel. Wunderbar, das Sichfreikämpfen konnte Alexej damit knicken. »Wenn es nur am fehlenden Abschied liegt, will ich das ändern: Auf Wiedersehen, Lucas!«, antwortete Alexej. Sein Gegenüber legte den Kopf schief und musterte ihn ausgiebig. Er seufzte demonstrativ und entgegnete: »Alex, ich hätte wirklich nicht erwartet, dich hier zu treffen, doch es scheint mir wie ein Geschenk des Himmels.« Er schmunzelte und ergänzte: »Noch schöner ist, dass du ohne dein Schoßhündchen Lewis hier bist – ganz allein. Du wirst unheimlich hilfreich sein.« Lucas nickte seinen Mitstreitern zu, die nicht lange zögerten und Alexej angriffen. Dieser wehrte sich mit allen Kräften. »Lass mich los, du Hund!«, knurrte er, als der Erste ihn in den Schwitzkasten nahm. Alexej griff nach dem Arm, welcher um seinen Hals geschlungen war, und manövrierte seinen Angreifer mit Schwung über seinen Rücken, sodass er auf dem Boden landete. »Na, wer will als Nächstes Erde schlucken?«, rief er erhitzt aus. Ein dumpfer Schlag auf den Kopf ließ ihn seine Worte und den Übermut bereuen. Der Angreifer musste sich unbemerkt von hinten angeschlichen haben. Wie feige, ging es Alexej durch den Kopf. Für weitere Gedanken war er nicht mehr lange genug bei Bewusstsein. Das Letzte, was er erkennen konnte, bevor der schwarze Schleier sein Sichtfeld komplett bedeckt hatte, war, wie sich der Boden stetig näherte.

Kapitel 11

Elara

Sie starrte ihre Schwester sauer an. Diese zuckte nur die Schultern und wirkte in keiner Weise schuldbewusst. »Ich habe nach deinem Deutsch-Aufsatz gesucht, bin aber auf etwas völlig Absurdes gestoßen«, meinte sie und schnitt eine Grimasse. Elaras Hände ballten sich zu Fäusten, die Innenflächen wurden schwitzig. Was hatte ihre Schwester gefunden? Notizen zu Göttern, den Scian oder anderen Legenden? Wie konnte sie sich da nur herausreden? Ihr lagen schon diverse Ausflüchte auf der Zunge, doch ihre Schwester zog ein kleines Büchlein hervor, welches Elara schon lange nicht mehr gesehen hatte. »Du schreibst Fanfiction über Harry Potter? Wie alt bist du, zwölf?«, spottete ihre Schwester und lachte boshaft. Elara fiel ein Stein vom Herzen, diese alten Geschichten waren ihr nicht dermaßen peinlich, wie ihre Schwester annahm, und weitaus nicht so brisant wie ihr kleines Geheimnis, was die Scian anging. »Raus!«, donnerte Elara und riss ihrer Schwester das Buch aus der Hand. Zara ließ sich Zeit und stolzierte triumphierend aus dem Zimmer. Sobald die Tür geschlossen war, ließ sich Elara auf den Boden sinken. Glück gehabt! Die wichtigen Unterlagen musste sie dringend sicherer verstecken. Der Tag war lang gewesen, und so beschloss Elara nach einem kurzen Abstecher in die Küche, sich fertigzumachen und ins Bett zu gehen. Auf ihrem Nachttisch wartete geduldig der Roman »Stolz und Vorurteil« auf sie. Sie war immer noch nicht fertig geworden, da sie in letzter Zeit abends nur Sagenbücher gewälzt hatte. Sie warf dem Klassiker einen sehnsüchtigen Blick zu und ließ sich auf ihr Bett plumpsen. Wohlig kuschelte sie sich in ihre Decke und schlug das Buch auf, als ihr Handy piepte. Genervt warf sie einen Blick aufs Display und sah, dass die Nachricht von Alexej kam.

Wieso schrieb er sie jetzt an? Sie hatten sich doch gerade erst gesehen. Vielleicht hatten Lewis und er etwas Wichtiges herausgefunden. Neugierig entsperrte sie das Mobiltelefon. Die Nachricht überraschte sie tatsächlich. Er wollte sie so schnell wie möglich treffen und hatte eine Adresse für den Treffpunkt mitgeschickt. Elara runzelte die Stirn und antwortete, ob das nicht bis morgen warten könne. Die Antwort kam abrupt und lautete: *Das kann auf keinen Fall warten*! Okay, Alexej musste auf etwas Dringendes gestoßen sein, wenn er sich so schnell mitteilen wollte. *Hast du Lewis schon angeschrieben?*, fragte sie per Chat. Er antwortete nur mit einem Daumenhoch-Emoji. Ein Blick auf die Uhr sagte ihr, dass es bereits 24:00 Uhr war. Ihre Mutter würde ihr kaum erlauben, sich jetzt noch mit jemandem zu treffen. Ihr blieb nichts weiter übrig, als sich herauszuschleichen. Murrend schlug sie die Bettdecke weg und raffte sich auf, um sich etwas anderes anzuziehen. Leise huschte sie durch die Verandatür ins Freie und sah sich die Adresse an. Wirklich komisch, dass sie sich nicht im Haus der beiden trafen. Es beschlich sie ein ungutes Gefühl, sodass sie kurzerhand Lewis anrief, um ihn zu fragen, was er von der Aktion Alexejs hielt. »Ja?«, tönte ein müdes Grummeln aus dem Handy. »Lewis, ich bin's Elara«, klärte sie auf und erntete nur einen genervten Grunzer. »Was willst du?«, fragte er unwirsch. Sie klärte ihn über den Chat von Alexej auf und fragte, ob er sich ebenfalls mit ihm treffen würde. »Hast du mal auf die Uhr geschaut? Als ob ich jetzt aufstehen würde, um irgendwelche Neuigkeiten auszutauschen!«, murmelte Lewis missgelaunt und drückte sie weg. Empört starrte Elara auf den beendeten Anruf – wie unhöflich. Schön, dann müsste sie eben allein zum Treffpunkt gehen. Kurzerhand gab sie die Daten in ihre Navigationsapp ein und schwang sich auf ihr Fahrrad. Etwa acht Minuten wurden für die Fahrt berechnet, sie würde also fünf brauchen. Die Vorteile ihres kürzlichen Ablebens und der Sache mit dem Rückkehren waren, dass sie keine Probleme mehr hatte, was sportliche Betätigung anging. Elara hatte eine Ausdauer wie ein Marathonläufer und mehr Energie denn je. Tatsächlich brauchte sie nur drei Minuten, um das Ziel zu erreichen. Sie stellte das Fahrrad ab und sah sich aufmerksam um. Es handelte sich um eine abgelegene Seitenstraße und war nicht gerade die Art von Treffpunkt, die Alexej bevorzugte. Elaras Nackenhaare stellten sich auf, irgendetwas war hier faul. Vermutlich war es keine allzu glorreiche Idee gewesen, ganz allein und mitten in der Nacht loszufahren. Elara versuchte, erneut bei Lewis anzurufen, schlechte Laune hin oder her, sie wollte, dass er kam. Sie wurde umgehend zur Mailbox weitergeleitet, dieser Blödmann hatte doch tatsächlich sein Handy ausgestellt. »Lewis, hier ist Elara. Ich bin in der Gasse, die Alexej uns geschrieben hat, aber er ist nicht hier. Das Ganze gefällt mir nicht! Da du die Nachricht eh erst morgen abhören wirst, werde ich auch nach Hau- ...«, begann sie, ehe ein knackendes Geräusch sie innehalten ließ. »Hier ist jemand«, hauchte sie in den Hörer.

Angespannt scannte sie die Umgebung ab und ging langsam zu einer Hauswand, sodass sie kein Angreifer von hinten attackieren könnte. Ihre Muskeln waren vor lauter Nervosität verkrampft. Ihr Atem beschleunigte sich. War das Alexej? Warum sollte er sich anschleichen? »Ich lege jetzt auf …«, informierte sie den Anrufbeantworter von Lewis. Ob es sich um Alexej handelte, ließ sich relativ einfach herausfinden, dachte sie und wählte seine Nummer. Mit jedem Freizeichen beschleunigte sich ihre Herzfrequenz. Da war etwas, ein leises Klingeln! Dieser Ton kam ihr vertraut vor. Alexej musste in der Nähe sein, wenn sie sein Handy hören konnte. Sie fragte sich nur, warum er den Anruf nicht annahm. Fand er es unnötig, da er in Kürze bei ihr sein würde? Das Klingeln wurde immer lauter und Schritte ertönten. Elara wollte, sie könnte sich entspannen, doch das unheilvolle Gefühl hielt sie davon ab. Diese Schritte ließen auf einen Mann schließen, aber sie hörten sich nicht nach Alexej an. Seine Schritte waren federnder, nicht so stampfend wie diese. Die Erkenntnis, dass sich ein Fremder mit Alexejs Handy näherte, ließ sie zusammenzucken. Wenn Alexej nicht im Besitz seines Handys war, hatte er ihr höchstwahrscheinlich auch nicht die Nachrichten geschrieben. Das hieß, sie war in eine Falle getappt. Wie dumm, auf eine geschriebene Nachricht zu reagieren, sie hätte zumindest auf einem Telefongespräch bestehen sollen, um die Identität des Versenders zu prüfen! Naiv und müde wie sie war, hatte sie das Ganze nicht in Frage gestellt. Mit den Augen maß sie den Abstand zu ihrem Fahrrad ab, hatte sie noch eine Chance, zu fliehen? Erneut wählte sie Lewis Nummer. »Heeey, hier ist die Mailbox von Lewis! Hinterlass mal 'ne Nachricht nach dem Piep, es gibt aber keine Garantie, dass ich zurückrufe …«, ertönte die muntere Stimme von Lewis. »Ich bin es wieder, Elara. Die Nachricht war nicht von Alexej, irgendjemand hat sein Handy und ist auf dem besten Wege, mich zu finden. Reagiere auf keine Nachrichten von Alexej, er ist nicht mehr im Besitz seines Handys. Falls ich nicht mehr fliehen kann, musst du uns suchen«, flüsterte sie hektisch. Die Schritte waren jetzt laut und deutlich zu hören. »Wer auch immer da kommt, ist gleich bei mir. Ich versuche, das hier so lange wie möglich mitlaufen zu lassen. Vielleicht bekommst du nützliche Informationen«, hauchte sie beinahe lautlos und hoffte, dass Lewis sie verstehen würde. Kurzerhand stopfte sie das Smartphone in ihren BH. Dort würde es vorerst unbemerkt bleiben.

Sie straffte die Schulter und setzte zu einem Sprint an. Ihr Fahrrad war nur wenige Meter entfernt. Mit zitternden Händen versuchte sie, das verdammte Zahlenschloss zu öffnen. Elara brauchte ganze vier Anläufe, dies kostete sie wertvolle Sekunden. »Komm schon«, knurrte sie. Im Laufen sprang sie auf ihr Rad und fuhr mit halsbrecherischem Tempo durch die Gassen. Die Schritte beschleunigten sich, oder war das nur das laute Pochen ihres Herzens? Sie wusste es nicht. Sie durfte keinen Blick nach hinten riskieren, konnte sich aber nicht davon abhalten. Eine vermummte Gestalt folgte ihr in beachtlichem Tempo. Selbst ein Usain Bolt sähe gegen denjenigen, der seit einem knappen Kilometer hinter ihr herlief, alt aus. Bei der Geschwindigkeit konnte es sich um keinen normalen Menschen handeln! Sie trat noch kräftiger in die Pedale und brachte ihre Muskeln an die Grenzen des Möglichen. Ein Quietschen ließ ihren Kopf wieder in Fahrtrichtung nach vorne schnellen. Ein ihr bekannter Jeep war soeben um die Ecke gebogen und fuhr auf sie zu. Sie fuhr zu schnell, als dass sie ihr Tempo genügend drosseln könnte, um einen Aufprall zu verhindern. Elara fluchte innerlich und trat trotzdem in die Bremsen. Wie sie vorausgesehen hatte, konnte sie ihr Tempo nur minimal reduzieren und klatschte mit geschätzten siebzig Stundenkilometern gegen die Motorhaube des Fahrzeugs. Ein unfassbarer Schmerz durchfuhr ihre Gliedmaßen. Ihr Instinkt schrie ihr zu, aufzustehen und weiterzurennen, aber bei genauerem Hinsehen sahen ihre Extremitäten seltsam verdreht aus. Der Schmerz ebbte langsam ab und hinterließ eine Taubheit, die sie beunruhigte. Sie würde damit nicht weiterlaufen können. Ihr Sichtfeld verschwamm an den Rändern und wurde schließlich schwarz.

Alexej

Die Tür zu diesem grässlichen Raum öffnete sich. Er spannte die Muskeln an, bereit, aufzuspringen, um die Chance zur Flucht zu ergreifen. Der abrupte Aufschwung hinterließ ein unangenehmes Schwindelgefühl. Er lehnte sich an eine Wand, damit er nicht wieder auf den Boden rutschte. Tief einatmen, beschwor er sich. Soweit er es aus den Augenwinkeln beurteilen konnte, kamen drei Personen in die Zelle. Zwei schleppten die dritte Gestalt in den Raum und legten sie unsanft auf eine der metallenen Pritschen. So schnell sie gekommen waren, waren sie auch wieder verschwunden. Er biss die Zähne zusammen, versuchte, die Schwärze aus seinem Sichtfeld wegzublinzeln, und näherte sich der zusammengesunkenen Gestalt. Heilige Scheiße, schoss es ihm durch den Kopf. Das Mädchen war ganz schön übel zugerichtet worden. Ihre Beine waren in einem unnatürlichen Winkel verdreht und ihre Haare, welche das Gesicht verdeckten, blutverkrustet. Er strich vorsichtig die Strähnen aus dem Gesicht und zuckte aufgrund der Platzwunde auf ihrer Stirn zusammen. Das sah nicht gut aus … Eingehend betrachtete er ihr Gesicht und erschrak, als er das Mädchen erkannte. »Elara«, stieß er hervor. Verdammt, wie hatte Ottilie sie in ihre Fänge bekommen, und was zum Teufel hatte sie mit ihr angestellt? Elaras Atem ging flach, das Blut sickerte aus diversen Wunden und hinterließ eine große Lache auf der Pritsche. Ohne Behandlung würde sie das nur schwer überleben, und anders als beim letzten Mal wäre ihr Tod diesmal endgültig.

Hektisch suchte er nach etwas, womit er die Wunden reinigen und verbinden könnte. Er sah ein kleines Waschbecken am anderen Ende des Raumes. Alexej wartete, bis das Wasser lauwarm war, und spülte einen Eimer aus, den er in einer Ecke des Raumes gesichtet hatte. Nach der notdürftigen Reinigung des Behälters schöpfte er Wasser und ging zurück zu Elara. Mit Schrecken musste er feststellen, dass in ihren Wunden noch kleine Glassplitter steckten. Was sollte er tun? Die Splitter mussten heraus, aber wenn sie zu tief in der Wunde saßen, würde es beim Entfernen noch stärker bluten. Er brauchte eine Pinzette, am besten einen Arzt, der sich mit der Behandlung solcher Wunden auskannte. Alexej hatte vor einigen Jahren mal einen Erste-Hilfe-Kurs absolviert, doch die Erinnerungen an das Erlernte waren so gut wie verschwunden. Er konnte sich selbst dafür verfluchen, dass er in diese bescheuerte Bar gegangen und Lucas in die Arme gelaufen war. Er wusste nicht, wie Elara in ihre Fänge geraten war. Es war allerdings wahrscheinlich, dass sie sich Informationen zunutze gemacht hatten, die sie durch seine Gefangenschaft gewonnen hatten. Mit verzerrtem Gesicht zog er den ersten Splitter heraus. Elara war zwar ohne Bewusstsein, stieß aber einen stöhnenden Schmerzenslaut aus. »Sch-sch-sch«, machte Alexej und strich ihr sanft über die Wange. »Du stehst das durch. Ich muss diese Splitter entfernen und die Wunde reinigen, danach wird es besser«, murmelte er und beruhigte mit diesem Gespräch eher sich selbst als Elara. Er machte kurzen Prozess mit den restlichen Glasscherben und wusch vorsichtig den Dreck aus den Wunden. Mit jedem erstickten Schmerzenslaut zuckte auch er zusammen und flüsterte ein paar tröstende Worte, auch wenn Elara ihn nicht hören konnte. Die Platzwunde auf der Stirn machte ihm am meisten Sorgen, er musste sie zusammenpressen und verbinden. Ihm fehlten aber die richtigen Mittel. Das Beste, was er machen konnte, war, sein T-Shirt zu zerreißen und einen improvisierten Verband anzulegen. Er bemerkte einen weiteren großen Blutfleck auf ihrem Brustkorb. Vorsichtig hob er das Oberteil an und ließ zischend die Luft aus. Was er sah, verursachte ihm eine Gänsehaut.

Ein langer gerader Schnitt zog sich von ihrem Bauchnabel bis zu ihrem Schlüsselbein. Er holte tief Luft und musste bei dem metallischen Geruch beinahe würgen. Durch den Mund atmend, betrachtete er den Schnitt genauer. Zum Glück war die Wunde nicht so tief, wie er vorerst vermutet hatte. Er verarztete den Schnitt wie auch die anderen Verletzungen und wartete. Elara lag still da, der Verband an ihrer Stirn wurde schon durch das hindurchsickernde Blut rot. Alexejs Blick fiel auf ihre verdrehten Beine. Ihre Knochen würden dadurch, dass sie eine Scian war, schneller heilen als gewöhnliche Knochen. Wenn sie aber in dieser Position zusammenwuchsen, müssten sie erneut gebrochen werden, damit sie ohne Beschwerden gehen könnte. Auf Alexejs Stirn sammelte sich Schweiß, er sollte die Knochen richten, damit sie in der richtigen Stellung zusammenwuchsen. Er kniff die Augen zusammen, erkannte aber keinen anderen Ausweg. Vorsichtig ergriff er ihr erstes Bein und zog mit einem Ruck daran, sodass es in seiner natürlichen Position lag. Elara stieß einen markerschütternden Schrei aus, der ihm die Nackenhaare aufstellte. Mit zitternden Fingern wiederholte er die Prozedur. Der folgende Schrei von Elara war etwas leiser, da ihre Stimmbänder unter der starken Belastung gelitten hatten. Es hörte sich eher wie ein Krächzen an. Alexej betrachtete sie und schüttelte den Kopf, seine Behandlung würde auf lange Sicht nicht ausreichen. Er wandte sich zur Tür, hämmerte mit aller verbliebenden Kraft dagegen und schrie um Hilfe. Wenn überhaupt jemand kommen sollte, würde er einen hohen Preis für die Behandlung fordern. Alexej war bereit, ihn zu zahlen, er hatte Elara schon einmal sterben lassen, das zweite Mal wollte er nicht verantworten.

Es vergingen Minuten oder waren es Stunden? Alexej hatte sein Zeitgefühl verloren. Er konnte die Uhrzeit nicht nachgucken, da ihm seine Armbanduhr und sein Handy abgenommen worden waren. Frustriert presste er seine Stirn gegen das Metall der Tür. Es gab keine Möglichkeit, zu fliehen. Der Raum hatte keine Fenster, und die Stabilität der Tür hinderte selbst einen Scian daran, sie aufzubrechen. Vermutlich hatte Ottilie den Raum eigens nach diesen Kriterien ausgesucht. Die aufkommende Wut, die der Gedanke an Ottilie mit sich brachte, befeuerte Alexej erneut. Er schlug gegen die Tür und hinterließ eine kleine Einkerbung in Form seiner Faust, was ihm ein bitteres Lächeln entlockte. »Aufmachen!«, grölte er. Immer weiter hämmerte er gegen die Tür, bis seine rechte Faust taub wurde. Er presste die kribbelnde Hand an seine Brust und ließ sich langsam auf den Boden sinken. Niedergeschlagen saß er auf dem kalten Beton und betrachtete Elara. Ihre Brust hob und senkte sich nur noch unmerklich. Alexej hatte keine Zeit, um in Selbstmitleid zu versinken. Es ging um Leben und Tod. Er rappelte sich wieder auf und fuhr mit der linken Hand fort. »Sie liegt im Sterben, verdammt!«, schrie er heiser. Es schien den Leuten egal zu sein, denn Alexej war sich sicher, dass ihn jemand gehört hatte. Es würde an ein Wunder grenzen, wenn seine Aktion in einem Haus voller hellhöriger Scian unbemerkt geblieben wäre. Was also konnte er ihnen anbieten, damit sie sich gezwungen sahen, Elara zu helfen? »Sie kennt den Gegenstand!«, rief er verzweifelt. »Die Informationen sind mit ihrem Tod verloren!«, fügte er lautstark hinzu. Endlich, es regte sich etwas. Schritte erklangen und die Tür wurde aufgestoßen. Da Alexej direkt hinter ihr stand, wurde er durch den Schwung auf den Boden katapultiert. Unangenehm fiel er auf sein Steißbein. Der Scian verzog das Gesicht, stand aber unverzüglich wieder auf.

Den Raum betreten hatten zwei muskelbepackte Männer, die jeweils eine Waffe in der Hand hielten. »Von welchen Informationen sprichst du?«, keifte der eine, ohne sich die Mühe einer Begrüßung zu machen. »Es geht um den besagten Gegenstand …«, erwiderte Alexej. Der Kerl machte einen Schritt vorwärts, presste ihm den Lauf der Waffe an die Brust und knurrte: »Was für ein Gegenstand?« Alexej ignorierte den Lauf der Waffe, soweit es ihm möglich war, und antwortete: »Das weiß ich nicht, dieses Wissen hat nur Elara, die auf dem besten Wege ist, zu verbluten.« Der Mann, der mit der Waffe auf ihn zielte, blickte verunsichert zu seiner Begleitung. Es schien, als würden sie sich ohne Worte beraten. »Ottilie wird es nicht gefallen, wenn ihr eine so wichtige Information durch die Finger geht. Diesen Gegenstand sucht sie seit einer Ewigkeit«, ergänzte Alexej leise. Beide musterten Elara und die Lache von Blut, die sie umgab. »Wir haben keine Befugnis, einen Arzt zu holen«, antwortete der andere. Alexej schob die Waffe von seiner Brust. »Wollt ihr das Risiko eingehen und Ottilies einzige Möglichkeit, den Gegenstand zu finden, den sie schon seit Jahren sucht, sterben lassen?«, fragte Alexej und runzelte die Stirn. »Sie wird toben und es werden Köpfe rollen, von denen, die das zu verantworten haben. Ihr kennt doch die Launen eurer Chefin?«, meinte

Alexej zähneknirschend. Der Größere schluckte nervös und nickte seinem Kollegen zu, welcher daraufhin verschwand. »Ich sage dir eins, wenn du uns verarscht, dann rollt nur ein Kopf, und zwar deiner«, ließ ihn der Wachmann wissen und hob die gesenkte Waffe wieder auf Höhe seiner Brust.

Kapitel 12

Elara

Sie sah sich um. In gemächlichem Tempo ließ sie ihren Blick durch den Raum schweifen. Sie fühlte sich schwerelos, ganz leicht, frei von jeglicher Last. Ein Blick auf ihre Füße zeigte, dass sie sich nicht nur schwerelos fühlte, sondern tatsächlich in der Luft schwebte. Ein leichtes Lächeln breitete sich auf Elaras Lippen aus und sie ließ sich treiben. Frei trudelte sie durch die Luft und genoss das Gefühl. Wenn das Leben doch immer so einfach wäre … Der Gedanke an das Leben ließ ihre Unbekümmertheit verschwinden. Von einer Sekunde auf die andere prasselten die Erinnerungen auf sie ein. Ein Auto, ihr Fahrrad, die Kollision, der Schmerz. Sie erschauderte. Wo befand sie sich? Warum, um Himmels Willen, schwebte sie durch die Gegend?! Allmählich breitete sich Panik in ihr aus. »Hallo Elara«, ließ sich eine Stimme vernehmen. Elara drehte sich in die Richtung, in der sie die Person vermutete, erblickte jedoch nur Leere. »Ich hatte nicht gehofft, dass wir uns so schnell wiedersehen würden«, ergänzte die liebliche Stimme. Eine körperlose Stimme, der Umstand, dass sie selbst schwerelos war, und das Ausbleiben von Schmerzen in ihren Gliedern ließen Elara das Schlimmste annehmen. »Verdammte Scheiße! Ich bin im Reich des Todes! Ich bin bei meiner Flucht gestorben!«, stotterte Elara zitternd. Eine Gestalt materialisierte sich. Ihr Antlitz ließ Elara die Augen zusammenkneifen, so geblendet war sie von dem Licht, welches die Frau umgab. Die Frau kam mit geschmeidigen Schritten auf Elara zu – auch sie berührte in keinster Weise den Boden – und legte eine Hand an ihre Wange. Die Wärme der Finger entspannte Elara. Es war, als würde eine Ruhe in sie hineinfließen und sich langsam ausbreiten. »Elara Luettich … Du bist nicht im Reich des Todes«, begann die Frau sanft. Die Scian legte die Stirn in Falten und fragte: »Wo bin ich dann und wieso bist du hier?« Die Frau streichelte ihr sanft über die Wange und zog die Hand daraufhin fort. »Das Reich des Todes ist nicht weit von diesem Ort entfernt, man kann ihn als eine Art Vorzimmer betrachten.« Elaras Schultern sackten nach vorne, sie war im Vorzimmer des Todes, und soweit sie wusste, konnten Scian nur einmal von den Toten zurückkehren. »Was genau bedeutet das für mich?«, hakte Elara mit kratziger Stimme nach. Die Frau sah Elara lange an und erklärte schließlich: »Dein Körper ist so geschunden, dass dein Geist sich einen Ausweg gesucht hat. Der Körper selbst lebt noch – vorläufig jedenfalls. Du stehst auf der Schwelle des Todes, hast sie aber noch nicht überschritten.«

Elara blinzelte und versuchte, die Informationen zu verarbeiten. »Ich kann diese Möglichkeit nutzen, um mit dir zu kommunizieren, da dieser Ort eigentlich keinen Einfluss auf die Erde nimmt. Mir eröffnet sich also ein Schlupfloch, um dich mit Informationen zu versorgen.« Die Frau lächelte Elara an. »Inwiefern nützen mir diese Informationen, wenn ich doch sterben werde?«, fragte sie erschöpft nach. Eine bleierne Müdigkeit breitete sich in ihr aus und sie wünschte sich nichts sehnlicher, als jegliche Verantwortung abgeben zu können, um zur Ruhe zu kommen. Kräftige Arme packten ihre Schultern und schüttelten sie unangenehm. Elara riss vor Erstaunen die Augen auf, welche ihr beinahe zugefallen wären. »Du darfst dem nicht nachgeben! Du musst kämpfen, der Erschöpfung trotzen! Sonst verschließt sich dein Heimweg«, rief die Frau eindringlich. Elara holte tief Luft und versuchte, sich zu fokussieren. Es gelang ihr kaum. Immer drängender wurde der Wunsch, sich dem Ganzen hinzugeben und der brutalen Realität zu entfliehen. Eine schimmernde Hand schnellte vor und verpasste ihr eine Backpfeife. Elara schreckte auf, damit hatte sie nicht gerechnet. Ungläubig starrte sie ihre Gegenüber an. Die Frau bedachte sie mit einem ernsten Blick und wiederholte: »Du musst kämpfen, Elara!« Diese bemühte sich, die Müdigkeit abzuschütteln, konnte sie aber nur in einem gewissen Grad zurückdrängen. »Ich möchte dir eine Geschichte erzählen, aber dafür musst du mir genau zuhören, hast du das verstanden?«, erkundigte sich die Frau mit besorgtem Gesichtsausdruck, der ihre sonst so perfekten Züge verzerrte. Elara brachte ein wackeliges »Ja« zustande und nickte, um dem Nachdruck zu verleihen.

»Vor langer Zeit, als die Menschheit ihrem Untergang geweiht war, entschied sich eine Göttin, den Sterblichen die Möglichkeit zu schaffen, sich selbst aus ihrem Leid zu befreien. Die Göttin Athene hatte Mitleid mit den armen Kreaturen, die den Racheplänen des Zeus ungeschützt ausgeliefert waren. So wandte sie eine List an und erschuf einen mächtigen Gegenstand. Es war ein in Leder gebundenes Buch, mit einem blauen Kristall auf seinem Einband. In diesen Kristall hauchte sie ihren göttlichen Atem und verlieh ihm somit ihre Magie. '*Beantworte jedem Menschen eine Frage! Doch lausche bedächtig meinen Worten, wenn ich dir nun sage, wer das Recht hat, dir eine Frage zu stellen. Nur die Klugen besitzen die Fähigkeit, dich zu finden, allein die Ausdauernden schaffen es, die Suche nicht vor dem Ziel zu beenden, und bloß die Starken überstehen die kräftezehrende Reise*', hauchte sie in das offene Buch und ließ es mit der Gewissheit fallen, dass das Buch sich selbst an einen sicheren Ort bringen würde. Die Göttin konnte nicht ahnen, dass Prometheus seine eigenen Pläne verfolgte, um seine Schöpfungen vor den Göttern zu schützen. Die Menschen brauchten, nachdem der Titan das schützende Netz über die Erde gespannt hatte, keine Antwort des Buches, um sich zu retten. Durch das Netz wurde das Buch aus seinem Versteck auf der Erde verbannt, da es zu viel von der ursprünglichen Göttlichkeit in sich trug. Da aber die Scian erschaffen worden waren und auch ein Nachfahre der Pandora entstanden war, blieb das Buch in einer Dimension zwischen Himmel und Erde. Bereit, demjenigen eine Frage zu beantworten, der klug, ausdauernd und kräftig genug war, um die Reise zu überleben«, erzählte die Frau bedächtig. Elara schaute sie mit offenem Mund an. »Das Buch beantwortet jedem eine Frage – egal welche?«, hakte sie ehrfürchtig nach. Die Frau nickte nur, während Elara ein Licht aufging. »Nach diesem Gegenstand suchen wir so verzweifelt! Sowohl Ottilie als auch wir brauchen den Gegenstand, um unser Ziel zu erreichen«, hauchte sie erschüttert. In Elaras grauen Zellen ratterte es, Informationen wurden von A nach B verschoben, sortiert, auseinandergenommen und beleuchtet. »Ottilie wird es nutzen, um zu fragen, wie sie den Schutzschild zerstören kann«, stellte sie fest. Eines war ihr klar, wenn Ottilie das Buch zuerst finden würde, wäre die gesamte Menschheit verloren.

»Können wir Ottilie aufhalten, ohne das Buch finden zu müssen? Können wir sie töten?«, fragte Elara aufgeregt nach. Die Frau zuckte zusammen und riss erschrocken die Augen auf. »Nein! Ihr dürft sie auf keinen Fall töten, da ihr sonst das Gleichgewicht zerstören und euch selbst vernichten würdet!«, stieß sie hervor. Elara legte die Stirn in Falten, sie würden sich selbst umbringen, wenn sie Ottilie aus der Welt schafften? »Es muss immer beides geben. Das Gute wie das Böse. Es mag sich unlogisch anhören, aber denke darüber nach: Könnte ohne das Böse das Gute existieren?«, erklärte die Frau und ließ Elara noch ratloser zurück. Die Frage hätte sicherlich ihrem Philosophielehrer gefallen, ihr half sie allerdings wenig weiter. »Sobald ihr Ottilie tötet, ist das Schlechte verschwunden. Um das Gleichgewicht aufrechtzuerhalten, wird der ehemalige Gegenpol auch ausgelöscht werden. Die Scian verschwinden. Ohne die Scian wird das Netz in sich zusammenfallen, sodass die Götter ihre langersehnte Rache verüben können.« Heilige Scheiße, schoss es Elara durch den Kopf. Hatten sie überhaupt eine Chance, diese Schlacht zu gewinnen, wenn ihr eigenes Leben unwiderruflich mit dem von Ottilie verbunden war? »Verfügt Ottilie über diese Informationen?«, fragte Elara nach. »Nein, sie hätte sich andernfalls bereits selbst das Leben genommen und somit ihre Mission, die Menschen dem Untergang zu weihen, vollendet«, meinte die Frau sachlich. Elara fuhr es kalt den Rücken hinunter. Ottilie durfte sich dieses Wissen niemals aneignen. Wenn sie wüsste, dass der Schlüssel ihr eigner Tod war, wäre es ein Leichtes für sie, ihr Leben zu beenden. Elara hatte das dringende Bedürfnis, sich hinzusetzen, doch das ließ die Schwerelosigkeit, in der sie sich befand, nicht zu. »Wie können wir Ottilie aufhalten, ohne sie umzubringen?«, murmelte Elara nachdenklich und mehr an sich selbst gewandt. »Diese Frage musst du dem Buch der Weisheiten stellen«, hauchte die Frau. Elara hob den Kopf und sah die schimmernde Gestalt an. Wer war diese Frau eigentlich? Elara hatte sie mental als »die Stimme« abgespeichert, doch warum half ihr dieses Wesen? War sie ein Engel? Ein Beschützer der Erde oder eine verlorene Seele, die einfach keine Ruhe finden konnte? Ein Geistesblitz durchfuhr sie. Sie riss die Augen auf. War es möglich, dass …? »Bist du eine Göttin? Womöglich Athene selbst?«, rutschte Elara ihre Schlussfolgerung heraus. Einen Moment herrschte Stille, angespannte Energie erfüllte den Raum. Sekunden verstrichen, ohne dass etwas geschah, doch dann warf die Frau den Kopf in den Nacken und lachte herzhaft. Elara runzelte aufgrund ihrer heftigen Reaktion die Stirn und wartete den Lachanfall des Wesens ab. Die Frau beruhigte sich allmählich und setzte zu einer Antwort an: »Das schmeichelt mir sehr, Elara. Doch ich bin nicht die Göttin selbst. Athene kann dieses Terrain nicht betreten, da das Netz einen zu großen Einfluss hat und sie, wie alle anderen Götter auch, verbannt.« Elara knabberte an ihren Fingernägeln, Gedanken stoben ihr durch den Kopf. »Was bist du dann?«

Die Frau schwebte in dem kleinen Raum auf und ab –

bisher hatte sie keine Antwort auf Elaras Frage gegeben. Mit Blicken und angespannter Miene verfolgte diese den Weg, den die Frau zurücklegte. Das Wesen hielt inne. Sie schien mit sich zu hadern. »Ich habe dir bereits so viele Informationen vermacht … Verstehst du die Brisanz meiner Situation?«, erkundigte sich die Frau bedrückt. Elara konnte nur verneinend den Kopf schütteln. Die Frau glitt auf sie zu. »Das Gleichgewicht bereitet mir Unbehagen. Eigentlich dürfte alles, was ich dir hier erzähle, keine Auswirkungen haben, da der Faden, der dich mit dem Leben verbindet, zu reißen droht und dieser Ort somit nicht an die Regeln gebunden ist. Doch mit jeder Information, die ich dir schenke, steigt das Risiko, dass auch Ottilie etwas erhält, das ihr weiterhilft. Erinnerst du dich an dem Moment, als ich dir den Namen Ottilie verriet? Der Vorteil, welchen du aus dem Wissen um ihren Namen ziehen konntest, wurde damit ausgeglichen, dass sich die Barrikaden lösten, die Ottilie zurückhielten. Der Rhythmus des Gleichgewichts ist äußerst komplex und lässt sich schwer vorhersehen. Wir müssen die Gefahr also gut abwägen.« Eindringlich betrachtete sie Elara aus ihren dunkelblauen Augen, die diese an eine stürmische Sommernacht erinnerten. Es mochte kitschig klingen, aber eine gewisse Ähnlichkeit bestand tatsächlich. Das satte Blau, gemischt mit einem Tupfer Grau, welcher an die Farbe von Gewitterwolken erinnerte, dazu noch kleine Sprossen, die wie Farbkleckser unregelmäßig in der Iris verteilt waren und so hell leuchteten, wie ein Stern es tat. Sie schluckte hörbar. Diese Sache mit dem Gleichgewicht machte das Ganze umso komplizierter. »Ist es das Risiko denn wert?«, hörte Elara sich fragen, überrascht, es ausgesprochen zu haben. Die Frau legte den Kopf schief und schien ihre Antwort abzuwägen. »Das kann ich dir nicht beantworten. Es könnte dir von Nutzen sein, doch bei der Suche nach dem Buch der Weisheiten wird es dir nicht helfen«, flüsterte die Frau sanft. Elara holte tief Luft, die Antwort hätte kaum kryptischer ausfallen können. »Kann ich deine Identität auch ohne deine Hilfe herausfinden?«, fragte die Scian weiter. Sie wurde geplagt von der Neugier, aber die Angst, dass Ottilie durch das Gleichgewicht profitieren könnte und so ebenfalls an Wissen gewann, hielt sie zurück. »Wenn du gründlich genug suchst ...«, lautete die Antwort des Wesens.

Alexej

Alexej ließ die Waffe, welche immer noch auf seine Brust gerichtet war, nicht aus den Augen. Angespannt wartete er auf die Rückkehr des Mannes, der hoffentlich einen Arzt mitbringen würde. Die Tür wurde aufgestoßen und es erschien eine hochgewachsene Frau mit Arztkoffer. Ohne Alexej zu beachten, kniete sie sich vor die Pritsche und besah sich die Verletzungen von Elara. Sie murmelte etwas vor sich hin, allerdings so undeutlich und leise, dass selbst Alexej es nicht verstehen konnte. Nach einer Weile holte sie eine ziemlich große Spritze aus ihrer Tasche und setzte sie in Elaras Armbeuge an. »Stopp!«, rief Alexej und zog somit die Aufmerksamkeit aller Menschen auf sich, die sich bei Bewusstsein im Raum befanden. Er schluckte laut und versuchte, sein Unbehagen zu ignorieren. »Was spritzen sie ihr?«, verlangte er zu wissen und hob das Kinn an. Die Ärztin musterte ihn desinteressiert. »Ich wüsste nicht, was dich das angeht …«, erwiderte sie kühl mit einem merkwürdigen Akzent. Sie wandte sich ab, bereit, Elara die Flüssigkeit in den Arm zu jagen. »Wenn das Mädchen stirbt, haben auch Sie nicht mehr viel vom Leben«, ließ Alexej sie wissen. Die Ärztin sah auf und beobachtete ihn über den Rand ihrer Brille. Der gelangweilte Ausdruck war einer genervten Grimasse gewichen. »Das ist ein Schmerzmittel, ihre Wunden müssen genäht werden und vielleicht ist eine Bluttransfusion nötig.« Alexej ließ die angehaltene Luft aus seinen Lungen weichen, die Spannung in seinen Schultern ließ etwas nach. »Ich brauche eine Liege, Raum A23 soll bereit gemacht werden …«, begann die Frau mit einschüchternder Stimme und rasselte noch eine lange Liste medizinischer Fachwörter hinunter. Sympathisch war die Dame nicht, aber solange sie ihren Job gut machte und dafür sorgte, dass Elara überlebte, wollte sich Alexej nicht beschweren. Es erschienen weitere Menschen, die hellblaue Kittel trugen und Elara auf eine fahrbare Pritsche hievten. Der Typ mit der Waffe war im Begriff, den Raum zu verlassen, drehte sich allerdings noch ein letztes Mal um und knurrte: »Wisch die Schweinerei auf!« Mit der »Schweinerei« meinte er wohl die blutverkrustete Liege, auf der Elara gelegen hatte. Das Blut war ziemlich hartnäckig, es schien, als hätte es sich in das Metall eingefressen. Alexej schrubbte seit einer gefühlten Ewigkeit mit einem letzten Rest seines ohnehin zerstörten Oberteils auf der Oberfläche. Er tat dies nicht etwa aufgrund des Befehls, nein, er hatte etwas gebraucht, um sich abzulenken. Erschöpft ließ er sich auf den Boden sinken, den roten Stofffetzen umklammernd. Sobald Elara wieder auf der Höhe war, mussten sie einen Fluchtweg finden. Er wusste noch nicht recht, wie er sie aus diesem Gebäude herausbringen sollte, vor allem, da er Elara als so wertvolle Informantin angepriesen hatte. Aber was hätte er tun sollen? Er hegte keine Zweifel daran, dass diese Bastarde sie ansonsten hätten verbluten lassen.

Alexej wachte mit schmerzendem Nacken auf. Er musste in seiner sitzenden Position eingeschlafen sein, wofür ihn sein Körper gnadenlos bestrafte. Stöhnend rappelte er sich auf und schleppte sich zum Waschbecken am anderen Ende des Raumes. Mit kaltem Wasser machte er eine schnelle Katzenwäsche. Die Pritsche, um deren Reinigung er sich bemüht hatte, war immer noch blutverschmiert. Neben der Tür lag ein kleiner Haufen. Er ging näher heran und sah, dass es sich um ein einfaches weißes T-Shirt handelte und ein Stück Brot. Sein Magen knurrte. Wie lange hatte er nichts mehr gegessen? Hungrig biss er in das Brot und kaute genüsslich. Es war wohl das trockenste Gebäck, welches er je gegessen hatte, aber trotzdem war er überglücklich, überhaupt etwas in den Magen zu bekommen. Nachdem er die Hälfte verputzt hatte, zügelte er sich, so schwer es ihm auch fiel. Wer wusste schon, ob diese Ration für Elara und ihn gedacht war und wann sie das nächste Mal etwas Essbares erhalten würden. Mit einem Schluck Leitungswasser aus dem Hahn beendete Alexej seine Mahlzeit und versteckte das Stück Brot in einer Ecke. Er tigerte ruhelos auf und ab, immer ein Auge auf die Tür gerichtet.

Schon die wenigen Schritte brachten ihn zum Keuchen. Wunderbar ... Er durfte angesichts seiner Fluchtpläne nicht seine gesamte Kondition verlieren, sonst hätte er wohl kaum eine Chance, schneller als die Handlanger von Ottilie zu sein. Er ließ sich auf den Boden sinken und begann mit zwanzig Liegestützen. Die Zeit konnte er genauso gut nutzen, um sich physisch vorzubereiten. Weiter ging es mit dreißig Sit-ups und der gleichen Anzahl an Squads. Schwer atmend lehnte er sich an die Wand und trank noch etwas Wasser. Die Tatsache, dass ihn diese Übungen so sehr anstrengten, bereitete ihm Sorgen.

Es vergingen Stunden, oder waren es Tage? Der Keller war von jeglichem Tageslicht abgeschirmt, eine Uhr gab es ebenfalls nicht. Alexej war in eine Art Rhythmus verfallen, schlafen, die Übungen machen, an die Tür klopfen und schreien, etwas trinken und essen, die Übungen wiederholen und sich anschließend bis zur Erschöpfung den Kopf über den Zustand von Elara zerbrechen. Als er gerade dabei war, den fünfundvierzigsten Liegestütz zu machen, hörte er Schritte. Nervös sprang er auf und richtete seinen Blick auf die Metalltür. Sie öffnete sich, in den Raum traten zwei Männer mit kurz geschorenen Haaren, die weitere vier Leuten eskortierten, welche die Pritsche trugen, auf der eine in sich zusammengesunkene Gestalt lag. War dies Elara? Das Mädchen auf der Pritsche wurde auf die mittlerweile saubere – Alexej hatte es schlussendlich doch geschafft, die Blutreste herunterzukratzen – Liege manövriert. Das blonde Haar bestärkte ihn in seiner Vermutung, das Mädchen musste Elara sein. So schnell und still die Handlanger von Ottilie gekommen waren, genauso verschwanden sie auch wieder. Alexej konnte nicht sagen, dass er ihren kurzen Aufenthalt bedauerte. Vorsichtig näherte er sich der Liege. Der Brustkorb von Elara hob und senkte sich. Die Verletzungen waren geheilt, es waren keine Narben zurückgeblieben. Sanft setzte er sich neben sie auf die Pritsche. Obwohl er sah, wie die Luft in ihre Lungen strömte, ergriff er ihr Handgelenk, um den Puls zu fühlen. Das stetige Pochen erleichterte ihn. Sie hatte überlebt! Es grenzte an ein Wunder, so stark war sie verwundet worden. Ein Mensch hätte bei ihren Verletzungen längst das Zeitliche gesegnet, aber ein Scian war widerstandsfähiger, robuster, aber eben nicht unsterblich. Ein Wunder … Er erlebte bei diesem Gedanken ein Déjà-vu. Die schmerzliche Erinnerung abschüttelnd, konzentrierte er sich auf die noch bewusstlose Elara. Eine schmutzige Haarsträhne lag ihr quer über dem Gesicht, beim Ausatmen wurde die Strähne durch die ausströmende Luft leicht angehoben. Irgendetwas an dieser Situation faszinierte Alexej. Vielleicht war er aber einfach nur froh, Gesellschaft zu haben, selbst, wenn diese nicht bei Bewusstsein war.

Kapitel 13

Elara

Immer noch schwebend grübelte Elara darüber, wie sie die Identität der Frau aufdecken konnte. Ein weiterer Gedanke brachte sie von ihrer eigentlichen Frage ab. »Ich hatte damals Träume. Träume, in denen mir gesagt wurde, dass ich mich meiner Bestimmung stellen solle«, begann Elara und schaute die Frau erwartungsvoll an. Diese nickte bedächtig und antwortete: »Ich weiß.« Elara musterte sie eingehender und hakte nach: »Hast du mir diese Träume geschickt?« »In gewisser Weise habe ich dazu beigetragen, ja.« Elara kaute gedankenverloren auf ihrer Lippe. Sie war verwirrt, wie konnte die Frau ihr in Träumen etwas zuflüstern, wenn sie doch eigentlich keinen Einfluss auf die Welt der Sterblichen nehmen durfte. »Ich kann deine Frage auf deinem Gesicht ablesen, wie in einem offenen Buch«, schmunzelte die »Stimme«. »Darfst du sie mir beantworten?«, erkundigte sich Elara. Das Wesen schwebte auf sie zu, umfasste mit ihren schimmernden Händen ihr Kinn und hauchte: »Ich würde es dir gerne beantworten, doch deine Zeit hier ist vorüber. Du solltest zurückkehren.« Zurückkehren? Auf die Erde? In ihren Körper? Elara wusste, dass sie eine Aufgabe hatte, aber sie würde die Unbeschwertheit dieses Ortes vermissen. »Ich weiß, dass du und deine Verbündeten es schaffen können. Es ist eure Bestimmung, das Werk eurer Vorfahren zu beschützen.« Elara spürte eine Kraft, die sie von der Stimme wegzog. Sie hielt sich an den Armen der Frau fest und versuchte, das Unvermeidliche noch etwas hinauszuzögern. »Wie sollen wir die Dimension erreichen, in der sich das Buch der Weisheiten befindet?«, fragte sie verzweifelt. Die Stimme lächelte sanft und hauchte: »Die Antwort liegt im Ursprung der Menschheit ...« Elaras Griff löste sich durch einen kräftigen Ruck. Sie trudelte davon, ein leichtes Kribbeln umhüllte ihren Körper.

Das erste Gefühl, das sie wahrnahm, war Schmerz. Es fühlte sich an, als würde statt Blut Lava durch ihre Adern gepumpt werden, als würde sie von tausenden Nadeln gestochen. Elara tat einen tiefen Atemzug – verdammt, selbst das tat weh. Ihre Lunge füllte sich mit Sauerstoff, sie blinzelte. Elara ging davon aus, nach dem langen Schließen ihrer Augen geblendet zu werden, dem war nicht so. Verschwommen erkannte sie eine kaum beleuchtete Decke. Sie konnte nicht einordnen, wo sie sich befand. Vorsichtig versuchte sie, sich aufzusetzen, was ein gewaltiger Fehler war. Wellen von Schmerz durchrollten sie, vor lauter Unwohlsein wurde ihr schlecht. Sie fiel keuchend zurück auf die Pritsche und musste einen Würgereiz unterdrücken. Langsam, immer langsam, beschwor Elara sich. Wo war sie? Alles, was sie bisher von ihrer Umgebung erhaschen konnte, war ihr unbekannt. Wie kam sie hierher und, am wichtigsten, warum fühlte sich ihr Körper an, als hätte jemand alle Gliedmaßen abgerissen und sie anschließend verkehrt angenäht? Am Rande nahm die Scian sich nähernde Schritte wahr. Sie verkrampfte sich, jemand anderes war ebenfalls in diesem Raum.

Aber wer? Erinnerungen stürmten auf Elara ein. Die

SMS von Alexej, die Erkenntnis, dass jemand Fremdes im Besitz von seinem Handy war, die Flucht und schlussendlich der Zusammenprall mit dem Jeep. Okay, dies erklärte zumindest, warum jede verdammte Stelle ihres Körpers wehtat. Danach spulte sich die Begegnung mit der »Stimme« in ihrem Gedächtnis ab. Ihr ohnehin glühender Kopf drohte zu explodieren. Die Schritte verklangen. »Elara? Bist du wach?«, fragte jemand unmittelbar in ihrer Nähe. Sie zuckte vor Schreck zusammen, doch die Stimme kam ihr bekannt vor. »Ich bin's, Alexej«, informierte er sie. Ein Stein fiel ihr vom Herzen, sie wäre nicht in der Verfassung gewesen, einem Fremden in ihrem Zustand gegenüberzustehen. »Ja, ich bin wach«, krächzte sie und klang dabei so, als hätte sie ihre Stimmbänder seit einem Jahrzehnt nicht mehr genutzt. Die Matratze bog sich nach unten, als er sich neben sie plumpsen ließ. Die Erschütterung weckte erneut die Übelkeit. Sie schluckte. »Ich glaube, ich muss brechen …«, stieß sie zittrig hervor. Alexej sprang hastig auf und rannte in die andere Ecke des Raumes. Er hielt ihr einen eisernen Eimer hin. Dankbar nahm sie ihn entgegen. Sie würgte, doch es kam nur Galle hoch. In ihrem Magen schien sich nichts zu befinden, das sie hätte ausspucken können. Unerwartet sanft hielt er ihr die Haare zurück und murmelte etwas vor sich hin, dass Elara vermutlich beruhigen sollte. Sie lehnte sich gegen die Wand und konzentrierte sich einzig auf ihre Atmung. Als sie sich weitestgehend unter Kontrolle hatte und sich in der Lage fühlte, zu sprechen, fragte Elara: »Hast du eine Ahnung, wo wir sind?« »Vermutlich im Quartier von Ottilie und ihren Schergen«, seufzte der Angesprochene.

Das hatte sie bereits befürchtet … Sie stöhnte frustriert auf. »Wie geht es dir?«, erkundigte sich Alexej vorsichtig. Sie schaute ihn fragend an, als ob das nicht offensichtlich wäre. Er wandte den Kopf ab, wuschelte sich durch die Haare und murmelte: »Okay, ich ziehe die Frage zurück.« Elara nickte bloß. »Ich bin froh, dass du überhaupt aufgewacht bist«, ließ Alexej sie leise wissen. »Eine Zeit lang dachte ich, du würdest das hier nicht überleben. Du hattest überall Wunden und es floss so viel Blut. Sie haben erst nach Stunden etwas dagegen unternommen und danach warst du weg und mir wurde nichts über deinen Zustand erzählt …« Er stockte, sichtlich erschüttert. »Haben wir hier etwas zu trinken? Ich – ich habe schrecklichen Durst«, erwiderte sie ohne jeglichen Zusammenhang. Alexej deutete auf die andere Zimmerseite und sagte: »Dort ist ein Waschbecken.« Elara versuchte, aufzustehen, doch sobald sie ein Bein belastete, knickte sie weg und fühlte sich, als würde ihr Körper in Flammen aufgehen. Alexej hob wortlos ihren Arm über seine Schulter und trug sie mehr, als dass er sie stützte, zum Waschbecken. Elara wollte protestieren, doch sie wäre ohne seine Hilfe wohl kaum einen Meter weit gekommen. Sie schluckte die Worte herunter und drehte den Hahn auf. Herrlich kaltes Wasser floss ihr entgegen. Mit einer Hand stützte sie sich auf dem Becken ab, mit der anderen schöpfte sie Flüssigkeit. Das kühle Nass rann ihre trockene Kehle hinunter, es war herrlich! Sie beugte sich weiter vor, platzierte ihren Mund unter den Strahl und schluckte gierig. Als ihr Magen protestierte, stoppte sie sich und ging dazu über, Gesicht, Arme, Schulter und Dekolleté zu reinigen. Diese kleinen Bewegungen erschöpften sie. Elara begann vor Müdigkeit zu zittern und drehte den Wasserhahn nach einigen Versuchen zu. »Du solltest dich ausruhen«, meinte Alexej besorgt. Elara ärgerte sich darüber, dass er ihr Ratschläge erteilte, aber da sie nichts einzuwenden hatte und auch nicht die Kraft besaß, zu widersprechen, ließ sie sich wortlos zur Pritsche geleiten. Kaum lag sie, war sie auch wieder eingeschlafen.

Das nächste Erwachen versprach Besserung. Sie fühlte sich zwar elend doch nicht mehr ganz so furchtbar wie zu Beginn. Als sie sich umdrehen wollte, stieß sie auf ein Hindernis. Das Hindernis war warm, atmete und … schnarchte?! Elara setzte sich langsam auf, um ihren Kreislauf nicht zu überfordern. Jap … Alexej hatte es sich ebenfalls auf der schmalen Schlafgelegenheit gemütlich gemacht. Unter anderen Umständen hätte Elara getobt, ihn zurechtgewiesen, aber angesichts der Alternative – dem harten Steinboden – konnte sie es ihm kaum verübeln. Sie versuchte, vorsichtig aufzustehen, um ihn nicht zu wecken. Der Schlafende hatte allerdings im Traum nach ihrem Knöchel gegriffen. Elaras Rücksichtsname hatte Grenzen, also schüttelte sie behutsam seine Schulter. Alexej grunzte. Langsam verstärkte sie den Druck, bis er schließlich die Augen öffnete. Als er sie stehend über sich erblickte, riss er die Augen auf, sprang hoch und sah sich hektisch um. »Was ist passiert?«, fragte er gleichermaßen besorgt wie hektisch. Mit beruhigender Geste hob sie die Hände und erklärte, dass alles in Ordnung sei. Müde fuhr sich Alexej über das Gesicht. »Warum weckst du mich dann?« Elara verschränkte die Arme vor der Brust. »Du hast dich im Schlaf an mir festgehalten und ich wollte aufstehen.« Er zuckte die Schultern und murmelte eine halbherzige Entschuldigung. Eine Weile herrschte Schweigen. »Geht es dir besser?«, erkundigte sich Alexej. Ein Nicken Elaras bejahte seine Frage. »Wenn wir schon beide wach sind, sollten wir uns doch einen Fluchtweg überlegen«, begann Elara. Ein humorloses Lachen unterbrach ihre Rede. Sie sah ihn verständnislos an. »Tut mir leid, aber solange wir hier drin festsitzen, sehe ich keine Möglichkeit, zu fliehen.« Sie tigerte, soweit es der Platz zuließ, auf und ab. »Du siehst **keine** Möglichkeit?«, hakte Elara nach. Er deutete auf die massive Tür. »Glaube mir, ich habe oft genug versucht, das verdammte Ding einzutreten. Die haben sich diesen Raum nicht umsonst ausgesucht, um zwei Scian einzusperren …«, erwiderte er missmutig. »Und was ist dann dein Plan? Abwarten, bis Ottilie kommt, um uns umzubringen?«, schoss Elara zurück. Alexej schüttelte nur den Kopf und meinte: »Dich werden sie vorerst nicht umbringen, ich habe gesagt, dass du wichtige Informationen hast, die mit dir zusammen sterben würden.« Elara klappte die Kinnlade herunter. »Du hast was getan?« Kapitulierend hob der Angesprochene die Hände. »Es war die einzige Möglichkeit, dich zu retten, sonst hätten sie dich verbluten lassen.«

In ihrem Hirn begann es, zu rattern. Alexej hatte nicht wissen können, dass sie tatsächlich über die angesprochenen Informationen verfügte. Sie raufte sich die Haare, natürlich hatte er das Richtige getan. Verdammt, sie würde ansonsten vielleicht nicht mehr leben. Etwas anderes machte ihr allerdings zu schaffen. Sollte Ottilie Foltermethoden einsetzen, und davon war auszugehen, wusste Elara nicht, wie lange sie dem Ganzen stillschweigend standhalten konnte. Der Mitgefangene, der ihren Gefühlswandel angespannt verfolgte, fragte schließlich, was mit ihr los sei. Elara sah ihn ernst an. »Ich weiß etwas, das Ottilie dazu befähigt, den Schutzschild zu zerstören«, flüsterte sie mit besorgter Stimme. Er setzte sich kerzengerade hin und erwiderte ihren Blick ungläubig. Kurzerhand trat sie einen Schritt näher an ihn heran und murmelte an seinem Ohr: »Ich glaube nicht, dass es sicher ist, *dies* hier laut auszusprechen. Ich fürchte, die Wände haben Ohren …« Er widersprach ihr nicht.

Seit Elara die Bombe hatte platzen lassen, herrschte Stille. Jeder hing seinen eigenen Gedanken nach. Elara räusperte sich und unterbrach somit die Ruhe. Mit ungläubigem Gesichtsausdruck schüttelte sie den Kopf. »Das alles«, sagte sie und machte eine allumfassende Handbewegung, »ist doch wahnsinnig. Ich meine, vor einem Monat hätte ich jeden belächelt, der mir von Erben der Götter erzählt hätte. Und jetzt? Jetzt stecke ich mitten drin …« Sie stützte ihren Kopf auf ihren Händen ab. Alexej stieß laut den Atem aus, offenbar wusste er nicht, was er erwidern sollte. »Wie lange kennen wir uns jetzt eigentlich?«, erkundigte sich Elara. Alexej überschlug die Wochen im Kopf und antwortete: »Ich würde sechs Wochen vermuten, vielleicht sieben …« Sie kratzte sich am Kinn. »Sieben Wochen, huh? Trotzdem wissen wir nichts voneinander. Ich weiß, wie du heißt, dass du ein Scian bist und gegen Ottilie kämpfst, weiter nichts.« Sie sah ihn erwartungsvoll an. Unter ihrem Blick fühlte sich Alexej seltsam. »Nun … Ich weiß, dass du Elara Luettich heißt. Du hast eine Schwester, bist Jahrgangsbeste, hast an diversen schulischen Wettbewerben teilgenommen

und sie gewonnen. Ich schätze dich eher als Einzelgängerin ein.« Unglauben zeichnete sich auf dem Gesicht von
Elara ab, ihre Augenbrauen wanderten in die Höhe. »Du
weißt vieles über mich. Was mich daran schockiert, ist,
dass ich dir nichts außer meinem Vornamen über mich
verraten habe«, hüstelte Elara. Alexej lächelte schief und
meinte: »Ich muss wie ein Stalker rüberkommen …« Die
Scian konnte das nicht verneinen und zog es vor, gar
nichts zu sagen. Alexej stieß ein ansteckendes Lachen
aus. Es war tief, beinahe melodisch. Elaras linker Mundwinkel verzog sich zu einem Grinsen, sie konnte nichts
dagegen tun.

»Ehrlich gesagt, haben wir dich genauestens beobachtet, um sicherzugehen, dass du kein normaler Mensch
bist.« Sie sah empört auf, das Grinsen verblasste, als sie
entgegnete: »Wer hat dir denn die Fähigkeit gegeben, zu
beurteilen, ob ich normal bin?« Er sah sie lange an und
murmelte: »Du bist aus der breiten Masse herausgesto-
chen, das ist typisch für unsere Art. Nach einer Weile
entwickelt man einfach ein Gefühl dafür, wer einen großen Funken Göttlichkeit in sich trägt. Es ist wie eine Art
Radar.« Sie kaute unentschlossen auf ihrer Unterlippe
herum, als ein leises Knurren sie aus ihren Gedanken
riss. »Hunger?«, fragte Alexej. Ja, sie fühlte tatsächlich
ein nagendes Gefühl in ihrer Magengegend. Wenn sie
nicht bald etwas Essbares erhielt, würde sich ihr Magen wohl selbst verdauen. Alexej stand auf und kam mit
einem kleinen Päckchen zurück, welches er ihr hinhielt.
»Ich habe dir etwas aufbewahrt.« Wie rücksichtsvoll,
dachte Elara und bedankte sich mit einem kleinen Lächeln. Das Brot war kaum essbar, so hart war es. Jeder

runtergewürgte Bissen hinterließ ein Kratzen im Hals, doch Elara war gerade nicht wählerisch in Bezug auf Nahrung. Abschließend trank sie noch einige Schlucke aus dem Wasserhahn, den sie ohne Unterstützung erreichte. »Darf ich dir eine Frage stellen?«, erkundigte sich Elara. Alexej legte den Kopf schief und zuckte nur mit den Schultern, was Elara als Aufforderung sah, weiterzusprechen. »Wie bist du zum Scian geworden?« Alexej schloss die Augen und wandte sich ab, Elara schien einen wunden Punkt getroffen zu haben. Er strich sich durch die Haare und tigerte auf und ab, ohne auf ihre Frage zu antworten.

Alexej

Seine Verwandlung zum Scian war eines der Dinge, die er versuchte, zu verdrängen. Niemand kannte diese Geschichte, mit Ausnahme seines Onkels, der allerdings nicht mehr lebte. Sein Tod war das wohl dunkelste Kapitel seines Lebens, eine Sache, die er nicht preisgeben wollte. Es offenbarte so vieles über ihn, zeigte seine verletzliche Seite. Er räusperte sich. Er wusste, wie Elara zum Scian geworden war, er war verantwortlich dafür. Es war verständlich, weshalb sie sich das gleiche Wissen über ihn wünschte. War er bereit, darüber zu sprechen? Etwas dermaßen Persönliches preiszugeben? Er verschränkte die Arme vor der Brust und war sich des Blickes von Elara in seinem Rücken bewusst. »Du bist nicht verpflichtet, eine Antwort zu geben«, ließ Elara ihn wissen. »Ich habe bisher nur mit einer einzigen Person über meine Vergangenheit gesprochen«, flüsterte Alexej mit brüchiger Stimme. Elara stand auf und legte ihm eine Hand auf die Schulter, die angenehme Wärme ausstrahlte. »Ist schon okay. Es war eine blöde Frage.« Er sah ihr in die blauen Augen, die an das Meer erinnerten, und versuchte, sich zu sammeln. »Ich muss für die Antwort etwas weiter ausholen, also setz dich irgendwo hin …« Erwartungsvoll folgte sie Alexejs Aufforderung. »Es war mein achter Geburtstag, als ich erfuhr, dass mein Vater nicht von seinem Einsatz zurückkehren würde. Ich hatte ihn immer als Helden angesehen, er war ein Soldat, der für sein Heimatland kämpfte und es verteidigte – in seinem Fall bis zum letzten Atemzug. Als der Brief kam, wurde meine Welt in ihren Grundfesten erschüttert, aber meine Mutter traf es noch weitaus schlimmer als mich. Meine Eltern haben sich geliebt. Es ist, als ob das Wort Liebe nach ihrer Beziehung definiert wurde. Sie waren so etwas wie Seelenverwandte. Als mein Vater verstarb, hörte auch ein Teil meiner Mutter auf, zu existieren … Keine Frage, sie hat sich Mühe gegeben, das alles vor mir zu verbergen und mir eine gute Mutter zu sein, aber ich konnte abends das Schluchzen aus ihrem Zimmer hören. Die Zeit heilt alle Wunden, sagt man, aber das stimmt nicht! Sie hat abgenommen, bestand nur noch aus Haut und Knochen, ihre glänzenden Haare sind total stumpf geworden. Anschließend wurde sie krank, ich glaube, der Kummer hat sie von innen heraus zerfressen. Sechs Jahre vergingen und sie konnte nicht mehr. Mutter ist bei einer Operation gestorben, die Narkose war wohl zu stark«, er stockte und schluckte die aufkommenden Tränen hinunter. »Danach war ich allein. Ein Teenager, der beide Eltern verloren hatte. Die Psychiater, mit denen ich sprach, drängten mich, zu reden, mich zu öffnen, aber das wollte ich nicht. Ich wollte gar nichts mehr, außer bei meinen Eltern zu sein. Ich habe die Schule geschwänzt, aufgehört, mich für irgendetwas zu interessieren. Ich war in einem Strudel gefangen, der mich bergab zog. Vermutlich war ich depressiv, keine Ahnung, wie man meinen Zustand bezeichnen könnte. Die Unterbringung im Heim hat mir auch nicht geholfen, mich besser zu fühlen, wie auch?« Er lachte humorlos, seinen Blick in eine andere Richtung gewandt. »Als ich eine Rasierklinge im Bad entdeckte, stand mein Entschluss fest. Ich würde meinen Eltern folgen. Ich will dir die Details ersparen, es war nicht schön. Ich war gestorben, mit einem Lächeln auf den Lippen, in der Gewissheit, meine Familie bald wiederzusehen, und hatte mein Ziel erreicht. Der Moment des Erwachens war viel schlimmer als der Schmerz beim Aufschneiden meiner Pulsadern. Ich habe sie beide gesehen, weißt du? Sie standen dort, Arm in Arm, und haben mir zugewunken. Der sterile Raum im Krankenhaus war mein wahr gewordener Albtraum. Die Ärzte, die sich mehr für meine Werte als für mich selbst interessierten, sprachen von einem *Wunder*, einer *medizinischen Sensation*. Es war, als wollte sich das Leben über mich lustig machen, indem es mir all diejenigen wegnahm, die ich geliebt hatte, und mir den Ausweg verwehrte.« Er wagte es kaum, Elara anzusehen. Ihre Augen waren feucht, sie schluckte hörbar. Er erwartete eine Floskel, die ihm Beileid bekundete, einen standardmäßigen Spruch, doch sie stand auf und drückte seine zitternde Hand. Er war dankbar für ihr Schweigen, da diese Geste so viel mehr Mitgefühl zeigte, als Worte es vermochten. Trotz der aufgewühlten Gefühle, welche durch seine Erzählungen wiederkehrten, fühlte sich Alexej dennoch leichter. Es zu erzählen fühlte sich besser an, als er erwartet hatte.

Ohne darüber nachzudenken, fuhr Alexej mit seiner Geschichte fort: »Eines Tages tauchte ein Mann neben meinem Krankenbett auf. Er hatte längere braune Haare und Augen, die mir merkwürdig vertraut erschienen. Ich kannte ihn nicht, spürte aber eine gewisse Verbindung zu ihm. Er erzählte mir, er hieße Alexander O'Ashford. Ich wusste noch, wie verwirrt ich war, als er zu erklären begann, dass er der Bruder meines Vaters sei.« Alexejs Blick wanderte in die Ferne, er entzog sich Elaras Griff. »Ich wusste, dass mein Vater einen Bruder hatte, nach ihm war ich benannt worden. Allerdings war mein Onkel Alexander vor Jahren bei einem Autounfall gestorben. Nun erschien ein Fremder und behauptete, eben jener zu sein. Ohne ein Wort zu glauben, ging ich mit ihm. Ich kann gar nicht sagen, wie es dazu kam, dass ich zustimmte, ihn zu begleiten. Vielleicht wollte ich raus aus diesem furchtbaren Krankenhaus, oder ich hatte aufgehört, mir über meine Sicherheit Gedanken zu machen.« Alexej zuckte nur mit den Schultern und wanderte weiter im Zimmer auf und ab. »Wie sich herausstellte, hatte Alexander nicht gelogen, er war mein Onkel, aber auch die Geschichte um seinen Tod entsprach der Wahrheit. Obwohl er gestorben war, lebte er dennoch. Du kannst dir denken, was diese Tatsache bedeutete. Onkel Alexander erzählte mir von unserer Gattung und ihrer Aufgabe, er unterrichtete mich in Legenden und Sagen, machte mich vertraut mit dem Ziel, der bösen Brut der Pandora Einhalt zu gebieten.« Eine Weile herrschte Stille, der Erzählende schien sich seine nächsten Worte zurechtzulegen. »Vermutlich hat mich das Ganze damals gerettet … Ein Ziel zu haben, für das es sich zu kämpfen lohnt, gab mir einen Sinn im Leben. Sein Unterricht lenkte mich ab, verstehe mich nicht falsch, meine Eltern habe ich nie vergessen, aber der Schmerz über ihren Tod wurde verdrängt von neuen, aufregenden Dingen. Die Zeit mit meinem Onkel war wohl die schönste, die ich nach dem Tod meiner Mutter erleben durfte …« Er lächelte selig, doch seine Augen blieben unberührt und starrten trüb vor sich hin. Die Frage, wie es weitergegangen war, konnte Alexej deutlich auf dem Gesicht Elaras ablesen, doch sie schien sich zurückzuhalten, ihn nicht drängen zu wollen.

Es gab noch so viel mehr, das Alexej hätte erzählen können. Weiter wollte er sich aber nicht mit den Erinnerungen foltern. Eines Tages würde er die Geschichte vielleicht beenden, aber für's Erste schloss er mit den Worten: »Ottilie erfuhr von den Plänen meines Onkels, sie zu stürzen. Wir mussten mit unseren Erfahrungen eine echte Bedrohung für sie darstellen, da sie nichts riskierte. Sie hat ihn umgebracht.« Alexejs Trauer wandelte sich in lodernde Wut. »Es war kein fairer Kampf, nein, sie hat unser Haus niedergebrannt. Er lag gefesselt und bewusstlos im Arbeitszimmer, hatte überhaupt keine Chance, zu entkommen.« Das Knistern der Flammen, die sich unbarmherzig durch die Balken des Hauses fraßen, hallte Alexej noch immer in den Ohren, nur unterbrochen durch aufgebrachte Rufe der Feuerwehrmänner, die hoffnungslos versuchten, den Brand zu stoppen. Wäre er in der Nacht zu Hause gewesen, wäre es ihm nicht anders ergangen. Offenbar war es sein Schicksal, zu überleben, ob er wollte oder nicht. Sein Herz fühlte sich an, als würde es von einer kalten Faust umschlossen. Die Trauer ließ ihn in die Knie gehen, er hatte nicht damit gerechnet, derart von seinen Emotionen übermannt zu werden. Der Schmerz dominierte, doch auch Schuldgefühle mischten sich in den Wirbel der Emotionen. Hastig versuchte er, die Mauer um sich zu errichten, die ihn vor all jenem schützte. Mit jeder verstreichenden Sekunde baute er mental einen Ziegel auf den nächsten. Es funktionierte, nichtsdestotrotz hatte die Barriere einige Risse erhalten.

Elara hatte seinen unausgesprochenen Wunsch nach Ruhe akzeptiert. Sie gab ihm die Möglichkeit, sich zu sammeln, wofür ihr Alexej dankbar war. Er konnte seine Gefühle und Gedanken so weit sortieren, dass er sich in der Lage fühlte, seinen Tagesablauf einzuhalten. Als er mit einigen Aufwärmübungen begann, zog er die Aufmerksamkeit der Zellenpartnerin auf sich. »Was wird das?«, hakte Elara nach. Ohne sich stören zu lassen, informierte Alexej sie darüber, dass er fit bleiben müsse, falls sich die Möglichkeit zur Flucht ergäbe. Mit einem Lächeln und hochgezogenen Augenbrauen quittierte sie seine Aussage. »Was denn?«, wollte er wissen. »Ich dachte, du siehst *keine Möglichkeit,* zu entkommen?«, erinnerte sie ihn. »Ich hoffe auf das Unmögliche«, konterte Alexej geschickt. »So, so …«, murmelte Elara und beteiligte sich an seinem Programm. Obwohl ihr die Übungen sichtlich schwerfielen, biss sie die Zähne zusammen. »Vielleicht solltest du es etwas langsamer angehen lassen«, riet ihr Alexej. Die Angesprochene stieß einen Laut zwischen Keuchen und Pfeifen aus, ihr Gesicht war vor Anstrengung rot angelaufen. »Sag mir nicht, was gut für mich ist«, schoss sie zurück. Mit zur Kapitulation erhobenen Händen rechtfertigte er sich: »Du warst immerhin vor zwei Tagen fast tot, an deiner Stelle würde ich meinem Körper noch ein bisschen Ruhe gönnen.« Sie warf ihm einen zornigen Blick zu. »Ich kann selbst einschätzen, was mein Körper verkraften kann, danke.« Alexej gab es auf und ging nun zu den eigentlichen Übungen über. Aus den Augenwinkeln beobachtete er Elara, die offenbar weiterhin entschlossen war, sich die Belastung nicht anmerken zu lassen. »Es geht mir ja nicht anders als dir! Was nützt mir Ruhe, wenn sich das Unmögliche ergibt und ich nicht in der Lage bin, die Chance zu nutzen«, seufzte Elara, die seinen Blick bemerkt haben musste. Es war ein Argument, das einleuchtete, also ließ er sie kommentarlos weiter schwitzen.

Kapitel 14

Lewis

*W*er auch immer da kommt, er ist gleich da. Ich versuche, das hier so lange wie möglich mitlaufen zu lassen. Vielleicht bekommst du nützliche Informationen.« Er wusste nicht, wie oft er sich diese Nachricht bereits angehört hatte. Schätzungsweise um die hundert Mal. Der Morgen, an welchem er diese Botschaften auf seiner Mailbox entdeckt hatte, war nun genau eine Woche her. Eine verdammte Woche! Sieben Tage beziehungsweise 168 Stunden oder 10.080 Minuten! Wenn Lewis die Nachrichten richtig gedeutet hatte, befanden sich Alexej und Elara in der Gewalt von Ottilie. Er hätte sich am liebsten selbst geschlagen, wenn er daran dachte, dass er abgelehnt hatte, sie zu begleiten. Es war so typisch für ihn … Kaum hatte er das Ausmaß der Worte von Elara realisiert, war er auch schon zum Kühlschrank gestolpert, um seine Nerven mit etwas Hochprozentigem zu beruhigen. Auch wenn die ersten Schlucke ihre Wirkung erfüllten und das vertraute Brennen im Hals ihn herunterfahren ließ, hatte er die Flasche doch wütend durchs Zimmer geworfen und sich den Finger in den Hals gesteckt, um das Teufelszeug wieder herauszuwürgen. Er war nun der Einzige, der etwas unternehmen konnte, um die beiden zu retten – vorausgesetzt, sie lebten noch … Lewis war niemand, der gerne Verantwortung übernahm. Er hatte sich Alexej aus Perspektivlosigkeit angeschlossen, mit der Aussicht auf einen Leidensgenossen. Hatte er die

Menschheit vor Ottilie retten wollen? Natürlich! Doch er stand nicht mit ganzer Überzeugung hinter der Mission, im Gegensatz zu Alexej, der sich scheinbar mit Leib und Seele einsetzte. Lewis war die Art von Mensch, die Aufträge entgegennahm, sie ausführte, um sich selbst keine Gedanken machen zu müssen. In ihrem Team war Elara das Hirn, Alexej das Herz, welches für die Belebung der Projekte zuständig war, und Lewis die Hand, die half, Ideen in die Tat umzusetzen. Hände waren unentschlossen, abhängig und konnten nicht eigenständig denken. Bei näherer Betrachtung stellte Lewis fest, dass seine Hände vor Nervosität zitterten. Ein Zittern erschien ihm, im Vergleich zu einem kräftigen Pumpen, kraftlos. Scheiß Hände! Mit jenem verhassten Körperteil spritzte er sich kaltes Wasser ins Gesicht, um die grauen Zellen, die noch vorhanden waren, zu aktivieren. Er musste nachdenken und einen Weg finden, um Hirn und Herz aus ihrer Gefangenschaft zu befreien! Langsam ließ sich Lewis auf den Boden sinken, er bettete den Kopf auf die Knie. Zweifel und Selbstmitleid überschwemmten ihn. Nichts da! Er sprang auf, Lewis hatte eine Verantwortung zu tragen. Er wollte erfolgreich sein! Es musste einen Weg geben, wie er Elara und Alexej ausfindig machen konnte. Eine Möglichkeit gab es immer … Scheitern war keine Option – nicht dieses Mal!

Die erste Idee ließ sich einfach umsetzen, vorausgesetzt, man war ein technisches Genie. Dies traf auf Lewis nicht zu, aber er hatte einen Bekannten aus alten Zeiten, der ein wahrer Computergott war. Es galt, keine Zeit zu verschwenden. Er konnte sich noch an den Wohnort des Kerls erinnern und fuhr zur besagten Adresse. Das mehrstöckige Haus war heruntergekommen. Auf den Klingelschildern suchte Lewis vergeblich nach dem Namen seines alten Bekannten, da aber viele abgekratzt und nicht mehr lesbar waren, gab er die Hoffnung nicht auf. Um sich Eintritt in das Haus zu verschaffen, klingelte er kurzerhand bei allen Bewohnern, bis ein Genervter schließlich öffnete. Im Laufschritt bewältigte er die Treppen bis zur dritten Etage. Die Tür auf der linken Seite des Flures war schmucklos, die Farbe blätterte bereits ab, aber das musste nichts bedeuten. Lewis klopfte an die Tür. Nichts geschah. Er wiederholte die Prozedur, ohne Erfolg. Als er die Geduld verlor, hämmerte er regelrecht gegen das Stück Holz. Auf der anderen Seite des Flures öffnete sich mit einem leisen Klicken die Wohnungstür. »Was fällt Ihnen ein, so einen Lärm zu machen!«, rief eine ältere Dame, mit rosafarbenen Lockenwicklern in den ergrauten Haaren. Lewis fuhr herum. »Ich suche Simon Petersen«, erklärte er sich. »Wen suchen Sie?«, keifte die Frau. Lewis wiederholte seine Worte laut und deutlich. »Ach den! Der ist vor ein paar Monaten umgezogen.« Lewis schlug nun statt der Faust seinen Kopf frustriert gegen die Tür. »Vorsicht, vorsicht junger Mann! Nicht das Sie sich noch verletzen«, riet ihm die ältere Dame. »Sie wissen nicht zufällig, wo er hingezogen ist?«, erkundigte sich Lewis hoffnungslos. Die Dame beäugte ihn kritisch über den Rand ihrer Brille. »Wieso suchen Sie denn den Herrn Petersen?«, hakte sie misstrauisch nach. »Ich brauche dringend seine Hilfe«, erwiderte Lewis. Die Seniorin war im Begriff, die Tür wieder zuzuziehen, doch das konnte er nicht zulassen. Mit einer Geschwindigkeit, die kein normaler Mensch zustande brachte, überquerte er den Flur und platzierte einen Fuß zwischen Rahmen und Tür. Seine Aktion entlockte der Frau einen überraschten Schrei. »Ich bitte Sie, Frau …«, begann er und schielte auf das Türschild. »… Meyer«, beendete er seinen Satz. »Sie wären mir eine große Hilfe.« Er sah sie flehentlich an und erkannte einen Wechsel in ihrer Mimik. »Große Hilfe?«, murmelte sie benommen. »Ja, wirklich!«, bestätigte er. Die Dame öffnete die Tür einen Spalt breit und antwortete: »Herr Petersen hat ein richtig schickes Haus gekauft, ist nicht weit von hier. Ich glaube, der macht gute Geschäfte, wenn sie wissen, was ich meine …« Lewis hatte keine Ahnung, wovon sie sprach, doch das war vorläufig auch nicht wichtig. Hauptsache, er würde eine genauere Wegbeschreibung erhalten. Mit einem Augenaufschlag, der wohl die Knie der meisten Frauen zum Wackeln gebracht hätte, fragte er nach der genauen Lage. Die Lady mit den Locken-wicklern gab nun offenherzig Auskunft und lud ihn ein, zu einer Tasse Kaffee hereinzukommen. »Vielen Dank, Frau Meyer. Ich muss leider ablehnen, da ich dringend mit ihrem ehemaligen Nachbarn reden muss«, verab-schiedete sich Lewis.

Nach einer fünfminütigen Autofahrt hatte Lewis sein Ziel erreicht. Staunend betrachtete er die moderne Villa, welche sich nicht extremer von dem schmutzigen Hochhaus hätte unterscheiden können. Simon musste an Geld gekommen sein, dachte Lewis und erinnerte sich an die Worte der Nachbarin, die gute Geschäfte angedeutet hatte. Kurzerhand stieg er aus dem Wagen und klingelte. Lewis stand vor einem hohen Eisentor, auf welchem eine Überwachungskamera befestigt war.

»Wer ist da?«, ertönte eine gelangweilte Stimme aus der Gegensprechanlage. »Lewis Cavanaugh«, stellte er sich vor. »Haben Sie einen Termin, Herr Cavanaugh?« »Herr Petersen erwartet mich bereits«, log er aalglatt. Eine Weile kam keine Antwort, bis ein kurzes Blättern zu hören war. »Bedauerlicherweise kann ich sie nicht im Terminkalender finden, lassen Sie sich einen neuen Termin geben«, meinte der Angestellte kurz angebunden. Lewis Hirn ratterte, er würde sich nicht die Zeit nehmen und auf einen offiziellen Termin warten. »Also wirklich, die Art von Termin, die Herr Petersen und ich haben, steht nicht in ihrem Kalender. Bisher fand ich Ihre kleine Vorstellung ja recht unterhaltsam, aber meine Geduld neigt sich dem Ende ...«, erwiderte Lewis mit gereizter Stimme. Hoffentlich klappte sein kleines Schauspiel. Das Tor summte, erleichtert drückte Lewis das Gatter auf. Das erste Hindernis war bewältigt, leider hatte er das Gefühl, dass dieses nicht das letzte bleiben würde. Er durchquerte den eindrucksvollen Vorgarten, der mit den raffiniert geschnittenen Hecken und akkurat angepflanzten Blumen viele Gärtner beschäftigen musste. Die Tür des Anwesens wurde ihm von einem Anzugträger geöffnet, der ihn mit einer Handbewegung hereinbat. Die Eingangshalle war mit weißem Marmor ausgelegt, diverse Kunstobjekte, die wahrscheinlich einzeln teurer als das Haus von Lewis und Alexej waren, schmückten den ansonsten schlichten Raum. Anerkennend schweifte sein Blick durch das Innere des Hauses, ohne Frage, Simon hatte es zu etwas gebracht. »Herr Petersen empfängt Sie in Kürze«, ließ ihn der Lackaffe wissen und bot ihm ein Erfrischungsgetränk an. Lewis wurde in eine Art

Wartezimmer geführt und setzte sich auf den bereitstehenden Ledersessel. Als der letzte Tropfen des Getränkes seinen Hals herunterrann, wurde er aufgerufen und eine lange gläserne Treppe hinaufbegleitet. »Hier entlang«, erklärte der Mann und deutete auf eine Tür.

Der Raum hinter der Tür ließ Lewis den Atem stocken. Abgesehen von der luxuriösen Einrichtung, die er schon im Rest des Hauses gesehen hatte, war die rechte Wand komplett von hochmodernen Bildschirmen bedeckt. Auf dem davorstehenden Tisch lagen fein säuberlich geordnet Tabletts, Tastaturen und technischer Spielkram, den er beim besten Willen nicht zuordnen konnte. »Lewis! Dich habe ich nicht erwartet«, erklang eine bekannte Stimme. »Nun Simon, ich bin immer für eine Überraschung gut«, erwiderte er. Sein alter Bekannter kam mit breitem Grinsen auf ihn zu und klopfte ihm herzlich auf die Schulter. »Wir haben uns lange nicht mehr gesehen ...«, stellte der Besitzer des Anwesens fest. Nachdem Lewis sich durch den anfänglichen Smalltalk gekämpft hatte, begann er mit seinem eigentlichen Anliegen. »Wie ich sehe, hat sich deine Leidenschaft für Technik nicht verändert«, eröffnete Lewis. »Keineswegs, die hat sich eher verstärkt«, erwiderte Petersen mit zusammengekniffenen Augen, er hatte den Wechsel, vom Austausch von Höflichkeiten hin zum Geschäftlichen, ebenfalls bemerkt. Lewis ließ seine Finger über die Tastaturen wandern, was Simon mit genauem Blick beobachtete. »Du erinnerst dich bestimmt noch an den Vorfall, nach welchem du mir sagtest, ich habe etwas gut bei dir«, säuselte Lewis leise. Mit schräg gelegtem Kopf und angespannter Mimik nickte der Angesprochene. »Du kannst dir denken, dass ich hier bin, weil ich den Gefallen einfordern möchte.« Lewis legte eine dramatische Pause ein, die Simon ins Schwitzen brachte. »Zwei Freunde von mir stecken in Schwierigkeiten und ich muss ihren Standort herausfinden. Für dich ist es sicherlich kein Problem, das letzte Signal des Handys zu orten, nicht wahr?« Lachend legte Simon den Kopf in den Nacken und stieß hervor: »Oh Lewis, ich habe mir schon Sorgen gemacht, aber das ist ja nun wirklich ein Kinderspiel …« Lewis spielte ihm die Nachricht auf seiner Mailbox vor und bat ihn, das Signal von Elaras Handy zu suchen. Der Technik-Freak fragte nach ihrer Nummer und weiteren Details. Seine Finger flogen so elegant über die Tastatur, dass es Lewis an die Fingerfertigkeit eines Klavierspielers erinnerte. »Was genau machst du nun?«, erkundigte sich Lewis. »Ich hacke mich gerade in diverse Apps, die deine Freundin genutzt hat«, erklärte er abwesend. Lewis zog eine Augenbraue hoch und fragte, weshalb ihm das helfen würde. »Viele der Apps benutzen Ortungsdienste, um Geofilter zum passenden Standort bieten zu können, so kann ich den Weg des Handys zurückverfolgen. Es ist wie eine digitale Schnitzeljagd, ich folge den Spuren, die sie online hinterlassen hat.« Lewis fragte nicht weiter nach, es schien, als würde der reiche Kerl sein Handwerk gut beherrschen. Eine Reihe von Zahlen rieselte über den Bildschirm, Simon ließ die Fingerknöchel knacken und tippte mit einer so hohen Geschwindigkeit Codes ein, dass es Lewis beim Versuch, es nachzuvollziehen, schwindelig wurde. »So, das letzte Signal, dass ich ausmachen konnte, befindet sich hier«, murmelte Simon und deutete auf einen Bildschirm, auf welchem eine Satellitenkarte erschien. Lewis beugte sich vor und fragte: »Kannst du das etwas vergrößern?« Die Antwort bestand nur aus einem Schnauben, keine Sekunde später war der Maßstab größer. »Ich brauche die Adresse …«, erwiderte Lewis und erhielt einen Ausdruck der Karte, inklusive des Namens der Straße. »Dort endet also das Signal ihres Handys?«, hakte Lewis nach. »Genau, entweder das Handy befindet sich noch dort, oder es wurde vor Ort zerstört«, antwortete Simon. Die letzte Nachricht endete mit einem Knall und Rauschen, danach stoppte sie abrupt – gut möglich, dass das Mobiltelefon kaputt war. Der Ort, an welchem Elara gekidnappt wurde, half ihm allerdings nicht zwingend weiter. Praktischer wäre es, direkt den Standpunkt auszumachen, an welchem sie gefangen gehalten wurde. Ein Geistesblitz durchfuhr Lewis. Elara hatte ihm in ihrer Nachricht erzählt, dass Alexejs Handy sich im Besitz von Ottilies Schergen befand. Diese hatten es genutzt, um ihr eine Falle zu stellen. Wäre es möglich, dass sie dumm genug waren, dass Telefon mit in ihr Quartier zu nehmen? Wer sich freiwillig Ottilie anschloss, konnte keinen allzu hohen IQ haben, einen Versuch war es also definitiv wert. »Mach dasselbe noch mal mit dieser Nummer …«, forderte Lewis angespannt und zeigte seinem Bekannten die Daten von Alexej.

Nachdem sich Simon durch eine Menge an Codierungen gekämpft hatte, wurde er fündig. Auf dem Display erschien ein groß wirkendes Haus. Lewis Herzschlag setzte für eine kurze Zeit aus. War es möglich, dass sie das Gebäude, in welchem Elara und Alexej gefangen gehalten wurden, entdeckt hatten? »Größer, bitte«, wies

Lewis staunend an. Auf den Bildern sah das Quartier riesig aus, es erinnerte von der Grundfläche her eher an eine öffentliche Einrichtung. Wie viele Zimmer mochte es wohl geben? Sich die müden Augen reibend, seufzte Lewis. In welchem der Räume konnten Elara und Alexej sein? »Kannst du mir einen Grundriss des Gebäudes beschaffen?«, hakte er nach. Die Finger von Petersen flogen über die Tastatur und ein paar Mausklicks später sah Lewis die gewünschte Abbildung. Er nickte anerkennend und studierte die Räumlichkeiten. »Drei Etagen also …«, stellte er murmelnd fest. »Druckst du mir dies und die Adresse aus?« Die Frage war nun, wie Lewis es unbemerkt in das Gebäude schaffen konnte. Nachdenklich schweifte sein Blick durch die Gegend, bis er erneut an seinem Bekannten hängen blieb. »Inwiefern kannst du Sicherheitsanlagen und Überwachungskameras lahmlegen?«, erkundigte sich Lewis interessiert.

Simon Petersen hob kapitulierend die Hände. »Lewis, diese Sache wird mir langsam zu heikel. Ich habe keinen Bock, mich in kriminelle Machenschaften ziehen zu lassen.« Der Angesprochene näherte sich langsam dem Stuhl, auf welchem Simon saß. Es schien, als würde sich eine Raubkatze an ihre Beute anschleichen. »Wirklich? Du willst mir erzählen, dass du dir dein ganzes Imperium hier«, er machte eine ausschweifende Handbewegung, »nur durch legale Geschäfte aufgebaut hast? In so kurzer Zeit?« Die Stirn des technischen Genies glänzte von den sich bildenden Schweißperlen. Er rutschte unruhig auf seinem Stuhl hin und her. »In meiner jetzigen Situation ist das zu riskant für mich. Ich habe dir die Adressen gegeben, und damit sind wir quitt, ich bin dir nichts mehr schuldig!«, versuchte er sich nervös aus der Affäre zu ziehen. Lewis legte eine Hand an die Lehne des Stuhles und drückte die Sitzgelegenheit leicht nach hinten, sodass ihm sein Bekannter von unten in die Augen schauen musste. Er beugte sich demonstrativ etwas hinunter, um die Position, welche er momentan innehatte, zu verdeutlichen. »Simon, Simon ... Bist du dir da so sicher?«, schnurrte Lewis bedrohlich. Die Taktik wirkte. Mit seinem sensiblen Gehör konnte Lewis Petersens wildes Herzpochen wahrnehmen. »Wenn du mir hilfst, sauber und leise in das Haus einzudringen, werde ich dich in Ruhe lassen. Du wirst nie wieder etwas von mir hören. Wollen wir das nicht beide? Im Guten auseinandergehen und uns nie wieder begegnen?«, säuselte er leise. Petersen fluchte unterdrückt und wischte sich den Schweiß von der nassen Stirn. »Hätte ich gewusst, dass du mich auf die Sache dermaßen festnagelst, hätte ich dein Angebot nie angenommen ...«, fluchte er aufgebracht. »Hätte, hätte ...«, warf Lewis desinteressiert ein. Sichtlich mit sich ringend, schloss Simon die Augen, als würde er hoffen, auf der Rückseite seiner Lider einen Ausweg zu entdecken. »Hilf mir und die Sache ist vom Tisch!«, argumentierte Lewis bestimmt. »Vom Tisch?«, murmelte Simon leicht benommen. Es wirkte, als würden die Bedenken von ihm abfallen. Sein angespanntes Gesicht entspannte sich. Merkwürdig, dachte Lewis, es schien ihm, als würde er ein Déjà-vu erleben. Eine Erinnerung an eine ähnliche Situation spukte in der hintersten Ecke seines Gedächtnisses, doch sie war nicht greifbar. »Haben wir einen Deal?«, hakte Lewis lächelnd nach und streckte ihm seine Hand hin. »Schön«, murrte Petersen und ergriff sie, um den obligatorischen Handschlag hinter sich zu bringen. Die Hand war also doch zu etwas zu gebrauchen, stellte Lewis zufrieden fest, als er die schüttelnden Hände betrachtete, die ihre Abmachung besiegelten. »Wunderbar, nachdem wir die Förmlichkeiten hinter uns gelassen haben, sollten wir gleich mit der Planung beginnen!«, meinte Lewis tatenfroh. Sein Gegenüber quittierte dies nur mit einer gerunzelten Stirn. »Ich brauche eine Ablenkung, damit sie nicht sofort auf die Störung in ihrem Sicherheitssystem aufmerksam werden … Irgendwelche Vorschläge?« Lewis sah seinen Bekannten erwartungsvoll an. »Warte, warte. Der Deal war, dass ich die Technik ausschalte, den Rest musst du selber regeln, damit habe ich nichts zu tun«, widersprach Petersen ausdrücklich. Mit schief gelegtem Kopf musterte ihn der Scian. »Ich habe dich als Gesamtpaket gebucht, finde dich damit ab«, antwortete er flapsig. Der Kopf des Typen färbte sich zu einem hellen Rot. »Das war *nicht* Teil des Deals!«, beharrte er. Lewis kniff die Augen zusammen und hauchte angsteinflößend: »Hältst du dich nicht an deinen Teil der Abmachung, ist auch mein Versprechen, dich zukünftig in Frieden zu lassen, wertlos. Möchtest du das riskieren?« Simons Kehlkopf hüpfte nervös auf und ab, doch schlussendlich schüttelte er nur den Kopf. »Dann sind wir uns ja einig«, schloss Lewis, milde grinsend.

Elara

Wie viel Zeit war wohl vergangen, seit sie in diesem Loch eingesperrt worden waren? Sie wusste es nicht. Sich an den Mahlzeiten – wenn man das trockene Brot und die undefinierbare Masse, die sie vorgesetzt bekamen, denn als solche bezeichnen konnte – orientierend, vermutete sie, dass einmal pro Tag eine Essensration verteilt wurde. Gemessen an dieser Erkenntnis, mussten sie sich um die neun Tage in Gefangenschaft befinden. Wie war es möglich, dass sich neun Tage dermaßen lang anfühlten? Während der gemeinsamen Zeit hatte Elara einiges über ihren Mitgefangenen erfahren. Alexejs Geschichte veranlasste sie dazu, ihn anders wahrzunehmen. Sie sah ihn nun als einen jungen Menschen, der in frühester Kindheit zu viele Verluste erlitten hatte. Was sie bewundernswert fand, war die Tatsache, dass er sich wieder aufgerafft hatte und sein Ziel verfolgte. Sie selbst hatte von Zuhause berichtet, über ihre nervige Schwester, ihre spezielle Mutter und ihren Vater, der immerzu auf Reisen war. Man kam eben ins Gespräch, wenn es keine andere Möglichkeit gab. Ehrlich gesagt, dachte Elara, dass die Routine, die sich die beiden aufgebaut hatten, sie davor bewahrt hatte, wahnsinnig zu werden. Sie wollte sich gar nicht ausmalen, wie die Zeit sie unter den gleichen Umständen verändert hätte, wenn sie allein gewesen wäre. Selbstverständlich war ihnen bewusst, dass sie rund um die Uhr abgehört wurden, warum sonst sollte ihnen Ottilie den Luxus einer geteilten Zelle bieten? Aus Gastfreundschaft wohl kaum … Genau aus diesem Grund mied sie die brisanten Themen und behielt das neu gewonnene Wissen für sich. Es würde sich noch die Gelegenheit bieten, Alexej davon zu berichten. Daran wollte, nein, musste Elara einfach glauben. »Wie alt bist du eigentlich, Alexej?«, erkundigte sich Elara. Alexej fuhr sich durch die strähnigen Haare und meinte: »Zwischen achtzehn und neunzehn.« Elara schaute ihn fragend an: »Du musst das doch genauer einschätzen können.« Alexej zuckte nur die Schultern und erwiderte: »An dem Tag, an dem ich dich nach Hause gefahren habe, waren es noch zwölf Tage bis zu meinem Geburtstag. Keine Ahnung, ob ich heute, gestern oder morgen Geburtstag habe.« Elara nickte nur. »Ich würde dir ja vorsorglich gratulieren, aber da zu frühe Glückwünsche Unglück bringen sollen – und wir davon nicht noch mehr gebrauchen können – lasse ich es sein.« Ihre Worte ließen Alexej herzhaft auflachen. »Ich hätte nicht gedacht, dass du abergläubisch bist.« »Ich hätte nie gedacht, eines Tages an Götter zu glauben und die Welt retten zu müssen, Alex«, murmelte sie. Verwundert blickte er auf und stellte fest: »Du hast mich bei meinem Spitznamen genannt.« Elara hob fragend die Augenbraue. »Damals bestandst du darauf, mich Alexej zu nennen, weil wir nicht befreundet waren«, begann er mit gerunzelter Stirn. »Ich fände es albern, wenn ich dich nach unserer Gefangenschaft nicht so ansprechen würde. Solche Erlebnisse verbinden, findest du nicht?«, antwortete Elara. Ein kleines Lächeln breitete sich auf seinem Gesicht aus. »Sehe ich auch so, Lara«, erwiderte er schmunzelnd. Beim Klang ihres Kosenamens verzog sie das Gesicht. »Was denn?«, hakte Alexej nach. »Nur meine Mutter und meine beste Freundin nennen mich so …«, murmelte sie peinlich berührt. »Ich bin für gleiches Recht für alle, aber wenn dir der Name unangenehm ist, denke ich mir eben einen neuen aus«, entgegnete er.

In der Zeit, in der er überlegte, herrschte Ruhe, die nur vom Tropfen des Wasserhahnes unterbrochen wurde. »Wie wäre es mit Ella?«, schlug er vor. Grunzend lehnte sie seine Idee ab. Alexej verdrehte aufgrund ihrer Reaktion nur die Augen. »El?«, wagte er einen zweiten Versuch. Sie seufzte und flüsterte: »Die Namen werden ja immer schlimmer …« Mit den Schultern zuckend erwiderte er: »Ich bleibe bei Ella, der Name gefällt mir!« Schnaubend erhob sich Elara und meinte: »Ich nehme alles zurück, wir sind nicht so weit, uns gegenseitig mit Spitznamen anzureden. Im Grunde sind wir noch Fremde.« Nun kicherte Alex regelrecht. »So läuft das Ganze aber nicht, Ella!« Sie hob frustriert die Arme. »Dann bleib wenigstens bei Lara«, forderte sie. Er neigte bloß leicht den Kopf und erwiderte: »Mal sehen.« Einen letzten Versuch, ihm das Ganze auszureden, unternahm sie noch: »Ella klingt nach einem kleinen Mädchen, dass gerade gelernt hat, sich die Schuhe zuzubinden!« Prustend schnappte Alexej nach Luft und hielt sich den Bauch. »So habe ich das noch gar nicht gesehen, jetzt gefällt mir der Name noch viel besser«, grinste er. Schön, wenn er mit diesen Regeln spielen wollte – das konnte Elara genauso gut. »Es wird langsam Zeit, ein wenig Sport zu machen, nicht wahr, Lexi?«, verkündete sie. Das selbstzufriedene Grinsen verschwand aus seinem Gesicht. »Lexi?«, hakte er, eine Grimasse ziehend, nach. Nun war es an Elara, gewinnend zu lachen. Die gute Laune verflog relativ schnell. Obwohl sie zuverlässig ihre Übungen wiederholten, verließen sie langsam, aber sicher ihre Kräfte. Kein Wunder, die Nahrung enthielt so gut wie keine Nährstoffe und würde nicht einmal eine Person sättigen; Elara und Alexej mussten sich das wenige aufteilen. Ein Streit brach aus, das Thema war einen Konflikt eigentlich nicht wert. Anspannung und Nervosität forderten ihren Tribut. Elara versuchte, die Meinungsverschiedenheit zu beenden, und wechselte das Thema zu etwas Unverfänglichem. »Wir sollten uns beide ausruhen. Wer weiß, wofür wir die Energie brauchen werden.«

Die harte Pritsche und das grunzende Schnarchen ihres Zellengenossen verhinderten, dass Elara einschlafen konnte. Dazu kamen die Gedanken, die sie immer dann plagten, wenn sie gerade im Begriff war, einzunicken. Ihre Familie ging ihr seit einer Weile nicht mehr aus dem Kopf. Was dachten sie über Elaras plötzliches Verschwinden? Sie mussten krank vor Sorge sein. Elara kaute auf ihrer Unterlippe, es war bereits das zweite Mal, dass sie ihnen Sorgen bereitete. Lebhaft konnte sie sich vorstellen, wie ihre Mutter tobte und eigenhändig einen Suchtrupp organisierte. Wahrscheinlich hatte sie auch Plakate mit dem Titel »Vermisst« aufgehängt. Solche Aktionen, sähen ihr ähnlich. Wie sollte es mit der Schule weitergehen? Sie hatte Unmengen an Stoff verpasst, eine Menge Fehlstunden und die Gerüchteküche in ihrer Stufe war vermutlich ebenfalls am Brodeln. Sie schlug sich die Hände vors Gesicht und wälzte sich unruhig hin und her. Von ihrer Zappelei aufgewacht, murmelte Alexej schlaftrunken: »Was ist denn los?« Sie berichtete ihm von ihren Sorgen. »Die Schule ist wirklich dein kleinstes Problem, deiner Familie werden wir irgendeine

Geschichte auftischen, die deine Abwesenheit erklärt. Wir wissen nicht einmal, ob wir hier jemals wieder lebendig herauskommen. Falls uns eine Flucht gelingt, ist unsere oberste Priorität, Ottilie aufzuhalten. Versagen wir, kannst du aufhören, dir über all das Gedanken zu machen. Es ist dann nur noch eine Frage der Zeit, bis alles, was wir kennen, zerstört wurde.« Alexej gähnte herzhaft. »Mach' dir über die Schule und deine Familie erst Gedanken, wenn wir alles überstanden haben.« Er drehte sich zur anderen Seite und schlief beinahe im selben Moment wieder ein. Alexej wusste wirklich, wie man Leute aufbaute, dachte Elara ironisch. Keine Sorge, es könnte sein, dass dir gar nicht mehr die Zeit bleibt, deine Probleme zu regeln, da wir wahrscheinlich eh alle sterben werden, äffte sie ihn in Gedanken nach. Kopfschüttelnd verdrehte sie die Augen, vielen Dank auch. War es denn verrückt, sich um vermeintlich Alltägliches zu kümmern? Knurrend meldete sich nun auch noch ihr Magen zu Wort. Das hohle Gefühl forderte sie dazu auf, etwas zu essen. Wie gerne wäre sie diesem Wunsch nachgekommen! Die Essensrationen waren bereits verbraucht. Anfangs hatten sie immer etwas als Notration zur Seite gelegt, doch mittlerweile konnte sich keiner mehr dazu durchringen, seinen Anteil nicht sofort zu verzehren. Sie tätschelte ihren grummelnden Bauch. Vielleicht würden ja einige Schlucke Wasser das leere Gefühl mindern. Immerhin hatten sie unbegrenzten Zugang zur Flüssigkeit. Sie schleppte sich zum Waschbecken und hielt ihren ausgetrockneten Mund unter den Hahn. Es fiel ihr immer schwerer, an Rettung zu glauben. Sollten sie so enden? In den Katakomben des feindlichen Quartiers gefangen, bis zu dem Moment, in dem sie verhungern würden oder ihre Entführerin kurzen Prozess mit ihnen machte?

Sie musste im Laufe der Nacht doch von ihrer Erschöpfung übermannt worden sein. Das hektische Erwachen war umso unangenehmer. »Aufstehen!«, keifte jemand. Von dem lauten Schrei geweckt, fuhren die beiden Gefangenen senkrecht nach oben. Das grelle Licht irritierte Elaras Augen, die sich in den letzten Tagen an die schummrige Dunkelheit ihrer Zelle gewöhnt hatten. Blinzelnd hielt sie sich eine Hand vor die gereizten Lider. Es musste eine Taschenlampe auf ihr Gesicht gerichtet sein. Überrumpelt vom Geschehnis, wusste Elara nicht, wie sie reagieren sollte. Ruppig wurde ihr Handgelenk umfasst. »Du kommst mit!«, rief der Träger der Taschenlampe. Elara wurde aus dem Bett gezerrt. Sie schrie auf und biss in die Finger, die ihr Gelenk umklammerten. »Blöde Fotze!«, schrie ihr Peiniger und holte aus, um ihr mit der Lampe einen Schlag auf den Kopf zu verpassen. In letzter Sekunde bekam Alexej eine Hand an die Lampe und lenkte sie leicht nach links, sodass der Gegenstand statt ihres Kopfes die Schulter traf. Pochender Schmerz breitete sich über ihrem Schlüsselbein aus, sie knirschte mit den Zähnen, um einen Schmerzenslaut zu unterdrücken. »Kümmere dich um den Bastard«, wies der Schläger seinen Kollegen an und zog Elara mit Hilfe eines weiteren Mannes aus der Zelle. Sie wand sich, trat um sich und konnte dem eisernen Griff trotzdem nicht entfliehen. Wo brachten die Handlanger von Ottilie sie hin? Ihr Herzschlag beschleunigte sich, Adrenalin wurde durch ihren Körper gepumpt. Sie würde sich nicht ohne Weiteres ergeben. Kraftvoll schmiss sie ihre Arme nach hinten, sodass sich die Extremitäten ihrer Angreifer verrenkten. Die Griffe lockerten sich, was Elara nutzte, um sich loszureißen. Sie war kaum zwei Schritte weit gelaufen, als ein verhängnisvolles Klicken sie innehalten ließ. Ein Blick über die Schulter bestätigte ihren Verdacht. Der Lauf einer Pistole war auf ihren Kopf gerichtet, gehalten wurde sie von niemand anderem als Ottilie. »Hallo, Elara. Wenn du die Chance haben willst, den heutigen Tag zu überleben, bleibst du besser stehen«, begrüßte Ottilie sie mit sanftem Lächeln, welches in Kontrast zum kalten Ausdruck ihrer Augen stand. Langsam hob Elara die Hände und befolgte die Anweisung ihres größten Feindes.

Durch den Lauf der Waffe zur Reglosigkeit verdammt, musste Elara zulassen, dass ihr die Handlanger Handschellen um Hände und Füße legten. »Ich möchte schließlich, dass du uns erhalten bleibst«, ließ Ottilie sie wissen. »Die Jungs haben Tage gebraucht, um alles vorzubereiten, es wäre doch ein Jammer, wenn all die Arbeit umsonst gewesen wäre«, ergänzte sie und tätschelte Elaras verletzte Schulter. Elara zuckte zusammen, ihr entwich ein leises Stöhnen. Die Nachfahrin der Pandora erkannte ihren Schwachpunkt und grub ihre langen Fingernägel genießerisch in die wunde Stelle. Das verzerrte Gesicht Elaras entlockte ihr ein glockenklares Lachen. Sie beugte sich vor und raunte: »Wenn du schon jetzt vor Schmerzen wimmerst, weiß ich nicht, ob du unsere kleine Sitzung überstehen wirst.« Der Raum, in den sie geschleppt wurde, war quadratisch. Es waren nackte Betonwände, in der Mitte stand ein Stuhl. »Hinsetzen!«, befahl der Glatzkopf, der mit der Taschenlampe ihren

Schädel hatte spalten wollen. Neben den Handschellen wurde sie noch mit ledernen Riemen an die Lehne des Stuhles gefesselt. In ihrem Kopf schrillten die Alarmsirenen. Ihre größte Angst war Wirklichkeit geworden. Alexejs Aussage, sie verfüge über geheime Informationen, hatte sie gleichermaßen gerettet wie verdammt. »Nenne mir den Gegenstand«, forderte Ottilie schnurrend. Als Antwort presste Elara die Lippen zusammen. »Ich dachte mir schon, dass du anfangs die Heldin spielen würdest.« Ottilie ließ sich einen langen Stock reichen und verpasste ihr damit einen saftigen Schlag ins Gesicht. Es fühlte sich an, als hätte jemand Elaras rechte Wange in Flammen gesetzt. Die Wucht des Stockes hatte die Haut aufplatzen lassen. Mit aller Macht unterdrückte Elara den Laut, den sie hatte ausstoßen wollen. Stark bleiben, beschwor sie sich und holte tief Luft. »Je eher du redest, desto schneller endet unser kleines Treffen hier«, informierte die Blondine sie. Keine Reaktion zeigend, starrte sie beharrlich die Wand an. Sie durfte nicht reden, mit dem Buch der Weisheiten würde Ottilie der Welt, wie Elara sie kannte, ein Ende bereiten. Es folgten weitere Schläge ins Gesicht, auf die Arme und Finger. Jeder Hieb hinterließ einen brennenden Striemen. Elaras Arme zuckten bei den Wiederholungen. Instinktiv versuchte sie, sich aus ihren Fesseln zu befreien – erfolglos. Als Ottilie es leid war, mit dem Stock auf sie einzudreschen, ließ sie sich ein kleines Feuerzeug reichen. Ein grässliches Lächeln verzerrte die Züge der Nachfahrin der Pandora. Elara versuchte, sich soweit es möglich war, zurückzulehnen, doch die Schnallen um ihren Körper ließen ihr keine Möglichkeit, zu entkommen. Den Mechanismus betätigend, erzeugte Ottilie eine kleine Flamme. »Bist du dir sicher, mir nicht den Namen des Gegenstandes verraten zu wollen?«, hakte Ottilie leise nach.

Den Grundsatz, nicht zu schreien, hatte Elara nicht einhalten können. Vor Überlastung waren ihre Stimmenbänder gereizt, das kräftige Kreischen war zu einem leisen Krächzen verblasst. Rote Brandblasen zierten ihre Finger, die sich in das Holz des Stuhles krallten. Als die Schergen von Ottilie auf ihren Stuhl zugingen, begann sie, ohne ihre Zustimmung, zu schluchzen. Die salzigen Tränen brannten in den offenen Wunden. Ottilie kicherte vor sich hin, es schien ihr Freude zu bereiten, das Leid von Elara zu beobachten. Der Glatzkopf löste die Riemen des Stuhles. Kurz flammte Hoffnung in ihr auf, war die Prozedur beendet? Sie wurde von den Handlangern hochgehievt, ihre Beine hatten nicht mehr die Kraft, sie zu tragen – an Widerstand war gar nicht zu denken. Elaras Arme wurden nun hinter dem Körper zusammengebunden. Sie konnte das Klirren von Metall hören, darauf folgte ein Ruck an den Fesseln. Was hatten ihre Folterknechte vor? Der nächste Zug hob ihre Beine an. Mit nach hinten verdrehten Armen hing sie von der Decke, das Metall grub sich schmerzhaft in ihre Haut. Die ohnehin schon pochende Schulter protestierte vor Schmerz. »Mal sehen, wie dir das ›Aufziehen‹ gefällt – du kannst das hier alles beenden, du musst nur reden«, säuselte Ottilie und trat unter die hängende Gestalt von Elara. Die Antwort von Elara bestand darin, der Erbin der Pandora eine Mischung aus Blut und Speichel entgegen zu spucken. Mit vor Wut bebenden Nasenflügeln wandte sich Ottilie an den Glatzkopf. »Hänge ihr noch ein paar Gewichte an die Füße, dann wird ihr Trotz schon vergehen!« Es schien, als würde Feuer durch ihre Adern zirkulieren. Der Druck auf ihren Schultern war unerträglich, sie fürchtete sich vor dem Moment, wenn die Gelenke auskugeln würden. Ihr Sichtfeld verschwamm, die Ränder wurden dunkel, sie war kurz davor, das Bewusstsein zu verlieren. Fast wünschte sie sich, ohnmächtig zu werden, um den Qualen zu entkommen. »Nenne mir den Gegenstand und du bist frei«, hauchte Ottilie an ihrem Ohr. Ihr einziger Protest bestand aus einem gequälten Krächzen. Es wäre so einfach, ihr Leid zu beenden, sollte sie nachgeben? Ihr gepeinigter Körper drängte sie dazu, etwas gegen die Schmerzen zu unternehmen. Aufhören! Es musste aufhören! Sie rang mit sich, in einem Konflikt zwischen ihrem Wohl und dem der Menschheit. So schwach es klingen mochte, in diesem Moment war Elara bereit, den gesamten Planeten zu verraten, nur um sich selbst zu erlösen. »Wie heißt der Gegenstand?«, flüsterte Ottilie. Die Worte drangen nicht mehr zu Elara durch, sie war abgeschottet in ihrer eigenen Welt der Qualen. Das Einzige, das sie wahrnehmen konnte, waren der salzige Gestank von Schweiß, das metallisch riechende Blut, welches aus jeder ihrer Poren zu fließen schien, sowie der Schmerz, der sich durch ihren Körper fraß. Als Elara die Augen zufielen, holte ein dumpfer Schlag gegen die verletzte linke Seite ihres Gesichtes sie zurück in die Realität. Die verschwimmende Gestalt von Ottilie forderte sie schreiend dazu auf, zu reden. Ihre Worte echoten von den Wänden. Sie konnte ihren Puls donnernd in ihren Augäpfeln spüren, ein hohes, durchdringendes Fiepen trat in den Vordergrund

und löste das Echo der Worte ab. Halluzination oder Wirklichkeit, der Unterschied wurde fließend.

Kapitel 15

Lewis

Stundenlanges Studieren der Karten machte Lewis halb wahnsinnig. Ottilie hatte genügend Wachen, um das ganze Gelände zu besetzen. Es würde kein Spaziergang werden, in das Quartier zu gelangen – allein schon gar nicht. Genau da lag auch das Problem: Im Alleingang wäre es schier unmöglich, hunderte Wachmänner zu überlisten und Elara sowie Alexej zu befreien. Er blies sich genervt eine widerspenstige Locke aus dem Gesicht. Seine Finger trommelten unruhig auf dem Schreibtisch. Wie konnte er unbemerkt in das Gebäude gelangen? Er musste einen Weg finden, die Anhänger Ottilies von der Zelle wegzulocken, ansonsten würde er spätestens im Inneren des Quartiers scheitern. Die einzige Möglichkeit, die ihm sinnvoll erschien, bestand darin, sich Unterstützung zu holen. Mit genügend Leuten wäre es möglich, einen Angriff auf das Gelände vorzutäuschen. Dies würde die Wärter dazu bringen, ihren Posten zu verlassen. Konnte er die Sicherheitsmänner vom Ostflügel weglocken – in welchem er die Zelle vermutete –, würden seine Chancen, den Plan in die Tat umzusetzen, steigen. Das Ablenkungsmanöver müsste so unerwartet und heftig zuschlagen, dass die gesamte Organisation der Wachen in sich zusammenfiel und sie unkoordiniert handelten. Man bräuchte Sprengsätze, die viel Lärm machten, um auch den letzten Deppen zum Einschreiten zu bringen. Er malte den Grundriss des Hauses und die erste Vorstellung des Angriffes auf. Es könnte klappen, falls ihnen Fortuna wohlgesonnen war. Problematisch war, dass seine Idee eine Masse an Menschen benötigte. Wie sollte er Leute dazu bringen, ein Haus anzugreifen? Den wahren Grund konnte er ihnen schlecht nennen, es sei denn, er wollte in der Klapsmühle enden. Würde er Menschen als Ablenkung wählen, gäbe es allerdings noch eine zweite Schwierigkeit. Sie waren zu verletzlich und würden dem Gegenschlag der Befürworter Ottilies, der ohne Frage folgen würde, nicht lange genug standhalten. Es wäre ein wahres Massaker. Ihre Chancen, dies zu überleben, glichen denen einer Fliege, die eine Begegnung mit der Windschutzscheibe eines hundert Stundenkilometer schnellen Autos hatte. Bei der bildhaften Vorstellung verzog Lewis das Gesicht. Sich Lewis' Plan anzuschließen, war nichts anderes als Suizid. Er drehte sich auf seinem Bürostuhl, den er sich von Simon »geborgt« hatte. Es wäre denn, die Überraschungsangreifer wären ebenfalls Scian. Nachdenklich fuhr er sich über sein Kinn. Alexej wäre nicht begeistert von seinem Plan, das wusste er. Doch hatte Lewis eine andere Wahl, als diesen Schritt zu gehen? Jeder weitere Tag konnte den Tod der Gefangenen bedeuten …

Vor einigen Monaten waren sie auf ein auffälliges Unternehmen gestoßen. In einem Vorort der Stadt gab es ein Dorf, welches einen ziemlich großen Umsatz machte. Wie alles Auffällige in der Umgebung hatten sie sich auch diesen Ort genauestens angesehen. Sein Freund hatte der Einrichtung einen Besuch abgestattet, während Lewis seinen letzten Rausch ausgeschlafen hatte. Bei seiner Rückkehr – Lewis erinnerte sich nur noch verschwommen – hatte Alexej vor Wut gezittert und auf die Frage, ob die Leute ihnen im Kampf gegen Ottilie eine Hilfe sein würden, nur den Kopf geschüttelt. Auf seine Nachfragen war er endlich deutlicher geworden. *»Alle Bewohner sind Erben der Götter, aber das sind totale Spinner! Mit denen arbeiten wir nicht zusammen!«, hatte er verärgert gezischt.* Für Lewis war das Thema damit beendet, er hatte keine Energie verschwendet, um diese Einschätzung zu hinterfragen. Nun aber war er auf die Hilfe dieser *Spinner* angewiesen. Er wühlte sich durch die eingestaubten Akten und wurde fündig. Das Blatt war durch einen Kaffeefleck gewellt, doch die Adresse ließ sich glücklicherweise noch erkennen. Ohne Zeit zu verschwenden, stieg er in den Wagen.

Das Tor und der Zaun erinnerten tatsächlich an eine Stadtmauer, mit dem Unterschied, dass es eine Klingel gab. Er drückte diese und wartete ungeduldig. Eine rundliche Frau mittleren Alters öffnete die Pforte. »Haben Sie eine Eintrittsgenehmigung oder sind Sie von der Presse?«, wollte sie genervt wissen. »Weder noch«, antwortete Lewis. Er war irritiert, denn die Dame, die vor ihm stand, schien seiner Einschätzung nach ein Mensch zu sein. Hatte er sich geirrt? »Bedaure, Sie abweisen zu müssen«, meinte die Frau barsch und zog die Pforte zu. Lewis entschied sich, aufs Ganze zu gehen. »Ich bin kein normaler Mensch, wenn Sie verstehen …«, begann er und sah die Pförtnerin erwartungsvoll an. Die Dame schnappte nach Luft, sie hatte die Andeutung offenbar verstanden. Um auf Nummer sicher zu gehen, fügte er hinzu: »Ich bin ein Erbe der Götter und hoffe, auf Gleichgesinnte zu treffen.« Er war sich durchaus bewusst, wie geschwollen die Worte klangen, doch sie hatten die gewünschte Wirkung. Auf die Knie fallend, stotterte die Dame: »Ich hatte ja keine Ahnung, entschuldigen Sie vielmals, Eure Göttlichkeit!« Lewis zog die Augenbrauen hoch, was für ein Spektakel … Die eifrige Frau führte ihn durch einen himmlischen Garten, der mit seinen vielen Skulpturen und Springbrunnen sehr prunkvoll aussah. Auch die Architektur der Gebäude stand dem in nichts nach. Er fühlte sich zurückversetzt in die Zeit des alten Griechenlands. Die Häuser wirkten mit ihren Säulen wie Tempel.

Die Menschen, denen sie begegneten, waren größtenteils in schlichte braune Hemden gekleidet und gingen geschäftig ihren Tätigkeiten nach. Sie wirkten ebenfalls nicht wie aus diesem Jahrhundert. Wo war er hier nur gelandet? Lewis erkundigte sich nach den Gestalten in den bräunlichen Kutten. »Oh, erlauchter Erbe, dies sind – wie ich – gewöhnliche Menschen«, erwiderte sie. »Und was genau tun sie hier?«, fragte er. Die Frau sah ihn verwundert an und antwortete: »Sie tun das, was ihnen befohlen wird.« Lewis schluckte, diese ganze Institution war surreal. Er fragte sich, ob er nur träumte. Die Frau steuerte auf das prächtigste Gebäude zu und bedeutete ihm durch das Aufhalten der Tür, zuerst einzutreten. Bei seinem Dank errötete sie ein wenig und senkte demütig den Kopf. Vor einer weißen Tür hielt sie inne und klopfte zaghaft an. Sie wartete ab und trat schließlich ein. In dem großzügig geschnittenen Raum stand ein massiver Schreibtisch, der mit allerlei Schnitzereien verziert war. Die vielen Fenster sorgten dafür, dass der Saal sonnendurchflutet war. Hinter dem Tisch stand ein

Stuhl, der – in ähnlichem Stil gehalten – eher an einen Thron erinnerte. Auf jener Sitzgelegenheit befand sich ein Mann, der eine weiße Tunika trug. Die Dame, dessen Namen Lewis immer noch nicht kannte, ließ sich erneut auf die Knie sinken. War das hier gang und gäbe? »Verzeiht bitte die Störung, Eure Göttlichkeit. Ich habe diesen Besucher am Eingang empfangen«, informierte sie mit gesenkter Stimme. Der Mann erhob sich, seine muskulösen Oberarme wurden von goldenen Reifen betont. Er unterzog Lewis einer genauen Musterung. »Wer bist du, Fremder?«, erkundigte er sich und wedelte abwinkend mit der Hand, woraufhin die Dame den Raum unauffällig verließ. »Ich bin ein Nachfahre der Götter«, erklärte er. Der Mann deutete auf einen weitaus schlichteren Stuhl, der vor dem Schreibtisch stand. »So setze dich«, forderte er ihn auf. Lewis tat, wie ihm geheißen. »Mein Name ist Aurelian der Goldene, ich bin der Herrscher der ›Stadt der Erben‹«, stellte er sich vor und breitete in einer allumfassenden Geste dramatisch die Arme aus. Lewis stellte sich ebenfalls vor. »Du erscheinst mir wie ein Wiederkehrer, willst du dich unserer Gemeinde anschließen?«, fragte der Goldene nach, dessen Haar die gleiche Farbe wie sein Name hatte und in Locken bis zu seinen Schultern fiel. Ein Wiederkehrer? Worauf spielte der Mann an? Ging es um die Wiederkehr vom Tode? »Tatsächlich bin ich aus einem anderen Grund hier«, begann Lewis zögerlich. Aurelian sah ihn auffordernd an. Sich unsicher, wie er »den Herrscher« ansprechen sollte, entschied er sich für die förmlichere Variante. »Vielleicht kennt Ihr den Namen Ottilie«, meinte Lewis fragend. Die Mimik von Aurelian verzerrte sich. Ja, da klingelte eindeutig etwas. »Arbeitest du mit diesem Monstrum zusammen?«, wollte er drohend wissen. Abwehrend hob Lewis die Hände und verteidigte sich: »Nein – im Gegenteil, ich und meine Freunde bekämpfen dieses Geschöpf. Genau hier beginnt meine Bitte …« Die Kurzfassung seiner Geschichte und der Problematik aufgrund der Gefangenschaft seiner Mitstreiter war schnell erzählt. Auch seinen Plan zu ihrer Rettung hatte er berichtet. Der Goldene fuhr sich durch sein langes Haar. »Ottilie ist ein wahres Ärgernis, sie versucht, unseren Schild zu zerstören, sodass unser Besitz und unsere Rasse dem Untergang geweiht ist«, murmelte Aurelian. »Was meint Ihr mit unserem Besitz?«, erkundigte sich Lewis. Der Mann sah ihn an, seine hellblauen Augen schienen fast weiß zu sein. »Die Erde und ihre Bewohner«, erklärte er mit ernster Miene. Lewis runzelte die Stirn. »Ihr seht die Menschen als Euren Besitz an?« Der Goldene schnippte ein nicht sichtbares Staubkorn von seiner tadellosen Tunika und entgegnete irritiert: »Selbstverständlich, mein Sohn, unser Schöpfer ließ uns – als er selbst gezwungen war, sein Werk zurückzulassen – als eine höhere Instanz, die mächtig war, wie ihre Vorfahren. Ohne uns wäre das Geschlecht der Menschen schon lange ausgestorben. Wir schützen sie, wie ein Hirte seine Schafe. Dafür verehren sie uns.« Lewis Mund wurde trocken, als er den Worten des Goldenen lauschte. Er bekam eine vage Vorstellung davon, warum Alexej nicht zu einer Kooperation bereit gewesen war. Die Rede Aurelians ließ ihn vermuten, dass sich die hier lebende, Scians wie wahrhaftige Götter behandeln ließen. Die Menschen mussten einer Gehirnwäsche unterzogen worden sein, um bei diesem Schauspiel mitzumachen.

Das tüchtige Arbeiten, dass er bei den schlicht bekleideten Menschen beobachtet hatte, erschien ihm nun in einem ganz anderen Licht. Der Erbe der Götter hielt sich offensichtlich für ein höheres Wesen, das für seine Taten Verehrung verdiente. Heilige Mutter, dachte Lewis bestürzt und fand die Bezeichnung »Spinner« plötzlich sehr passend. »Du meinst also, Ottilie könne eine ernst zu nehmende Bedrohung für unser Reich sein?«, hakte Aurelian nach. »Ja, sie ist eine ernst zu nehmende Bedrohung, die den Schild zerstören wird, wenn sich ihr niemand entgegenstellt«, bestätigte Lewis. Eine Weile herrschte Stille, der Goldene – Aurelian – schien seinen Gedanken nachzuhängen. »Was lässt dich glauben, dass du und deine gefangenen Freunde den Aufwand wert seid, gerettet zu werden? Verfügt ihr drei über die Macht, die Nachfahrin der Pandora aufzuhalten?«, fragte der Goldene, seine Augen blitzten kalt und taxierten den Blick von Lewis. Es wurde ernst, das spürte Lewis. Hatten sie die Mittel, um Ottilie zu stoppen? Er wusste es nicht, doch er würde den Teufel tun und dies dem Herrscher der ›Stadt der Erben‹ anvertrauen. Er legte jegliches Selbstvertrauen, welches er aufbringen konnte, in seine Worte: »Ja, Eure Göttlichkeit, wir haben die Macht, sie aufzuhalten!« Gespannt wartete Lewis auf die Reaktion seines überheblichen Gegenübers. Den Kopf in den Nacken werfend, kommentierte dieser: »Ich schätze deine Selbstsicherheit, mein Freund.« Das tiefe Lachen erfüllte den ganzen Saal, es klingelte Lewis trotz alledem in den Ohren, sodass er froh war, als es verstummte. »Ich werde mich mit meinen Vertrauten beraten. Fühle dich innerhalb der Mauern, frei zu gehen, wohin du willst«, meinte der Herrscher mit hochgezogenen Mundwinkeln. Die Bezeichnung *sich frei fühlen*, mit der Begrenzung, dies innerhalb von Mauern zu tun, erschien Lewis sehr widersprüchlich, doch er äußerte diesen Gedanken wohlweislich nicht. Er deutete die Worte als Aufforderung, den Raum zu verlassen. »Danke, Eure Exzellenz«, verabschiedete er sich. »Eure Göttlichkeit, Junge, Göttlichkeit«, verbesserte ihn der Goldene bedeutsam, als er bereits die Tür öffnete.

Wohin Lewis auch ging, die Menschen in den braunen Kutten verbeugten sich demütig. All das war ihm zuwider. Wie konnte man Leute dazu bringen, sich freiwillig zu versklaven? Er schüttelte angewidert den Kopf. Die Anspannung ließ ihn in den herrlichen Gärten auf- und abschreiten. Eines musste man Aurelian ja lassen, die Parkanlagen waren göttlich, im wahrsten Sinne des Wortes. Er war sich allerdings sicher, dass der Scian nicht einen Finger für diese Anlage krumm gemacht hatte. Bestimmt war es die Aufgabe der Diener, die Blumen zu pflegen sowie die Hecken zu stutzen. Das Warten machte ihn ganz mürbe. Seine Nerven waren zum Zerreißen gespannt, die Fingernägel hatte er bereits blutig gekaut. Er war angewiesen auf die Unterstützung der Bewohner der ›Stadt der Erben‹, sie waren seine letzte Hoffnung. Wie sonst sollte er Elara und Alexej befreien? Er hatte keine Uhr, auf der er seine Annahme überprüfen konnte, doch es erschien ihm, als wären Stunden vergangen. Wie lange wollten sich die »Hochwohlgeborenen« noch beraten? Das Erscheinen der Pförtnerin ließ ihn hoffen. »Erlauchter Erbe, Ihre Göttlichkeit erwartet Sie im Sonnensaal«, verkündete sie bedächtig. Endlich, die Wartezeit war vorüber! »Danke für die Nachricht«, meinte Lewis und nickte der Frau freundlich zu. Ein kleines Lächeln erschien auf dem Gesicht der Dame. Mit schnellen Schritten ging der Scian in das bekannte Gebäude. Er klopfte, wartete aber nicht, bis ihn jemand hereinbat.

Aurelian thronte hinter seinem Schreibtisch, er wurde flankiert von zwei Männern auf der rechten und zwei Frauen auf der linken Seite. Die Personen waren ähnlich gekleidet wie der Goldene. Auffallend waren ihre überirdische Schönheit und die übertriebene aufrechte Haltung. Sie sahen auf ihn herab, als entspräche er nicht ihrem Stande. Dieses arrogante Verhalten ärgerte Lewis, doch er riss sich zusammen – er brauchte schließlich ihre Hilfe. »Ihr habt nach mir rufen lassen«, eröffnete er das Gespräch. Der Herrscher der Stadt sah ihn durchdringend an und erwiderte schließlich: »Brüder, Schwestern, dies ist Lewis Cavanaugh, der Scian, der sich unsere Unterstützung erhofft.« Die Angesprochenen neigten synchron die Köpfe. »Wir haben uns ausgiebig beraten und sind zu dem Schluss gekommen, dass wir dir unsere Hilfe zur Verfügung stellen …« Ein Zentner schwerer Stein fiel Lewis vom Herzen. Sie würden ihm helfen! Er hatte eine realistische Chance, seine Freunde zu befreien! »Aufgrund deiner Beschreibung vermuten meine Vertrauten, dass Elara und Alexej die Nachfahren der Athene und des Prometheus sein könnten«, fuhr er fort. Wunderbar, dachte Lewis, inwiefern war das wichtig für die Entscheidung? Die Frau, die an der Seite des Goldenen stand, ließ sich schließlich dazu herab, die im Raum stehende Frage zu beantworten: »Athene und

Prometheus waren in der Geschichte der Menschheit existenziell. Erschaffen aus dem Ton, lebendig durch den Atem der Athene. Deine Annahme, sie könnten über die Fähigkeiten verfügen, Ottilie zu bannen, ist bei solch mächtigen Vorfahren durchaus realistisch.« Lewis Gedanken rasten. Soweit er wusste, war Athene die Göttin der Weisheit und Prometheus ein Titan. Elara war wohl das intelligenteste Wesen, das Lewis kannte, ihr Verstand war scharf. Alexej hatte sich der Mission, die Menschheit von ihrer Bedrohung zu befreien, mit seinem Leben verschrieben. Wenn der Vater der Menschen tatsächlich sein Ahne wäre, würde dies seine Besessenheit, Ottilie zu stoppen, erklären. Lagen die Scian mit ihrer Einschätzung richtig? Lewis würde ihnen nicht widersprechen, wenn dieser Glaube nötig war, damit sie ihm halfen. Folglich nickte er bloß. »Es erschien uns sinnvoll, dass der Erbe des Prometheus und die Erbin der Athene die Bestimmung haben, das Volk ihrer Ahnen zu retten«, ergänzte der rechts stehende Scian. Erneut nickte Lewis – wahrscheinlich hatten die bedeutsamen Erben der Götter recht, doch selbst wenn es nicht so war, ihm wäre das herzlich egal. Hauptsache, er könnte Elara und Alexej mit ihrer Hilfe befreien. »Für unsere Unterstützung erwarten wir selbstverständlich eine Gegenleistung«, säuselte Aurelian der Goldene. Lewis riss die Augen auf. »Erlaubt mir die Frage, Eure Göttlichkeit, wieso Ihr eine Gegenleistung erwartet. Es ist ebenfalls in Ihrem Interesse, die Nachfahrin der Pandora unschädlich zu machen«, entgegnete Lewis hitzig. Auf dem Gesicht des Goldenen breitete sich ein provokantes Lächeln aus. »Wir riskieren viel, indem wir uns auf Spekulationen verlassen, diese Bereitschaft muss berücksichtigt werden.«

Alexej

Die markerschütternden Schreie drangen bis zu seiner Zelle durch. Mit der Zeit wurden sie immer leiser und rauer. Alexej rüttelte an der Tür. Er konnte nicht tatenlos zuhören, wie Elara gefoltert wurde. Natürlich gab das stabile Konstrukt aus Metall nicht nach. Schwer atmend lehnte er seine Stirn an die kühle Wand. Er musste doch etwas tun können! Er raufte sich die fettigen Haare und riss einige Büschel aus. Schuldgefühle plagten ihn, war er doch mitverantwortlich für das, was Elara erleiden musste. Hätte er nicht behauptet, sie wisse etwas über den sagenumwobenen Gegenstand, würde sie nicht misshandelt werden. Anderseits, flüsterte ihm seine innere Stimme zu, wäre sie dann ihren unversorgten Verletzungen erlegen. Was hätte er also anderes machen sollen? Bei dieser Wahl hatte es keine richtige Entscheidung gegeben. Die Arme um sich geschlungen, ließ er sich an der Wand hinuntergleiten. Das Gefühl von Machtlosigkeit war schrecklich. Er wusste nicht, wie lange er, in der hockenden Position an die Wand gelehnt, da saß. Die Schreie waren verklungen, doch das musste nicht unbedingt etwas Positives bedeuten. Sie könnten sie in einen schalldichten Raum gebracht haben oder sie war ohnmächtig geworden. Sich Sorgen machend, trommelte er mit den Fingern unruhig auf seinem Knie. Er schien das Pech förmlich anzuziehen. Wenn er damals sofort nach Hause gefahren wäre, hätte er nie die Begegnung mit Lucas gehabt, die zu seiner jetzigen Lage führte. Der Gedanke an Lucas ließ die Wut in ihm hochkochen – dieser Verräter. Von Elara wusste er, dass die Typen sein Handy als Täuschung genutzt hatten, um sie in einen Hinterhalt zu locken. Diese Kettenreaktion und somit die Gefangenschaft von Elara hätte ebenfalls nicht stattgefunden, wäre er damals vernünftig gewesen. Die Vergangenheit ließ sich nicht ändern, aber die Zukunft! Er wollte nicht in diesem Loch verrotten, es musste doch eine Möglichkeit zur Flucht geben … Die Tür wurde aufgestoßen, zwei Wärter erschienen. Sie schleiften einen regungslosen Körper mit sich, den sie unsanft auf den Boden der Zelle fallen ließen. Das dumpfe Geräusch beim Aufschlag der Gestalt ließ Alexej zusammenfahren. Die Tür wurde zugeknallt. Er robbte zum Körper, der vermutlich Elara gehörte, und drehte sie auf den Rücken. Das Gesicht war angeschwollen, die roten Striemen hinterließen blutige Spuren. Die Haut, die nicht aufgeplatzt oder blutbesudelt war, verfärbte sich bereits in diversen Violett- und Blautönen. Was hatten sie ihr angetan? Er fühlte ihren Puls, er war schwach, aber konstant. Würde ihr göttlicher Funken ausreichen, um ihre Verletzungen zu heilen? Physisch vielleicht, doch psychisch konnte ihr nicht einmal ihre Göttlichkeit helfen. Alexej wusste, wie schwer es war, traumatische Erlebnisse hinter sich zu lassen. Der Hass gegenüber Ottilie loderte auf, wie ein Feuer, in das jemand einen Kanister Benzin geschüttet hatte. Sie würde für ihre Taten büßen, dafür würde er sorgen. Im Rahmen seiner Möglichkeiten säuberte und verband er die offenen Wunden. Elara war eine Kämpferin, doch selbst der stärkste Krieger kam an seine Grenzen, es galt nur zu hoffen, dass sie ihre nicht bereits erreicht hatte. »Du stehst das durch«, flüsterte er. Er fragte sich, warum die Erbin der Pandora Elara zurück in die Zelle bringen ließ. Hatte Elara geredet? Er glaubte es nicht, da sie nach der Preisgabe der Informationen sicherlich *beseitigt* worden wäre. Was versprach sie sich von ihrem Schachzug? Es fiel ihm wie Schuppen von den Augen – natürlich hoffte sie darauf, dass sich Elara ihm gegenüber öffnen würde. Die Hinterlist sah ihr ähnlich, dachte er zornig.

Es musste einige Zeit verstrichen sein. Elara war hin und wieder aufgewacht und hatte undeutliche Sätze gemurmelt, bei Bewusstsein war sie allerdings nicht wirklich. Die Wunden verheilten langsam, zurück blieb eine verschorfte Kruste. Der Heilungsprozess eines Scians begann schneller als der eines normalen Menschen. Trotzdem machte sich Alexej Sorgen. Das Miststück Ottilie würde nicht ruhen, ehe sie über das Wissen Elaras verfügte. Ungeduldig, wie sie war, würde sie zu weitaus härteren Methoden greifen, um die Informationen herauszupressen. Alexej war sich nicht sicher, ob Elara eine weitere Zusammenkunft mit den Schergen von Ottilie und ihren Werkzeugen überleben würde. Aufgeregte Schritte und Geschrei drangen gedämpft durch die Gefängnistür. Interessiert erhob sich der Scian, legte den Kopf an die Tür und versuchte, mehr zu erfahren. Die Schritte wurden lauter und hektischer. Alexej meinte, ein Kommando zu hören, dass den Handlangern befahl, den Westflügel zu sichern. Das Gebäude hatte einen Westflügel? Er stellte sich die Frage. wie groß das Anwesen war, wenn es offensichtlich über mehrere Flügel verfügte. Angestrengt spitzte er die Ohren. Ein unangenehmer Ton drang zu ihm durch, er verzog das Gesicht. War das eine Alarmanlage? Eine Sirene? Was ging hinter dieser Tür vor? Weshalb waren ein Alarm und die Sicherung des Westflügels notwendig? Vielleicht wurde das Quartier angegriffen. Doch wer mochten die Angreifer sein? Die Stirn in Falten legend, tigerte er im Raum auf und ab. All das, was ihm zu Ohren gekommen war, ließ vermuten, dass sich die Anhänger von Ottilie in großem Aufruhr befanden. Sie schienen unorganisiert und überrumpelt. Wäre das nicht die perfekte Chance, eine Flucht zu wagen? Die Frage war, ob diejenigen, die den Alarm ausgelöst hatten, ihm und Elara freundlich gesinnt waren. Würden sie ihnen helfen, sich zu befreien, sie mit Freuden ins nächste Gefängnis befördern oder ihrer Existenz ein Ende bereiten? Alexej ließ den Blick durch den Raum wandern und entschloss sich, sein Schicksal sowie das von Elara selbst in die Hand zu nehmen. Er konnte sich nicht auf die Güte von Unbekannten verlassen. Gab es nicht irgendetwas, das sich als Brecheisen umfunktionieren ließe? Sein Blick fiel auf die Pritsche. Er zögerte kurz, doch begann er schließlich damit, die Streben auseinanderzubrechen. Übrig blieb eine robuste Metallstange. Mit einem triumphierenden Lächeln auf dem Gesicht machte er sich an die Arbeit. Er versuchte, die Tür auszuheben, hatte aber wenig Erfolg. Die Tür hatte sich nicht bewegt, nicht einmal ein Quietschen konnte Alexej den Angeln entlocken. Beständig erfüllte sie ihren Zweck und verhinderte das Entkommen ihrer Gefangenen. Frustriert schmiss er die

Stange auf den Boden. Er zog mit bloßen Händen an dem Konstrukt, fand aber kaum Halt, sodass auch diese Aktion nicht zum Erfolg führte. Auf den Fluren verteilte sich das Chaos. Wenn Alex es richtig deutete, entfernten sich ganze Abteilungen von Leuten. Sie saßen hier also buchstäblich allein und konnten sich dennoch nicht befreien. Er wollte seinen Frust hinausschreien, hatte aber Angst, die Wachen dann doch auf sich aufmerksam zu machen. Ein leises Trippeln hinter der Tür erweckte sein Interesse. Es stand im Kontrast zu den lauten Stampfern, die eben an der Tür vorbeigetrampelt waren. Wer sich dermaßen bemühte, leise zu gehen, wollte seine Anwesenheit geheim halten, oder?

Alexej umfasste mit beiden Händen die Stange und brachte sie in eine Position, wie es ein Baseballspieler mit seinem Schläger tun würde. Sein Instinkt hatte ihn nicht getäuscht. Von der Außenseite der Tür her war ein leises Klimpern zu hören, jemand machte sich an der Tür zu schaffen. Wer auch immer vor der Zelle stand, schien einige Schwierigkeiten zu haben, diese zu öffnen. Alexej hörte unterdrückte Flüche. Er kniff die Augen zusammen, die Stimme schien vage vertraut. Hatte er sich an den Ton der Wächter gewöhnt, oder erwartete ihn jemand anderes hinter dem Konstrukt aus Metall? Als die Tür aufschwang, hielt er vor Anspannung die Luft an. Die Person, die eintrat, war auf den ersten Blick nicht zu erkennen. Das Gesicht war verdeckt von einer schwarzen Ski-Maske. Ohne weiter nachzudenken, ließ Alexej die Stange auf den Eindringling niedersausen. Der Vermummte konnte im letzten Augenblick ausweichen, er keuchte erschrocken auf. Hastig entfernte er die Maske.

»Lewis?«, stieß Alexej ungläubig aus und ließ seine Waffe
sinken. Der Schrecken stand Lewis ins Gesicht geschrieben. »Heilige Mutter, Alexej! Du siehst furchtbar aus«,
meinte er fassungslos. Der Angesprochene lachte freud-
los auf. »Was hattest du erwartet? Mich wohlgenährt
und schick gekleidet anzutreffen?« Lewis konnte nur den
Kopf schütteln, langsam ging er auf seinen Freund zu
und drückte ihn spontan an sich. Bei der Umarmung
musste Lewis jeden seiner Knochen fühlen können,
dachte Alexej. Nach einem kurzem gegenseitigen Auf-
die-Schulter-klopfen sagte Lewis: »Ich bin wirklich froh,
dich lebend wiederzusehen.« Vor Erleichterung, Lewis
zu sehen, wurden Alexejs Augen glasig. Er blinzelte, um
die aufsteigenden Tränen zurückzuzwingen. Tausende
von Fragen lagen ihm auf der Zunge. Er nickte in Richtung der offen stehenden Tür. »Bist du für das Chaos
verantwortlich?« Lewis strich sich über die gerunzelte
Stirn und bejahte seine Frage. »Wie zum Teufel, hast
du das geschafft?«, verlangte er zu wissen. »Wir haben
keine Zeit zum Plaudern, wir müssen Elara finden und
dann abhauen«, scheuchte ihn Lewis angespannt. »Finden müssen wir sie nicht mehr«, merkte Alexej an und
deutete auf die zusammengesunkene Gestalt. Sich nä-
hernd, fragte Lewis besorgt: »Lebt sie?« »Noch – ja …«,
antwortete Alexej mit zusammengebissenen Zähnen. Ein
schweigender Lewis kam selten vor, doch gerade schien
er keine Worte zu finden. Wäre Alexej in der Lage gewesen, zu scherzen, hätte er sicherlich eine entsprechende
Bemerkung von sich gegeben. »Was ist mit ihr passiert?«,
fragte der Retter und ließ seinen Blick über den geschun-
denen Körper von Elara wandern. »Sie wurde gefoltert«,

erklärte Alexej wütend. Vorsichtig hob Lewis das Mädchen an und platzierte sie über seiner Schulter. Ein Blick auf seine Armbanduhr ließ ihn ganz bleich werden. »Wir müssen uns beeilen«, murmelte der Lockenkopf und bedeutete Alexej, ihm zu folgen.

Er hatte Lewis selten so konzentriert gesehen. Mit zusammengekniffenen Augen und einem ernsten Zug um die Lippen führte er Alexej durch das Labyrinth aus Gängen. Leise murmelnd wiederholte Lewis die Abzweigungen. »Dritter Gang links, zweite Tür rechts …« Still und schweigsam folgte Alexej seinem Freund. Er wollte ihn weder ablenken noch stören. Die Flure waren leer, aus der Ferne hörte man Schreie und gedämpfte Laute. Sein Puls war hoch, obwohl sie sich langsam fortbewegten. Die schmalen, dunklen Gänge riefen ein Gefühl der Platzangst in ihm hervor. Er schüttelte sich. Die Tatsache, dass sie unbehelligt passieren konnten, beunruhigte ihn mehr, als wenn sie sich den Weg hätten freikämpfen müssen. Irgendetwas war hier faul, das spürte er. Es sah Ottilie nicht ähnlich, sich überrumpeln zu lassen. Sie stiegen eiserne Treppen hoch, bis sie sich im Erdgeschoss befanden. Das helle Tageslicht ließ ihn die Lider zusammenkneifen. Seine Augen hatten sich in den Wochen der Gefangenschaft an das schummrige Licht gewöhnt und waren überfordert. Tief atmete er ein und genoss die Frische der Luft. Der Geräuschpegel war angestiegen, sie mussten sich dem Getümmel genähert haben. Als sie um die nächste Ecke bogen, kam ihnen ein gestresst wirkender Mann entgegen, der sie überrascht anstarrte. Verdammt, schoss es Alexej durch den Kopf, würde er sie verraten? Bevor der Kerl den Mund aufmachen konnte, um eine Warnung auszusprechen, schoss seine Hand vor. Das knirschende Geräusch, ließ Alexej zusammenfahren. Der Mann ging leblos zu Boden. Etwas schockiert, starrte Alexej abwechselnd von seiner Hand zu dem Toten. »Der wird wohl nichts mehr sagen«, merkte Lewis an und bedeutete ihm, weiterzugehen. Er hatte soeben einen Mord begangen – der Begriff Totschlag passte vermutlich besser – und dennoch blieb das Ergebnis dasselbe. Trotz des Schocks empfand Alexej gruseligerweise Genugtuung bei dem Gedanken, einen Unterstützer Ottilies ins Jenseits befördert zu haben. Diese Empfindung ängstigte ihn, er blinzelte perplex. »Komm!«, forderte Lewis ihn auf und schlich sich durch eine Seitentür nach draußen. Sein Retter schien sich auf dem Terrain bestens auszukennen. Wachsam blickte Alexej immer wieder über die Schulter, als sie über die Grünfläche schlichen. Ein leichter Wind trug den Lärm von dumpfen Schlägen zu ihnen. Der Kampf musste auf der anderen Seite des Gebäudes stattfinden. Zum ersten Mal erblickte Alexej sein Gefängnis von außen. Es war ein eindrucksvolles Haus, mit großer Fensterfront. Modern, aber einschüchternd. Kein Wunder, dass Ottilie daran Gefallen gefunden hatte. Alexej bemühte sich, bei dem steigenden Tempo von Lewis Schritt zu halten. Nach zehnminütigem Fußmarsch ohne bemerkenswerte Zwischenfälle erreichten sie die zugewachsene Nebenstraße. Ein schwarzer Jeep parkte am Rand. Panik stieg in Alexej auf, die Schergen von Ottilie hatten sie bereits erwartet. Wie konnte er nur so dumm gewesen sein, sich Hoffnungen zu machen? Er war bereits im Begriff, eine Kehrtwende zu machen, um zu fliehen. Doch Lewis packte seinen Arm, um ihn zu stoppen. »Der Jeep gehört zu uns«, flüsterte er ihm beruhigend zu. Sie stiegen ein und fuhren los. Den Kopf an die Scheibe legend, betrachtete er geistesabwesend, wie der Wald und das Dickicht aufgrund der hohen Geschwindigkeit des Autos zu einer grünen Masse verschwammen. War das alles real? Alexej hoffte es, er würde es nicht ertragen, nach einem solchen Traum erneut in der modrigen Zelle aufzuwachen. Die Frage, wie die Flucht so reibungslos vonstattengehen konnte, beschäftigte ihn. Erst nach einer Stunde Fahrt begann Alexej zu realisieren, dass er frei war. Der Gedanke ließ ihn anfangen zu lachen. Endlich begann die Anspannung ein wenig von ihm abzufallen. Lewis, der den Jeep fuhr, schaute ihn durch den Rückspiegel besorgt an. »Wir sind frei«, hauchte Alexej und sprach es damit zum ersten Mal aus. Sie hatten es geschafft, Ottilies Fängen zu entkommen! Als sein Blick auf Elaras regungslose Gestalt fiel, die sie quer über die Rückbank gelegt hatten, bekam seine Stimmung einen Dämpfer. Er konnte nur hoffen, dass sie sich erholte, und zwar so schnell wie möglich. Denn eins wusste er, der Kampf gegen Ottilie war noch nicht vorbei!

Kapitel 16

Elara

Elara stieg der muffige Geruch der Zelle in die Nase. Ihr gegenüber befand sich Ottilie, die eine Peitsche in den Händen hielt. Gerade, als sie zum Schlag ausholte, öffnete Elara die Augen. Die grausige Kulisse verblasste. Sie erblickte die besorgten Gesichter zweier vertrauter Scian. Es verlangte sie danach, etwas zu sagen, doch ihre Zunge gehorchte ihr nicht. Kaum wach, zog es sie zurück. Sie war ein Gefangener ihrer eigenen Psyche, die sie ihre Qualen immer wieder durchleben ließ.

Die Zeiten, in denen sie es schaffte, wach zu bleiben, wurden immer länger. Ihr Körper erholte sich allmählich. Sie fand sich in einem unvertrauten Raum wieder, der wie ein Krankenzimmer anmutete. Laut Lewis waren sie in der »Stadt der Erben«. Die hier lebenden Nachfahren der Götter hatten ihm bei seiner Befreiungsaktion geholfen. Die Flucht war an ihr vorbeigegangen. Nach ihrer Folter war die nächste Erinnerung mit diesem Raum verknüpft. Sie sah sich um und betrachtete den sterilen, weißen Saal. Beim nächsten Besuch von Lewis und Alexej konnte Elara von ihren neuen Erkenntnissen berichten. Sie hatte sie lange hüten müssen. »Ein Buch also«, stellte Alexej fest. »In einer Dimension zwischen Himmel und Erde«, ergänzte der Lockenkopf nachdenklich. Unruhig zappelnd, erwiderte Elara: »Beunruhigend ist, dass unsere Existenz mit der von Ottilie verbunden ist.« Beide nickten bestürzt. »Woher genau weißt du das?«, wollte Lewis wissen. Wie konnte sie »die Stimme« jemandem begreiflich machen, der sie nicht mit eigenen Augen gesehen hatte? Abwinkend entgegnete sie: »Die Quelle ist sicher, mehr müsst ihr nicht wissen.« Konfrontiert mit zweifelnden Blicken, zog Elara die Augenbraue hoch. »Ich möchte dir nicht zu nahe treten, du hast viel durchmachen müssen«, begann der Zweifler sanft. Ungläubig schnappte Elara nach Luft: »Du denkst, ich bin verrückt geworden.« Schuldbewusst zuckte Lewis zusammen. Alexej hob in beschwichtigender Manier die Hände. »Die Geschichte ergibt Sinn, außerdem hat Elara bereits vor der«, er zögerte, »Folter von neuen Informationen berichtet.« »Aber erzählt hat sie diese damals nicht«, beharrte Lewis. Alexej lachte humorlos auf. »Wir befanden uns in einer Zelle von Ottilie, wir hätten abgehört werden können.« Lewis fuhr sich durch seine Haare, seufzte und gestand ein, überreagiert zu haben. »Die letzte Zeit hat mich sehr misstrauisch werden lassen«, erklärte er.

Am selben Tag wurde Elara von einer Krankenschwester entlassen. Ihr wurde ein kleines Zimmer zugewiesen. Auf die Frage, warum Lewis sie nicht nach Hause gebracht hatte, gab es keine zufriedenstellende Antwort. Er selbst behauptete, die Archive der Stadt wären für ihre Mission von großem Vorteil. Möglich, dass dies stimmte, doch ein Gefühl ließ sie vermuten, dass es noch einen anderen – wichtigeren – Grund für ihren Aufenthalt gab. Sie hatte sich abends von der Größe der Archive überzeugen wollen, war aber von einer bleiernen Müdigkeit überfallen worden, die sie in ihr Bett gezwungen hatte. Eine in braunes Leinen gekleidete Dame brachte ihr ein Brot und ein Glas Wasser ins Zimmer. Der Magen knurrte beim Anblick der Speisen auffordernd. Nach der Hälfte des Brotes musste sie innehalten, ihr Bauch kapitulierte. Es war einige Zeit her, dass sie so viel auf einmal gegessen hatte. Mit letzter Kraft putzte sie die Zähne, zog sich um und legte sich auf die weiche Matratze. Trotz der Schlichtheit strahlte das Zimmer einen gewissen Luxus aus. Die Scian, denen das Anwesen gehörte, schienen Geld zu haben. Die Augen fielen ihr zu, doch die Bilder, die sie erwarteten, gefielen ihr nicht. Es schien, als lauerten die Albträume hinter ihren geschlossenen Lidern. Mit aufgerissenen Augen lag sie im Bett. Unruhig wälzte sie sich auf die andere Seite und zog sich die Decke bis zum Kinn – es half nichts. Sobald sie einnickte, begannen die grausigen Bilder. *Eine Peitsche knallte und die Fesseln schnitten ihr in das wunde Fleisch.* Schweißgebadet fuhr sie hoch. So konnte es nicht weitergehen! Die Erschöpfung war allgegenwärtig, und dennoch kämpfte sie gegen den Schlaf an. Sie wollte es nicht erneut über sich ergehen lassen. Kurz entschlossen stand sie auf, schlüpfte in ein Paar Badelatschen und verließ ihr Zimmer. Die beiden anderen Scian waren im selben Flur untergebracht. Sie schlich zu Alexejs Zimmertür. Zaghaft klopfte sie an. Er öffnete mit zerzausten Haaren, bekleidet mit Shorts und einem Shirt. Fragend sah er sie an. »Ich kann nicht schlafen«, erklärte sie und schlang fröstelnd die Arme um sich. Er nickte nur und ließ sie eintreten. »Geht mir ähnlich«, antwortete er. Erleichtert über sein Verständnis, betrat Elara das Zimmer, es war ihrem sehr ähnlich. Warum war sie zu ihm gegangen? Sie hatte keine Antwort auf diese Frage.

In der Zeit ihrer Gefangenschaft waren sie die meiste Zeit zusammen gewesen. Die unbequeme schmale Pritsche hatten sie sich geteilt, der Boden war keine verlockende Alternative gewesen. Nun waren sie frei, doch Elara hatte sich an die lauten Atemzüge ihres ehemaligen Zellengenossen gewöhnt. Damals half es ihr, einzuschlafen. Vielleicht war es die Macht der Gewohnheit, die sie drängte, den alten Zustand wiederherzustellen? Wenn es um einen herum still war, wurden die Gedanken umso lauter, dachte Elara. Ihre Gedanken wollte sie zum Schweigen bringen. »Es klingt blöd, aber kann ich über Nacht hierbleiben?«, fragte sie ungewohnt schüchtern. Alexej, der sich in der Zwischenzeit auf das Bett gefläzt hatte, klopfte auffordernd neben sich. Schweigend lagen sie nebeneinander. »Sobald ich die Augen schließe, holt mich alles wieder ein«, flüsterte Elara und unterbrach die Stille. Sie hörte, wie Laken raschelten, spürte, wie sich die Matratze bewegte. Auf der Seite liegend, sah Alexej sie ernst an. »Ich weiß, was du durchmachst. Es ist ein schwacher Trost, aber mit der Zeit lernst du, damit umzugehen«, antwortete er leise. Elara vermisste ihre Familie – sogar das grässliche Essen, welches ihre Mutter zubereitete. Glück bemerkt man erst, wenn es nicht mehr da ist, schoss es ihr durch den Kopf. Rein logisch betrachtet wusste sie, dass ein Besuch ihrer Familie zu viele Risiken barg. Falls Ottilie nicht bereits wusste, wo sich ihre Liebsten befanden, wüsste sie es spätestens, nachdem sie bei ihnen gewesen wäre. Die Nachfahrin der Pandora war schwer einzuschätzen, doch sie musste rasend vor Wut sein, dass ihre kostbarsten Gefangenen entkommen waren. Elara wollte nicht riskieren, dass sie sich stellvertretend an ihrer Familie rächte. Warum musste sie in dieser Lage stecken? Sie sehnte sich nach ihrem alten, langweiligen Alltag. Während ihres inneren Konflikts musste der Scian eingeschlafen sein. Seine Atemzüge waren tief und regelmäßig. Das vertraute Geräusch, die Wärme, die sein Körper ausstrahlte, sowie die Gewissheit, nicht allein zu sein, lullten auch sie langsam ein. Sie fiel in einen traumlosen Schlaf.

Die plötzliche Helligkeit weckte sie. War es etwa schon morgens? Blinzelnd öffnete Elara die Augen. Sie sah eine weiße Fläche, die sich hob und senkte. Wo war sie? Langsam richtete sie sich auf und musste feststellen, dass sich ihr Kopf auf der Brust von Alexej befand. Ihr fiel ein, wie sie sich schlaflos in sein Zimmer begeben hatte. Angesichts ihrer interessanten Position musste sie sich in der Nacht bewegt haben. Vorsichtig bettete sie ihren Kopf auf das dafür vorgesehene Kissen um. Alexej musste ihre kleine Kuschelaktion nicht unbedingt mitbekommen. Licht fiel durch die nur halb zugezogenen Gardinen. Die Tür wurde ohne vorheriges Anklopfen geöffnet. Der Knall, den die aufgestoßene Tür erzeugte, ließ nun auch Alexej hochfahren. Lewis betrat fröhlich pfeifend den Raum. Als er die Konstellation erblickte, riss er erstaunt die Augen auf. »**Dich** hatte ich hier nicht erwartet«, meinte er, an Elara gewandt. Perplex starrte sie ihn an. Elara hatte auch nicht damit gerechnet, dass der Lockenkopf auftauchte. Der Störenfried machte einen Schritt zurück. »Ich wollte euch nicht stören …«, schmunzelte er. Das zweideutige Grinsen trieb ihr die Röte ins Gesicht. Sie erkannte, wie die Umstände auf ihn wirken mussten. Hastig beeilte sich Alexej zu sagen:

»Das kommt jetzt ganz falsch rüber.« Lewis zog nur die Augenbrauen hoch und nickte wissend. »Ich lasse euch jetzt allein. Wir treffen uns später in der Bibliothek«, ließ er sie wissen. Als die Tür zufiel, ließ Elara sich seufzend zurück in die Kissen plumpsen. »Wie peinlich«, rief sie aus. Alexej konnte sich ein kurzes Auflachen nicht verkneifen. Fand er den Stand der Dinge lustig, oder war dies ein unkontrollierter Bewältigungsmechanismus? »Es hätte schlimmer kommen können«, versuchte er, sie zu beruhigen. Elara schlug die Hände vor ihr Gesicht. »Ach ja?«, murmelte sie nicht überzeugt. »Immerhin hatten wir beide Klamotten an«, warf er ein. Sie warf das Kissen nach ihm und sagte beschämt: »Sehr lustig!« Alexej hob kapitulierend die Hände: »Hey, immerhin bist **du** in **mein** Zimmer gekommen.« Elara verschränkte die Arme vor der Brust. »Wieso kommt Lewis auch ohne Ankündigung in dein Zimmer?«, hakte sie, auf der Suche nach einem Schuldigen, nach. »Der Typ wurde in der U-Bahn geboren, oder so. ›Anklopfen‹ und ›Privatsphäre‹ sind Fremdwörter für ihn«, erwiderte Alexej lachend. Unangenehm berührt, stand sie auf und verabschiedete sich mit den Worten, dass sie sich fertigmachen müsste.

Eine warme Dusche und ein Frühstück später hatte sie sich wieder gesammelt. Etwas verloren streifte sie auf den Gängen umher. Das Gelände war riesig und nicht ausgeschildert. Wo also in aller Welt war die Bibliothek? Wahllos öffnete sie einige Türen. Was sie vorfand, war zwar sehenswert – zuletzt hatte sie einen Raum voller alter Globen entdeckt –, aber weiter brachte es sie nicht. Vielleicht hatte sie beim nächsten Zugang mehr Glück. Ohne Hintergedanken schwang sie die Türen auf. Hoppla, dieser Raum war nicht verlassen. Hinter einem massiven Schreibtisch saß ein blonder Mann, der erstaunt aufsah. »Verzeihung, ich habe mich in der Tür geirrt«, haspelte Elara und wollte schnellstmöglich verschwinden. Der Mann schien wütend über die Störung. Er kniff die Augen zusammen, Erkenntnis huschte über sein Gesicht. »Elara Luettich«, sprach er erfreut. Ein schneller Wandel der Emotionen, dachte sie verwundert. Sie wich erschrocken zurück, als er unmittelbar vor ihr auftauchte. Wie zum Teufel …, schoss es ihr durch den Kopf. Die blonden Locken saßen, als wollte er Werbung für ein Haarspray machen. Er streckte ihr die Hand entgegen. »Mein Name ist Aurelian, eine Freude, die Erbin der Athene kennenzulernen«, meinte er charmant lächelnd, wobei er seine weißen Zähne entblößte. Er wusste ihren Namen und nannte sie die Erbin der Athene, beide Dinge ließen sie schlucken. Sichtlich überrumpelt, kam ihr kein Wort über die Lippen. Athene, die Göttin der Weisheit, ging es ihr durch den Kopf. Woher wollte der Mann wissen, wer ihre Vorfahrin war? Die Göttin der Weisheit war berühmt für ihren kühlen Verstand und ihre Kampfeskunst. »Du scheinst verwirrt«, bemerkte der Blonde. Elara blinzelte einige Male. »Möglicherweise liegt eine Verwechslung vor«, entgegnete sie. Aurelian schüttelte seine Haarpracht verneinend. »Ich selbst habe daran gezweifelt, dass wir die Erbin der Athene und den Nachfahren des Prometheus befreit haben, aber jetzt, wo ich dich sehe«, er hielt inne und ließ seinen Blick prüfend über ihre Gestalt wandern – für ihren Geschmack etwas zu lange –, »sind meine Bedenken verflogen.« Elara zog die Augenbrauen hoch. Das war eine Entwicklung der

Dinge, die sie nicht erwartet hatte. Nicht daran interessiert, dieses seltsame Gespräch fortzuführen, versuchte sie, sich der Situation zu entziehen. »Ich bin auf der Suche nach der Bibliothek«, sagte Elara entschuldigend. Der Mann winkte ab und klatschte in die Hände. Es erschien ein Mensch, der das typische bräunliche Gewand trug. Sich verneigend, wartete der eben Erschienene geduldig ab. »Führe meinen Gast zur Bibliothek«, befahl Aurelian. Der Diener – vielleicht traf es der Begriff »Sklave« besser – nickte und bedeutete Elara, ihm zu folgen. »Hier entlang, Eure Göttlichkeit«, sprach der Mensch. Die Uhren schienen innerhalb dieser Stadtmauern anders zu ticken, bemerkte Elara verstört. Immerhin kannte der Mann den Weg. Zielsicher geleitete er sie zu einem weiteren Gebäude, bis hin zu einer Flügeltür. »Die Bibliothek, Eure Göttlichkeit«, sagte der Diener und deutete auf die Tür. Elara bedankte sich, was den Mann offenbar irritierte.

Die Bibliothek übertraf alle ihre Erwartungen! Die weißen Bücherregale ragten in die Höhe, ohne eine Leiter würde sie nicht an das oberste Regalfach kommen. Der Raum war riesig, ausgestattet mit einigen Tischen und Leseecken. Ehrfürchtig ließ Elara ihre Fingerspitzen über die unzähligen Buchrücken, gleiten. Der vertraute, leicht muffige Duft nach altem Papier ließ ihr Herz höher schlagen – hier fühlte sie sich heimisch. »Elara, wir sind hier«, rief eine Stimme. Sie folgte dem Klang und entdeckte Alexej und Lewis um einen runden Tisch versammelt. »Du bist zu spät«, bemerkte Alexej. Elara schnaubte. »Auf der Suche nach der Bibliothek bin ich einem gewissen Aurelian über den Weg gelaufen«, meinte sie und verzog das Gesicht zu einer Grimasse. »Oh, der ist übel«, pflichtete Lewis ihr bei. »Wie sieht der Plan aus? Stöbern wir in den Unterlagen?«, erkundigte sie sich und konnte ein Gähnen nicht unterdrücken. »Nicht so viel Schlaf bekommen, letzte Nacht?«, hakte Lewis unschuldig nach. Ging das schon wieder los? Diese Bemerkungen würde sie nicht den ganzen Tag ertragen. Bedrohlich lehnte sie sich vor. »Noch ein Wort dazu und ich kastriere dich – mit bloßen Händen«, flüsterte sie. Die Worte mussten Eindruck hinterlassen haben, immerhin machte er einen Schritt zurück und schluckte die Kommentare hinunter. Die Bibliothek war sehr gut sortiert. Alle Regale waren ausgeschildert und die Abteilung über Mythologie wirkte beeindruckend. Überraschenderweise stellte Elara fest, dass es neben den Werken über die römischen sowie griechischen Legenden ebenfalls Bücher über nordische Sagen gab. Sie suchte in den Werken nach einem Hinweis auf das Buch der Weisheiten – bisher erfolglos. Die Worte der Stimme kamen ihr in den Sinn: *»Beantworte jedem Menschen eine Frage! Doch lausche bedächtig meinen Worten, wenn ich dir nun sage, wer das Recht hat, dir eine Frage zu stellen. Nur die Klugen besitzen die Fähigkeit, dich zu finden, allein die Ausdauernden schaffen es, die Suche nicht vor dem Ziel zu beenden, und nur die Starken überstehen die kräftezehrende Reise.«* Die Klugen, die Ausdauernden und die Starken. Drei Eigenschaften, dachte sie grübelnd. Angenommen, sie war die Erbin der Athene, dann würde sie die Intelligenz verkörpern. Dass Alexej trotz oder gerade wegen seiner Vergangenheit weiterkämpfte, erschien ihr als ein Akt der Stärke. Passte denn die Ausdauer zu Lewis? Bekam er einen Auftrag, führte er ihn aus, er hielt durch, auch in Situationen, in denen er auf sich allein gestellt war.

Konnte es sein, dass sie zu dritt die Bedingungen erfüllten? Erfreut klatschte sie in die Hände. Je weiter sie über ihre Eingebung nachdachte, desto logischer erschien sie ihr. »Jungs? Ich hatte gerade einen sehr interessanten Einfall«, rief sie, um ihre Neuigkeiten mitzuteilen. Nachdenklich fuhr sich Alexej durch die Haare, er kniff konzentriert die Augen zusammen. »Das macht Sinn!«, warf Lewis nickend ein. »Es **ergibt** Sinn«, verbesserte ihn Elara gedankenverloren. »Sag ich doch«, beharrte der Angesprochene unnachgiebig. Abwinkend beschloss Elara, keine Energie für die drohende Diskussion zu verschwenden. Die Kraft musste sie sich für weitaus Wichtigeres einteilen. »Du sagst also, wir können das wirklich schaffen?«, hakte Alexej nach. Elara schüttelte verneinend den Kopf. »Ich sage es nicht, aber alle nötigen Bedingungen werden von uns dreien erfüllt.« Bedächtig neigte er den Kopf. »Also müssen wir das als Gruppe durchziehen?« »Sieht ganz so aus«, bestätigte Elara.

Alexej

Den restlichen Tag verbrachten alle gemeinsam in der Bibliothek. Elara blühte in ihrem Element auf. Die Ehrfurcht zu beobachten, mit der sie sanft die Bücher aus den Regalen zog, und die Vorsicht beim Umblättern der Seiten hatte etwas Fesselndes an sich. Gebannt saß sie dort, beinahe verdeckt von einem Stapel Bücher, den sie um sich herum errichtet hatte. Ein Schnipsen gegen seinen Oberarm riss Alexej zurück in die Realität. »Ich bin kein Experte auf dem Gebiet, aber um das Buch zu lesen, musst du zumindest auf die Seiten schauen«, riet ihm Lewis sarkastisch. Die Reaktion seines Freundes bestand darin, ihm den Mittelfinger zu zeigen. Statt beleidigt zu sein, verzog sich Lewis kichernd. Widerwillig heftete er seinen Blick auf die Buchstaben. Trotz der Erkenntnis, dass sie die geforderten Attribute mit sich brachten, fand sich das Buch der Weisheiten nicht von allein. Elara hatte ihre stille Recherche beendet und schob ihren Stuhl zurück. »Wonach wir suchen, wissen wir. Dass wir es finden können, wissen wir. Die Frage ist, wo es sich befindet«, murmelte sie und schritt auf und ab. Lewis tauchte aus einem der unzähligen Gänge auf. »Es ist mittlerweile neun Uhr und wir haben keine einzige Pause gemacht«, nörgelte er. Elara schien es, als wollte sie ihm an die Gurgel springen. Vorsorglich erhob sich Alexej, um die aufkommende Wut im Keim zu ersticken. »Lasst uns für heute Schluss machen. Wir sind alle erschöpft und übersehen vermutlich die wichtigsten Dinge«, sprach er und rieb sich über die müden Augen. Persönlich hatte er auch nichts gegen ein Wiedersehen mit seinem Bett einzuwenden.

In seinem Zimmer wartete bereits ein erlesenes Abendessen, welches hübsch angerichtet worden war. Die Stunden des Lesens hatten ihn hungrig werden lassen. Er genoss den Geschmack des dunklen Brotes, auf welches er eine Scheibe des milden Käses gelegt hatte. Wie lange war es her, dass er eine Mahlzeit derart genüsslich verzehrt hatte? Während seiner Gefangenschaft war der nagende Schmerz im Magen ein ständiger Begleiter gewesen. Essen war kein Genuss, sondern eine Maßnahme zur Erhaltung des Lebens. Es wunderte ihn, dass ihre Gastgeber sie ungestört ließen und ihnen sogar Zimmer zur Verfügung stellten. Vor einiger Zeit hatte er dieser Institution bereits einen Besuch abgestattet. Was er gesehen hatte, hatte ihn angewidert. Die Anlage war ohne Frage schön, aber die Art, wie die hier wohnenden Scian zu leben pflegten, ließ sich nicht mit seinen moralischen Vorstellungen vereinbaren. Der Mensch wurde behandelt wie ein Nutztier. Die Erben der Götter führten sich gebieterisch auf. Dieses Theater ließ Übelkeit in ihm aufkommen. Er war zu der Ansicht gekommen, dass eine Herrschaft durch einen Scian wie Aurelian gewaltige Folgen nach sich ziehen würde. Die Weltordnung würde auf den Kopf gestellt werden. Die hier lebenden Scian würden eine Hierarchie wie in diesen Stadtmauern anstreben, und das auf der ganzen Welt. Aus diesem Grund hatte er sich damals gegen eine Zusammenarbeit mit ihnen entschieden, obwohl sie ihn im Kampf gegen Ottilie hätten unterstützen können. Er schüttelte den Kopf. Was hätte ihm ein Verbündeter genützt, der im Endeffekt auch sein Feind wäre? Den Rest seiner Mahlzeit verzehrend, fragte sich Alexej, ob Elara erneut sein Zimmer aufsuchen würde. Wünschte er sich ihre Gesellschaft? Die Antwort auf diese Frage kannte er nicht. Interessanterweise fühlte er sich ihr nach ihrer gemeinsamen Gefangenschaft verbunden. Sie war vermutlich die einzige lebende Person, welcher er dermaßen viel über sich anvertraut hatte. Nicht willens, weiter über das Mädchen nachzudenken, lenkte er seine Gedanken zurück zu den »Herrschern« dieser Stadt. Allein der Begriff »Herrscher« ließ ihn innerlich würgen. Wieso sollten sie ihn und seine Verbündeten beherbergen? Reine Herzensgüte war sicherlich nicht der Grund. Aurelian war nicht die Art von Person, die großzügig ihren Besitz zur Verfügung stellte, er war gerissen – immer darauf bedacht, einen Vorteil aus der Situation zu ziehen. Alexej beschloss, Lewis in dieser Hinsicht auf den Zahn zu fühlen. In Gedanken versunken, hätte er beinahe das leise Klopfen überhört. »Ist offen«, meinte Alexej. Den Raum betrat Elara, die sichtlich zerknirscht schaute. Sie war wiedergekommen, stellte er mit einer gewissen Freude fest. Er rutschte zur Seite, um ihr Platz zu machen. Sie verstand den Wink und lächelte ihn dankbar an.

Der nächste Tag begann, wie der letzte geendet hatte. Auf der Suche nach Hinweisen verbrachten sie die meiste Zeit in den Archiven sowie in der Bibliothek. Nennenswerte Fortschritte hatten sie nicht gemacht. Vielleicht war die bloße Recherche der falsche Weg, überlegte Alexej. »Lasst uns das Problem einmal aus einer anderen Perspektive betrachten«, schlug er vor. Elara hob den Kopf und sah ihn auffordernd an. »Das Buch der Weisheiten ist der Gegenstand, den wir suchen«, begann er, nickend bestätigten ihn seine Mitstreiter. »Lasst uns darüber nachdenken, wofür dieses Buch steht – welchen Zweck es erfüllen sollte – vielleicht erreichen wir unser Ziel über diesen Weg«, fuhr Alexej fort. Sich räuspernd meldete sich Elara zu Wort: »Das ist keine schlechte Idee, am besten halten wir unsere Ergebnisse schriftlich fest.« Nach kurzer Zeit hatten sie sich ein Whiteboard organisiert. In Großbuchstaben schrieb Alexej »Buch der Weisheiten« in die Mitte und umkreiste den Begriff. »Also …«, sprach er und sah erwartungsvoll in die Runde. »Das Buch wurde von Athene geschaffen und auf die Erde gebracht«, meinte Lewis. »Als Reaktion auf die Rachepläne des Zeus, beziehungsweise auf die Erschaffung der Pandora«, ergänzte Elara. Stichwortartig notierte er alles fein säuberlich auf der Tafel. »Wofür steht es?«, hakte Alexej nach. Lewis überlegte eine Weile und meinte anschließend: »Wenn du mich fragst, für die Hoffnung.« Den Kopf schräg legend, forderte Elara ihn dazu auf, diesen Gedanken zu erklären. »Die Hoffnung darauf, einen Weg zu finden, die Leiden aus der Büchse zu bekämpfen«, erläuterte Lewis. Abwägend neigte er den Kopf, es war kein schlechter Ansatz. »Athene wusste nichts von den Plänen des Prometheus, ein Netz über die Erde zu spannen. Ihr Ziel war es also, den Menschen die Möglichkeit zu geben, die todbringenden Leiden zu bekämpfen«, grübelte Elara mit gefurchter Stirn. Ihr schien im selben Moment wie Alexej ein Licht aufzugehen. »Leben«, riefen beide gleichzeitig aus. Verwirrt bat Lewis darum, aufgeklärt zu werden. »Die Möglichkeit, Tödliches zu bekämpfen, ist gleichbedeutend mit einer Lebensversicherung«, rief Alexej aufgeregt. »Genau! Die Göttin wollte sichergehen, dass die Menschen eine Chance hatten, sich ihrem Untergang zu entziehen und somit am **Leben** zu bleiben«, meinte Elara und klatschte in die Hände. »Das Buch steht für die Erhaltung des Lebens«, wiederholte Lewis nachdenklich. Eine Weile herrschte Stille, jeder hing seinen Gedanken nach. Auf ihrer Lippe kauend, unterbrach Elara als Erste die Ruhe: »Ich habe eine Theorie! Ich brauche die Sage über die

Erschaffung der Menschheit durch Prometheus.« Kaum hatte sie die Worte ausgesprochen, war sie auch schon aufgesprungen, um nach dem passenden Werk zu suchen. Sie kehrte, mit einem dicken Schinken zurück, den sie mit einem lauten Knall auf den Tisch fallen ließ. Hastig blätternd fand sie die Stelle, nach welcher sie gesucht hatte. *»Er schöpfte Wasser aus einem Fluss, den er daraufhin den ›Fluss des Lebens‹ taufte, und begoss den Ton, damit dieser formbar wurde. Aus dem braunen Klumpen schuf er das Abbild seines eigenen Körpers«*, las Elara mit vor Aufregung bebender Stimme vor. »Der Fluss schenkte das Leben, das Buch soll es bewahren«, murmelte Alexej. Er war davon beeindruckt, dass Elara diesen Zusammenhang erkannt hatte. »Ich weiß nicht, ob es zu stark interpretiert ist, aber es muss doch eine Verbindung zwischen dem Buch und dem Fluss bestehen. Immerhin stehen sie für dieselbe Sache!«, erwiderte Elara hoffnungsvoll. »Ich glaube, wir sind da einer heißen Fährte auf der Spur«, stimmte ihr Alexej zu. »Das Buch befindet sich in einer anderen Dimension«, warf Lewis ein. Da hatte er Recht, das von Prometheus gespannte Netz hatte den göttlichen Gegenstand von der Erde verbannt. Aufgrund des herrschenden Gleichgewichts musste es aber selbst in einer anderen Sphäre für die Erdbewohner erreichbar sein. Konnte man durch einen Fluss die Erde verlassen? Vielleicht waren sie doch in eine Sackgasse geraten. Elara grinste und meinte: »In der römisch-griechischen Mythologie werden Flüsse oftmals als Grenze zwischen dem Jenseits und dem Diesseits bezeichnet.« Auf Alexejs Gesicht breitete sich ebenfalls ein Lächeln aus. »Das bedeutet, der Fluss des Lebens könnte tatsächlich ein Portal sein.«

Sie beschlossen, alle gemeinsam zu essen, und versammelten sich in einem leer stehenden Saal, der mit Tischen und Stühlen möbliert war. Serviert wurde eine herzhafte Gemüsesuppe. »Ich wundere mich, dass Ottilie so lange ruhig geblieben ist«, eröffnete Elara das Gespräch. Alexej konnte ihr in diesem Punkt nur zustimmen. So wie er seine Feindin kannte, hätte sie nicht eher pausiert, bis er und Elara tot oder erneut in ihrer Gefangenschaft wären. »Der Angriff auf ihr Anwesen hat sie geschwächt, es ist einiges zerstört worden«, entgegnete Lewis. Den Kopf schüttelnd, antwortete Elara: »Ich glaube nicht, dass es daran liegt.« Alexej nickte und sagte düster: »Das wird alles seinen Sinn haben. Ottilie hat immer einen Plan.« Die Tür wurde geöffnet und eine in eine weiße Tunika gekleidete Gestalt erschien. »Aurelian«, murmelte Lewis und knirschte mit den Zähnen – er wirkte sichtlich angespannt. »Ihr macht eine Pause?«, stellte Aurelian fest. »Selbst wir müssen etwas essen«, entgegnete Lewis flapsig. Bedächtig schritt der Goldene durch den Saal. Sich der Aufmerksamkeit der Anwesenden sicher, schnalzte er mit der Zunge. »Ich hoffe nur, Lewis, dass du unsere Abmachung nicht vergessen hast«, flötete er, mit drohendem Unterton. Eine Abmachung? Was hatte Lewis angestellt? Alexej verkrampfte sich und auch Elaras Miene schien in Stein gemeißelt. Der Freund holte tief Luft und starrte den Herrscher der Stadt der Erben wütend an. »Wie könnte ich das vergessen?«, presste er hervor. »Fein«, erwiderte Aurelian und zwinkerte der Runde zu. »Guten Appetit, wünsche ich.« Mit diesen Worten verließ er den Raum.

Sobald die Tür zufiel, drehten sich Elara und Alexej

zu Lewis. »Wovon spricht er?«, verlangte Elara zu wissen. Den Kopf gesenkt, raufte sich Lewis durch seine lockige Mähne. Die gewohnt lockere Art war verschwunden. »Lewis?«, hakte Alexej eindringlich nach. Endlich sah der Angesprochene seine Verbündeten an. »Aurelian hat für seine Unterstützung bei eurer Befreiung eine Gegenleistung gefordert«, flüsterte er niedergeschlagen. Die Spannung im Raum war greifbar. Die Tatsache, dass der Goldene für seine Hilfe etwas einforderte, überraschte Alexej nicht. Die Frage lautete, wie schlimm dieser Handel für sie ausgefallen war. »Jetzt sprich weiter«, drängte Elara. Lewis musste sich sammeln, bevor er die Worte aussprach. »Er will den Gegenstand.« Stille beherrschte den Raum, beide starrten ihn ungläubig an. »Du meinst doch nicht etwa …«, begann Elara zögerlich. »Doch, genau das meine ich«, antwortete Lewis bedrückt. Der wahnsinnige Herrscher der Stadt der Erben wollte das Buch der Weisheiten als Gegenleistung für seine Unterstützung! Alexej war am Boden zerstört. Der wohl mächtigste Gegenstand in den Händen dieses Mannes … »Wie konntest du dich auf diesen Deal einlassen?«, rief er wütend aus. Fassungslos starrt Lewis ihn an. »Was hätte ich denn machen sollen? Ich war – verdammt noch mal – auf seine Hilfe angewiesen!«, schrie er empört. »Dir ist klar, was er mit dem Buch vorhat?«, erkundigte sich Alexej provokant. Lewis stand auf, der plötzliche Ruck ließ seinen Stuhl nach hinten kippen. Mit einem lauten Knall landete er auf dem Boden. »Natürlich! Ich bin nicht dumm!«, entgegnete der Lockenkopf aufgebracht. Kalt musterte Alexej ihn und meinte: »Da wäre ich mir nicht so sicher.« Das brachte das Fass zum Überlaufen. Die Adern an seinem Hals traten bei dieser Beleidigung deutlich hervor. »Hast du mich gerade als blöd bezeichnet?«, wollte Lewis, vor Wut schwer atmend, wissen. »Wenn du das noch fragen musst …«, murmelte Alexej. Mit einem animalisch klingenden Schrei stürzte sich Lewis auf seinen Freund. Er nahm dabei den direkten Weg, der über den Esstisch führte. Die Suppenschüssel wurde schwungvoll von der Tafel gefegt, ihr folgten Teller und Besteck. Es klirrte, als das teure Porzellan in winzige Scherben zerbarst. Gemüsebrühe spritzte in verschiedene Richtungen und besudelte den Teppich. Alexej wurde am Kragen gepackt. Die beiden trennte kaum eine Handbreit. »Ich habe mir den scheiß Arsch aufgerissen, um euch zu finden. Ist das dein Dank?«, zischte Lewis bedrohlich. Ein lauter Pfiff ließ sie aufblicken. Elara hatte sich breitbeinig vor ihnen aufgestellt. »Genug!«, befahl sie, so autoritär, dass sie tatsächlich auseinandergingen. Sie starrte beide eisig an. »Setz dich auf deinen Platz, Lewis!«, forderte sie ihn auf. »Es reicht, dass wir gegen Ottilie und Aurelian bestehen müssen. Wir können es uns nicht leisten, untereinander zu kämpfen«, donnerte Elara. Trotzig hob Lewis das Kinn. Sie beugte sich über den Tisch, nicht darauf achtend, dass ihre linke Hand auf einem Stück Brokkoli ruhte. »Der Handel war unüberlegt, er lässt uns mit dem Rücken zur Wand stehen – aber«, nun wandte sie sich Alexej zu, »er hat dazu geführt, dass wir aus unserer Gefangenschaft befreit wurden. Wie wir herausgefunden haben, können wir das Buch nur zu dritt finden. Solche Auseinandersetzungen untereinander sind inakzeptabel!« Sie ließ geräuschvoll die Luft aus ihrer Lunge weichen und setzte sich. Etwas freundlicher fügte sie hinzu: »Wir sind ein Team – benehmen wir uns auch wie eines!« Die Worte ließen beide Streithähne sitzen bleiben. »Ich hatte keine Zeit, nach einem anderen Verbündeten zu suchen, schließlich habe ich mit jeder Stunde, die ich abgewartet habe, euer Leben riskiert«, meinte Lewis mit bebender Stimme. Aufgewühlt rieb sich Alexej über die gefurchte Stirn. Er schlug die Augen nieder. »Ich weiß, ich weiß«, stöhnte er. Seine Wut begründete sich nicht nur auf Lewis' Handel. Er selbst war an ihrer Gefangenschaft nicht ganz unschuldig gewesen, da er an besagtem Abend in das Lokal gegangen war, wo er Lucas begegnete. Die Emotionen kühlten langsam ab, er sah sich die Schweinerei an, die sie hinterlassen hatten. Angeekelt verzog er das Gesicht. »Gibt es eine Möglichkeit, aus dieser Abmachung herauszukommen?«, erkundigte sich Elara sachlich. Lewis stützte den Kopf auf den Händen ab und schüttelte den Kopf. »Es war kein normaler Handel, eher ein Schwur – ich musste ihm ein Pfand geben, falls ich mein Wort brechen sollte«, murmelte er leise. Eine dunkle Vorahnung beschlich Alexej, als er nachfragte: »Was für ein Pfand?« Lewis sah ihn ausdruckslos an, als er antwortete: »Das Pfand ist mein Leben.«

Seinen Worten folgte eine fast erdrückende Stille. Alexej bereute seinen Wutausbruch, er hatte nicht ahnen können, dass Lewis sein Leben für sie riskierte. Es sah ihm ähnlich, ohne Weiteres eine riskante Abmachung zu treffen – doch diesmal, so schien es Alexej, war er sich der Konsequenzen bewusst gewesen. Dennoch hatte er gleich gehandelt. Die Runde löste sich auf, alle gingen auf ihre Zimmer. Heute hatten sie große Fortschritte bei der Suche nach dem Buches gemacht, doch auch einen Rückschlag in Kauf nehmen müssen. Zuerst einmal mussten sie das Buch der Weisheiten finden und mit ihm die akute Bedrohung durch Ottilie bannen, danach würden sie sich um das neue Problem namens Aurelian kümmern. Alexej fiel in einen unruhigen Schlaf, er träumte von reißenden Flüssen und einem Buch mit Lederumschlag.

Kapitel 17

Elara

Elara lag auf ihrem Bett und starrte die Decke an. Sie konnte nicht schlafen und wollte in dieser Nacht auch nicht in Alexejs Zimmer gehen. Der Zwischenfall im Speisezimmer veranlasste sie dazu, beiden ein wenig Zeit zum Nachdenken zu geben. Hoffentlich würden auch sie begreifen, dass Streitereien untereinander nur Ottilie zugutekamen. Die Momente, die sie mit Provokationen verbrachten, nutzte dieses Biest, um zum vernichtenden Schlag auszuholen. In dieser Hinsicht musste sie Alexej zustimmen. Die Erbin der Pandora saß nicht untätig dar, sie plante etwas Größeres. Je länger diese beinahe gespenstische Ruhe von ihrer Seite anhielt, desto nervöser wurde Elara. Was hatte sie vor? Die Entdeckung des »Flusses des Lebens« als potenzielles Portal war nichtsdestotrotz ein großer Fortschritt. Ihr fiel das Rätsel der Stimme ein, welches aussagte, dass die Antwort im Ursprung der Menschheit läge. Damit musste der Fluss des Lebens gemeint sein, immerhin wurden mit seinem Wasser die ersten Menschen geformt. So gesehen war er der Ursprung der Menschheit, oder? Ihr Blick fiel auf den Bücherstapel auf ihrem Nachttisch. Es waren Werke aus der Bibliothek, die sich mit Mythologie befassten. Wissend, dass sie heute keinen Schlaf finden würde, griff sie nach dem obersten Exemplar. Es handelte sich um eine Sammlung altnordischer Sagen. Sie hatte überlegt, dass es hilfreich wäre, sich nicht ausschließlich auf die griechische und römische Mythologie zu konzentrieren. In jeder überlieferten Geschichte musste doch ein Körnchen Wahrheit stecken, auch wenn dieses Körnchen durch die dazu gedichteten Fantasien von Generationen verschleiert war. Gespannt schlug sie das Buch auf. Ihr Augenmerk fiel auf die Sage um den legendären Regenbogen Bifröst. Im Jahre 1220 schrieb der isländische Historiker und Dichter Snorri Sturluson über diese Erscheinung: »*Die Götter bauten Bifröst aus Feuer, Luft und Wasser. Wenngleich die Regenbogenbrücke zerbrechlich wirken mag, so ist sie doch äußerst stabil.*« Eine mythologische Brücke, überlegte Elara, und fuhr damit fort, den Text zu lesen. Die Brücke war laut der Sage zerstört worden. Anscheinend war sie doch nicht so robust gewesen, wie der isländische Historiker behauptet hatte. Ein Angriff von Riesen und Dämonen hatte dazu beigetragen. Vor ihrer Auslöschung sollen die Götter Bifröst genutzt haben, um die Erde zu besuchen. Die Augen zusammenkneifend, versuchte Elara, sich an ein anderes Werk zu erinnern. Bifröst war eine Regenbogenbrücke, die von der Erde in das Reich der Götter führte … Etwas klingelte in Elaras Gedächtnis. Hatte sie nicht in einer griechischen Sage über den Regenbogen als Verbindung zwischen Himmel und Erde gelesen? Die Frage war, wie genau und wie sicher diese Quellen waren. Schließlich behauptete man im Volksmund ebenfalls, dass einen am Ende des Regenbogens ein Topf voll Gold erwartete. Nachdenklich kaute sie auf ihrer Unterlippe. Während sie das Buch zuklappte, musste sie lachen. Wer hätte gedacht, dass sie einmal Nachforschungen über die mythologische Bedeutung eines Regenbogens betrieb? Vor ihrer Todeserfahrung hätte sie die Ursache eines Regebogens physikalisch mit der Dispersion beziehungsweise Farbzerlegung des gebrochenen Lichts begründet. All diese Legenden waren früher nicht mehr als Ammenmärchen für sie gewesen – nun bildeten sie die Grundlage ihrer Recherche.

»Welcher Fluss ist der Fluss des Lebens?«, fragte Alexej in die Runde. Er bekam keine Antwort. Wie auch? In den Büchern fand sich keine Ortsangabe des Flusses, und wenn man im Internet suchte, schlug die Suchmaschine nur esoterische Seiten vor, die davon sprachen, sich dem Fluss des Lebens hinzugeben. Elara wollte allerdings keine meditative Traumreise buchen, von daher steckten sie in einer Sackgasse – mal wieder. Ungeduldig trommelten ihre Finger auf der Tischplatte. »Die Legende spricht nur davon, **dass** Prometheus Wasser aus dem Fluss des Lebens schöpft, nicht, **wo** sich dieser Fluss befindet«, sprach Elara die Fakten aus. »Es könnte jeder Fluss sein«, seufzte Lewis und ließ sich demotiviert in einen Sessel plumpsen. Seine Worte ließen Elara die Augen verdrehen, doch nach kurzer Zeit begann ihr Gehirn auf Hochtouren zu arbeiten. *Es könnte jeder Fluss sein*, wiederholte sie gedanklich seine Worte. Warum eigentlich nicht? Städte und Dörfer wurden um Flüsse und Bäche errichtet, da sie gute Handels- und Transportmöglichkeiten boten. Um Flüsse herrschten einzigartige Biotope. Wo sonst gab es eine ähnlich große Artenvielfalt? Um Flüsse versammelte sich das Leben! Mensch und Tier lebten nahe der Wasserläufe … »Ich glaube, du hast Recht«, wisperte Elara fassungslos. Sowohl Alexej als auch Lewis starrten sie verwundert an. »Jeder Fluss ist ein Fluss des Lebens«, verkündete sie mit einem verblüfften Lächeln auf dem Gesicht. Sie versuchte, die beiden an ihrem Gedankengang teilhaben zu lassen. Aufgeregt tigerte Alexej auf und ab. »Wenn das stimmt ...«, begann er und ließ den Rest des Satzes unausgesprochen. Elara bemerkte den bewundernden Blick von Alexej und errötete leicht. »Muss es nicht irgendeine Eingrenzung geben?«, hakte Lewis nach. »Ich denke, wir sollten uns auf die naturbelassenen Flüsse konzentrieren«, warf Alexej ein. »Vorstellbar, dass ein begradigter oder anderweitig durch den Menschen korrigierter Fluss durch diese Eingriffe beschädigt wurde«, erläuterte er. »Das ergibt Sinn«, pflichtete ihm Elara nickend bei. »Also suchen wir uns einfach einen unberührten Fluss und finden dann das Buch der Weisheiten?«, erkundigte sich Lewis mit hochgezogener Augenbraue. »Du hast den Punkt vergessen, an dem wir Ottilie in den Arsch treten«, erwiderte Alexej mit zusammengekniffenen Augen. Oh ja, das würde Elaras Lieblingspart der Mission werden. Allerdings beinhaltete der Erfolg ihres Planes auch die Aushändigung des Buches an den Goldenen. Ihre Hochstimmung bekam einen leichten Dämpfer, warum konnte keiner ihrer Pläne ohne Einschränkungen funktionieren? Sich nun Sorgen über den Handel zu machen, würde sie bei ihrer Suche nur ausbremsen. Sie mussten Schritt für Schritt vorankommen und eines nach dem anderen machen. Die Suche nach einem unberührten Fluss erwies sich als schwieriger, als Elara angenommen hatte. Flussbegradigungen oder Vertiefungen des Gewässers waren keine Seltenheit – sie verfluchte innerlich diese Maßnahmen. Sollte ihre Mission an dem Fehlen eines geeigneten Flusses scheitern?

Nach stundenlangen Mühen pochte ein dumpfer Schmerz hinter ihrer Schläfe. Sie kniff die Augen zusammen, seit ihrer Rückkehr vom Tode hatte sie keine solchen Beschwerden mehr gehabt. Offenbar war selbst ein Scian nicht sicher vor den Auswirkungen von Stress, Müdigkeit und Ängsten. Beim Versuch, den Kopfschmerz wegzumassieren, legte sie ihre Finger seitlich auf ihren Kopf. Mit kreisenden Bewegungen übte sie einen leichten Druck aus. Aufgeschreckt von einer Hand, die sich auf ihre Schulter legte, drehte sie sich um. Alexej sah sie besorgt an. »Du siehst erledigt aus«, eröffnete er das Gespräch. So fühlte sie sich auch, doch dies aus dem Munde eines anderen zu hören, war wenig schmeichelhaft. »Mach doch eine kleine Pause«, riet ihr Alexej. Sie starrte ihn an und erwiderte mit zusammengebissenen Zähnen: »Wir haben keine Zeit für Pausen!« Die Arme verschränkend, meinte der Scian: »Wenn du erschöpft bist, übersiehst du Wichtiges. Besser, du nimmst dir eine Stunde Zeit, um dich zu erholen, als dich den ganzen Tag halbherzig zu quälen.« »Halbherzig?«, fragte sie bedrohlich ruhig. Der Angesprochene fuhr sich nervös durch die Haare. »Du weißt, wie ich das meine.« Tat sie das? Alexej machte sich bloß Sorgen, doch in übermüdetem Zustand etwas vorgeschrieben zu kriegen, hatte Elara schon immer zur Weißglut getrieben. »Du hast viel beigetragen und herausgefunden. Ohne dich stünden wir noch am Anfang. Sei nicht zu hart zu dir und gönn deinem Körper eine Pause, auch du brauchst Schlaf. Lewis und ich machen weiter, es ist nicht so, als würde in deiner Abwesenheit gar nichts passieren.« Es fiel ihr schwer, loszulassen und die Verantwortung abzugeben – selbst für diesen kurzen Augenblick. »Einen Moment werden wir auch ohne dich und deinen scharfen Verstand auskommen«, versicherte ihr Alexej. »Wusstest du, dass ein Moment eine altenglische Zeiteinheit ist und neunzig Sekunden umfasst?«, erkundigte sich Elara. Ein Lächeln schlich sich auf Alexejs Lippen, als er verneinend den Kopf schüttelte. »Du lenkst ab«, stellte er fest. Wo er recht hatte … Sie schlug die Augen nieder und genoss die Dunkelheit. Würde sie eine Stunde pausieren, ginge die Welt schon nicht unter.

Ein Schütteln holte sie aus ihrem erholsamen Schlaf. Mürrisch öffnete sie die Augen und hoffte für den Störenden, dass er einen guten Grund hatte, um sie zu wecken. Lewis stand, mit aufgeregter Miene, über sie gebeugt. »Wach auf!«, rief er. »Was willst du?«, krächzte Elara, ihre Stimme war vom Schlaf leicht belegt. »Wir haben einen Fluss gefunden«, erklärte er strahlend. »Toll«, entgegnete sie und wälzte sich auf die andere Seite, um weiterzuschlafen. Unsanft wurde sie zurückgerollt. »Du verstehst nicht, worauf ich hinauswill«, murmelte Lewis. »Wir brechen in zwei Stunden auf.« Elara setzte sich aufrecht hin. Zwei Stunden? Das war verdammt wenig Zeit. »Was nützt es uns, überhastet zu starten? Diese Expedition bedarf der Vorarbeit«, argumentierte sie, nun hellwach. »Je eher wir aufbrechen, desto größer ist unser Vorteil gegenüber Ottilie«, hielt Lewis dagegen. Sie furchte die Stirn, diese Nachricht hatte sie nicht erwartet. Der frühe Beginn barg Vor- und Nachteile. »Wo genau liegt der Fluss?«, wollte sie wissen. »In der Schweiz«, antwortete Lewis knapp. Die Augenbraue hochziehend, hakte Elara nach: »Das ist eine große Distanz. Wie stellt ihr euch unsere Anreise vor?« Lewis winkte ab. »Das sollte kein Problem darstellen, Aurelian war ›so gütig‹ uns einen seiner Helikopter zur Verfügung zu stellen«, erklärte er. Die Aussicht, in einem Käfig aus Metall zu fliegen, beruhigte Elara keineswegs. Sie misstraute jeglichen Transportmitteln, die den sicheren Boden verließen. Die Angst war zwar irrational, doch Furcht konnte man selten mit Logik bekämpfen. »Dann werde ich packen müssen«, schloss Elara und erhob sich von der weichen Matratze. Ein bemühter Diener brachte Elara eine Reisetasche. Was sollte sie mitnehmen? Sie hatte keine Ahnung, wie lange ihre Expedition dauern würde. Was zog man an, wenn man einen Dimensionswechsel plante?

Die Stücke in ihrem Kleiderschrank gehörten nicht einmal ihr selbst. Alle Hosen und Oberteile hatten allerdings ihre Größe. Sie schmiss eine Auswahl an Kleidung in die Tasche. Es würde den arroganten Herrschern dieser Stadt nicht schaden, wenn sie etwas von deren Eigentum mitgehen lassen würde. Ihr fiel auf, dass sich im Schrank sogar eine weiße Tunika befand. Sie ähnelte dem Gewand des Goldenen. Dafür hatte sie definitiv keine Verwendung – entschieden schob sie den Bügel beiseite. Am besten wäre etwas Elastisches, das unauffällig war, überlegte sie. Im Schrank ließ sich nichts Passendes finden. Es klopfte an ihrer Zimmertür. »Ja?«, rief sie. Die Tür öffnete sich und eine stämmige Frau erschien, mit einer Schachtel in der Hand. »Verzeiht Eure Göttlichkeit, unser hochwohlgeborener Herrscher möchte Ihnen dies zukommen lassen«, sprach sie mit gesenktem Kopf. Nachdem Elara die Kiste entgegengenommen hatte, verließ die Frau schnellen Schrittes das Zimmer.

Elara hob den Deckel an und entdeckte einen Anzug in Tarnfarben sowie einen gefalteten Zettel. Vorsichtig öffnete sie das Papier. In geschwungener Handschrift stand dort: *Damit ihr eure Mission erfolgreich beenden könnt, um unseren Handel zu erfüllen.* Es war kein Absender nötig, Elara wusste auch so, wer diesen Zettel verfasst hatte. Dies war eine Machtdemonstration des Goldenen, der sie erneut an den geleisteten Schwur erinnerte. Die unterschwellige Drohung war eindeutig, jedem war bewusst, welche Folgen eine Verweigerung hätte. Das dringende Bedürfnis verspürend, den Zettel samt Kiste durch den Raum zu werfen, mahnte Elara sich zur Ruhe. Der Anzug war, auch wenn sie es nicht gerne eingestand, perfekt für ihr Vorhaben. Sie musste fokussiert bleiben und den Zorn gegenüber dem aufgeblasenen Göttererben unterdrücken – vorläufig jedenfalls.

Alexej

Auf dem Gelände der Stadt der Erben gab es ein eigenes Gebäude für kleine Flugzeuge und Helikopter. Staunend sah er sich um. Hier standen vermutlich mehrere Millionen Euro, auf Hochglanz poliert von der eifrigen Dienerschaft. Er konnte sich noch immer nicht erklären, wie Aurelian und sein Gefolge an so viel Geld gekommen waren. Sauber waren die Geschäfte bestimmt nicht. Ein leichtes Kribbeln machte sich in seiner Magengegend breit. Nach Jahren kam nun der Moment, von dem alles abhing. Wie viele Stunden hatte er damit verbracht, die Pläne Ottilies nachzuvollziehen? Wie viele Nächte hatte er sich um die Ohren gehauen, immer ein Ziel vor Augen – das Miststück zu stoppen! Lange hatte er gewartet, um sich für den Tod seines Onkels und Mentors zu rächen und diesen Parasiten namens Ottilie zu beseitigen. Es war so weit. Das Ziel war zum Greifen nah und doch so fern. In ihren Händen lag das Schicksal der Menschen. Er wünschte sich, beten zu können, die Unterstützung einer höheren Macht zu erhalten – doch dies erschien ihm merkwürdig angesichts der Tatsache, dass sein oberstes Ziel darin bestand, ein Netz aufrechtzuerhalten, das den Göttern den Zugriff verwehrte. Er hoffte, die Mission seines Onkels zu Ende bringen zu können. Elara und Lewis erschienen, beide trugen denselben Anzug, den auch er erhalten hatte. Der beigelegte Zettel hatte ihn rasend vor Wut gemacht. Ihm fiel kein Weg ein, dem Handel zu entkommen, ohne Lewis' Leben zu riskieren. Sein Blick glitt über die beiden Ankommenden. Elaras schlanke Silhouette wurde betont durch den eng anliegenden Overall. Er schluckte und bemühte sich, sie nicht zu auffällig anzustarren. Elara hingegen hatte seinen Blick wohl kaum mitbekommen, da ihrer angsterfüllt auf den schwarzen Helikopter gerichtet war. Um ihre Nase war sie regelrecht bleich. »Wer steuert das Ding eigentlich?«, erkundigte sie sich nervös. »Aurelian sprach davon, uns einen Piloten zuzuweisen, der uns sicher hin und vor allem wieder *zurück*bringen soll«, antwortete Alexej. Das schien Elara etwas zu beruhigen. »Geht es dir nicht gut?«, wollte er wissen. Sie sah ihn mit hochgezogener Augenbraue an und erwiderte sarkastisch: »Nein, nein. Mir geht es blendend.« Konnte es etwa sein, dass die Erbin der Athene Flugangst hatte?

Seine Augenbrauen wanderten aufgrund ihrer Tonlage nach oben. Er verkniff sich jeglichen Kommentar, um sie nicht weiter aufzuregen. Flink kletterte er ins Innere des Helikopters und half sowohl Elara als auch Lewis, hineinzusteigen. Der Pilot erschien und deutete eine Verbeugung an. Alexej fragte sich, wie sie aus der Garage herauskommen sollten. Hätten sie die Maschine nicht vorerst nach draußen schieben müssen? Seine Frage erübrigte sich, als sich die Rotorblätter zu drehen begannen. Ein leises Quietschen erweckte seine Aufmerksamkeit. Der Helikopter hob ab und stieg in die Höhe. Alexejs Puls beschleunigte sich, der Pilot steuerte ihr Gefährt auf die Decke der Halle zu. Sich auf die bevorstehende Kollision gefasst machend, spannte Alexej die Muskeln an.

Der verhängnisvolle Knall blieb aus. Sie schwebten schon bald über der Stadt der Erben. Alexej lugte neugierig aus dem Fenster. Das Dach der Halle ließ sich öffnen, schoss es ihm durch den Kopf. Eine Warnung des Piloten wäre ganz nett gewesen, dachte er kopfschüttelnd. Erst mit dem Start des Helikopters wurde ihm bewusst, dass dieser Moment die Zukunft aller auf der Erde lebenden Geschöpfe beeinflusste. Würden sie es schaffen? Sie mussten erfolgreich sein! Über die Alternative wollte er nicht nachdenken. Die Stimmung während des Fluges war angespannt. Elara hielt sich krampfhaft an ihrem Sicherheitsgurt fest und atmete stoßweise ein und aus. Der sonst so sorglose Lewis hatte den Mund zu einer schmalen Linie zusammengepresst und starrte nachdenklich nach draußen. Jedem war die Brisanz der Situation bewusst. Der Pilot informierte sie via Headset, dass sie die Landesgrenze passiert hatten und Kurs auf

den gewünschten Standort nehmen würden. Sie über-
flogen ein bewachsenes Gebiet, die Sträucher und Bäume
umrahmten den tosenden Fluss, der ihr Ziel darstellte.
Die Gegend war verlassen, Häuser hatten sie in den um-
liegenden fünfzig Kilometern keine gesehen. Zu Alexejs
Erstaunen flog der Pilot weiter und machte keine Anstalten, zur Landung anzusetzen. »Der Platz reicht nicht aus,
um die Maschine auf dem Boden abzusetzen«, erklärte
der Mann demütig.

Eine ebene Wiese, die nur von Gräsern bedeckt war,
bot ihnen ausreichend Fläche. Langsam senkte sich der
Hubschrauber und sie verloren an Höhe. Sanft setzte
er auf. Elara neben ihm atmete hörbar erleichtert auf.
Sie verließen den Helikopter, und die Erbin der Athene
lief zu einem kleinen Gebüsch. Sie stützte sich auf den
Knien ab und beugte den Oberkörper nach vorne. Kurz
darauf war ein Würgen zu hören. Mit verzogenem Gesicht wandte sich Alexej ab, um ihr ein wenig Privatsphäre zu lassen. Sie kehrte, immer noch blass, zurück
und spülte sich mit einem Schluck Wasser den Mund
aus. Herausfordernd sah sie die Anwesenden an und ließ
jegliche Fragen bezüglich ihres Zustandes verstummen.
Der Pilot erschien mit einer Karte und zeichnete ihnen
ihren jetzigen Standort ein. »Dort befindet sich der Verlauf des Flusses«, erläuterte er und malte eine rote Linie.
Elara nahm die Karte an sich und besah sich den Maßstab. »Das sind in etwa fünf Kilometer Fußweg«, stellte
sie fest. Der Diener nickte bestätigend. »Ich werde auf
diesem Feld auf Ihre Rückkehr warten, Eure Göttlichkeiten«, versprach der Mann und senkte den Kopf. Trotz
des strahlend blauen Himmels frischte der Wind auf und

es begann zu nieseln. Das hatte ihnen gerade noch gefehlt. Der Weg war uneben und von Zweigen versperrt, die ihnen ins Gesicht schlugen. Es fühlte sich an, als wollte die Natur sich gegen die Eindringlinge wehren. Das Tempo war hoch, doch die Kilometer fühlten sich endlos an. Waren sie auf dem richtigen Weg? Die Karte hatte Alexej lange nicht mehr zu Gesicht bekommen. Mit konzentriertem Gesicht ging Elara voran und führte sie durch das Gestrüpp. Ein kleiner, spitzer Stein war auf unerklärliche Weise in seinen Schuh geraten. Nun hatte jeder Schritt einen schmerzhaften Beigeschmack, doch Anhalten war keine Option. Beinahe schätzte er das leichte Stechen unter seiner Ferse – es hielt ihn davon ab, über das Bevorstehende nachzudenken. Er wischte sich eine Schweißperle von der Stirn und lauschte dem Klopfen eines Spechts und den trippelnden Schritten der Tiere. Die Augen zusammenkneifend legte er den Kopf schief und spitzte die Ohren. Zu vernehmen war noch ein weiteres Geräusch. Es war ein stetiges Zischen, beinahe ein Rauschen, welches seinem eigenen tosenden Rhythmus folgte. Das musste der Fluss sein, schoss es ihm durch den Kopf. Er machte einige Schritte, das fließende Wasser wurde lauter. Die Regentropfen, die auf das Gewässer fielen, bildeten gemeinsam mit dem Tosen des Flusses eine Melodie. Es hörte sich an wie ein Lied, welches sowohl von Freude als auch von Trauer sprach. Von Geburt und Tod, von Anfang und Ende. Sein Herzschlag passte sich diesem pulsierenden Stück an, er fühlte sich verbunden mit der Umgebung. Das musste er sein – der Fluss des Lebens. Der Erbe des Prometheus folgte der Musik. Das Wasser floss mit einer beinahe anmutigen Aggressivität durch das Flussbett. Es schillerte in grünen und blauen Tönen. Hinter sich hörte er ein Knacken. Aus seiner Trance gerissen, drehte er sich um. Elara hatte die Karte sinken lassen und starrte gebannt auf das Gewässer, auch Lewis hatte einen träumerischen Gesichtsausdruck. »Hier sind wir richtig«, hauchte Lewis verzückt. Elara nickte bekräftigend.

Der Wind frischte auf, auch der beinahe versiegte Regen prasselte nun stärker auf sie nieder. Trotz der Wetterlage blieb der Himmel blau. Sonnenstrahlen fielen auf die Lichtung und wärmten Alexej den Rücken. Es bot sich ihm eines der schönsten Schauspiele der Natur. Ein Regenbogen spannte sich von der einen Seite des Ufers bis zur anderen. Es mutete wie ein Tor an. Elara neben ihm schnappte nach Luft. »Bifröst«, murmelte sie. Verwundert sahen ihre Begleiter sie an. »Eine sagenumwobene Regenbogenbrücke«, erklärte sie, immer noch in Gedanken versunken. Sie hob das Kinn, ein entschlossenes Funkeln erhellte ihre Augen. »Ab hier muss ich den Weg allein gehen!«, verkündete sie. »Wie bitte?«, hakte Alexej fassungslos nach. War sie denn verrückt geworden und wollte sich tatsächlich einsam auf die Suche nach dem Buch der Weisheiten begeben? »Du willst ohne uns diese Dimension verlassen?«, fragte Lewis und sah sie an, als hätte sie den Verstand verloren. Sie nickte nur. »Ich habe das Gefühl, es allein tun zu müssen«, erklärte sie vage. Schnaubend schüttelte Alexej den Kopf. »Du warst es, die immer wieder betonte, wie wichtig es sei, als Gruppe zu arbeiten. Du erinnerst dich doch noch an die Legende, oder? ›Nur die Klugen besitzen die Fähigkeit, dich zu finden, allein die Ausdauernden schaffen es, die

Suche nicht vor dem Ziel zu beenden, und nur die Starken übersteben die kräftezehrende Reise«, widersprach er. »Es müssen drei sein«, stärkte ihm Lewis den Rücken. »Ja, da habt ihr nicht unrecht. Doch dieser Abschnitt gilt nur mir. Athene brachte das Buch auf die Erde, um die Menschen vor ihrem Untergang zu bewahren, ich, als ihre Erbin, werde dasselbe tun«, beharrte sie. »Dann lass uns dir dabei helfen«, entgegnete Alexej entschlossen. Bedauernd schüttelte Elara den Kopf. »Das wird nicht funktionieren«, meinte sie. Es verlangte ihn danach, die Arme in die Luft zu werfen und dieses Mädchen zu schütteln. Warum nur wollte sie sich dieser Gefahr ohne Unterstützung stellen? »Ihr müsst mir an dieser Stelle vertrauen«, seufzte Elara. Er massierte sich den Nasenrücken. Elara begegnete seinem Blick. »Es ist der einzige Weg, das spüre ich«, sagte sie überzeugt. Wie hatte sich dieses Mädchen doch verändert, dachte Alexej. Vor ihrer Rückkehr vom Tod hätte sie nicht aufgrund eines Gefühls ihr Leben riskiert. Keine Frage, er mochte die jetzige Elara, zog sie sogar ihrem alten Ich vor. Vielleicht lag es an der Verbundenheit, die seit ihrer gemeinsamen Zeit bestand. Er kannte Seiten von Elara, die sie nicht gerne zeigte. Solche, die sie dazu bewegten, in von Albträumen geplagten Nächten seine Gesellschaft zu suchen. Mit Sicherheit konnte er nicht sagen, was das für ein Gefühl ihr gegenüber war. In letzter Zeit musste er oft an sie denken. Die blauen Augen, welche in ihrer Farbe dem Fluss nicht unähnlich waren und ihn aufmerksam beobachteten, wann immer er etwas erzählte, waren schon häufig Inhalt seiner Tagträumereien gewesen. Die Intelligenz – ein weiteres Attribut, dass er an ihr schätzte –, vermisste er in diesem Augenblick allerdings. Es wäre alles andere als vernünftig, allein zu gehen. Ihm war sein innerer Konflikt wohl anzusehen, denn Elara entgegnete: »Es ist ein Risiko – aber eines, das sich lohnt, einzugehen!« Noch immer nicht überzeugt, verschränkte er die Arme vor der Brust. Sie trat einen Schritt auf ihn zu. Langsam streckte sie die Hand aus und ergriff seine Arme. Eindringlich sah sie ihn an. »Vertrau mir«, hauchte sie. Ein Räuspern von Lewis ließ die beiden auseinandertreten. »Wie ist dein Plan?«, fragte er. Ein dankbares Lächeln erhellte ihr Gesicht, Alexej hatte nachgegeben, das wusste sie. »Das wirst du jetzt sehen«, sagte sie.

Sie setzte ihren Rucksack ab und watete ins Wasser. Was zum Teufel …, schoss es Alexej durch den Kopf. Er würde keine Erläuterung des Planes bekommen, sondern nur die Durchführung sehen. In der Mitte des Gewässers ließ sie sich von der Strömung mitreißen. »Elara«, schrie Alexej. Die Kraft des Wassers zerrte an ihr. Elara folgte der Strömung des Flusses. Ihr Körper passierte den Regenbogen, welchen sie Bifröst genannt hatte. Dann geschah etwas Seltsames. Ein helles Licht blendete Alexej. Er musste die Augen zusammenkneifen, als Schutz vor der Helligkeit den Arm erheben. Einen Herzschlag später verblasste das Leuchten. Er rannte ans Ufer und sah an die Stelle des Flusses, an der sich die Scian befinden müsste. Der Fluss toste weiter vor sich hin, doch bis auf einige Blätter und Äste transportierte er nichts. »Sie ist weg«, stellte Lewis mit weit aufgerissenen Augen fest. »Dann hat es funktioniert«, flüsterte Alexej.

Viel Zeit, um das Erlebte zu verarbeiten, blieb den beiden nicht. Das vertraute Geräusch von Rotorblättern ließ sie nach oben blicken. Ein schwarzer Hubschrauber war im Begriff, zu landen. Er ähnelte dem Modell, mit welchem sie gekommen waren. Anders als ihr eigener Pilot nahm der in dieser Maschine keine Rücksicht auf die Natur. Er landete direkt in einem Busch und zerfetzte jegliche Zweige, die den Rotorblättern zu nahe kamen. Ein ungutes Gefühl beschlich Alexej. Er sah Lewis an, dessen Gesicht ein Spiegel seiner eigenen Emotionen war. Die Tür wurde aufgestoßen und ein Trupp, bewaffnet mit Maschinengewehren, sprang aus dem Gefährt. Eine dieser vermummten Gestalten allerdings hatte ihre Waffe noch durch einen Gurt über der Schulter fixiert. Sie stand vor der offenen Tür des Helikopters und streckte ihren Arm aus. Ergriffen wurde der Arm von einer schlanken Hand. Grazil folgte der Hand ein feenhafter Körper. »Ottilie«, knurrte Alexej zwischen zusammengebissenen Zähnen. Wie hatte es diese Ausgeburt der Hölle geschafft, ihnen zu folgen? Gemächlich stolzierte Ottilie auf Lewis und Alexej zu. Die Gewehre waren auf die beiden Scian angelegt, sodass ihnen nichts anderes übrig blieb, als die Hände zu heben und sich die Show von der Nachfahrin der Pandora gefallen zu lassen. »Alexej, es freut mich, dich wiederzusehen«, säuselte Ottilie und streichelte ihm über die Wange. Ihre Augen straften ihren Tonfall Lügen, es war das Einzige, das ihre wunderschöne Erscheinung trübte. Kalt und berechnet sah sie ihn an – ja, dies zeigte das Innere Ottilies, das verabscheuenswert war. Er schwieg und sah sie wutentbrannt an. Erneut knisterten die Flammen in seinem Ohr, die nicht nur das Haus, sondern auch Alexander selbst verschlungen hatten. Ein Feuer, entfacht von dem Mädchen, das vor ihm stand und ihn kühl anlächelte. Sein Schweigen kommentierte sie mit einem missbilligenden Schnalzen. »Wie unhöflich du geworden bist, so hat dein Onkel dich nicht erzogen«, meinte sie und verzog die Lippen spöttisch. Der Hass loderte höher – wie konnte sie es wagen? »Früher warst du regelrecht charmant, ganz niedlich«, fuhr sie fort. Er zitterte bereits vor Wut und wünschte sich, sie umbringen zu können. Langsam würde er ihr das verdammte Herz aus der Brust reißen, falls sie denn eines hatte. Doch das Universum und das Gleichgewicht der Erde hatten ihm einen Strich durch die Rechnung gemacht. Töten durfte er sie nicht. »Ich habe mich schon gefragt, wann ihr endlich aufbrechen würdet«, verkündete Ottilie. Alexej runzelte die Stirn. »Ihr habt euch lange in der Stadt der Erben aufgehalten, dieser Spinner Aurelian nimmt wohl jeden streunenden Köter auf«, ergänzte sie. Woher wusste Ottilie davon? Hatte es in der Stadt der Erben einen Maulwurf gegeben? Der Blick der kleinen Hexe glitt über die beiden. »Wo ist die Dritte?«, verlangte sie zu wissen. Er würde ihr ganz sicher nicht verraten, was Elara vorhatte. »Ich wollte mich doch bei ihr bedanken«, fügte sie hinzu. Bedanken? Aus welchem Grund sollte sich Ottilie bei Elara bedanken wollen? »Schließlich hat sie mich hierhergeführt«, hauchte Ottilie und begann zu lachen. Hatte er sich verhört? Auch Lewis sah ihn verwirrt an. Wie sollte das möglich sein? »Seht euch an, wie sie sich ratlose Blicke zu werfen! Ist das nicht herrlich?«, wandte sich Ottilie an ihre Gefolgschaft. »Du bluffst, Elara würde uns nicht verraten!«, widersprach Alexej entschieden. »Wie unheimlich naiv du doch bist, Alexej …«, gurrte sie. »Weshalb seid ihr aus meinem Quartier entkommen? Habt ihr tatsächlich geglaubt, dieses kleine ›Ablenkungsmanöver‹ würde meine Wachen dazu bringen, in Panik zu geraten?« Sie kicherte erneut. »Eure Flucht ist bloß gelungen, weil ich es so gewollt habe.« Es ratterte in seinem Kopf, er beobachtete, wie sie sich selbstgefällig die goldenen Haare über die Schulter warf. Sich nahe vorbeugend, fixierte sie ihn, wie die Katze eine Maus. »Elara war in meiner Gewalt, wir haben sie gefoltert, bis sie ohnmächtig geworden ist. Das gab mir Zeit, für den entscheidenden Schritt«, flüsterte sie bedrohlich. »Was hast du getan?«, zischte Alexej. Sie bohrte den spitzen Nagel ihres Zeigefingers in seine Seite. Langsam beugte sich Ottilie näher zu Alexej, sodass er ihren Atem spüren konnte. »Genau dort befindet sich, in Elaras Körper, ein Peilsender«, ließ sie ihn wissen. Schockiert von dieser Information, riss er die Augen auf. Wie hatten sie annehmen können, dass ihre Feindin Elaras schutzlosen Zustand nicht ausnutzen würde? Nicht einen Gedanken hatten sie daran verschwendet, sich selbst auf Verdächtiges zu untersuchen. Hätten sie nicht wissen müssen, wie gerissen die Erbin der Pandora sein konnte? Er kam sich unfassbar dumm vor. Ottilies langes Ruhen ergab nun Sinn. In dem Wissen, dass Alexej, Lewis und Elara ebenfalls nach dem Buch der Weisheiten suchten, hatte sie nur abwarten müssen, bis sich der kleine Fleck, der Elaras Koordinaten angab, bewegte.

Es verlangte Alexej danach, seinen Frust hinauszuschreien, doch er beherrschte sich. Wie ironisch, dass sie kurz davor gestanden hatten, die Erde zu retten. Die Karten waren neu gemischt, seit die Erbin der Pandora aufgetaucht war. Mehr als zu hoffen, dass Elara einen großen Vorsprung hatte, blieb ihm nicht. »Weißt du, welche Frage ich mir stelle, seit ich weiß, wer du wirklich bist?«, erkundigte sich Alexej bei Ottilie. Sie zog eine Augenbraue nach oben und sah in abwartend an. Immerhin konnte er Elara noch etwas Zeit erkaufen, indem er die Hexe hinhielt. »Was haben dir die Menschen jemals getan? Warum bist du besessen davon, ihren einzigen Schutz zu vernichten und sie den Olympianern auszuliefern?«, fuhr Alexej fort. Die Miene der Angesprochenen gefror, sie schritt unruhig vor ihnen auf und ab. Verächtlich schnaubend spie sie ihm die Antwort entgegen: »Menschen sind kleine Parasiten, die schon vor Jahrhunderten hätten ausgelöscht werden müssen. Ihre Existenz war legitim, bis zu dem Augenblick, als ihr Schöpfer gegen den Willen des Vaters handelte und ihnen das Feuer schenkte. Sie haben durch das Entfachen der Flammen ihr Schicksal besiegelt. Es war ihre Bestimmung, zu sterben – niemand, und ich sage niemand –, widersetzt sich dem Herrscher des Olymps, ohne Konsequenzen zu spüren.« Während sie zum Stillstand kam, nahm ihr Gesicht einen feierlichen Ausdruck an. »Der Wille des Zeus ist mein Gesetz! Ich ruhe erst, wenn ich den Göttern die rechtmäßige Vollstreckung der Strafe ermöglicht habe.« Erneut näherte sie sich dem Jungen mit den braunen Augen. »Du kannst dir sicherlich denken, weshalb ich das Feuer wählte, um Alexander zu vernichten«, meinte Ottilie träge grinsend.

Jegliche Zurückhaltung war dahin. Alexej schrie erzürnt auf und sprang auf Ottilie zu. Mit dem Überraschungsmoment auf seiner Seite gelang es ihm, sie zu

Boden zu reißen. Gnadenlos sausten seine Fäuste auf ihr – bis dahin makelloses – Gesicht nieder. Sie hatte seinen Onkel verbrannt, weil der Gebrauch des Feuers die Menschen verurteilt hatte. Bestrafen wollte sie die Beschützer der Erdbewohner, mit eben jenem Element. Seine Knöchel begannen, von der Wucht der Schläge zu schmerzen – doch dies nahm er gern in Kauf. Das Knacken ihrer Nase entlockte ihm ein zufriedenes Lächeln.

»Das genügt«, sprach Ottilie zwischen zusammengebissenen Zähnen. Mit unbändiger Kraft befreite sie sich und packte Alexej an der Kehle. »Glaubst du, kleiner Scian, dass du der Erbin der Allbeschenkten gewachsen bist?«, zischte sie ihm ins Ohr und verstärkte den Druck um seinen Hals. Vergeblich versuchte Alexej, seine Lungen mit Luft zu füllen. So musste sich ein Fisch auf dem Trockenen fühlen, schoss es dem Nachfahren des Prometheus durch den Kopf. Mit einer Handbewegung winkte Ottilie vier ihrer Handlanger heran. Zwei bezogen Stellung neben Lewis, und die übrigen kesselten Alexej ein. Der Druck um seine Kehle löste sich. Er konnte nicht verhindern, auf die Knie zu fallen und hektisch nach Luft zu schnappen. Ein Tritt gegen seine Rippen beförderte Alexej in eine liegende Position. Drohend ragte seine Feindin über ihm auf. »Genau dort gehörst du hin, du Ungeziefer«, knurrte sie, zog geräuschvoll die Nase hoch und spuckte eine Mischung aus Speichel, Rotz und Blut auf Alexej. »Das war nicht schlau«, ließ sie ihn wissen. Er hörte das Schnipsen von Fingern, war aber noch nicht in der Lage, den Kopf zu heben. »Schieß ihm in den Fuß«, befahl Ottilie. Natürlich musste sein Handeln Konsequenzen haben, dachte Alexej. Die Muskeln anspannend und die Kiefer zusammenpressend, bereitete er sich auf den Schmerz vor. Er hörte das Klicken eines Abzuges, doch er spürte nichts. Ein gellender Schrei durchdrang die Stille. Mit Mühe hob er den Kopf und sah seinen Freund, der mit verzerrtem Gesicht auf dem Boden lag. In seinem linken Schuh klaffte ein Loch, aus dem dunkelrotes Blut sickerte. Warum hatte sie Lewis bestraft? Ottilie, die seinem fassungslosen Blick gefolgt war, entgegnete zuckersüß: »Manche Menschen schmerzt es mehr, einen Freund leiden zu sehen, als selbst verwundet zu werden.« Sie schnappte sich eines der Gewehre und legte drohend auf Lewis an. »Eine weitere Dummheit und ich zerfetzte ihn vor deinen Augen.« Ottilie hatte ganz Recht, die nagenden Schuldgefühle und der Wunsch, seinem Freund die Schmerzen abnehmen zu können, zerfraßen ihn. Seine Kiefer mahlten unablässig aufeinander – doch das Risiko, Lewis weitere Wunden einzuhandeln, hielt ihn von Weiterem ab. Der Blick des Biests glitt in die Ferne. Siegessicher breitete sich ein Grinsen auf ihrem Gesicht aus. »Der Fluss als Grenze zwischen den Welten«, erkannte sie. Seine Schultern sackten nach vorne, als Alexej mehr und mehr den Mut verlor. Trotz seiner anfänglichen Bedenken begann er zu beten, vielleicht war ihm ja irgendein Gott wohlgesonnen? Er musste zusehen, wie Ottilie ins Wasser glitt.

Kapitel 18

Elara

Ihre Kleidung sog sich voll. Einer Eingebung folgend, ließ sie zu, dass der Strom sie mit sich riss. Elara hatte das Gefühl, eins mit dem Wasser zu werden. Ihren Körper fühlte sie nicht mehr, er war ein Teil des fließenden Elements. Gleitend passierte sie einen Vorhang aus grellem Licht. Ein leichtes Zerren verspürend, bekam die Erbin der Athene wieder ein Gefühl in ihren Gliedmaßen. Das Erste, was sie erblickte, als sie ihre Augen aufschlug, war ein See. Hatte sie es geschafft? Elara schaute sich um. Von einem Fluss gab es keine Spur. In ihrem Magen kribbelte es. Hatte sie tatsächlich die Dimension gewechselt? Mit gleichmäßigen Zügen schwamm sie zum Ufer. Die Kulisse, die sich ihr bot, schien zu vollkommen, um real zu sein. Das saftige grüne Gras, welches sich an den kristallklaren See anschmiegte. Exotische Blumen in verschiedensten Farben blühten und verliehen diesem Ort etwas Mystisches. Das Ziehen verlagerte sich von ihren Gliedmaßen in ihr Inneres. Was hatte das zu bedeuten? Es schien beinahe so, als wollte ihr Körper sie in eine Richtung drängen. Dem Gefühl nachgebend, erreichte sie eine Felsspalte. Der Druck nahm zu. Beinahe hatte es den Anschein, sie wäre ein Pol eines Magneten, der von seinem Gegenpol angezogen wurde. Das Buch, schoss es Elara durch den Kopf. Athene brachte das Buch der Weisheiten auf die Erde, sie hatte ihm einen Teil ihrer Magie verliehen. Wäre es möglich, dass sie mit ihrer

Theorie bezüglich der Magneten ins Schwarze getroffen hatte? Wenn die Göttin der Weisheit tatsächlich ihre Ahnin wäre, besaß auch sie etwas von ihrer Göttlichkeit, das würde sie mit dem Buch verbinden. Ohne weiter nachzudenken, zwängte sich Elara durch den Spalt. Sie erreichte einen schmalen Gang, der in blaues Licht getaucht war. Die Quelle des Scheins konnte die Scian bisher nicht ausmachen. Der Weg erstreckte sich über hundert Meter und endete in einer offenen Grotte. Dort standen zwei Podeste. Sie waren aus Stein gehauen und mit alt anmutenden Symbolen geschmückt. Das Licht fiel durch ein klaffendes Loch in der Decke auf ein in Leder gebundenes Büchlein, auf dessen Vorderseite ein türkisfarbener Stein saß. Jener Stein brach den einfallenden Lichtstrahl und erhellte somit das gesamte Tunnelsystem mit seinem mysteriösen Schein. Einen Schritt nähertretend, fiel Elaras Blick auf ein ihr bekanntes Symbol. Alpha – der erste griechische Buchstabe, der Anfang. Ihre Augen wanderten zum zweiten Podest, in dessen Stein ein Omega eingemeißelt war. Der Anfang und das Ende, die Gegensätze unmittelbar auf einer Ebene. Auf dem zweiten Sockel stand ein Gefäß aus Ton. Auf diesem Behältnis lag ein Deckel. Aufregung durchfuhr Elara beim Anblick dieser Gegenstände. Sie hatte es tatsächlich geschafft! In diesem Raum lagen das Buch der Weisheiten und die Büchse der Pandora. Eines stellte die einstige Möglichkeit eines Neuanfangs dar, im Kontrast dazu stand die Vernichtung, folglich das Ende. Nervös trat Elara einen Schritt nach vorne. Sie musste das Buch aufschlagen und ihm eine Frage stellen. Wie formulierte sie diese am besten? Darüber hätte man sich auch früher

Gedanken machen können, tadelte sie sich selbst. Die letzte Distanz überbrückend, schlossen sich ihre Finger um das weiche Leder. Behutsam öffnete sie den wohl mächtigsten Gegenstand.

Die leeren Seiten füllten sich mit Buchstaben. *Du hast dich als würdig erwiesen, warst stark, ausdauernd und klug genug, mich zu finden. So stelle mir eine Frage und ich will sie dir beantworten.* Zittrig holte Elara Luft. »Wie ist es möglich, das Wesen Ottilie zu bannen, sodass es keinen Einfluss auf den Schutzschild der Erde und die Existenz der Scian hat?« Angespannt hielt Elara den Atem an. »Das ist gar nicht möglich«, ließ sich eine liebliche Stimme vernehmen. Ruckartig drehte sich die Erbin der Athene um. Ihr Herzschlag setzte für eine Sekunde aus, um danach mit doppelter Geschwindigkeit zu pumpen. »Ottilie«, flüsterte Elara bestürzt. Wie war ihr die Erbin der Pandora an diesen Ort gefolgt? »Gib mir das Buch«, verlangte das blonde Mädchen. Ihre blauen Augen waren zwei schwarzen Löchern gewichen, die aussahen, als führten sie ins Unendliche.

Das Buch fest umklammernd, riskierte Elara einen Blick auf die Seiten. Die rettende Antwort füllte bereits das Papier. Sollte es daran scheitern, dass ihr nicht genug Zeit blieb, sich die Erwiderung des Buches durchzulesen? Ein warmer Hauch strich über ihren Arm. Es manifestierte sich eine bekannte Gestalt. Die schillernde Silhouette der Stimme war neben Elara erschienen. Ottilie seufzte auf und murmelte: »Auch deine Verwandtschaft kann dir nicht helfen.« Mit hochgezogenen Augenbrauen sah Elara die Stimme an. Die Gestalt nickte: »Es ist wahr – wir sind verwandt. Ich bin deine Ururgroßmutter, deswegen konnte ich Verbindung zu dir aufnehmen«, erklärte sie. Nachdenklich betrachtete die Scian die Stimme, welche daraufhin weiter ausholte. »Als mein Leben endete, habe ich mich dagegen entschieden, das Tor zum Garten des Todes zu passieren. Ich habe mich verpflichtet, nicht eher zu ruhen, bis die Erbin der Pandora gebannt ist. Ich wollte meine Aufgabe erfüllen, bevor ich ging!« »Ich unterbreche dieses liebliche Familientreffen nur ungerne«, begann Ottilie. Ihr Blick heftete sich gierig auf das Buch der Weisheiten. Was nun geschah, verursachte Elara eine Gänsehaut. Sie spürte, wie sich sämtliche Härchen ihres Körpers aufstellten. Ein Schaudern lief über ihr Rückgrat. Die Adern Ottilies färbten sich, von den Augen ausgehend, schwarz. Der leicht gebräunte Teint wurde aschfahl. In einem Horrorfilm hätte sie wohl die Hauptrolle bekommen. Elara fühlte sich an ihr erstes Zusammentreffen mit der Erbin der Pandora erinnert. Damals war sie ihr ebenfalls wie ein Wesen aus einem Schauerfilm erschienen. »Gib mir das Buch!«, forderte Ottilie nun schreiend. Der hohe, kreischende Ton schrillte unangenehm in Elaras Ohren. Auf eine Antwort wartete Ottilie nicht, sie sprang auf Elara und die Stimme zu. In ihrem Bemühen, der Furie auszuweichen, drückte sich Elara flach an die Wand und riss den Sockel des Buches um. Mit weit aufgerissenen Augen beobachtete sie, wie die Erbin der Pandora auf sie zuflog. Jeden Moment würde sie ihr den Gegenstand entreißen. Doch einen Meter vor Elara stieß die Furie auf Widerstand. Wütend kratzte Ottilie gegen die unsichtbare Barriere. Die Stimme keuchte schmerzerfüllt auf. »Das ist dein Werk, richtig?«, fragte Elara. Mit verzerrten Zügen erwiderte die Stimme: »Lange werde ich das nicht aufrecht halten können, sie ist stark.« Es brauchte keine weitere Aufforderung, Elara schlug das Buch der Weisheiten auf, um die Antwort zu erhalten, für die sie die letzten Monate so hart gearbeitet hatte. *Die Erbin der Pandora kann gebannt werden durch den Gegenstand, den ihre Ahnin auf die Erde brachte. Schließt man sie in jenes Gefäß ein, so ist ihre Präsenz nicht fähig, zu entfliehen. Ihre Existenz aber stellt weiterhin den Gegensatz zu den Scian dar, sodass das Gleichgewicht gewahrt wird.* Sie mussten Ottilie in die Büchse der Pandora sperren. Wie war das möglich? Elara las weiter. *Öffnet man die Büchse, so entkommen die übrigen Leiden. Um den Prozess umzudrehen, muss man das Ende auf den Kopf stellen.* Man sollte das Ende auf den Kopf stellen, überlegte Elara. Das Omega-Zeichen auf dem zweiten Sockel sprang ihr ins Auge. Omega war das Ende! Man musste das Symbol umdrehen! Am einfachsten wäre es, ein Omega falsch herum auf den Sockel zu zeichnen. Es gab keinen Stift, auch keinen spitzen Stein, um etwas einzuritzen. Die einzige Möglichkeit bestand darin, den Sockel selbst auf den Kopf zu stellen. »Ich kann ihr nicht mehr lange standhalten«, keuchte die Stimme. Elara handelte ohne weiteres Zögern.

Vorsichtig stellte sie die Büchse auf dem Boden ab und vollzog das Nötige. Der Stein war massiv und schwerer, als sie angenommen hatte. Ihre Arme zitterten, während sie die Erhöhung auf die Seite legte und sie anschließend verkehrt herum wuchtete. Der erste Schritt war getan. An die Stimme gewandt, flüsterte Elara: »Wir müssen Ottilie in die Büchse sperren.« Das Zusammenkneifen der Augen, verlieh dem bisher angestrengten Gesichtsausdruck der Stimme etwas grimmiges. »Überlass das mir, ich kenne eine Möglichkeit.« Nickend brachte sich die Erbin der Athene in Position, um den Deckel anzuheben. »Wenn du so weit bist«, begann Elara. Konzentriert kniff ihre Vorfahrin die Augen zusammen. »Jetzt!«, rief sie. Den Deckel anhebend, beobachtete Elara, wie die Stimme ihre schillernde Präsenz zu einem breiten Netz ausspannte. Von ihrem Körper ließ sich nichts mehr erkennen, übrig blieb nur das leuchtende Gold, welches eine Blase um Ottilie bildete. Ein Käfig, schoss es Elara durch den Kopf. Doch wie wollte ihre Vorfahrin die Furie in die Büchse locken? Ottilie tobte im Inneren des schillernden Lichtes. Doch auch ihr Bemühen, sich aus dem Gefängnis zu befreien, half ihr nicht. Der leuchtende Käfig schob sich beständig auf die offene Büchse zu. Als sie verstand, was die Stimme vorhatte, riss die Erbin der Athene die Augen auf. »Nein!«, rief sie aus. »Es gibt keine andere Möglichkeit, Elara«, entgegnete die vertraute, liebevolle Stimme. »Wenn du ihr in die Büchse folgst, wirst du geplagt von allen Leiden, die sich noch innerhalb des Gefäßes befinden. Das ist schlimmer als die Hölle!«, meinte Elara bestürzt. Mit zitternder Stimme fügte sie hinzu: »Das hast du nicht verdient.« »Die Büchse verfügt, tief in ihrem Inneren, auch über ein Gut – Hoffnung. Ich vertraue auf die Gerechtigkeit. Jeder Gefangene wird das erhalten, was ihm zusteht«, hauchte ihre Ahnin. So viel hatten die beiden gemeinsam durchgemacht. Auf der Schwelle zum Tode war die Stimme ihre Rettung gewesen. Auch jetzt hatte die schimmernde Gestalt ihr zur Seite gestanden. Sie verband zum einen das Blut, aber auch die Erfahrungen, welche sie teilten. Ein Stich durchfuhr Elara bei dem Gedanken, dass die Stimme bereit war, sich für eine Welt, auf der sie schon lange nicht mehr wandelte, zu opfern. Einsam rann eine Träne über ihre Wange. »Es war mir eine Ehre, dich kennenzulernen«, brachte sie mit brüchiger Stimme hervor. Sie bewunderte die Selbstlosigkeit hinter ihrem Handeln. Die Frage, was sie anstelle der schillernden Gestalt getan hätte, spukte in ihrem Kopf. »Die Ehre liegt ganz bei mir«, erwiderte die körperlose Stimme. »Du wirst deinen Weg finden«, prophezeite ihre Ahnin. Den Kloß in ihrem Hals herunterschluckend, nickte Elara dem Leuchten zu. Dies sollten die letzten Worte gewesen sein, die die beiden wechselten. Die strahlende Präsenz schob sich mitsamt ihrer Gefangenen in die Öffnung der Büchse. Ein Wind frischte auf, der sich in einen verschlingenden Sog verwandelte. Hastig schloss die Erbin der Athene die Büchse. Es war kaum zu begreifen, was gerade geschehen war. Ungläubig starrte sie den sagenumwobenen Gegenstand an. Es war vollbracht! Die Gefahr war gebannt. Ihre ärgste Feindin eingesperrt, in dem Gegenstand, der einst die Menschheit zugrunde richten sollte. Ein Schluchzen schüttelte Elara, als die Last von ihr fiel. Sie sank auf den Boden, klemmte den Kopf zwischen die Knie und weinte – nicht zuletzt wegen des Opfers des wohl nobelsten Wesens, das Elara je kennenlernen durfte.

Es fiel ihr schwer, aufzustehen. Jegliche Energie hatte sie in den letzten Monaten aufgebraucht. Doch noch war es nicht vorbei. Der eine Tyrann mochte aus der Welt sein, dafür lauerte der nächste bereits darauf, dessen Stelle einzunehmen. Schwerfällig erhob Elara sich. Sie besah sich das Chaos. Sollte sie den umgestürzten ersten Sockel wieder aufrichten? Den zweiten Sockel richtig herum drehen? Sie wusste nicht, welche Folgen ihr Handeln haben würde. Entschlossen, nichts zu riskieren, verließ sie den Ort, der sowohl den Anfang als auch das Ende beherbergt hatte. Das Buch der Weisheiten fest in den Händen – schließlich hing Lewis' Leben von dem Handel ab – kehrte Elara zum See zurück. Sie sah sich um. Wie sollte sie die Dimension wechseln? Es gab keinen Regenbogen. Würde der See als Übergang ausreichen? Vorsichtig und darauf bedacht, dass das in Leder gebundene Buch nicht nass wurde, schritt sie ins Wasser. Elara wartete, ob sie das bekannte Ziehen verspüren würde, doch es geschah nichts. Panik und Wut kamen in ihr auf. Warum konnte nicht mal eine Sache reibungslos verlaufen? »Verdammte Scheiße!«, schrie sie ihren Frust heraus, doch es gab niemanden, der dies zur Kenntnis nehmen konnte. Elara war auf sich allein gestellt, hatte nicht einmal die Hoffnung, Unterstützung zu erhalten, da die Stimme sie nicht erreichen konnte. Triefend watete sie zurück zum Ufer, es musste doch einen Weg geben. Erschöpft legte sie sich ins Gras. Der blaue Himmel wurde nicht von einer Wolke bedeckt, geblendet kniff sie die Augen zusammen. Reiß dich zusammen, forderte sie sich gedanklich auf. Sie durfte jetzt nicht aufgeben – noch nicht! Es musste die Möglichkeit geben, ein eigenes Portal zu erschaffen. Die Regenbogenbrücke wurde von den Göttern aus der Luft, aus dem Wasser sowie dem Feuer erschaffen. Elara sah sich um. Zwei der drei Elemente waren vorhanden. Eine Idee nahm Gestalt an.

Alexej

Die Anspannung beherrschte seinen Körper. Ottilie und Elara waren seit geraumer Zeit verschwunden. Es gab nichts, woran sich der Sieg oder die Niederlage seiner Verbündeten festmachen ließe. Neben ihm lag Lewis, der weiterhin seinen verwundeten Fuß umklammerte. Als Alexej Anstalten machte, sich Lewis zu nähern, um ihm beizustehen, fühlte er den kalten Lauf einer Waffe an seinem Rücken. Er atmete tief ein und schloss die Augen. Wie gerne würde er diesen Bastarden ihre Selbstgefälligkeit aus dem Leib prügeln. Das Problem bestand darin, dass Lewis und er eindeutig in der Unterzahl waren und sie keine Pistolen besaßen. Er wusste nicht, wie sie sich aus dieser Situation befreien konnten. Gerade wegen Lewis' Verletzung würde ihnen eine schnelle Flucht nicht gelingen. Die Hände hebend, machte er einen Schritt zurück. Der Schütze entfernte seine Waffe. Das bekannte Geräusch eines sich nähernden Hubschraubers ließ ihn nach oben blicken. Verdammt, bekamen Ottilies Leute Nachschub? Das schwarze Gefährt senkte sich ab, blieb aber in der Luft. Was hatte der Pilot vor? War es möglich, dass es sich um ihren eigenen Helikopter handelte? Die Stille wurde von einer Salve von Schüssen zerrissen. Mit hastigen Sprüngen versuchten sich die Unterstützer von Ottilie in Sicherheit zu bringen. Sie hatten wenig Erfolg, da die ebene Fläche kaum Schutz bot. Die einzige Möglichkeit, in Deckung zu gehen, bot sich im angrenzenden Wald. Einige der Männer hatten das ebenfalls erkannt und ergriffen die Flucht, andere zogen ihrerseits die Waffen und beschossen den Helikopter. Der Versuch, das stabile Konstrukt aus Metall zu beschädigen, schlug fehl. Die Schießenden boten im Gegensatz zum Helikopter ein perfektes Ziel, das einfach auszuschalten war. Einer nach dem anderen kippte nach hinten und ließ die Waffe fallen. Ein Kerl neben Alexej hatte ein Einschussloch direkt zwischen den Augen und starrte ihn mit leerem Blick an. Aufgrund dieses Massakers wurde diesem Übel, trotzdem konnte er nicht verhindern, dass sich eine leichte Euphorie in seinem Inneren breitmachte. Die Chance zur Flucht war nie größer. Nachdem ihre Gegner entweder die Flucht ergriffen hatten oder nicht mehr im Diesseits wandelten, setzte die Maschine zur Landung an. Alexej sollte Recht behalten, es handelte sich um ihren eigenen Piloten. Die Türen schwangen auf und der Diener trat hinaus. »Eure Göttlichkeiten, es schien mir, als könnten Sie Unterstützung gebrauchen«, eröffnete der Mann das Gespräch. »Da lagen sie goldrichtig«, knirschte Lewis, der immer noch am Boden lag. »Gestatten Sie mir die Frage, wo sich der Gegenstand befindet?«, wagte sich der Diener vor. Verständlich, dass er wissen wollte, wo das Buch war. Nicht nur Lewis' Leben hing davon ab, dass der Gegenstand an Aurelian überreicht wurde. Düster blickte Alexej auf den Fluss. »Das wüssten wir auch gerne«, entgegnete er. Die Zeit des Wartens verbrachten sie damit, die Leichen zu beseitigen und Lewis' Verletzung zu versorgen. Beim Anblick der starren Gesichter überkam Alexej Mitleid. Diese Kerle hatten nur verlieren können, auch wenn ihnen dies nicht bewusst war. Ob es zum Sieg oder zur Niederlage ihrer Anführerin gekommen wäre, sie wären in beiden Fällen gestorben. Hoffentlich wären sie die endgültig letzten

Opfer des Fluches der Pandora! Beängstigend war, dass sie nicht wussten, welche der beiden Frauen mit dem Buch der Weisheiten zurückkehren würde – Ottilie oder Elara! Niederlage oder Sieg? Tod oder Leben? Die Ungewissheit strapazierte Alexejs Nerven. Es blieb ihm nur, zu hoffen.

Das strahlende Licht veranlasste Alexej dazu, aufzuspringen. Zunächst konnte er nichts erkennen, der Schein war zu hell. Quälend langsam vergingen die Sekunden. Endlich war es ihm möglich, etwas zu sehen. Sein Herzschlag beschleunigte sich. Pulsierend donnerte das Organ in seiner Brust. Alexej erspähte blonde Haare, doch das half ihm nicht weiter. Die vor Anspannung geballten Fäuste wurden schwitzig. Er kniff die Augen zusammen und blinzelte gegen die Reste des Leuchtens an. »Elara!«, stieß er hervor. Die Scian watete ans Ufer, in den Händen hielt sie ein schwarzes Büchlein. Er konnte es nicht fassen – sie hatte es tatsächlich geschafft! Seine Beine setzten sich ohne seine Zustimmung in Bewegung, als er eilenden Schrittes auf Elara zulief. Ihre Nase war gerötet, es sah aus, als hätte sie geweint. Waren es Freudentränen gewesen? Schließlich war der Spuk vorbei und Ottilie besiegt! Ohne nachzudenken, schloss er sie in die Arme und wirbelte sie herum. »Du hast es geschafft!«, rief er begeistert. Auf ihrem Gesicht erschien ein winziges Lächeln, als sie wiederholte: »Ich hab's geschafft …« Kaum hatte Elara wieder festen Boden unter den Füßen, verschwand das Grinsen. Tränen flossen über ihr hübsches Gesicht. »Was ist denn los?«, erkundigte er sich sanft, wenn auch verwirrt. Elara sah ihn aus ihren gereizten Augen an. Sie schien den Kummer nicht in

Worte fassen zu können. Vorsichtig bettete er ihren Kopf an seine Schulter. Alexej spürte, wie die leisen Schluchzer ihren Körper erschütterten. Ohne weiter nachzuhaken, strich er ihr über den Rücken und ließ sie trauern. »Sie hat sich geopfert«, stieß Elara hervor. Nicht wissend, wen sie meinte, machte er beruhigende Geräusche. Manchmal brauchte man einfach jemanden, der einen festhielt und nichts hinterfragte, das kannte er nur zu gut. Alexej spürte, wie seine Kleidung durchnässt wurde. Zusätzlich zu den Tränen war Elara benetzt von einer Wasserschicht – kein Wunder, wenn man bedachte, dass sie gerade durch einen Fluss gewatet war. Kurzerhand löste sie sich, wischte entschlossen die Tränen beiseite und sagte mit fester Stimme: »Noch ist es nicht vorbei.« Leider hatte sie Recht. Aurelian und seinen teuflischen Handel hatte er in den letzten Minuten verdrängt. Das Glück, Elara lebend zu sehen und die Mission seines Onkels zu Ende gebracht zu haben, hatte alles Negative verdrängt. Den Sieg über einen Tyrannen konnte man allerdings nur schwer genießen, wenn man dem zweiten zu unbegreiflicher Macht verhelfen würde. Doch was sollten sie tun? Er wollte nicht noch eine Person, die ihm am Herzen lag, verlieren. So dämlich Lewis auch sein konnte, er war sein bester Freund. Alexej würde ihn nicht sterben lassen. War es egoistisch, das Wohl einer Person über das Wohl der Menschheit zu stellen? Vermutlich – ja. Der Goldene würde durch das Buch versuchen, eine neue Weltordnung anzustreben, die die Menschen als niedere Wesen einstufte. Es änderte nichts an Alexejs Entschluss. Wie viel hatte er gegeben für den Schutz der Erde. Er konnte nicht mehr opfern, er wollte nicht mehr opfern, und schon gar nicht das Leben seines Freundes. Wenn ihn das zu einem Egomanen machte, dann würde er damit leben. Jeder hatte Grenzen, seine wären mit Lewis' Tod überschritten.

Der Rückflug war furchtbar. So mussten sich Tiere fühlen, wenn sie zur Schlachtbank geführt wurden. Elara umklammerte weiterhin das Buch. Sie war leicht grünlich im Gesicht. Ob es an ihren Erlebnissen im Jenseits lag oder nur an ihrer Flugangst, konnte Alexej nicht sagen. Ihm jedenfalls war auch schlecht bei dem Gedanken, das Buch an Aurelian zu übergeben. Lewis lag quer über der Bank, um seinen verwundeten Fuß hochlegen zu können. Die Schmerzen waren nach einem Cocktail, bestehend aus verschiedenen Tabletten, erträglich geworden. Er würde schon wieder werden. Die Wunde war unangenehm, ohne Frage, stellte aber keine Lebensgefahr für einen Scian dar. Solange sie den Handel erfüllten, hatte Lewis nichts zu befürchten. Das Gelände der »Stadt der Erben« kam in Sicht. Sie setzten zur Landung an. Aus der Maschine ausgestiegen, sahen sie sich einer Masse an Menschen gegenüber, die sie erwartungsvoll anblickten. Hinter der Menge war eine Bühne errichtet worden. Auf dieser Erhöhung stand ein prunkvoller Thron, auf welchem der Goldene saß und majestätisch die Hand zum Gruße erhob. Die Galle kam Alexej hoch, es war nicht unwahrscheinlich, dass er aufgrund dieses Schauspiels tatsächlich brechen müsste. Aurelian erhob sich langsam und streckte gebieterisch eine Hand aus. »So reicht mir das Buch der Weisheiten und erfüllt den Handel, dann seid ihr frei zu gehen«, sprach er mit siegessicherem Lächeln. Die Menschen bildeten eine Gasse zum Podest. Elara sah ihn ernst an, dann wanderte ihr Blick zu Lewis. Die beiden nickten betroffen. Langsam schritt sie durch die Menge. Elara war anzusehen, wie schwer ihr dieser Weg fiel. Es schien, als zögerte sie den Augenblick, in dem sie den mächtigen Gegenstand aus den Händen geben musste, absichtlich hinaus. Alexej konnte es ihr nicht verübeln. In wenigen Sekunden würde sich die Welt verändern – nicht zum Besseren.

Die Finger des Goldenen schlossen sich um das Buch. Er lachte entzückt auf und hob es triumphierend gen Himmel. »Hegt ihr den Wunsch, euch der Stadt der Erben anzuschließen? Noch habt ihr die Chance, euch für die Siegerseite zu entscheiden«, meinte Aurelian. Natürlich versuchte er, die drei, die fähig waren, das Buch zu finden, für sich zu gewinnen. Mächtige Wesen hatte man lieber in den eigenen Reihen denn als Gegner. Doch dazu wären diese keinesfalls bereit! »Wir bevorzugen die *richtige* Seite, danke für das Angebot«, entgegnete Elara kühl. Die Halsschlagader des Goldenen trat deutlich hervor, eine Zornesröte wanderte sein Gesicht hinauf. »Fein«, zischte er. »Ihr werdet die Konsequenzen eurer Entscheidung tragen.« Hatten sie sich gerade den Scian zum Feind gemacht, der im Begriff war, der mächtigste Mann der Welt zu werden? Ja, das hatten sie. Genüsslich schlug Aurelian das Buch der Weisheiten auf.

Elara

Ihr Herzschlag setzte in dem Moment aus, als Aurelian das Buch der Weisheiten öffnete. Welche Frage würde er dem Buch stellen? Wie verheerend wäre die Antwort für die Menschen? Sie starrte auf die Seiten –, wartete ab. Der blaue Kristall leuchtete auf und erhellte das Gesicht des Goldenen. Gleich würde ihn das Buch auffordern, seine Frage zu stellen. »Buch der Weisheiten, beantworte mir meine Frage! Sag, wie ist es mir möglich, die Regeln der Stadt der Erben auf der gesamten Welt zu etablieren?«, wisperte Aurelian erwartungsvoll. Es hatte keine Aufforderung des Buches gegeben, dachte Elara verwundert. Ängstlich schaute sie auf den Gegenstand in seinen Händen, würde er ihm trotzdem eine Antwort geben? Die Seiten blieben leer, der blaue Schein verblasste. Zornig sah der Herrscher der »Stadt der Erben« auf. »Betrüger!«, donnerte er. »Das ist nicht das Buch der Weisheiten!« Erstaunt riss sie die Augen auf und starrte hilfesuchend zu Alexej und Lewis. Die beiden waren genauso ratlos wie Elara selbst. »Habt ihr geglaubt, mich täuschen zu können?«, knurrte Aurelian. Er zückte einen glänzenden Gegenstand aus seiner Stola. Handelte es sich etwas um einen Dolch? »Es war nicht nur ein Handel, es war ein Schwur. Ich habe das Recht, mein Pfand zu verlangen«, sprach er, vor Wut zitternd. Zwei Gestalten mit weißer Tunika glitten aus der Menge hervor und packten Lewis. Heilige Scheiße, schoss es Elara durch den Kopf. Das konnte nicht sein! Sie hatten den Handel erfüllt. Fieberhaft überlegte die Erbin der Athene. Gab es einen Weg, Lewis zu retten?

Nur diejenigen, die klug, ausdauernd und stark gewesen waren und die Reise überstanden hatten, durften dem Buch eine Frage stellen. Das waren die Bedingungen. Ein Geistesblitz durchfuhr sie. Deswegen beantwortete der Gegenstand Aurelian keine Frage!

»Halt!«, schrie Elara und zog somit die Aufmerksamkeit aller Anwesenden auf sich. »Der Handel wurde erfüllt, dies«, sie deutete auf das in Leder gebundene Büchlein, »ist das Buch der Weisheiten!« Aurelian starrte sie zornig an. »Lügnerin! Wie kannst du es wagen, mir zu widersprechen. Jeder hier sah, dass mir meine Frage nicht beantwortet wurde – es kann sich nicht um das Buch der Weisheiten handeln.« Trotzig erhob Elara ihr Kinn. »Richtig, jeder sah, dass Ihr keine Antwort erhalten habt. Das liegt aber nicht an der Missachtung unseres Handels, sondern daran, dass Ihr des Buches nicht würdig seid«, entgegnete sie fest. Elaras Stimme klang sicherer, als sie sich fühlte. Die Ader an Aurelians Hals schien beinahe aus der Haut herauszuspringen. »Du behauptest, der Goldene sei nicht würdig?«, rief der Herrscher der Stadt erzürnt. »Für diese Beleidigung wirst du eine gerechte Strafe erhalten!« Elara wich den Leuten von Aurelian aus, die sie hatten abführen wollen. Sie sprang auf den Thron. »Ich beleidige Euch nicht, ich spreche nur die Fakten aus. Athene wollte das Privileg, dem Buch eine Frage zu stellen, denjenigen vorbehalten, die klug, stark und ausdauernd waren. Die Reise, die man auf sich nehmen muss, um den Gegenstand zu finden, ist eine Prüfung. Ob man es wert ist, seine Frage stellen zu dürfen, entscheidet sich durch Erfolg oder Niederlage. Ihr, erlauchter Aurelian, habt diese Reise nie bestritten.

Ihr habt uns beauftragt, Euch den Gegenstand zu bringen. Somit wurden die Bedingungen des Buches nicht erfüllt, eine Antwort wird es Euch also nicht geben«, sprach Elara. Gebannt hing die Masse an ihren Lippen. »Dennoch«, sie machte eine dramatische Pause, »haben wir unseren Teil der Vereinbarung erfüllt. Wir haben Euch das Buch gebracht«, fügte sie hinzu. Der Goldene rauschte auf sie zu und zerrte sie von seinem Thron. Er wirkte beinahe wie ein kleines Kind, das seine Spielsachen nicht teilen wollte. Elara hatte ihn vor all seinen Untertanen und Verbündeten gedemütigt. Das würde er nicht auf sich beruhen lassen …

»Das Buch ist nutzlos, ihr habt diese Intrige vor langer Zeit geplant«, unternahm er einen letzten Versuch, seine Würde zu wahren. »Nein! Wir haben genau das getan, was Ihr wolltet. Ihr spracht ausschließlich davon, dass wir Euch das Buch aushändigen sollten. So ist es geschehen. Der Handel wurde erfüllt, ihr habt keinen Anspruch auf das vereinbarte Pfand«, widersprach Elara. Langsam hatte sie Gefallen an diesem Schlagabtausch gefunden. Der Goldene sah aus, als stünde er kurz vor der Explosion. Gesicht und Hals hatten eine ungesunde rote Färbung angenommen. Die Kiefer waren fest aufeinandergepresst. Doch er konnte nichts tun. Der Handel band auch ihn, sich an sein Wort zu halten. Er musste sie gehen lassen. »Bringt sie hinaus«, befahl er bebend. Aus dem Augenwinkel sah Elara das Flattern von weißem Stoff, als der Herrscher der Stadt davoneilte, um seine Wunden zu lecken. Unsanft wurden die drei vor die Tore der »Stadt der Erben« gezerrt. Die Tür fiel hinter ihnen ins Schloss. »Ist das tatsächlich passiert, oder habe ich durch den Blutverlust Halluzinationen?«, erkundigte sich Lewis. »So viel Blut hast du nun auch wieder nicht verloren«, warf Elara ein. »Bist du diejenige mit dem Loch im Fuß?«, entgegnete er mit hochgezogenen Augenbrauen. Die Angesprochene verdrehte die Augen. »Rede meine Verletzung nur nicht klein«, fügte Lewis schmollend hinzu. Ein zischendes Geräusch von Alexej ließ sie zur Ruhe kommen. »Aurelian kann dem Buch keine Frage stellen!«, sprach der Erbe des Prometheus erwartungsvoll. »Ottilie ist ebenfalls gebannt«, ergänzte Elara. »Damit ist unsere Aufgabe erfüllt«, schloss Lewis lächelnd. »Ja! Verdammt! Wir haben unsere Aufgabe erfüllt«, wiederholte Alexej lachend. Sie spürte, wie ihre Augen erneut feucht wurden. Den ganzen Tag nur am Heulen, ermahnte sie sich gedanklich. Sie hatten es geschafft! Nicht auszudenken, wie der Planet nun aussehen würde, wenn Ottilie das Buch der Weisheiten in die Finger bekommen hätte. Würden sie selbst noch leben? Mit Sicherheit ließ sich das nicht sagen. Ihre Gedanken wanderten weiter. Durch ihren Eingriff, das Buch aus der fremden Dimension zu entfernen, konnte sich niemand mehr als würdig erweisen, es zu finden. Theoretisch hatte es also seine Funktion verloren … Die letzten Fragesteller, die ein Anrecht auf eine Antwort des Buches hatten, wären somit Lewis und Alexej. Schließlich waren sie an der Suche nach dem Buch beteiligt gewesen. Elara wurde aus ihren Überlegungen gerissen. »Wisst ihr, was das Schlimmste an unserem Sieg ist?«, wollte Lewis mit hängenden Mundwinkeln wissen. Verwirrt sahen ihn Elara und Alexej an. »Keiner der Menschen wusste von der Gefahr«, antwortete er betrübt. »Und?«, entgegnete sie mit hochgezogener Augenbraue. »Niemand wird sich Legenden erzählen über den tapferen Lewis, der mit seinen beiden Knappen loszog, um die Welt zu retten«, meinte der Scian bedauernd. »Ich dein Knappe? So lasse ich das aber nicht stehen«, erwiderte Alexej spielerisch empört. »Da bewahrt man einfach mal die Welt vor ihrem Untergang und – was habe ich davon? Nichts!«, fuhr Lewis fort. Elara stieß ihn mit dem Ellbogen in die Seite. »Fakt ist: Die Menschheit lebt noch, genauso wie wir. Das ist die Hauptsache, dafür verzichte ich gerne auf meinen Status als lebende Legende«, meinte sie aufrichtig. »Da kann ich nur zustimmen. Generell habe ich von Sagen und ihren göttlichen Helden für's Nächste genug!«, pflichtete ihr Alexej bei. »Zeus und Konsorten können mich am Arsch lecken«, fügte er gen Himmel schreiend hinzu und grinste breit. Seufzend fuhr sich Lewis über sein Gesicht. »Ihr wäret nicht für die Öffentlichkeit gemacht, aber ich …? Ich wäre ein richtiger Rockstar gewesen«, jammerte er halb scherzhaft, halb ernst vor sich hin. Kopfschüttelnd wechselten Elara und Alexej Blicke. »Die Mädels wären auf mich geflogen«, fügte er traurig hinzu. »So, jetzt reicht's aber, ich rufe uns ein Taxi«, stellte Elara klar und zückte ihr Handy.

Auf dem Friedhof war es ruhig, sie mussten die einzigen Besucher sein. Alexej kniete vor dem Grab mit der Inschrift »Alexander O'Ashford/ Gestorben am 13.08.2015«. Der mitgebrachte Blumenstrauß ergoss sich über das ansonsten ungepflegte Beet. In der Zwischenzeit waren einige Wochen vergangen. Den Peilsender hatte sich Elara operativ entfernen lassen. Sie hatten festgestellt, dass Lewis über ein sehr hilfreiches

Talent verfügte. Wer auch immer sein Ahne gewesen sein mochte, er musste es beherrscht haben, Menschen von seiner Meinung zu überzeugen und sie hereinzulegen. In Frage kommen würde dafür beispielsweise Apate, die für ihr Talent der Täuschung und des Betruges berüchtigt war. Allerdings wurde sie in der griechischen Mythologie als Dämon bezeichnet. Ob ein Dämon der Vorfahre eines Scian sein konnte, wussten sie nicht. Ebenfalls denkbar wäre daher Loki, ein nordischer Gott, dessen Streiche ihm die Rolle als Trickster einbrachten. Es war Lewis gelungen, sowohl Elaras Eltern als auch ihrem Schulleiter weiszumachen, dass sie spontan ins Ausland gegangen war, um ihre Sprachkenntnisse aufzubessern. Dokumente, die ihren Aufenthalt bestätigten, ließen sich leicht fälschen. Lewis' Kraft, die Menschen zu manipulieren, war genauso einzigartig wie furchteinflößend. Ihre Gedanken kehrten ins Hier und Jetzt zurück. Das Grab war ungepflegt, die Hecke wucherte über und verdeckte beinahe die Insignien des Grabsteins. Angesichts seiner Erzählungen war Elara davon ausgegangen, dass Alexej die Ruhestätte seines Onkels pflegen würde. Alex, der ihren fragenden Blick bemerkt hatte, antwortete: »Ich habe mir damals geschworen, erst zurückzukehren, wenn ich meine Schuld beglichen habe.« Dieser Schwur dürfte nun fast drei Jahre her sein … Das Stillleben hatte beinahe etwas Friedliches. Unkraut hatte die einst gepflanzten Blumen vertrieben. Es wirkte, als wollte sich die Natur diesen Ort zurückerobern. »Die Geschichte hast du damals nie zu Ende erzählt«, erinnerte ihn Elara behutsam. Er fuhr sich durch die braunen Haare und sah sie ernst an. »Das ist richtig.« Eine Weile herrschte

Stille. Sie wollte ihn nicht weiter drängen, sich zu öffnen, offenbar waren die Erinnerungen schmerzhaft. Es lag an ihm, ob er sich ihr mitteilen wollte oder nicht.

»Du weißt, dass mein Onkel damals mitsamt seinem Haus niedergebrannt ist.« Elara nickte. Man konnte sehen, wie er mit sich rang. Doch schlussendlich trat ein entschlossener Ausdruck auf Alexejs Gesicht und er begann. »Ich war damals gerade zu meinem Onkel gezogen und hatte die Schule gewechselt. Meine Vergangenheit war mir offenbar vorausgeeilt. Jeder in den Korridoren starrte mich mit morbider Faszination an. Das war der Junge, der sich die Pulsadern aufgeschnitten hatte. Der Kerl, dessen Eltern beide gestorben waren. Wann immer ich neben einem offenen Fenster stand, veränderte sich die Atmosphäre im Klassenzimmer. Die Frage, ob ich springen würde, stand unausgesprochen im Raum. Freunde fand man mit der Vorgeschichte nur schwer. Eines Tages betrat dieses Mädchen die Schule, sie setzte sich an meinen Tisch und stellte sich als Ellie vor. Ich will nicht lügen, ich war vom ersten Augenblick hin und weg. Sie war mit Abstand das hübscheste Mädchen der Schule, dazu klug und nett. Ausgerechnet mir – dem Außenseiter schlechthin – sollte ihre Aufmerksamkeit gelten?« Er stockte und schien sich zu sammeln. Elara selbst hatte eine böse Vorahnung, was den Verlauf der Geschichte anging. »Ich war ein einsamer Teenager, der seine Vorbilder verloren hatte. Ich sehnte mich nach Verständnis und Zuneigung. All das gab sie mir. Ich habe nicht darüber nachgedacht, was ich ihr anvertraute. Mein Onkel hatte mich zu der Zeit schon mit der Materie der Legenden vertraut gemacht, ich wusste, dass ich ein Erbe der Götter war. Auch Ellie interessierte sich für griechische Mythologie. Ich konnte mein Glück nicht fassen. Vielleicht, dachte ich damals, lässt mir das Universum auch mal etwas Gutes zukommen?« Erneut hielt er inne und schluckte. Gespannt beobachtete sie ihn. »Es war der Tag, an dem ich sie das erste Mal zu einem Date eingeladen hatte. Sie wollte sich unbedingt bei mir treffen, jeden anderen Vorschlag hatte sie vehement ausgeschlagen. Also gab ich ihr unsere Adresse und wartete geduldig. Per SMS teilte sie mir mit, dass sie sich umentschieden hatte. Jetzt wäre ihr ein Café als Treffpunkt doch lieber. Ich verließ das Haus und verabschiedete mich von meinem Onkel. Damals hätte ich nicht geglaubt, dass dieser Abschied endgültig sein sollte.« Perplex blinzelte Alexej einige Male. »Bis heute weiß ich nicht, weshalb sie mich aus dem Haus gelockt hat. Sie hätte zwei Probleme auf einmal beseitigen können, aber irgendwas hat das Mädchen davon abgehalten, auch mich aus der Welt zu schaffen. Als sie nach zwei Stunden nicht auftauchte, kam ich zurück und sah die Flammen. Die Feuerwehr tat ihr Bestes, aber Alexander konnten sie nicht mehr retten. Ich will es so formulieren: Eine Einäscherung war nach seinem Tod nicht mehr nötig. Ohne auf die Warnungen der Feuerwehrmänner zu hören, betrat ich das Haus und rannte ins Arbeitszimmer. Die Flammen hatten es weitestgehend verschont. Ein aufgeschlagenes Notizbuch fiel mir in die Hände. Auf der Seite waren Notizen, zu der Pandora. Ich wusste bereits, dass ein Nachkomme dieses Wesens auf der Erde wandeln musste und den Schild zerstören wollte. Später erkannte ich die Parallelen zwischen Ellie und Pandora und begriff: Ellie gab es nicht. Sie war die Maske Ottilies, die mich dazu verleitet hatte, ihr wichtige Informationen in die Hände zu spielen. Dadurch wurde es ihr ermöglicht Alexander zu töten.«

Während des Erzählens war seine Stimme brüchig geworden, die Hände zitterten und er holte stockend Luft. »Ich war wieder allein. Auf mich gestellt, verraten von dem Mädchen, für welches ich erste Gefühle gehegt hatte. Die Frage, weshalb ich erneut überlebt hatte, machte mich wahnsinnig. Doch ich wollte keinen zweiten Selbstmordversuch starten, ich wollte mein Leben der Mission meines Onkels widmen. Koste es, was es wolle. Mein Ziel, das Wesen Ottilie zu stoppen und die Menschen zu retten, hatte oberste Priorität.« Geschockt sah Elara ihn an. Alexej und Ottilie … Wie gut musste sie sich verstellt haben, um ihn zu täuschen? War er so verzweifelt gewesen? Natürlich war er das! Er hatte in kürzester Zeit beide Eltern verloren, hatte versucht, sich umzubringen! Kein Wunder, dass seine Gefühle für Ottilie in Hass umgeschlagen waren. Auch Elara war verwirrt wegen Ottilies Gnade gegenüber Alexej. Wieso sollte sie ihn verschonen? Rational ergab ihre Entscheidung keinen Sinn, schließlich hatte Alexej schlussendlich für ihren Fall gesorgt. Ungefährlich war er also keineswegs gewesen. Hatte sie ihn etwa unterschätzt? Das sähe ihr gar nicht ähnlich. Sie dachte nach. Dieser Entschluss, Alexejs Leben zu retten, hatte nichts mit Logik zu tun. Wäre es möglich, dass Ottilie tatsächlich etwas für den jungen Alexej empfunden hatte? Wider jede Vernunft? Während ihrer Gefangenschaft war er glimpflich davongekommen. Sie hatte ihn auch dort nicht umbringen lassen. War das Teil ihres Plans, dass er sie zum Buch der Weisheiten führte? Möglicherweise, doch auch Folter hatte Alex nicht erdulden müssen. Elara war sich sicher, dass Ottilie neben dem praktischen Interesse, ihn am Leben zu lassen, auch ein emotionales gehabt hatte. Ein Monster konnte offenbar ebenfalls Gefühle entwickeln. Ein weiteres Indiz sprach für ihren Verdacht. Damals hatte Ottilie Lewis verletzen lassen, erneut blieb Alexej unversehrt. Ihre Vermutung ließ sich weder bestätigen noch widerlegen. Sie beschloss, ihre Entdeckung für sich zu behalten, sie wollte ihr Gegenüber nicht weiter aufwühlen. »Und nun hast du eure Mission zu Ende gebracht«, nahm sie Bezug auf seine Geschichte. Er blinzelte die Tränen weg. »**Wir** haben die Mission zu Ende gebracht«, korrigierte er sie. »Wie auch immer – ich bin sicher, dass Alexander stolz auf dich wäre«, sprach sie und meinte es auch so. Die Toten unter der Erde schwiegen, die Lebenden auf diesem Friedhof taten es ihnen gleich. Ein nachdenklicher Gesichtsausdruck huschte über Alexejs Gesicht. »Du bist die Einzige, der ich je von meiner Vergangenheit erzählt habe«, unterbrach er die Stille. Überrascht sah Elara ihn an. Niemand kannte diese Geschichte? Nicht einmal Lewis? Ein warmes Gefühl breitete sich in ihrer Magengegend aus, wenn sie daran dachte, dass ihr Alexej genug vertraute, um ihr jene Dinge zu erzählen. »Du bist eine gute Zuhörerin«, fügte er hinzu und lächelte sie zaghaft an. Elara erwiderte das Lächeln.

Epilog

Es war ein schöner Winterabend. Aus dem Fenster konnte man den Tanz der Schneeflocken verfolgen. In der Luft lag der Duft von heißer Schokolade und Weihnachtsgebäck. »Obwohl er anfangs zu stolz war und sie zu viele Vorurteile hatte, haben sie doch zueinandergefunden«, sprach Elara verzückt und schloss ihre Ausgabe des Romans »Stolz und Vorurteil«. Sie wandte sich an Alexej, der neben ihr im Bett lag und einen Arm um sie geschlungen hatte. »Das war's. Es hat ein halbes Jahr gebraucht, doch nun bin ich endlich dazu gekommen, das Buch zu Ende zu lesen«, meinte sie grinsend. Ungewohnt ernst blickte Alexej sie an. Ihre Mundwinkel wanderten aufgrund seines Blickes nach unten. »Ich muss dir etwas beichten – es wird dir nicht gefallen«, erklärte er sich. Beunruhigt wand sich Elara aus seiner Umarmung. Welche Offenbarung würde er ihr machen? Die angespannte Stille war nervenaufreibend. »Und?«, hakte sie nach, nicht willens, länger zu warten. »Erinnerst du dich an unsere erste Begegnung?«, erkundigte sich Alexej. Elara nickte, wie könnte sie den Abend, an welchem sie der vermeintliche Psychopath mit einem Kissen erstickt hatte, vergessen? Die Augen niederschlagend, wandte er sich ab. »Damals habe ich bei einer Sache gelogen … Ich will nicht, dass unsere Beziehung dadurch belastet wird, von daher mache ich reinen Tisch.« Eine Enge breitete sich in ihrer Brust aus, besorgt starrte sie ihn an.

Das meiste seiner Vergangenheit hatte er ihr vor geraumer Zeit offenbart. Wobei hatte Alexej gelogen? Was war dermaßen brisant, dass er es als Gefährdung für ihre Beziehung ansah? Nervös fuhr sich Alexej durch die Haare. »Die Behauptung, ich hätte«, er stockte und schluckte, »das Buch zweimal gelesen, war falsch«, verkündete er dramatisch. Das Buch? Elara brauchte einen Moment, um zu realisieren, dass seine Augen auf den Roman in ihren Händen gerichtet waren. »Ich habe zu der Zeit nur den Film gekannt«, fuhr er zerknirscht fort, konnte die ernste Miene aber bereits nicht mehr aufrechterhalten. Ein Grinsen zerstörte seine bis dahin glaubhafte Vorstellung des reuigen Übeltäters. Der Kloß in ihrem Hals schwand. Lachend erwiderte sie: »Tut mir leid, das ist ein Trennungsgrund.« Alexej fiel in ihr Glucksen ein. Mit dem erwähnten Buch verpasste sie ihm einen Klaps auf die Schulter. »Musst du mir solche Angst machen?«, beschwerte sie sich. Als sie als Nächstes nach einem Kissen griff, hob er schützend die Arme vor sich. »Kulturbanause«, rief Elara empört. »Schuldig im Sinne der Anklage«, entgegnete er. Das belustigte Funkeln in seinen Augen verlieh dem Satz etwas Scherzhaftes. »Vielleicht kann ich es ja auf anderem Wege wiedergutmachen?«, murmelte Alexej mit verspieltem Grinsen. Elara beugte sich etwas vor. Sein Atem streichelte über ihr Gesicht. »Ich glaube kaum, dass ich über einen solchen Vertrauensbruch hinwegkommen kann«, hauchte sie. Alexej überbrückte die letzte Distanz, die ihre Gesichter voneinander trennte. »Du vergisst, wie überzeugend ich sein kann«, entgegnete er, kurz bevor seine Lippen ihre streiften.

ENDE

Danksagung

Wenn jemand diese Zeilen liest, dann ist es tatsächlich passiert! Dann habe ich ein Buch geschrieben und es veröffentlicht! Oftmals wird das Nachwort oder die Danksagung ja übersprungen, aber ich will sie trotzdem schreiben, weil ich das Bedürfnis habe, Danke zu sagen.

Ich denke mal nicht weiter nach, sondern schreibe jetzt drauf los ... Erst einmal will ich meiner Familie danken, ihr seid großartig! Ohne Euch wäre ich heute nicht so, wie ich bin.

Mama, du warst meine erste Leserin und »Lektorin« und hast mich immer ermutigt. Du bist die Beste, ich hab' dich lieb.

Auch wenn du zwar eher weniger für Bücher übrighast, habe ich dich trotzdem lieb, Papa. Die vielen Gute-Nacht-, James-Bond-meets-Baumhaus- und Tierstation-Geschichten, die du mir früher immer erzählt hast, haben bestimmt auch dazu beigetragen, dass ich mir selber so gerne Geschichten ausdenke.

Oma Hilde, dir habe ich dieses Buch gewidmet, weil ich weiß, dass du unfassbar stolz auf mich gewesen wärst. Ich danke dir dafür, dass wir früher zusammen Ziegen gefüttert haben, du immer eine Tomatensuppe bereitstehen hattest und mich am Spielfeldrand angefeuert hast. Es sind diese kleinen Dinge, die mir so viel bedeuten. Ich glaube fest daran, dass du das hier irgendwie mitbekommst, also sage ich noch mal Danke.

Opa Peter, Oma Ortrud und Opa Harald, auch euch habe ich lieb und möchte euch deswegen erwähnen.

Opa Peter, du hast mit mir, Noa und Fynn immer allen möglichen Blödsinn angestellt, mir mein erstes Eis gekauft und tolle Geschichten erzählt.

Da wären wir auch schon bei den Nächsten, denen ich danken will: Noa und Fynn, ihr seid wie Geschwister für mich, dank euch bin ich kein klassisches Einzelkind geworden, sondern durfte die geltende Hierarchie erfahren, der man sich als Jüngste unterzuordnen hat – zumindest früher. Ihr wisst, was ich meine.

Auch dir möchte ich danken, Birgit, du hast mir eine weitere Meinung zu meinem Manuskript gegeben und immer mitgefiebert.

Adina, du bist, seit ich denken kann, meine beste Freundin. Ohne dich wäre alles halb so schön.

Hat jemand bis hierhin gelesen? Wenn ja, Respekt!

Lili, Antonia, Lea, Merle und Sophie, danke für's Probe lesen.

Du warst mir auch eine große Hilfe beim Digitalisieren des ersten Coverentwurfs, Merle. Danke, dass du dir die Stunden genommen hast und mir immer wieder erklärt hast, wie ich bei dem Programm jetzt zum vorherigen Pinsel wechseln kann.

Und an Hannah, Merle, Janne und Lea, ohne euch wäre die Schulzeit so viel langweiliger gewesen. Danke für eure Freundschaft.

Seit einem Konflikt in der Sandkiste bist du ein guter Kumpel, danke dafür, Jorgen.

Ich weiß es sehr zu schätzen, dass du gegen die Müdigkeit angekämpft hast, um dieses Buch zu lesen, Kiki.

Ein letzter Dank geht an Herrn Jahncke, der den Anfang des Manuskriptes netterweise korrekturgelesen hat und mir einige Tipps geben konnte, und an Frau Jöhnk für das nette Feedback zum Anfang meines Manuskripts.

Ach, das hätte ich beinahe vergessen … Natürlich muss ich mich auch bei DIR bedanken, lieber Leser, liebe Leserin. Danke, dass du Elara, Alexej und Lewis auf ihrer Reise begleitet hast.

DANKE, für alles!

Eure Lina